Tödliche Tropfen

Lanzarote-Krimi 4

Über das Buch

Die kanarische Insel Lanzarote ist über weite Strecken eine trockene, dürre Landschaft, welche zusätzlich durch verheerende Vulkan-Eruptionen verwüstet wurde. Es ist deshalb kaum zu verwundern, dass die Landwirtschaft um jeden Tropfen Wasser zu kämpfen hat.

Der Geologe Bennett ist überzeugt, dass die Insel kurz vor einer Katastrophe steht, denn alles deutet auf ein Versiegen der letzten noch bestehenden Quellen hin. Die Meerwasserentsalzung kann das Problem kaum mehr bewältigen, denn es werden immer mehr ahnungslose Touristen, welche das kostbare Nass hemmungslos vergeuden, angelockt.

Die Journalistin Elenora Lopez recherchiert um die fragwürdigen Vorgänge und kommt in Gefahr. Auch der pensionierte Comisario Fernando kann ihr nicht helfen.

Über den Autor

Für Peter Greminger war Reisen immer eine besondere Herausforderung. Er verbrachte einen großen Teil seines Lebens im südostasiatischen Raum, wo er lange beruflich tätig war. Schon damals hielt er seine Erlebnisse oft in Reiseberichten und Kurzgeschichten fest.

Nach Abschluss seiner beruflichen Tätigkeit verbrachte der Autor zwei Jahre in Neuseeland, wo vier Romane über das Land der Kiwis entstanden. Nun lebt er, zusammen mit seiner Frau, in der Ostschweiz. Seit mehreren Jahren entfliehen die Beiden der Kälte des Winters nach Lanzarote. Dort, auf der bizarren kanarischen Insel, sind der Phantasie des Autors keine Grenzen gesetzt.

Peter Greminger

Weitere Romane des Autors:

9 783 752 820 836 „Pakeha" (Fremde in Neuseeland)
9 783 752 806 380 „Tangiwai" (Weinendes Wasser, Neuseeland)
9 783 752 805 604 „Kahurangi" (Grüner Stein, Neuseeland)
9 783 752 820 393 „Paua" (Meerohrschnecken, Neuseeland)
9 783 741 205 477 „Sunda" (Indonesien)
9 783 752 877 663 „Fuego" (Lanzarote Utopie)
9 783 753 463 551 „Schwarze Masken" (Lanzarote-Krimi 1)
9 783 754 374 658 „Die Anmutige" (Lanzarote-Krimi 2)
9 783 759 702 562 „Salz der Insel" (Lanzarote- Krimi 3)

Tausende haben ohne Liebe gelebt, nicht einer ohne Wasser.

(W. H. Auden)

Verlag:
BoD · Books on Demand GmbH,
Überseering 33, 22297 Hamburg, bod@bod.de
Druck:
Libri Plureos GmbH, Friedensallee 273,
22763 Hamburg

ISBN: 978-3-8192-0769-3

PETER GREMINGER

Tödliche Tropfen

ROMAN

Die Wasserversorgung auf Lanzarote steht kurz vor dem Zusammenbruch. Profitgierige Unbekannte nützen die Situation skrupellos aus und schrecken auch vor Mord nicht zurück.

Kapitel 1

Am östlichen Abhang des Riscos, der höchsten Erhebung von Lanzarote, liegt der riesige Barranco Chafarís, weiter unten auch als Valle de Temisa bekannt. Der Anblick, hinunter in diese Schlucht, ist gewaltig und für viele furchteinflößend. Er kann aber auch Bewunderung auslösen, denn die steilen Flanken sind mit einfachen Mäuerchen zu tausenden schmalen Terrassen geformt. Sie bilden den Anschein eines riesigen Stadions für eine gigantische himmlische Aufführung. Diese Stufen dienten aber eher der Vermeidung der Erosion und dem Erhalt des kargen Erdreichs zur Bepflanzung. Was da einmal gedeihen sollte, ist kaum mehr vorstellbar, und die Terrassen waren jetzt ausschließlich mit Gestrüpp und Unkraut überwachsen.

Obwohl er die Aussicht fast täglich vor sich hatte, war William immer wieder fasziniert. Er hatte, dort oben auf dem höchsten Punkt der Insel, einen Logenplatz und blickte den Barranco hinunter, bis zur Küste und hinaus auf das herrlich glänzende Meer. Weit unten, hinter dem rechten Abhang und halb verdeckt, befand sich das kleine Dorf Tabayesco. An dessen Rand, etwas außerhalb und eigentlich aus dieser Ferne nur zu erahnen, lag seine 'Finca'. Es hatte diesen Namen eines spanischen Landhauses natürlich kaum verdient, denn es war eher ein bescheidenes Häuschen inmitten eines leicht verwilderten Gartens. Dennoch freuten sie sich spitzbübisch an dem wohlklingenden Namen 'Finca Querida'. Seine Frau Olivia meinte glücklich, sie hätten den idealen Zufluchtsort gefunden und lebten im Paradies.

William Bennett, der deutsche Geologe mit irischen Wurzeln, hatte erreicht, was er immer angestrebt hatte und war angekommen. Er hatte seine beruflichen Träume verwirklicht und war jetzt Teil einer weltweiten Studie um den Einfluss des Klimawandels allgemein und dessen Auswirkung auf die zukünftige Wasserversorgung der Menschen. Immer wenn er über seine Laufbahn nachdachte, musste er ein Grinsen unterdrücken. Wie kam es, dass ein promovierter Geologe auf der höchsten Erhebung dieser unscheinbaren Insel saß, wo doch jedes Kind wusste, dass hier oben keine weltumfassenden Veränderungen stattfinden würden. Auch die Anlage, ein paar Meter weiter oben, mit den großen Kuppeln, war für die Überwachung des Luftraumes und für die Flugsicherung zuständig und nicht für den Klimaschutz. Man hatte ihm aber, in Ermangelung einer anderen geeigneten Lokalität, hier einen Raum überlassen. Die Lage war ungewöhnlich, aber dennoch optimal, denn er hatte ungestörten Funkkontakt zu seinen Messstellen, wie auch zum Zentrum für Umweltforschung UFZ in Leipzig.

Er klappte seinen Laptop zu und warf einen prüfenden Blick auf die Anzeigen der Geräte. Alles war im normalen Bereich, so dass er zufrieden seine Sachen zusammen packte und hinaus in die kühle Luft trat. Der übliche Passatwind fuhr durch seine dunkelblonden Haare und zerzauste diese. Er war mit hundertneunzig Zentimeter groß gewachsen und von kräftiger Statur. Seine blauen Augen blickten nochmals prüfend den Barranco hinunter zum Meer, bevor er sich seinem Auto zuwandte. Seine Frau würde ihn sicher schon erwarten, denn es war bereits nach vier Uhr.

Der kleine Parkplatz war wie leergefegt. Sein Toyota Crossover stand als einziger da. Er warf die Tasche auf den Rücksitz, sprang hinein und fuhr rückwärts auf den Fahrweg. Plötzlich ertönte lautes zorniges Hupen. Erschrocken trat er auf die Bremse und brachte den Wagen mit einem abrupten Ruck zum Stillstand. Um Haaresbreite hätte er das Fahrzeug eines dämlichen Idioten gerammt, der sich keinen dümmeren Ort aussuchen konnte, um anzuhalten. Da war weit und breit Platz in Fülle, aber ausgerechnet da, hinter ihm!

Wütend sprang er aus dem Wagen und nahm den blöden Fahrer ins Visier. Es war eine Frau. Auch das noch, brummte er innerlich, verbat sich aber die aufkommenden Vorurteile sofort, denn er sah, dass die Dame verzweifelt mit den Gängen kämpfte.

„Kann ich behilflich sein?", fragte er mit abflauender Erregung. „Haben Sie Probleme?"

Da die Scheibe noch oben war, hatte sie natürlich nichts verstanden. Das Glas glitt hinunter und wütend sagte die Frau: „Passen Sie doch auf! Sie hätten mich beinahe gerammt. Haben Sie denn keine Augen im Kopf?"

Verblüfft blickte er in blitzende bernsteinfarbene Augen und bemerkte das fein geschnittene Gesicht einer Schönheit. Ihre Haare waren schwarz und lagen etwas wirr über ihren Schultern. Den Rest der erzürnten Person konnte er nur erahnen.

„Bitte entschuldigen Sie", versuchte er die Wogen zu glätten. „Es tut mir leid. – Wohin wollen Sie denn? Hier ist Endstation, Sie müssen umdrehen."

„Ich drehe um, wann ich will", begehrte sie auf und fuhr mit einem unkontrollierten Satz auf das Parkfeld. Offensichtlich kam sie mit dem Auto nur schlecht zurecht. Es handelte sich auch um einen Mietwagen, wie das große Logo auf der Seitentür verriet. Die Fahrerin stieg aus und versuchte das Haar zu bändigen, was aber im kräftigen Wind völlig misslang. Sie war kleiner als er, aber die Gestalt war bemerkenswert. Sie stapfte angriffslustig um das Auto herum und stellte sich vor William hin.

„Ich suche einen Dr. Bennett. Weiß Gott, warum der sich hier oben versteckt."

Nun grinste er. „Er versteckt sich keineswegs. Sie gestatten, ich bin William Bennett."

„Sie?"

In ihrer Verwirrung und mit dem zerzausten Haar erschien sie wie eine wilde Raubkatze. Der Wind zerrte an ihrer farbigen Bluse und ließ über die Formen darunter keinen Zweifel aufkommen. Sie war wohlgebaut und ihre weißen Jeans verrieten schlanke Beine.

„Oh Gott, bitte entschuldigen Sie, ich…"

Er unterbrach sie: „Schon gut, es war meine Schuld, beinahe hätte ich sie gerammt. – Aber was führt Sie denn zu mir hinauf?"

„Bitte entschuldigen Sie“, wiederholte sie erneut. „Mein Name ist Elenora Lopez vom 'Cabildo Insula', dem Inselrat von Lanzarote. Wir hätten ein paar Fragen an Sie. – Ich weiß, ich hätte mich anmelden müssen, aber bei diesem herrlichen Wetter dachte ich…“

Wieder unterbrach sie ihren Redefluss.

„Verstehe“, half er ihr. „Da sind Sie aber an der falschen Adresse, Señora Lopez. Ich bin leider nicht befugt, irgendwelche Daten zu verraten. Dafür müssen sie sich an das EMSC wenden.“

Sie lächelte verlegen. „Entschuldigen Sie, ich war wohl etwas voreilig. Ich will auch keine wissenschaftlichen Daten von ihnen. Eigentlich erhofften wir uns nur eine kompetente Meinung, über die Situation der tektonischen Aktivitäten und deren möglichen Einfluss auf das Leben auf Lanzarote, zu bekommen. Nach den Eruptionen auf der Insel 'La Palma' sind wir natürlich etwas besorgt.“

Mit gespielter Ernsthaftigkeit sagte er: „Der Inselrat braucht sich keine Sorgen zu machen, Lanzarote wird uns, im Moment, nicht um die Ohren fliegen, und die Touristen können sich ruhig weiter an den Stränden in der Sonne räkeln.“

Dabei stellte er sich sein Gegenüber im knappen Bikini an der Costa Teguise vor. Der kalte Wind zerstörte aber mit einer kräftigen Böe das Bild sofort wieder und ließ ihn erschauern. Auf dieser Höhe und Anfang Februar, konnte es auch auf den Kanaren ungemütlich kalt werden.

Etwas förmlich und recht unhöflich kam er zu einem Ende: „Ich muss jetzt los. Schön, Sie kennen gelernt zu haben, aber ich kann ihnen leider nicht weiter helfen. Buenas tardes!“

Er stieg ein und schlug die Wagentür zu. Elenora stand da und schaute mit großen Augen ratlos zu. So ein Rüppel, durchfuhr es sie, als er zurückstieß und die Zufahrt hinunter davonbrauste.

Die Begegnung verfolgte ihn aber unfreiwillig, und als er die Kurven hinunter nach Haría etwas gar schnell nahm, brummte er vor sich hin: „Blöde Kuh! Haben die wirklich nichts Besseres zu tun?“

Kurz vor dem Dorf Haría bog er in die steile Straße, hinunter in den Barranco Chafarís, ein. Sie ist so eng, dass er nur hoffen konnte, dass ihm keiner entgegen kam. Zwar gab es Ausweichstellen, aber dennoch war diese kurvige, steile Straße eine Herausforderung und verlangte seine volle Konzentration. Er hatte deshalb, als er Tabayesco erreichte und links zu seinem Haus abbog, die Begegnung mit der jungen Frau praktisch vergessen.

Die 'Finca' lag etwa dreihundert Meter außerhalb und war über eine unbefestigte Piste erreichbar. Der Talboden war hier, am unteren Ende des Barrancos sehr weit und eben. Fruchtbare Ackerflächen lagen links und rechts, bis hinauf zu den Abhängen. Der gigantische Talkessel entpuppte sich als riesiger Wassersammler, was den Bauern sehr zugute kam. Weit oben befand sich auch eine bekannte Quelle mit einem künstlichen Wasserbecken, welches immer gut gefüllt war. Diese für Lanzarote einmalige Bewässerung kam natürlich auch seinem eigenen Garten zugute. Palmen, Agaven und Bougainvilleas empfingen William, als er zu seinem Anwesen einbog und vor der Terrasse neben dem weißen Fiat Panda hielt. Er kletterte aus dem Auto und schlug die Tür aufatmend zu. Olivia, seine Frau, lag in ihrem Liegestuhl und blickte ihm entgegen. Sie schob die dunkle Sonnenbrille in ihr braun glänzendes Haar und lächelte zu ihm hoch.

„Liebling, schön dass du schon da bist", rief sie. „Möchtest du etwas zu trinken?"

„Hast du Roni schon abgeholt?", entgegnete er stattdessen.

„Natürlich, er ist drinnen", bestätigte sie und füllte Limonade aus einer Kanne in ein Glas.

„Daddy! Daddy, schau was ich habe!", kam es stürmisch aus der Tür.

Der Junge rannte in die Arme seines Vaters und präsentierte stolz einen roten Eimer, gefüllt mit allerlei Steinen. „Ich möchte zum Strand. Da kann ich Sand und Wasser holen…"

William hob den Kleinen hoch und versprach lachend: „Klar, mein Held, wir bauen eine große Burg für viele Ritter und Prinzessinnen."

„Ja!", jubelte Roni mit strahlenden Augen.

Sein Sohn war alles für ihn. Er liebte ihn und vergötterte ihn. Das Geschenk dieses Kindes war überwältigend, auch wenn alle meinten, nur eine Mutter könne das so empfinden. Für ihn war es so, egal was andere dachten. Auch Olivia liebte ihren Sohn, ohne Zweifel. Aber sie war die Praktische, organisierte den Haushalt und brachte ihren Sprössling pflichtbewusst zur Schule. William selber fehlte nur zu oft, wenn er seinen vielseitigen Aufgaben nachging und die Messstellen kontrollierte, Daten auswertete und Berichte verfasste. Immer hatte er zu wenig Zeit für seinen Sohn und seine Familie.

„Hast du deine Hausaufgaben fertig?", fragte die Mutter auch jetzt wieder mahnend.

Der Vater nahm das Glas und leerte es in einem Zug. Durchatmend meinte er gutmütig, als der Bub sich um die Antwort drückte: „Na, dann los mein Sohn. Dumme Leute werden keine Ritter und bekommen auch keine Prinzessin."

„Ich bin nicht dumm, nicht dumm...", johlte der Junge und tanzte ins Haus. „Ich werd' ein Ritter... Ri.iitter!"

Es wurde Abend und die Sonne verschwand rasch hinter dem Risco. Die Schatten fielen wie ein großer schwerer Mantel in das Tal. Das war das Einzige, was William an der Lage ihres Wohnortes missfiel. Die Dämmerung war kurz, die Nacht überfiel den Barranco rücksichtslos und ließ keine romantische Stimmung in sanftem Abendlicht aufkommen. Olivia versuchte manchmal, mit bunten Lampions, eine angenehme Fröhlichkeit auf die Terrasse zu zaubern, aber die Kühle der Nacht trieb sie meist rasch wieder zurück ins Haus.

Während sie zusammen in der Küche ein einfaches Abendbrot richteten, erzählte William von seiner Arbeit und über das erstaunliche Interesse der Regierung an seinen Aufzeichnungen.

„Es ist aber verständlich, dass sie sich Sorgen machen", wandte Olivia ein. „Die Eruptionen auf 'La Palma' erschrecken viele."

„Wie meinst du das?", erkundigte sich ihr Mann. „Bei uns ist doch alles ruhig. Außerdem bin ich für Geologie und Hydrologie zuständig.

„Ziert sich der Experte", foppte Olivia. „Tatsächlich gehen aber im Netz ganz andere Geschichten um. Die reden von einem Pulverfass, auf dem wir hier sitzen sollen."

William, von der ewigen Gerüchteküche im Internet genervt, entgegnete: „Ich kann nicht glauben, dass du immer noch der Verbreitung von unüberlegten, unbegründeten, ja falschen Meldungen vertraust. Man sollte das verbieten."

„Aber da sind doch Hunderttausende, ja manchmal sogar Millionen die das tun. Alle können doch nicht falsch sein.“, argumentierte Olivia.

„Meine Liebe, ich bin Wissenschaftler und vertraue auf gesicherte Daten und nicht auf Hörensagen. – Du bist zu viel online, das ist nicht gut.“

Damit hatte er ein heikles Thema angeschnitten. Olivia war tatsächlich sehr oft an ihrem Smartphone, hatte viele Kontakte und freute sich auf Meldungen aus der ganzen Welt. Das hatte sich schon beinahe zu einer Manie entwickelt, einer Sucht, die scheinbar bereits die ganze Gesellschaft erfasst hatte.

William stand aber nicht der Sinn nach einer end- oder aussichtslosen Diskussion. Er öffnete eine Flasche Rotwein, schenkte zwei Gläser ein und hoffte auf einen gemütlichen Abend vor dem Fernseher.

„Bist du sicher, dass bei uns alles in Ordnung ist?“, nahm Olivia das Thema erneut auf.

„Aber ja, meine Liebe“, versicherte er. „Es ist alles ruhig, und wir sollten uns viel eher um das Naheliegende kümmern. Ich meine die Versorgung dieser Insel. Es wird in naher Zukunft Probleme mit dem Wasser, Abwasser, dem Strom und dem Verkehr geben. Wenn das so weitergeht ist ein möglicher Vulkanausbruch unsere kleinste Sorge und gegenüber dem Kollaps der ganzen Infrastruktur, gleich einem kleinen Rülpser.“

Das war natürlich etwas gar polemisch und William war sich dessen bewusst. Trotzdem fuhr er fort: „Die Tante der Inselregierung, heute Nachmittag, war ein typisches Beispiel der hier herrschenden Ignoranz. Es sollen immer mehr Touristen kommen und keiner bedenkt, was das für die Insel bedeutet. Dafür werden Ängste über Vulkane geschürt, welche sowieso nicht kontrollierbar sind.“

„Ist denn Wasser und Strom kontrollierbar?“, wandte Olivia zweifelnd ein.

„Aber natürlich!“, ereiferte sich William. „Vor allem der Verbrauch und die Verschwendung. Der Touristenstrom müsste eingedämmt und die Infrastruktur in Stand gestellt werden. – Das alles wird aber keiner der Verantwortlichen wollen, denn das heißt weniger Wirtschaftswachstum.“

Olivia überlegte und meinte dann: „Das trifft doch hauptsächlich für die Urlaubsregionen zu. Bei uns hier ist das doch kein Problem."

„Ha, kein Problem!", entgegnete der Geologe. „Den Strom können wir notfalls noch selber mit mobilen Generatoren erzeugen, aber das Wasser wird auch uns in Zukunft fehlen. Die Niederschläge werden immer weniger, und die Quellen oben im Barranco versiegen. Du siehst ja selber, wie trocken es bereits geworden ist."

Tatsächlich musste sie ihre Pflanzen immer öfter gießen, aber glücklicherweise war der tiefe Brunnen hinter dem Haus noch immer voll Wasser. Was, wenn der austrocknen sollte, was dann?

Kapitel 2

Haría liegt im Tal der tausend Palmen. Der blühende Ort im nördlichen Teil von Lanzarote verdankt seinen Wohlstand seiner geschützten Lage inmitten der Berge. Diese sammeln das benötigte Wasser, worauf es den Weg in die Zisternen des Ortes findet. Genau vor dem Rathaus befindet sich so eine Aljibe.

Fernando Romero, Ex-Comisario der Policía National, saß mit geschlossenen Augen vor dem Café 'La Plaza' und träumte vor sich hin. Der Vormittag war noch ruhig, und nur wenige Fahrzeuge nahmen die scharfe Ecke am Platz der Constitución, um auf die Straße hinauf in Richtung Norden zu gelangen oder geradeaus durch das Dorf zu fahren. Der vor ihm stehende Café Solo war längst ausgetrunken, und Fernando döste zufrieden vor sich hin. Manchmal blinzelte er hinüber zu dem kleinen Platz mit der Zisterne, wo sich die ersten Sonnenstrahlen zwischen den Häusern hindurch wagten. Es war ein schönes und beruhigendes Bild, die geschwungenen weißen Mauern mit den rot blühenden Bougainvilleas und dahinter das stattliche Rathaus.

Normalerweise traf er hier die Männer, welche wie er, den Vormittag mit Nichtstun und Müßiggang vertrieben. Heute war noch keiner erschienen, aber das war nicht außergewöhnlich, denn den Manuel plagte die Gicht und José hatte vermutlich wieder einmal Streit mit seiner María. – Unmöglich, dass man sich in dem Alter derart das Leben schwer machten konnte. Fernando verstand das nicht und dachte zufrieden an seine Ilona. Sie war manchmal durchaus kratzbürstig, aber ein überaus liebenswürdiger Mensch. Seit sie im letzten Jahr hierher gezogen waren, war Ruhe in ihr beider Leben eingekehrt. Ilonas Zeiten der aufreibenden Geschäftsführung des Lokales "El Rondó" in Puerto del Carmen lagen definitiv hinter ihnen und hatten einem gemächlichen ländlichen Dasein Platz gemacht. Natürlich hatte sie Recht mit der Feststellung, seine gefährlichen Ermittlungen als Polizist seien nun endgültig vorbei und er könne, ja müsse jetzt seinen Ruhestand voll und ganz genießen. Sie lebten nun bereits über ein Jahr hier in Haría und hatten sich gut eingewöhnt.

Die Wohnung bei Victoria war komfortabel. Sie fühlten sich wohl dort, wenn auch die Eigentümerin, welche über ihnen hauste, manchmal etwas gar aufdringlich war. Die alte Frau hatte viel Gemeinsames mit seiner Tante Amara in Tías. Sie war übereifrig am Wohlergehen ihrer Mieter besorgt, aber ihre liebenswürdige Art war selbstlos und gut gemeint. Was wollte man mehr.

Um die drohende gähnende Leere etwas auszufüllen, hatte sich Ilona bei der Sociedad 'La Tegala', einem Kulturzentrum mit angeschlossenem Restaurant, engagiert. Es lag hier gleich um die Ecke, und auch Fernando war oft dort anzutreffen. Trotzdem, manchmal fehlte ihm die vertraute Umgebung um Puerto del Carmen und Tías. Tante Amara, liebevoll auch Tía Amara genannt, lebte dort allein in ihrem Elternhaus und war immer so etwas wie das Zentrum für alle gewesen.

Fernando seufzte leise vor sich hin und blinzelte träge gegen das aufkommende Sonnenlicht. Die Strahlen hatten inzwischen den Weg über die nahen Dächer gefunden und blendeten ihm jetzt grell entgegen. Plötzlich riss er die Augen auf und spähte über die Straße. Drüben vor dem Rathaus störte eine Gestalt die morgendliche besinnliche Stimmung. Sie schien tatsächlich einen Angriff auf das stolze Gebäude der Kommune zu führen und hämmerte wie wild auf die Pforte ein. Ja, es handelte sich um eine Frau, die mit geballten Fäusten dort Einlass begehrte.

Fernando erhob sich, erst zögernd und kopfschüttelnd, eilte dann aber über die Straße und winkte abwehrend mit den Armen.

„Señora!", rief er. „Es ist noch geschlossen!"

¡Por Dios, aufmachen!“, schrie die Frau und hämmerte weiter an die Tür.

„Bitte, beruhigen Sie sich!“, sagte Fernando und stellte sich der Angreiferin entgegen. „Das ist zwecklos, hier ist erst ab zehn Uhr geöffnet. Kann ich ihnen helfen?“

Endlich ließ sie von der Tür ab und drehte sich um. Große Augen starrten ihm angstvoll entgegen. Die schwarzen Haare standen wirr in alle Richtungen um ihr rotes, verschwitztes Gesicht. Sie war jung, vermutlich um die zwanzig Jahre. Ihre Erscheinung war sportlich, aber die weißen Jeans waren bis an die Knie verschmutzt und die Bluse verschwitzt und zerknittert. Sie war völlig aufgelöst und keuchte heftig.

„Polizei!“, stammelte sie jetzt „Ich brauche die Polizei. Es wurde auf mich geschossen.“

„Bitte, bleiben Sie ganz ruhig“, entgegnete Fernando. „Offensichtlich sind Sie unverletzt. Die Polizei ist aber nicht hier. Das hier ist das Rathaus. Das Revier befindet sich etwas außerhalb, an der Straße in Richtung Arrieta. Soll ich sie hinbringen?“

„Ja, bitte…“

Er führte sie um die Ecke, wo etwas weiter vorne sein alter Skoda stand. In wenigen Minuten hatten sie, vorbei am Friedhof, etwas oberhalb der Hauptstraße San Juan, die Polizeiwache erreicht. Das offensichtlich neue Gebäude stand völlig allein, wie eine Burg auf der Anhöhe und wirkte dementsprechend protzig. Vergitterte Fenster verstärkten den Eindruck einer Festung zusätzlich.

„Keine Angst“, beruhigte Fernando seine Begleiterin, während sie zum Eingang gingen. „Ich kenne mich hier aus. Der Leiter des Reviers ist ein Freund von mir.“

Der Empfangsraum war schlicht und roch nach Mörtel und frischer Farbe. Ein wuchtiger Tresen versperrte den weiteren Zugang.

„Comisario!“, rief der anwesende Polizist erfreut und sprang auf. „Schön, Dich zu sehen. – Aber was haben wir denn?“

„Javier, alter Knabe! Wie fühlst du dich in deinem neuen Reich?“, entgegnete Fernando.

„Sie sind Polizist?“, entfuhr es der jungen Frau.

Fernando grinste. „Na ja, es wird Zeit, dass wir uns vorstellen. Ich bin Comisario Romero, im Ruhestand. – Das ist Javier Sánchez,

Inspector der Policía Nacional, neu hier im Amt. – Und wer sind Sie verehrte Dame?"

„Mein Name ist Elenora Lopez. Auf mich wurde dort unten geschossen."

Javier zückte Bleistift und Notizblock und wiederholte: „Señora Elenora Lopez... aus?"

„Arrecife, Calle Tinache 6", antwortete sie genervt.

„Auf Sie wurde geschossen. Offensichtlich ist ihnen aber nichts passiert. Sie sind wohlauf."

„Ja, aber der Kerl muss verrückt sein. Ich habe doch nichts getan."

Javier brummte zustimmend. „Aber jetzt mal alles schön der Reihe nach. Wo war das?"

„An der Straße des Barrancos del Chafarís, in der Kurve gleich unterhalb der gleichnamigen Fuente."

Elenora hatte sich tatsächlich wieder gefangen und erzählte jetzt etwas tonlos: „Ich fuhr von oben den Barranco hinunter und hielt in der Kurve. Die Quelle war mir bekannt, und ich wollte sie besuchen. Der steile Fußweg führt etwa zweihundert Meter bergauf zu dem Wasserbecken, aber gleich unterhalt kam mir ein Mann mit einem Gewehr entgegen. Er rief etwas Unverständliches und schoss..."

„Er zielte auf Sie?", unterbrach sie Fernando.

„Ich weiß es nicht. Ich war so erschrocken, dass ich kehrt machte und zurück rannte. Beinahe wäre ich gestürzt, aber ich erreichte mein Auto und raste hinauf nach Haría."

„Wie sah der Mann denn aus?", fragte Javier.

Elenora stockte. „Schwarz, groß... gefährlich. Er trug einen Hut. – Was weiß ich? Ich habe ihn nur kurz gesehen."

„Verständlich", meinte Javier. „Sie sind ja auch weggerannt. Es könnte durchaus ein Jäger gewesen sein. In dieser Gegend wird oft auf Kaninchen oder Rebhühner Jagd gemacht."

„Der Schuss galt aber mir", sagte Elenora schwach, denn sie merkte, dass man ihr nicht so recht glaubte. „Es war ja niemand sonst in der Nähe. Unten stand auch kein anderes Auto."

„Na ja, was heißt, dass es tatsächlich jemand aus der Gegend war, der sich vermutlich beim Wildern ertappt glaubte. Wir werden der Sache nachgehen, aber erhoffen Sie sich nicht allzu viel.“

Damit war die Sache erledigt, und Javier klappte den Notizblock demonstrativ zu. Na ja, hysterische Ausflügler kamen nicht selten mit den unglaublichsten Geschichten an. Er blinzelte seinem Freund vertraulich zu und verabschiedete damit die Beiden.

„Wärst du so gut und würdest die Dame zurück ins Dorf fahren?“, beauftragte er Fernando abschließend.

„Natürlich“, bestätigte Fernando. „¡Hasta luego! Wir sprechen uns noch.“

In Auto saß die Frau stocksteif und starrte geradeaus. „Der glaubt mir nicht“, brummte sie.

„Doch doch“, erwiderte Fernando. „Der Inspector ist ein alter Freund von mir und sehr zuverlässig. Allerdings ist er erst neu hierher versetzt worden und muss sein Revier erst kennenlernen. Er wird der Sache nachgehen, aber wie gesagt, viel kann man nicht erwarten. Sie sind ja glücklich mit dem Schrecken davongekommen.“

„Toll, ich lebe ja noch!“, kam die zynische Antwort.

„So habe ich das nicht gemeint“, verteidigte sich Fernando. „Was wollten Sie eigentlich dort bei der Fuente Chafarís?“

„Mir war eine Geschichte über Wassermangel zu Ohren gekommen…“

„Ach, deshalb wollten Sie zu der Quelle, um zu sehen ob sie am versiegen ist. Sind Sie vielleicht Journalistin?“

„Erraten“, sagte sie mit einem kurzen Lächeln. „Sie können mich jetzt hier absetzen. Mein Auto steht dort drüben.“

Sie murmelte ein Danke, stieg aus und steuerte zielbewusst auf einen Kleinwagen der Autovermietung "Carrent" zu. Das Logo war deutlich sichtbar. Sie stieg ein und brauste davon. Fernando saß eine Weile nachdenklich da und schüttelte den Kopf. Die Frau war ein Rätsel, einerseits machte sie den Eindruck einer schreckhaften, hilflosen Göre, aber andererseits war sie selbstsicher unterwegs und wusste genau, was sie wollte. Eine Journalistin? Was war hier echt und was gespielt? So eine war doch nicht so hilflos und würde bestimmt nicht wegen einer Kleinigkeit gleich zur Polizei rennen. Er nahm sich vor, später den Namen Elenora Lopez zu googeln.

Im Moment blieb wohl nichts anderes übrig, als nach Hause zu fahren und die Sache zu vergessen. Als er aber bei der Ecke vor dem Rathaus ankam, schwenkte er nicht in die Calle la Tegala zu seiner Wohnung ein, sondern nahm, einer plötzlichen Eingebung folgend, die Straße um die Ecke Richtung Süden. Er hatte alle Zeit, denn es war erst kurz vor Mittag, und das Essen kam sowieso erst gegen zwei Uhr auf den Tisch. Es konnte nichts schaden, wenn er die Stelle des angeblichen Zwischenfalles kurz selber in Augenschein nahm.

Wenige Minuten später bog er in die schmale Straße zum Barranco del Chafarís hinunter. Er fuhr langsam, denn die Fahrbahn, in die große Schlucht hinab, war recht gefährlich. Immer wieder kam es vor, dass Felsen oder Erdrutsche den Weg versperrten, und ein Ausweichmanöver war meist eine Millimeterarbeit. Normalerweise mied Fernando diese Strecke, gab es doch weiter nördlich eine gut ausgebaute Landstraße, die genauso schnell und viel sicherer zum Meer hinunter führte.

Er erreichte die Stelle problemlos und stellte das Auto auf dem kleinen Platz bei der Kurve ab. Von dort führt der Weg hinauf zu der Quelle. Erst jetzt wurde ihm bewusst, dass sein Schuhwerk völlig ungeeignet war, denn der Pfad war rau und steinig. Es nützte alles nichts, er musste die paar hundert Meter hoch, wenn er die Fuente de Chafarís sehen wollte. Weit und breit war keine Menschenseele. Das schroffe Gelände lag grell in der Sonne, nichts bewegte sich, wie wenn sich jedes erdenkliche Lebewesen in den rauen Felsen und dem kargen Gebüsch verkrochen hätte. Ein paar magere Feigenkakteen kämpften um ihr Dasein. Direkt über dem trostlosen Hang erhob sich das obere Ende des Barrancos, wie eine unüberwindbare Wand. Auf der gegenüberliegenden Seite befanden sich treppenartige Terrassen bis hoch hinauf und bewiesen, dass hier vor langer Zeit emsige Hände am Werk gewesen waren und die karge Landschaft zu zähmen versucht hatten.

Fernando stolperte schwitzend den Pfad hinauf und verfluchte seine Dummheit, sich auf so etwas eingelassen zu haben. Was zum Teufel dachte er sich dabei? Was sollte das bringen, was suchte er hier eigentlich? Mehrmals blieb er stehen und blickte um sich. Wenn hier jemand geschossen hatte, so musste das aus reiner Unlust ob dieser gottlosen Einöde gewesen sein. Selbst Rebhühner oder Hasen mussten hier längst das Weite gesucht haben, und ein Jäger hatte wohl in seiner Frustration einfach in die Luft geschossen. So hatte das ja auch Javier gesehen, und damit wohl recht gehabt. Er sollte umkehren.

Fernando wäre aber nicht Comisario Fernando gewesen, wenn er so leicht aufgegeben hätte. Er kämpfte sich also weiter hoch und erreichte kurz darauf keuchend den Rand des Beckens. Es war ein einfaches, viereckiges Gemäuer aus groben Steinen zum Auffangen des Bergwassers gedacht.

Er brauchte einige Zeit, um zu Atem zu kommen und das Ausmaß von dem, was er sah zu begreifen. Wenn er sich richtig erinnerte, war dieses Becken normalerweise voll von träge vor sich hin gurgelndem dunklem Wasser. Jetzt war da nichts. Ein nasser grünschwarzer Schlammrest verriet, dass der Teich erst vor kurzem entleert worden war. Das machte keinen Sinn. Die paar wenigen hinunterführenden Leitungen konnten unmöglich das ganze Wasser verschwendet haben, denn die Bauern waren gewissenhaft um die Verteilung des kostbaren Nasses bedacht. Natürlich gab es öfter mal Uneinigkeiten, sogar Streit, aber es war keiner so blöd, alles Wasser abzulassen, um dann Tage später seine Felder vertrocknen zu sehen. Die Verteilung war so etwas wie ein ungeschriebenes heiliges Gesetz seit vielen Generationen.

Fernando stand auf dem breiten Rand und blickte auf den schlammigen Boden und das darin liegende verstreute Geröll, als er plötzlich das große Loch entdeckte. Die Mauer des Beckens war unmittelbar neben der linken Ecke eingebrochen und hatte eine große Bresche gebildet. Jetzt war auch sichtbar, dass sich darunter am Abhang das Wasser seine Bahn gepflügt hatte und nutzlos ins Tal versickert war.

Fernando näherte sich der Lücke und schüttelte den Kopf. Konnte es sein, dass ein Steinschlag den Schaden verursacht hatte und es bis jetzt noch niemand entdeckt hatte? Er blickte nach oben, konnte aber nirgends eine Abbruchstelle oder einen Felsniedergang entdecken. Auch die viereckige Öffnung der Galería, etwas oberhalb, schien unversehrt und war hinter Gestrüpp gerade noch zu sehen. Dieser alte Tunnel, komischerweise 'Galería' genannt, führte mehrere Hundert Meter in den Berg hinein, um das Wasser zu sammeln. Aber das wenige Wasser, welches von dort heruntersickerte, war kaum der Rede wert und floss jetzt ungehindert nutzlos durch das zerstörte Becken.

Der Hang über dem Becken sah völlig normal und unbeschädigt aus. Das Gestrüpp und die Grasbüschel standen unversehrt da, und nichts deutete darauf hin, dass dort Gestein niedergegangen wäre. Zudem müssten Teile des Rutsches doch auch im Becken selber zu liegen gekommen sein. Der Schaden in der Mauer sah irgendwie seltsam aus. Hätte sie dem Druck nicht mehr standgehalten, wären wahrscheinlich Risse entstanden und das Wasser wäre mit der Zeit langsam ausgelaufen. Dieses hier sah nach einer mutwilligen Zerstörung aus, vielleicht sogar wie eine Sprengung.

Bevor er sich jetzt aber in verrückte Mutmaßungen verstrickte, beschloss Fernando, dass die Situation erst einmal gemeldet werden sollte. Wahrscheinlich hatten die Bauern dort unten bis jetzt noch nichts bemerkt. Diese hätten aber wohl alles Interesse daran, den Schaden so schnell wie möglich zu beheben.

Noch etwas blieb aber hartnäckig in seinen Gedanken stecken. Er war doch eigentlich wegen der Frau, auf welche angeblich geschossen worden war, hier und nicht wegen der Wasserversorgung des Tales. Es war nicht auszuschließen, dass die Señora tatsächlich den Verursacher der Sabotage am Wasserbecken gestört hatte und dieser sie mit einem Schuss in die Flucht jagte. Wer aber sollte so etwas Verrücktes tun, und warum?

Kapitel 3

Die Sonnenschirme standen wie Wächter zwischen den Liegestühlen und warteten darauf geöffnet zu werden, um Schutz gegen die gleißende Sonne zu bieten. Noch waren aber die meisten Plätze unbesetzt, wenn man von ein paar Liegen absah, welche demonstrativ mit bunten Badetüchern drapiert waren. Übereifrige Gäste hatten da vorsorglich in aller Frühe die besten Plätze in Besitz genommen.

Paula übersah die anmaßenden Aktionen dieser Touristen, welche vermutlich mit einem Billigst-Angebot angekommen waren und jetzt das Frühstücks-Büffet plünderten. Sie selber war in aller Frühe aus dem Zimmer geflohen und hatte ein paar Runden im großen Pool gedreht. Obwohl das Becken beheizt wurde, war das Wasser doch recht kalt, und ein Frösteln ging über ihre helle Haut. Lanzarote konnte tatsächlich nachts recht kühl werden, umso mehr freute sie sich auf die jetzt immer höher kletternde Sonne.

Das 'AguaCave', ein Viersternehotel, befand sich an der Südostküste von Lanzarote und war nur ein paar Kilometer von der Hauptstadt Arrecife und dem Flughafen entfernt. Sie liebte diesen Ort mit dem herrlichen, weitläufigen Garten und den beiden blauen Pools vom ersten Augenblick an. Die Liegen lagen verstreut zwischen Palmen, Yuccas und Agaven. Am Gitter der nahen Bar kletterte eine rot blühende Bougainvillea hoch und leuchtete wie ein loderndes Feuer. Mit halb geschlossenen Lidern blinzelte sie in dieses herrliche Bild. Paula war eine sportliche Erscheinung, und der schlichte einteilige Badeanzug brachte ihre Figur anmutig zur Geltung. Sie war keine Freundin von knappen Bikinis und aufreizenden Tangas, aber genau diese Einstellung machte sie zu etwas ganz Besonderem. Ihr ebenmäßiges Gesicht war umrandet von langem braunem Haar und ihre Augen, wenn sie diese dann öffnete, glänzten in einem blaugrünen Ton, wie kostbare Smaragde. Paula war eine schöne Frau und zog immer wieder bewundernde Blicke auf sich.

Es dauerte nicht lange, und dann war der Frieden vorbei. Mit lautem Gegröle fegten zwei Kinder heran und stritten sich um die nahe Liege. Der Mann, vermutlich der Herr Papa, folgte grinsend und schnappte sich den Sonnenschirm.

„Langsam ihr Wilden!", rief er lachend. „Wir haben alle Zeit der Welt."

Paula verfolgte das Treiben aufgeschreckt. „He da! Das ist meiner!", rief sie verärgert.

Erschrocken ließ er den Schirm los. Es rumpelte, und um ein Haar wäre er umgekippt. „Entschuldigung!", krächzte er ertappt.

„Lassen Sie den schön da stehen. Ich brauche ihn."

„Ja, natürlich. Es gibt ja noch mehr."

„Und sorgen Sie für etwas mehr Ruhe!", konnte sich Paula nicht verkneifen. „Wir sind hier nicht auf einem Jahrmarkt."

Nun war seine grinsende Stimmung weggeblasen. „Pardon, die Dame will nicht gestört werden. – Die Kinder… Sie haben selber wohl keine?"

„Ich wüsste nicht, was Sie das angeht", entgegnete sie schnippisch und griff nach ihrem Buch, welches auf den Boden gefallen war.

Der friedliche Moment von vorhin war verflogen. Sie versuchte den Faden der Lektüre wieder aufzunehmen, merkte aber bald, dass sie immer am gleichen Satz hing. Der Kerl, er war mit seiner Bande weiter drüben auf Abstand gegangen, beschäftigte sie ungebeten. Eigentlich bereute sie ihre schroffe Zurechtweisung, denn Kinder waren nun einmal so, stürmisch und lebhaft. Und, es sprach für den Vater, dass er sich um sie kümmerte und damit der Mutter etwas Erholung schenkte. – Eigentlich sah der Mann nicht schlecht aus. Er war groß, athletisch gebaut und machte in der Badehose eine gute

Figur. – Himmel, jetzt war sie auch schon so weit und bewunderte fremde Männer! Nein, der Kerl war unhöflich und selbstherrlich. Solche Männer waren ihr ein Gräuel.

Erleichtert atmete sie auf, als Andreas endlich auf sie zusteuerte. Wohlwollend bemerkte sie, dass auch er eine gute Figur machte, und sein Körper nichts zu wünschen übrig ließ. Seine blonden Haare leuchteten in der Sonne und verrieten seine nordische Herkunft deutlich. Er war braun gebrannt, was sie immer wieder erstaunte. Er nahm die Bräune in nur wenigen Tagen einfach so an, während sie selber mit Cremes und Sonnenschirm kämpfte, um dann schlussendlich doch rot wie ein Krebs zu enden.

„Liebling! Da bist du ja", rief er und warf das Badetuch auf die unweite Liege. „Kommst du eine Runde Schwimmen?"

„Guten Morgen, Faulpelz!", entgegnete sie. „Ich hab' mein Pensum längst erfüllt. Geh' du ruhig!"

Sie beobachtete, wie er zum Pool schlenderte, zuerst mit dem Fuß die Temperatur prüfte und dann kopfüber hinein sprang. Sollte man eigentlich nicht machen, fuhr es ihr durch den Kopf. Aber Andi ließ es sich nicht nehmen, diese sportliche Show aufzuführen. Männer!

Mittlerweile waren sie ein paar Monate zusammen. Sie ergänzten sich hervorragend, und er war eine äußerst liebenswürdige Person. Sie hatten sich an einem Messebesuch in Hannover kennengelernt und hatten sich, nach ein paar stürmischen Tagen, in ihrer Wohnung im Stadtteil Waldheim wiedergefunden. Er stammte aus Schweden, war aber für seine eigene Firma an die Messe nach Hannover gekommen. Zusammen mit seinem Studienfreund Torsten, vertrieben sie neuartige Systeme zur Wasseraufbereitung und waren damit in der heutigen Zeit ein viel diskutiertes Unternehmen.

Die Sonne hatte nun auch ihre Liege erreicht. Es fühlte sich warm und wie eine sanfte Liebkosung an. Paula verfolgte träge wie Andreas seine Bahnen zog und dachte an die vielen schönen Stunden, die sie zusammen verbracht hatten. Sie müsste lügen, wenn sie nicht von seinem athletischen Körper angezogen würde, auch wenn sie sich manchmal wünschte, er wäre etwas weniger direkt. Seine typisch nordische Art, ganz unbedenklich nackt herumzulaufen, störte sie manchmal schon, aber auf ihre Proteste reagierte er la-

chend und nannte sie prüde und altmodisch. Tatsächlich hielt sie
nichts von einer solchen Freizügigkeit und konnte nicht verstehen,
dass man ja damit doch den letzten Funken an privatem Geheimnis
preisgab. War es nicht viel schöner, sich einer aufreizenden Phantasie hinzugeben, als alles gleich auf dem Präsentierteller offen zu
bekommen. Auch Frauen sollten sich dabei bewusst sein, dass ein
knapper Bikini viel betörender wirkte, als Obenohne. – Aber, was
phantasierte sie da, das Verhalten vieler der Gäste hier war völlig
gedankenlos, und es kümmerte sich kaum jemand um derartige Belanglosigkeiten. Man war im Urlaub und kannte keine Grenzen. Ob
Brüste, Bauch oder Po, es war egal wie scheußlich das manchmal
aussah.

Eigentlich waren sie aber nicht im Urlaub und nur zum Vergnügen hier. Andreas hatte am Nachmittag einen Termin bei einer
wichtigen Regierungsstelle. Genaueres wusste sie nicht, aber er
hatte erwähnt, dass es für die 'Vattec GmbH' von großer Bedeutung
wäre. Es ging dabei irgendwie um die Wasserversorgung. Natürlich
war auch ihr bewusst, dass die globale Situation um das notwendige
Trinkwasser, bei der herrschenden Klimaerwärmung, besorgniserregend war, aber warum gerade hier auf Lanzarote, das war völlig
unklar.

In der kurzen Zeit ihres Zusammenseins hatte sie erkannt, dass
Andreas ganze Leidenschaft dem lebensnotwendigen Element galt.
Er war Ingenieur und hatte Maschinenbau und Hydrologie an der
Humboldt Universität in Berlin studiert. Nach dem erfolgreichen
Abschluss hatten sich die beiden Freunde zusammengetan und
gründeten ihre eigene Firma. Torsten, der Mitinhaber, kam aus einer
angesehenen deutschen Familie, war gleichzeitig Geldgeber und
Finanzverwalter. Ihre Firma wuchs mit einer Geschwindigkeit, die
wohl dem allgemeinen Trend der Umwelthysterie geschuldet war.
Sie stellten erfolgreich Trinkwasser-Aufbereitungsanlagen her, vor
allem zur Entsalzung von Meerwasser. Aber was interessierten sie
all die Fachbegriffe, wie Umkehrosmose-Verfahren oder Entspannungsverdampfung? Und wenn die Geschäfte sie an so einen schönen Ort führte, wollte sie sich nicht beschweren.

Paulas Gedanken wanderten träge weiter. Wie wäre es, wenn sie
ihre Freundin einladen würde? Sie könnten einiges unternehmen,

Ausflüge machen, shoppen, flanieren, in einem Café einen Mojito trinken, tanzen, schwimmen und sonnen. – Ja, Clara war genau die Richtige, sie war immer gut aufgestellt, lustig und zu jedem Unsinn bereit. Plötzlich saß sie aufrecht und blickte suchend um sich. Sie musste unbedingt Andreas fragen. Was sollte sie sonst hier ganz alleine, wenn er geschäftlich unterwegs war. Sie blickte suchend um sich, konnte ihn aber nirgends entdecken. War er noch irgendwo im Wasser, oder vielleicht bereits zurück ins Zimmer? – Egal, sie konnte schon einmal die Freundin anrufen. Nach kurzem Klingeln meldete sich diese.

„Clara Heider. – Paula, du! Wo bist du denn?"

Sie hatte natürlich auf dem Handy erkannt, wer die Anruferin war. „Hola Clara!", versuchte es Paula mit ihrem bescheidenen Spanisch angebend. „Ich bin auf Lanzarote und liege in der Sonne am Pool."

„Du Glückliche!", kam sofort die Antwort. „Was glaubst du, was hier los ist. Wir haben Eis und Schnee, eine Saukälte und kalte Füße."

„Komm doch einfach her!", lockte Paula. „Es ist wunderbar warm hier, und wir könnten herrlich die Promenade entlang flanieren und shoppen. Mir fehlt eine Freundin, du fehlst mir."

Clara lachte und spottete: „Du Bedauerliche, du hast deinen Götterprinzen bei dir und langweilst dich? Ich wäre doch nur im Weg."

„Ach wo. Andreas ist geschäftlich unterwegs, und ich brauche jemanden, mit dem ich quatschen kann. Also kommst du?"

„Nur wenn da auch genügend junge Spanier sind", witzelte Clara vergnügt weiter.

„Hör auf mit dem Quatsch!", entgegnete Paula. „Komm einfach her! Wir machen uns ein paar schöne Tage."

„Also gut, ich komme."

Sie vereinbarten die Reisemöglichkeiten. Das könnte natürlich ein bis zwei Tage dauern. Die Flugdaten und Ankunftszeit würde Clara ihr per Whatsapp mitteilen, so dass sie Paula am Airport treffen könnte.

Zufrieden mit den Plänen, erhob sich Paula, hüllte sich in das farbige Strandkleid, ergriff ihr Buch und machte sich auf den Weg zur Reception. Eine vorsorgliche Zimmerreservation konnte nicht schaden.

„Guten Tag", sagte sie zu der lächelnden Dame. „Ich möchte eine Reservation für ein Einzelzimmer, voraussichtlich ab Samstag."

Es dauerte, aber nach eifrigem Tippen kam die Antwort. „Ja, am Samstag haben wir viele Abreisen. Wie war doch ihr Name?"

„Paula Wagner", antwortete sie prompt. „Ach so, die Reservation ist für Clara Heider, meine Freundin."

„Wie lange wird Frau Heider bleiben?", kam automatisch die Frage.

Paula zögerte. „Ich weiß nicht genau. Eine Woche vielleicht."

Wieder lächelte die Dame höflich und bestätigte: „Eine Woche. Bitte lassen Sie uns umgehend wissen, wenn sich ihre Pläne ändern sollten. Herzlichen Dank!"

„Ich danke Ihnen." Paula zögerte. „Ach, haben sie vielleicht meinen Mann gesehen. Er scheint nicht auf dem Zimmer zu sein. Wir haben die Nummer 310."

Die Frau warf einen Blick auf ihren Bildschirm und antwortete: „Tut mir leid, Herr Forsberg ist wahrscheinlich nicht im Haus."

„Vielen Dank!" Paula drehte sich weg und schmunzelte. Es war wohl heutzutage nichts Ungewöhnliches mehr, dass Paare mit verschiedenen Namen im Doppelzimmer nächtigten. Noch nicht lange her, war das anders und hätte mindestens ein Stirnrunzeln ausgelöst. Na ja, die Zeiten änderten sich. – Aber wo war er denn geblieben, ihr Andi?

Sie nahm den Lift in den dritten Stock und ging den langen Gang entlang bis zu ihrem Zimmer. Das Verschwinden ihres Partners beschäftigte sie nicht sonderlich. Ihre Beziehung hatte immer Spielraum für beide gelassen, er würde schon wieder auftauchen. Das Zimmer lag verlassen und leer da. Noch immer war das Bett ungemacht. Der Service ließ sich Zeit. Etwas ratlos stand sie in der Mitte des Raumes und überlegte, was sie nun sollte. Sie entschloss sich für einen Spaziergang den großen Strand entlang. Bis danach würde er sicherlich wieder auftauchen

Als Paula zwei Stunden später zurückkam, war das Zimmer aufgeräumt, das Bett gemacht und im Bad hingen frische Tücher.

Von Andi fehlte nach wie vor jede Spur. Wo war er? Eigentlich wollten sie doch zusammen einen kleinen Lunch an der Poolbar nehmen. Später, während der Hitze des Tages planten sie meistens eine Siesta im kühlen Zimmer.

Sie griff nach ihrem Smartphone und drückte die vertraute Taste. – 'Diese Nummer ist nicht erreichbar', kam die einsilbige Absage. Hatte er das blöde Ding ausgeschaltet? Langsam stieg Ärger in ihr hoch. Was sollte das? Warum war er plötzlich so rücksichtslos? Na warte…!

Trotzdem nagten leise Sorgen und Zweifel an ihr. Er war doch sonst nicht so. Sie kannte ihn als einen äußerst höflichen, rücksichtsvollen Menschen. Er würde doch niemals einfach so verschwinden, ohne ihr Bescheid zu sagen. Außerdem hatte er doch nachmittags einen wichtigen Termin. Hatte er nicht erwähnt, dass er um vier Uhr in Arrecife erwartet würde? Hatte er das vergessen? Nochmals überprüfte sie ihr Handy auf eine Nachricht. Nichts. Erneut wählte sie seine Nummer. Wieder nur die blöde Ansage. Genervt warf die das Ding auf das Bett. – Na warte! Sie konnte durchaus auch alleine zurechtkommen.

Sie verließ das Zimmer und schlenderte erhobenen Hauptes zur Bar. Lächelnd bestellte sie beim jungen Barmann einen eisgekühlten Mojito und später einen Krabbencocktail mit Toast und Butter. Mittlerweile war um den Pool emsiges Treiben, und auch an der Bar wurde bestellt und gelacht. Paula kam sich vor wie ein liegen gebliebener Ball, unbeachtet und zurückgelassen. Sie überflog die fröhlichen Badegäste, Mütter mit Kindern, oder Männer welche mit Freunden ein Bier tranken, alle unbeschwert und laut. Von Andi fehlte jede Spur.

Auf dem Rückweg stoppte sie erneut an der Rezeption und fragte nach dem Verbleib ihres Mannes und ob vielleicht eine Nachricht für sie im Fach wäre.

„Tut mir leid, da ist nichts", sagte die Dame lächelnd. „Vielleicht ist er auf dem Zimmer."

„Danke!"

Genervt schüttelte Paula den Kopf und machte sich auf den Weg zum Lift. Plötzlich brummte ihr Handy. Eine Nachricht von Clara, las sie da. 'Ankunft Freitag 13:30, freue mich, Clara'. Typisch für ihre Freundin, knapp und klar. Eine Welle der Erleichterung durchfuhr Paula. Sie freute sich sehr auf das Wiedersehen mit ihrer Freundin.

Oben angekommen, schob sie die Schlüsselkarte in den Schlitz, stieß die Türe auf und fuhr zurück. Sie konnte sich nicht erklären, was es war, aber etwas stimmte nicht. Das Licht im schmalen Durchgang war an, und auch durch die offene Tür des Bades leuchtete es hell. Dann entdeckte sie die Unordnung vor dem kleinen Tisch. Der Stuhl war umgekippt, die Schublade stand offen, und die Hotelprospekte lagen verstreut auf dem Boden. Als sie weiterging, unterdrückte sie einen Schrei. Ihr Koffer lag aufgebrochen auf dem Bett, der Inhalt verstreut und das Futter aufgerissen. Auch aus Andis Gepäck quoll alles heraus und war überall verstreut. Aus dem eingebauten Schrank waren Kleider und Hemden wahllos heruntergerissen, der eingebaute kleine Safe fehlte. Da hatte jemand ganze Arbeit geleistet und alles durchwühlt.

Das Telefon funktionierte noch, und Paula rief mit zitternder Stimme um Hilfe. Der Hoteldetektiv, ein Polizist, das Zimmermädchen, alle waren schockiert und versuchten sie zu beruhigen. Ein Einbruch! Was für eine schlechte Publicity für das Hotel.

Der nächste Tag, ein Freitag, war trüb und drückend. Über dem Meer hing ein graubrauner Dunststreifen, das Wasser schwappte träge auf den Strand und sah aus wie flüssiges Blei. Diese eigenartige Stimmung kannte Paula noch nicht, sie ist aber typisch für Lanzarote. Man nennt diese Wetterphänomen 'Calima'. Ein warmer Ostwind trägt feinen Staub, direkt aus der Sahara kommend, zu den kanarischen Inseln und hinterlässt ihn als braune Deckschicht und in jeder Ritze. Am besten, man blieb zu Hause und schloss Türen und Fenster. Paula nahm sich trotzdem kurz nach Mittag ein Taxi zum Airport. Ihre Fragen nach dem Verbleib von Andreas blieben alle erfolglos, aber sie hatte der Polizei das Verschwinden ihres Mannes bereits erklärt. Noch war es zu früh für eine Vermisstmeldung, aber im Zusammenhang mit dem gestrigen Einbruch, hatte der Beamte versprochen, ein Auge darauf zu haben. An der Reception, im Restaurant oder an der Bar, niemand hatte Andi gesehen. Er war spurlos verschwunden, und die einsame Nacht war zu schlaflosen, marternden Stunden geworden. Die Durchsuchung ihres Zimmers quälte sie andauernd. Außer dem Safe fehlte eigentlich nichts. Die kleine schwarze Kiste konnte man aber auch kaum einen sicheren Aufbewahrungsort nennen. Die beiden Schrauben, mit denen das Ding im Inneren des Schrankes befestigt war, waren mühelos herausgerissen worden, und das Öffnen des einfachen Schlosses würde wohl jedem einigermaßen handwerklich begabten Täter kaum Mühe bereiten. Diese Hotelsafes waren tatsächlich keine sicheren Tresore, meinte auch der Polizeibeamte ironisch, und Paula musste ihm zustimmen. Dummerweise hatten sie dennoch ihre Reisedokumente, etwas Bargeld und den wenigen Schmuck darin verwahrt. Jetzt war alles weg. Was wollte der Einbrecher damit? Suchte er etwas ganz bestimmtes? Für Paula war der Verlust des Ringes ihrer Mutter erschütternd. Es war ein altes Erbstück, vermutlich nicht einmal ein großer Wertgegenstand, aber ein Schmuckstück, das die alte Dame ihr kurz vor ihrem Tod mit den Worten übergab: „Er soll dir alles Glück auf Erden bringen." – Nun hatte sie ihn verloren und mit ihm vielleicht auch gleich ihr Glück und sogar ihren Liebsten.

Als Clara, nach langem Warten, endlich durch den Ausgang des Aeropuerto César Manrique trat, sich suchend umschaute, um dann strahlend auf sie zu zueilen, war Paulas Selbstbeherrschung vorbei. Während sie sich in die Arme fielen, schluchzte sie auf, und Tränen rannen ihr unaufhaltbar über die Wangen.

„Clara", stammelte sie, nur das einzige Wort, mit würgender Kehle.

Ihre Freundin verharrte kurz in der Umarmung, bis sie sich sanft löste und Paula prüfend betrachtete. „Paula, was ist?"

„Alles…", stammelte sie. „Alles ist aus."

Während Paula nach einem Taschentuch suchte, zog Clara ihren Reisekoffer mit sich und führte ihre Freundin weg von den gaffenden Zuschauern. Erst als sie im Taxi saßen fragte sie: „Jetzt aber heraus mit der Sprache! Was ist geschehen?"

Zusammengesunken saß Paula im durchgesessenen Polter und stotterte: „Er hat mich verlassen…"

Dann brach es aus ihr heraus: „Andi ist weg… unsere Habseligkeiten sind weg, mein Ring ist weg…"

Kapitel 4

„Fernando!“, klang es müde aus dem Smartphone. „Ich brauche deine Hilfe.“

„Was ist denn jetzt schon wieder“, antwortete Fernando, nicht gerade begeistert. „Wir haben doch gestern alles besprochen, und die Landwirte im Tal wissen jetzt über das unerwartete Wasserproblem Bescheid. – Javier, ich bin gerade beim Mittagessen, kann das nicht warten?“

„Ja ja, lass dich nicht stören“, brummte Javier. „Aber wir haben eine Leiche unten bei Mala. Ich kann doch nicht überall gleichzeitig sein. Bitte hilf mir.“

„Eine Leiche?“, rief Fernando und merkte im gleichen Moment, dass das ein Fehler war. Ilona saß plötzlich aufrecht gegenüber und blickte strafend.

„Entschuldige, aber ich rufe gleich zurück. Ich will nur die Mahlzeit beenden.“

„Eine Leiche“, wiederholte Ilona gefährlich leise. „Du wirst dich doch nicht wieder in so etwas einlassen. Du weißt, was du mir versprochen hast.“

„Meine Liebe, ich mache nichts, überhaupt nichts“, versicherte Fernando.

„Er will dich aber wieder in irgendetwas hineinziehen. Ich spüre das.“

„Bitte Ilona, ich verspreche dir, dass ich nichts Voreiliges mache, aber wenn ein Freund Hilfe braucht, sollte man mindestens zuhören. Vielleicht ist er wirklich in Not."

Ilona schüttelte den Kopf. „Er ist Polizist. Er ist doch der Helfer in der Not, und nicht du…"

Fernando suchte den Kontakt zu ihren Augen. Die dunklen Pupillen glänzten wie tiefe Teiche. Besorgnis, aber auch Unsicherheit lagen darin, und in seinem Innersten wusste er ganz genau, dass ihre Proteste nur aus lauter Liebe entstanden. Was für eine Frau! Am Ende würde sie ohne Zögern zu ihm stehen, was immer da auch kommen mochte.

„Ilona, ich werde niemals etwas tun, was dich verletzen würde. Du bist mir viel zu wichtig, als dass ich unsere Liebe aufs Spiel setzten wollte. Bitte vertrau mir."

Ilona senkte den Blick und sagte: „Du weißt ja noch nicht einmal was er von dir wollte. – Ich werde heute in der Sociedad sein. Die haben eine Veranstaltung und brauchen jede Hand. Es könnte spät werden. – Bitte sei du vernünftig und vorsichtig."

Fernando kannte diese Art, wie sie mit Bedenken umging. Sie flüchtete in Arbeit und schloss ihn damit vermeintlich aus. Das war schon früher so, als sie in Puerto del Carmen das ‘El Rondó‘ führte. Die anspruchsvolle Arbeit war wie ein Ventil für sie, aber schlussendlich war sie ihm immer treu zur Seite gestanden und hatte manchmal sogar den entscheidenden Schritt veranlasst. Sie hatte sich mehr als einmal in Ermittlungen eingemischt, so dass er sich fürchterlich um sie sorgte – und nicht umgekehrt.

Er erhob sich und küsste sie auf die Stirn. „Bleib du nur sitzen", sagte er. „Ich werde jetzt mit Javier telefonieren und hoffe, dass alles nicht so weltbewegend ist. Vielleicht komme ich später dann auch noch zum ‘La Tegala‘. Was ist denn dort für eine Versammlung?"

„Keine Ahnung!", rief sie ihm hinterher.

Fernando trat vor die Tür. Der kurze Plattenweg führte direkt auf die Calle La Tegala. Der Name der Straße war identisch mit demjenigen des vorhin erwähnten Lokals. Das war Fernando gleich aufgefallen, aber der alte Manuel hatte ihn aufgeklärt. ‘La Tegala‘ war ein alter Begriff der Ureinwohner, der Guanchen, und bedeutete eine Steinmauer oder ein Unterstand auf dem Feld, zum Schutze gegen das Wetter. Solche Begriffe waren auf Lanzarote häufig zu finden und deuteten darauf hin, dass auf der Insel einmal eine andere Kultur herrschte, im Gegensatz zu den heutigen Touristen, die meist nicht einmal ein klein wenig Spanisch beherrschten.

Fernando stand jetzt in der prallen Sonne und fischte sein Handy aus der Tasche.

Javier war sofort dran. „Fernando, endlich!"

„Was ist denn?" Seine Antwort klang unwillig. Ilonas Worte schwirrten noch durch seinen Kopf. 'Lass dich nicht wieder in irgendetwas hineinziehen'! Recht hatte sie – trotzdem…

„Ein Toter liegt unten in Mala in einem Kakteengarten", sagte Javier. „Komm her, dann erklär ich dir alles!"

Sein Skoda stand am Straßenrand. Eigentlich befand sich seitlich des Hauses eine große Einfahrt zur Garage, aber er machte sich normalerweise nicht die Mühe, das schwere Eisentor zu öffnen. Er klemmte sich hinter das Steuer, und in drei Minuten war er da. Einmal mehr war er über die isolierte Lage der neuen Polizeistation, außerhalb der Ortschaft, erstaunt. Kein Wunder, dass sich Javier da nicht wohl fühlte. Er musste sich wie in die Wüste geschickt vorkommen, und die minimale Besetzung des Reviers verstärkte dieses Gefühl wahrscheinlich noch zusätzlich. Da war gerade noch ein Subinspector mit dem Namen Bayardo zugegen. Bei Bedarf konnten sie vielleicht auf die Unterstützung aus Arrieta hoffen. Fernando verstand also die Frustration seines Freundes gut, wollte ihn aber nicht bemitleiden, denn die Versetzung war immerhin mit der Beförderung zum Comisario einhergegangen.

Fernando trat grinsend durch die Tür und rief: „Buenas tardes, zu ihren Diensten, Señor Comisario!"

„Lass den Blödsinn!", bellte der Angesprochene und sprang auf. „Am besten fahren wir gleich los. Ich kann dir unterwegs die notwendigen Informationen liefern. Wir nehmen meinen Wagen."

Auf der Fahrt hinunter, Richtung Arrieta, begann er: „Der Tote liegt in einem Kakteenfeld unten bei Mala, an der Calle el Rostro, das ist unweit der Hauptstraße. Die Kollegen aus Arrecife sind vermutlich schon vor Ort. Comisario Suarez hat sicher die Spurensicherung bereits aufgeboten. Wir werden wohl einfach als Zuschauer dabei sein.“

Die Resignation seines Freundes war deutlich spürbar. Der Fall würde von der Hauptstadt aus bearbeitet werden, und Javier konnte nur zusehen, um dann zu seiner Tagesordnung zurückzukehren. Seine Aufgabe bestand darin, da und dort einen Verweis auszusprechen und ein paar übermütige Touristen in Schach zu halten. Javiers vorherige Zeit in Tías war eigentlich auch nicht viel anders verlaufen, aber trotzdem hatten sie damals einige aufsehenerregende Verbrechen gelöst und die Schuldigen der gerechten Strafe zugeführt. Fernando wusste ganz genau, wie sich sein Freund jetzt fühlen musste. Er selber war in eine ähnliche Situation geraten. Nach der Pensionierung fehlte auch ihm die Polizeiarbeit, wenn diese auch oft stressig und sogar manchmal gefährlich war. Er versuchte die Lücke durch Hilfstätigkeiten im Lokal seiner Ilona zu füllen, aber als Kellner war er nun wirklich nicht geboren, und seiner Liebsten musste er wohl eher eine Last, als eine Hilfe gewesen sein. Aber als er dann, ganz so nebenbei, seinem Freund und Kollegen Javier bei verschiedenen Ermittlungen half, protestierte Ilona heftig und bat ihn, solche risikoreichen Aktionen endlich zu lassen und den Ruhestand zuzulassen. – Ruhestand! Was sollte das sein? Ausgedient, abgeschoben, abgehalftert. So ein Mist! Sie gehörten noch lange nicht auf die Abfallhalde. Vor allem Javier, er stand noch einige Jahre vor der Pensionierung. – Man würde ja sehen.

Sie erreichten den Kreisel bei Arrieta und schafften die kurze Strecke auf der Autostraße LZ1 bis Mala in wenigen Minuten. Mala ist ein weit verstreutes Dorf, unweit der Playa del Seifio, einer rauen Küstenlinie mit wüstenähnlichem Charakter. Das Besondere an diesem Ort sind die zwischen den Häusern verstreut liegenden Kakteenfelder.

Lanzarote hatte einst einen blühenden Handel mit dem begehrten Karminrot. Die auf Opuntien, auch Feigenkakteen genannt, lebenden Cochenilleschildläuse sind der Grundstoff für das herrliche Rot. Im neunzehnten Jahrhundert erreichte die Herstellung dieses Farbstoffes, aus Lateinamerika kommend, auch die Kanaren. Noch immer werden, unter aufwendiger Arbeit, Produkte mit diesem einzigartigen Farbstoff hergestellt, und deshalb werden die Felder auch weiterhin gepflegt.

Die beiden Männer kümmerte das Karminrot aber wenig, denn sie suchten den Ort eines Todesfalles. Noch war unklar, ob es sich um einen Unfall oder ein Tötungsdelikt handelte.

Fast am Ende des langgezogenen Ortes fanden sie die Calle el Rostro und bogen links ab. Keine hundert Meter weiter sahen sie die Kolonne der Polizei. Ein Beamter in Uniform, mitten auf der Straße stehend, hielt sie auf. Javier stoppte und kurbelte die Scheibe herunter.

„Buenas tardes!", grüßte er.

„Sie können hier nicht weiter!", befahl der Beamte barsch. „Polizei-Sperrgebiet."

„Ich weiß", entgegnete Javier und hielt seinen Ausweis hoch.

Unwillig trat der Mann zurück und befahl: „Lassen Sie ihr Auto hier auf der Seite stehen!"

„Danke!", brummte Javier und unterdrückte eine weitere Bemerkung.

Nachdem sie den Wagen zur Seite gefahren und ausgestiegen waren, versuchten sie sich zu orientieren. Geradeaus führte die Straße weiter in Richtung Küste. In der Ferne standen ein paar einzelne weiß leuchtende Häuser. Vor ihnen lag ein großes Feld mit Feigenkakteen, umgeben von einer niederen Steinmauer. Ein Weg führte daran entlang und verschwand hinter dem Abhang.

Drei Autos standen mitten auf der Straße, eines davon war eine Ambulanz. Der Arzt war also bereits da und vielleicht auch der Comisario aus Arrecife. Die Nachmittagssonne brannte gleißend auf die Gruppe, und Fernando trat der Schweiß sofort auf die Stirn.

„Verfluchte Hitze!", schimpfte er.

„Da ist Suarez", sagte Javier und ging auf den Beamten in Zivil zu. „Hola, Comisario! Haben Sie schon erste Erkenntnisse?"

„Javier! Sie spaßen. Wir sind eben erst eingetroffen. Es ist eine Frau."

„Wer hat sie denn gefunden?"

Alberto Suarez brummte: „Der Bauer dort drüben. Inspector Juan nimmt eben seine Aussage zu Protokoll."

Javier nickte. „Gut. Können wir jetzt mal einen Blick drauf werfen, Señor Comisario?"

„Nur zu! Die läuft nicht mehr weg", feixte der Polizist. „Die braucht auch keinen Arzt mehr."

Sie stiegen durch eine Lücke in der Steinmauer. Die Letztere umgab das Feld wie ein raues Bollwerk. Die Kakteen streckten ihnen wirr ihre dicken Blätter entgegen, wie große, euphorisch klatschende, mit Stacheln bespickte Hände.

Vorsichtig näherten sie sich der Leiche. Sie lag unmittelbar hinter der Mauer, keine fünf Schritte von der Eingangslücke entfernt. Die Kakteen bildeten hier eine kleine Lichtung, wie wenn sie vorsichtig von der Toten zurückgewichen wären.

„Ja, es ist eine Frau", stellte Javier fest. Er war vorangegangen und beugte sich über die Leiche.

Sie lag mit dem Gesicht nach unten auf der harten Erde. Ihre Glieder waren unnatürlich verdreht, und sie sah aus wie ein weggeworfenes Bündel. Fette, glänzende Fliegen umschwärmten sie und ließen sich ungestört, in der windgeschützten Ecke, auf der Toten nieder.

„Verflucht!", schimpfte Javier. „Warum haben sie nicht gleich ein Tuch über die Unglückliche gelegt. Die Fliegen, das ist doch widerlich."

Fernando stand da und kämpfte mit einem unbestimmten fragenden Gefühl. Die Frau, was war da? Diese schmutzigen Jeans, das farbige zerrissene Oberkleid…?

„Wir sollten sie umdrehen", brummte er.

Mit vereinten Kräften schafften sie es, wobei sie dauernd nach den lästigen Fliegen schlugen. Der Anblick war fürchterlich und erschreckend.

Die blauen Verfärbungen am Hals und die weit aufgerissenen Augen verrieten sofort die Todesursache.

„Sie wurde erdrosselt…", sagte Javier leise, wurde aber von seinem Freund abrupt unterbrochen.

„Die kennen wir doch!", japste Fernando. „Die von gestern Vormittag, die hysterische junge Frau, die behauptete es sei auf sie geschossen worden."

Javier bestätigte: „Du hast Recht. Wie hieß sie gleich? – Irgendetwas mit Lopez? – Das war aber nicht gestern, sondern am Mittwoch."

„Genau", sagte Fernando. „Wir müssen Comisario Suarez informieren. Er wird sich freuen, wenn wir ihm die Arbeit abnehmen. Die Identifizierung eines Opfers ist immer ein wichtiger Schritt in einer Ermittlung."

„Gut, lassen wir ihn seine Arbeit machen. Die Spurensicherung sollte doch längst hier sein."

Sie verließen den Tatort und informierten Suarez über ihre Erkenntnisse. Seine Reaktion auf die Identität der Toten war entsprechend und einsilbig.

„Danke für ihre Hilfe, Inspector."

„Comisario", korrigierte Fernando. „Javier Sánchez ist inzwischen befördert worden."

Suarez überging die Richtigstellung, wandte sich seinen Leuten zu, kommandierte herum und ließ sie beide stehen.

Während sie zurück zum Wagen gingen, kam Javier plötzlich eine Idee. Er fischte sein Handy hervor und rief auf seinem Revier an.

„Bayardo!", bellte er in sein Gerät. „Da war doch am Mittwoch diese Frau, wie hieß die gleich?"

Es dauerte eine Weile, bis die Antwort kam. Inzwischen schaltete Javier auf laut.

„Das war Señora Lopez", tönte es endlich schwer verständlich aus dem Gerät. „Sie heißt Elenora Lopez, zweiundzwanzig Jahre alt, ledig und wohnt in Arrecife an der Calle Tinache 6. Sie ist Journalistin, ich habe sie im Internet gefunden. Sie ist frei arbeitende Berichterstatterin für verschiedene Medien und hat einige hervorragende Artikel über Umweltschutz veröffentlicht. Die Klimaerwärmung soll…"

„Ja ja", unterbrach ihn Javier. „Hat die Dame Familie auf Lanzarote?"

„Davon habe ich nichts gefunden, aber ich werde nochmals die Suche ausweiten. Google ist da sehr hilfreich."

„Tun Sie das!", knurrte Javier grinsend. „Und geben Sie mir umgehend Bescheid!"

Damit beendete er das Gespräch und meinte schmunzelnd an Fernando gewandt: „Der Mann ist komplett computergeil, aber solange er uns Informationen liefert ist das in Ordnung."

Fernando nickte. „Sei froh, er scheint ein hervorragender Mitarbeiter zu sein. Was wären wir heutzutage ohne das Internet?"

Sie verließen den Ort, und ohne weitere Nachfrage bog Javier auf der Hauptstraße in Richtung Süden ab. Fernando verstand sofort. Sein Freund wollte zur Adresse der unglücklichen Frau. Dort müssten die notwendigen Informationen zu finden sein. Wer und wo waren die zu verständigen Angehörigen? Hatte sie eine Beziehung und zu wem? Und vielleicht war sogar ein Anhaltspunkt zu finden, warum sie derart gewaltsamen zu Tode kam.

Während sie sich der Hauptstadt Arrecife näherten, fasste Fernando die Situation zusammen: „Eine Frau, eine Journalistin interessiert am Umweltschutz, wird oben bei der Quelle Chafarís durch einen Schuss bedroht und findet zwei Tage später einen gewaltsamen Tod in Mala. Da muss doch eine Verbindung sein."

„Davon können wir ausgehen", brummte Javier. „Was mich aber sehr erstaunt, ist diese brutale Gewalt, dieses Erdrosseln. Das deutet doch überhaupt nicht auf ein emotionales Verbrechen hin. Da wurde jemand kaltblütig und berechnend ermordet."

Fernando bestätigte: „Richtig, das sehe ich auch so. Ich habe mir schon überlegt, dass der Mörder mit sehr viel Kraft vorgegangen sein muss und die Frau keine Chance hatte. Sie war doch eigentlich eine junge sportliche Frau und hätte sich wehren können. Sie muss irgendwie behindert gewesen sein, aber wie?

„Schrecklich!", stöhnte Javier. „Es muss ein qualvoller Tod gewesen sein, aber ich glaube, er fand nicht dort im Kakteenfeld statt. Dafür fehlen jegliche Spuren."

„Das denke ich auch. Sie muss mit einem Auto dahin gebracht worden sein. Leider haben die Polizeifahrzeuge jegliche Reifenspur unwiederbringlich zerstört."

Inzwischen hatten sie die Ortschaft Tahiche durchquert, fuhren über riesige Kreisel und unter der Umfahrungsstraße hindurch, in gerader Linie in die Stadt hinein. Sie folgten der richtungsgetrennten Rambla Medular und um einige Ecken, bis das Navi bei der gesuchten Adresse krächzte: ‚Sie haben ihr Ziel erreicht'. Javier stellte das Auto an den Straßenrand und schloss ab.

Die Klingel war nicht beschriftet, aber nach langem Läuten erschien ein Mann in blauen Shorts und buntem Shirt. Er öffnete einen Spalt.

„Comisario Sánchez, Policía Nacional", stellte sich Javier vor und präsentierte seinen Ausweis. „Wir möchten zu Señora Lopez."

„Sie ist nicht da", kam die abweisende Antwort.

„Das wissen wir. Können wir trotzdem mit ihnen sprechen, Señor…?"

„Wieso? Was wollen Sie?"

Fernando wurde ungehalten. „Frau Lopez wurde ermordet. Bitte öffnen Sie und lassen Sie uns in die Wohnung."

Der Mann erstarrte. „Ermordet, Elenora? Das kann doch nicht wahr sein."

„Lassen Sie uns jetzt herein? – Und bitte nennen Sie uns ihren Namen!", entfuhr es Fernando ungeduldig.

Er wich zurück und gab zögernd die Tür frei. „Ich heiße Pablo Torres", sagte er. Ich wohne unten. – Elenora ist tot?"

„Sind sie ihr Freund?", fragte Fernando direkt.

„Ja… nein, nicht so wie Sie denken. Sie wohnt im Obergeschoss. Wir kennen uns seit sie hier eingezogen ist."

Der dunkle Flur mündete in eine steile Treppe, die oben auf einer kleinen Ebene endete. Die Tür war natürlich abgeschlossen.

„Haben Sie einen Schlüssel?", verlangte Fernando.

„Nein, natürlich nicht. Sie schließt immer ab, scheint niemandem zu trauen und hat wohl so ihre Geheimnisse."

Der Platz auf dem Treppenabsatz wurde eng, und der junge Mann klammerte sich ans Geländer. Er fühlte sich sichtlich unwohl, aber bei einer Todesnachricht würde wohl jeder so reagieren. Dennoch konnte Fernando sich nicht verkneifen, weiter zu fragen:

„Waren Sie den schon mal bei der jungen Frau in ihrer Wohnung? – Wenn man im gleichen Haus wohnt…"

Pablo Torres schluckte, gestand aber: „Ja, ich war schon mal bei ihr, aber…"

„Schon gut", beruhigte ihn Javier. „Die Frage ist nun wie kommen wir hinein. Man müsste einen Schlosser bemühen."

Der junge Mann wehrte ab: „Ich glaube der Hauseigentümer hat einen Schlüssel. Er wohnt hier gleich um die Ecke."

„Gute Idee!" sagte Javier. „Rufen Sie in an, bitte!"

Vereint stiegen sie hinunter, während Pablo den Eigentümer aufbot. Er war zu Hause und versprach in wenigen Minuten da zu sein. Pablo bat die Besucher in sein Wohnzimmer, wo sie sich an den Tisch setzten und warteten. Der Raum war erstaunlich groß, aber einfach eingerichtet. An der Wand gegenüber befand sich ein großes Regal mit Büchern, Zeitschriften und einer Stereo-Anlage. In der Ecke lehnte eine Gitarre. Ein Sofa, mit dem obligatorischen Fernseher davor, vervollständigte das Wohnzimmer. Weiter hinten lag eine Einbauküche mit Kühlschrank, Waschmaschine und Herd. Das Ganze machte einen ordentlichen Eindruck, aber Zierde und Schmuck fehlten. Außer ein paar Fotografien hingen keine Bilder an den Wänden, und Deckchen wie Blumen fehlten gänzlich.

„Darf ich fragen was sie arbeiten", begann Fernando.

Der Mann grinste und sagte: „Ich bin Student. Das ist an meiner Bleibe wohl offensichtlich. Ich studiere an der hiesigen Universität UNED Sozialwissenschaft. Aber nicht mehr lange, denn ich plane fürs nächste Semester die Fortsetzung auf Gran Canaria."

„Beeindruckend...", meinte Fernando, kam aber nicht mehr weiter, denn der Hauseigentümer war an der Tür.

Nachdem sich Javier ausgewiesen hatte, öffnete der Hausmeister die Tür im Obergeschoss.

„Was suchen denn die Herren?", wollte der Mann wissen.

„Wir klären einen Mordfall auf", antwortete Javier. „Bitte warten Sie draußen."

Mitten im Raum stehend versuchte Fernando die Stimmung der alltäglichen Umgebung der Ermordeten einzufangen. Auch dieses Wohnzimmer war groß, entsprach wohl den Ausmaßen der darunterliegenden Studentenwohnung, aber es strahlte eine Behaglichkeit aus, die der unteren völlig fehlte. Durch zwei Fenster fiel helles Licht in den Raum, obwohl das eine durch eine halb heruntergelassene Markise geschützt wurde. Man spürte förmlich die Anwesenheit einer Frau, denn die verteilten Ziergegenstände zeugten von Geschmack. Auch ihre Berufung als Journalistin war überall präsent. Es lagen Hochglanzhefte auf dem spiegelnden Glastisch, und an der Wand, über dem mit Kissen bedeckten Sofa, hing eine schlichte Lithographie eines Fischers. Vor dem linken Fenster stand der Schreibtisch mit dem zugeklappten Laptop. Die Arbeitsfläche war aufgeräumt, und die Stifte standen ordentlich im schön bemalten Becher. Auch die kleine Küche, weiter hinten, war aufgeräumt und sauber. Auf dem Tresen stand eine neu aussehende Kaffeemaschine, und im Regal dahinter reihten sich die entsprechenden Tassen. Auf dem kleinen Frühstückstisch stand eine Vase mit bunten Blumen, offensichtlich künstliche. Die praktische und schlichte Art der Einrichtung der Wohnung der jungen Frau beeindruckte Fernando sehr.

„Eine schöne Wohnung", fasste Javier etwas gar lapidar zusammen.

„Das kann man wohl sagen", entgegnete Fernando. „Wir sollten mit der Durchsuchung beginnen."

Javier zog zwei Paar Schutzhandschuhe aus der Tasche und sagte: „Hier nimm! Wir sollten der Spurensicherung unsere Fingerabdrücke besser nicht hinterlassen, und bring nichts durcheinander."

Fernando tat wie geheißen. „Ich nehme mir den Schreibtisch vor. Der Rechner wird wohl passwortgeschützt sein. Den überlassen wir besser Comisario Suarez.

Eine Stunde später verließen sie das Haus und gingen zum Auto. Die Enttäuschung lag wie eine dunkle Wolke zwischen ihnen. Sie hatten praktisch nichts erreicht. Die Wohnung von Elenora Lopez war ein derart ordentliches Zuhause, was man von einer Journalistin eigentlich nicht erwartet hätte. Einzig ein paar Unterlagen von Greenpeace und WWF zeugten von ihrem Engagement im Klimaschutz. Über Persönliches, Bekanntschaften, Beziehungen oder Geldangelegenheiten war nichts zu entdecken. Nicht einmal ein Foto von einem Freund stand auf ihrem Schreibtisch. Vermutlich war weit mehr Interessantes auf ihrem Laptop zu finden, aber der Zugang dazu war ihnen verwehrt.

„Irgendetwas stimmt da nicht", fasste Fernando zusammen. „Eine junge hübsche Frau hat doch Freundinnen, Bekannte oder einen Liebhaber. Sie muss doch Familie und Verwandte haben. Da ist aber nichts. Kein Foto, keine Briefe, ja nicht einmal eine zweite

Zahnbürste im Bad. Mir kommt es vor, wie wenn wir die Zelle einer Nonne durchsucht hätten.“

Javier nickte, als er das Auto aufschloss und hinter das Steuer rutschte. „Denselben Eindruck hatte ich auch. Das passt doch überhaupt nicht, besonders nicht zu einer Journalistin. Solche Paparazzi sind doch auf allen möglichen Veranstaltungen anzutreffen und haben ein riesiges Netzwerk an Bekannten und Informanten. Mir kommt der Gedanke, dass wo möglich vor uns jemand da war und alles aufgeräumt hat. – Vielleicht dieser Student...“

Es blieb ihnen nichts anderes übrig, als die Fahrt zurück nach Haría anzutreten. Ilona wartete sicher schon ungeduldig in der Sociedad ‘La Tegala‘.

Kapitel 5

Das Centro Cultural 'La Tegala' liegt am verkehrsfreien und von großen Bäumen beschatteten Platz León y Castillo. Hinter dem schlichten Eingang öffnet sich eine beeindruckende Reihe von Lokalen, Räumen, Galerien und Treppen. Gleich vorne stößt man auf eine große Theke, beladen mit Flaschen, Gläsern, Töpfen und vieles mehr. Dies schien auch das Zentrum des Betriebes zu sein. Eine schwere alte Kasse thronte auf dem überladenen Tresen wie ein wehrbereiter Panzer, metallisch glänzend mit vielen Knöpfen. Dahinter, zwischen einem Spiegel und diversen altertümlichen Werbeplakaten, hingen große alte Fotografien von Handwerkern, Bauern und Fischern aus früheren, längst vergangenen Zeiten.

Schon von weitem war der Lärm zu hören, und vor dem Eingang des Lokals herrschte ein Gedränge. Unter den Bäumen war es bereits recht düster, denn die Dämmerung war nur kurz, und nach sechs Uhr wurde es endgültig dunkel. Ein paar einzelne Lampen beleuchteten die Szene spärlich, doch aus dem Eingang strahlte helles Licht.

Als Fernando und Javier sich einen Weg durch die Menge bahnten und den Raum betraten, empfing sie ein Schwall erregter Stimmen, Gelächter und klingende Gläser. Scheinbar war die ganze Gemeinde auf den Beinen und hatte sich in ihrem Zentrum 'La Sociedad' eingefunden. Weiter hinten im Gebäude lag ein großer Saal, wo solche Versammlungen öfter mal abgehalten wurden. Es schien einen spontanen Grund für diesen Anlass zu geben, denn die Leute waren völlig aufgeregt und redeten wild durcheinander. Es waren vorwiegend Männer, welche hektisch diskutierend nun zum Saal drängten.

Javier hielt einen Bekannten an und fragte nach der Ursache der Aufregung. Fernando konnte im Lärm nichts verstehen. Er sah sich suchend nach seiner Ilona um. Sie war nicht zu entdecken und war wohl irgendwo im weit verzweigten Gebäude beschäftigt. Einmal mehr fuhr ihm der Gedanke durch den Kopf, ob sie sich hier nicht noch mehr Arbeit aufgehalst hatte, als früher in Puerto del Carmen.

„Es geht um die Wasserversorgung der Felder", schrie ihm Javier ins Ohr. „Der Alcalde, der Bürgermeister, will informieren."

Sie ließen sich mit in den Saal drängen. Die meisten Sitzplätze waren bereits belegt, so dass sie sich seitlich an die Wand drückten und auf das Kommende warteten. Die Luft war stickig und der Lärm wogte weiter hin und her. Fernandos Kopf fühlte sich taub an, und ein schmerzhafter Druck stieg in ihm hoch, so dass er sich heimlich nach einem möglichen Fluchtweg umsah.

Nach langem Warten stellten sich der Alcalde und sein Adjutant vor die Versammlung und baten unter beschwörenden Gesten um Ruhe. Endlich, als sich auch der Polizist Javier dazu gesellte, wurde es ruhig im Saal.

Der Bürgermeister begrüßte die Anwesenden mit umständlichen Worten und kam dann zum eigentlichen Anlass der Versammlung. Mit schnellen, für Fernando kaum verständlichen Worten, schilderte er die Situation nach dem niederträchtigen Sabotageakt an der Fuente de Chafarís und versprach umgehende Hilfe.

Ein Zuhörer sprang auf und rief: „Was für Hilfe, Señor Alcalde? Ja, wir bringen das Becken der Quelle wieder in Ordnung und verstärken auch die Mauer, aber es ist allen bewusst, dass das auf die Dauer nicht reichen wird. Unsere Felder trocknen aus, und niemand hilft uns."

Ein zustimmendes Grollen ging durch den Saal, wie eine anrollende Flutwelle. Irgendwo schrie einer: „Man lässt uns im Stich! Die Regierung fördert mit Millionen den Tourismus. Aber an uns denkt keiner."

Wieder ging ein beängstigendes, zustimmendes Aufbegehren durch den Raum, und es dauerte minutenlang, bis wieder Ruhe herrschte.

Als dann der Bürgermeister endlich wieder zu Worte kam, sagte er flehend: „Wir von den lokalen Behörden versuchen seit langem, unser Anliegen in Arrecife geltend zu machen. Es ist uns bewusst, dass die Niederschläge immer spärlicher werden und die Quellen langsam versiegen. Leider braucht aber die wachsende Bevölkerung auch immer mehr Wasser. Sie versichern uns, dass daran gearbeitet werde, aber das brauche Zeit."

„Die haben wir aber nicht!", begehrte einer unwillig auf. „Unsere Felder vertrocknen jetzt. Meine Zwiebeln und Tomaten verdorren und die Ernte kann ich vergessen."

Der Bürgermeister, er hieß José Ortiz Rubio, und hinter der Hand nannte man ihn 'El Rojo', zögerte mit der Antwort. Das hieß natürlich nicht, dass er, 'der Rote', einer extremen linken Partei angehörte. Gott bewahre, er stand gradlinig für die konservative Partido Popular und für eine florierende Wirtschaft.

„Wir müssen mit der Zeit gehen", sagte er und hob die Hand. „Der Tourismus ist ein Segen für unsere Insel, er bringt zweistellige Wachstumsraten und viele Arbeitsplätze. Wir müssen dafür sorgen, dass die entsprechende Infrastruktur damit Schritt hält, und dazu gehört auch die Wasserversorgung. Die Regierung hat große Pläne für die Entsalzung von Meerwasser. Keiner wird an Mangel leiden müssen."

„Große Worte!", höhnte einer aus der Mitte. „Die Herren in Arrecife sind ja nicht einmal in der Lage, unsere jetzige klägliche Versorgung zu schützen. Was für ein Bastardo zerstört unsere Quelle und damit unsere letzte, klägliche Lebensgrundlage, wahrscheinlich sogar in voller Absicht, um uns zu vertreiben. Auch im Becken oberhalb von Mala herrscht Trockenheit. Was nützt eine Staumauer, wenn der sowieso schon kleine See dahinter leer ist. Wir werden das nicht länger hinnehmen."

Wieder ging ein zustimmendes Murren durch den Saal. Derbe Schuhe scharrten aufgeregt am Boden, und die Stimmung drohte zu kippen.

„Wir sollten zum 'Cabildo Insular' in Arrecife marschieren und den Herren dort Beine machen", rief ein Teilnehmer unerkannt.

Wie ein aufkommender Sturm peitschten die Wellen des Unmuts hoch, und die Rufe wurden immer lauter. Einige sprangen auf und gestikulierten mit den Fäusten.

Der Alcalde versuchte zu beruhigen und blickte verzweifelt um Worte ringend auf Javier. Dieser stand abwartend auf der Seite und hatte absolut keine Lust, sich in diesen Aufruhr einzumischen. Auch Fernando fühlte sich unwohl und überlegte kurz, wie man sich am besten unauffällig verdrücken könnte.

„Ruhe! Bitte beruhigt euch!", rief der Bürgermeister. „Wir sind noch nicht fertig. Wir haben noch weitere Informationen. Unser Comisario Sánchez wird ihnen die neuesten Gegebenheiten erklären. – Bitte Señor Comisario!"

Derart genötigt trat Javier vor und hob um Aufmerksamkeit bittend die Hand. Er war völlig unvorbereitet und überrumpelt. Die Männer blickten erstaunt, und der Lärm ebbte ab. Irgendwo ertönte es: „Der Neue! Der Polizist, was will der denn?"

„Señores! Ja, mein Name ist Javier Sánchez, seit Anfang Jahr hier auf dem Revier in Haría stationiert. Es stimmt, was der Alcalde sagt, die Angelegenheit um die Wasserversorgung hat weit größere Ausmaße angenommen. Wir sprechen hier von Sabotage und Mord."

Ein Raunen ging durch die Reihen, und plötzlich wurde es mäuschenstill. Verunsichert blickten die Männer nach vorne.

Javier räusperte sich verlegen. Es war überhaupt nicht seine Stärke, vor einer Versammlung zu sprechen, aber jetzt hatte er keine Wahl.

„Die fatalen Ereignisse begannen am Mittwoch vormittags", begann er leise.

„Lauter!", rief ein Mann von hinten.

„Am Mittwoch, kurz vor Mittag, kam eine junge Frau, eine Journalistin zu uns und meldete, dass bei der Fuente Chafarís auf sie geschossen worden sei."

Jetzt ging es schon besser. „Wir vermuteten einen aufgeschreckten Wilderer, der den Finger zu nervös am Abzug hatte, nahmen die Anzeige aber der Ordnung halber auf. Später inspizierte Comisario

Romero die Örtlichkeit und entdeckte die durchbrochene Mauer und das leere Becken der Quelle. Es war offensichtlich mutwillige Zerstörung, denn ein Steinschlag oder eine alte Beschädigung der Mauer konnte ausgeschlossen werden."

„Sagen wir doch!", rief ein Zuhörer. „Es war Sabotage."

„Richtig!", beruhigte Javier. „Es kommt aber noch schlimmer. Heute wurde, unten bei Mala, die Leiche einer Frau gefunden. Sie wurde ermordet, und später stellte sich heraus, dass es sich um eben diese junge Journalistin vom Mittwoch handelt."

„Was hat das mit unserem Wasserproblem zu tun?", kam die spontane Frage.

„Es handelt sich dabei um eine bekannte Aktivistin betreffend Klimaerwärmung und Wasserverknappung. Es muss angenommen werden, dass sie an einer Recherche über die Wasserversorgung von Lanzarote war. Wir stecken noch mitten in den Ermittlungen und können zurzeit keine weiteren Details bekannt geben. Tatsache ist einfach, dass es irgendwie mit dem Thema Wasser zusammenhängt."

Ein zustimmendes Grollen ging durch die Reihen und Laute wie 'Wir haben es gewusst' oder 'Diese Halunken' und 'Die schrecken vor nichts zurück' ertönten.

„Bitte!", versuchte sich Javier nochmals Gehör zu verschaffen. „Bitte, hört doch zu! Wir ermitteln mit Hochdruck, sind aber auch auf Informationen angewiesen. Wenn also einer etwas gehört, gesehen oder nur geahnt hat, dann bitte kommt zu uns, wir sind um jeden Hinweis dankbar."

Damit überließ Javier alles Weitere dem Bürgermeister. Dieser löste die Versammlung mit den Worten auf: „Leute, geht nach Hause und lasst uns unsere Arbeit machen. Wir versprechen euch, dass alles ohne Verzögerung berücksichtigt und geregelt wird."

Die großspurigen Worte des Alcalde gingen im Radau der hinausdrängenden Männer unter. Fernando kam nicht umhin, Javier für seine besonnene Art zu bewundern. Er drängte sich neben seinen Freund, dirigierte ihn kurzerhand zur großen Theke und bestellte zwei Jarras Bier.

Es dauerte eine weitere halbe Stunde, bis die aufgeregten Teilnehmer der Versammlung verschwunden waren und nur noch ein paar Unentwegte an der Bar hingen. Fernando hatte inzwischen seine Ilona entdeckt. Sie war im Nebenraum damit beschäftigt, die Tische für den nächsten Tag zu richten.

„Komm, lass uns hinüber gehen", forderte er seinen Freund auf. „Ich könnte auch noch einen Happen vertragen."

Sie tranken aus und ließen die Krüge stehen. Ilona begrüßte sie mit einem Lächeln.

„Na, ihr beiden Helden, da habt ihr ja wieder ein gewaltiges Abenteuer angezettelt. – Habt ihr Hunger?"

Grinsend drückte sie Fernando und raunte: „Wie ein Bär!" Dann flüsterte er: „Und vor allem auf dich."

Lachend schob sie ihn weg. „Du stinkst nach Bier!"

Auch Javier grinste. „Das brauchten wir, nach dieser Versammlung und der ganzen Rederei. – Aber was gibt denn die Küche um diese Zeit noch her?"

Ilona zählte auf: „Chipotles en adobo, Gambas al ajio, Boquerones en salsa, Calamares fritos, Albóndigas con tomate, papas arrugadas con mojo verde…"

„Stopp!", bremste Fernando seine Liebste. „Bring uns einfach eine Variation nach deinem Gusto. – Und vergiss den Wein nicht."

Der Wein kam zuerst auf den Tisch. Sie prosteten sich zu und genossen den Rioja aus Spanien. Dieser Crianza, kurz im Eichenfass gelagert, wird auf Lanzarote oft als Hauswein angeboten. Das war durchaus verständlich, denn die auf der Insel angebauten Malvasia oder Listan Negro waren besondere Weine, und die Menge reichte bei weitem nicht für den Konsum der Bevölkerung und der Touristen. Der Rioja war etwas kühl, fruchtig, mit leichter Säure, ein Wein, den man gut trinken konnte.

Den später auf einem Brett aufgetischten Köstlichkeiten widmeten sie sich sofort ausgiebig, so dass sogar ihre Diskussion vorübergehend erstarb. Ilona hatte sich, mit einem eigenen Glas, schweigend hinzugesetzt und freute sich über den Appetit der beiden Männer.

Nachdem Ilona eine ganze Weile schweigend zugeschaut hatte, begann sie: „Soweit ich das von der Versammlung vorhin mitbekommen habe, ist euer eigentliches Problem nicht die Wasserversorgung, sondern ihr habt wieder einmal einen Mord aufzuklären."

Javier nickte zwischen zwei Bissen. „Mmm… Ja, das könnte man so sagen. Wobei das Opfer, diese Elenora Lopez, tatsächlich über das Problem Wasser recherchierte. Das konnten wir an ihrem Wohnort zweifelsohne feststellen. Sie war eine engagierte Aktivistin in Sachen Umweltschutz.“

„Sie muss also jemandem in die Quere gekommen sein, der mit der Wasserversorgung von Lanzarote zu tun hat“, folgerte Ilona. „Vielleicht jemandem ganz oben, wo handfeste politische und auch finanzielle Interessen bestehen. – Man müsste da beim Cabildo Insular nachforschen, was für Pläne dort anliegen.“

„Nun mal langsam, meine Liebe“, mischte sich Fernando ein. „Noch könnte auch ein ganz einfaches, klares Motiv für die Tötung vorliegen. Beziehung, Eifersucht, Geld oder Rache, alles ist möglich.“

Er langte sich nochmals ein frittiertes Tintenfischchen und biss herzhaft in das etwas gummige Teil. „Auf der anderen Seite ist ihr Engagement offensichtlich, und es könnte nichts schaden, wenn wir da genauer hinschauen würden.“

Ilona überlegte. „Ich könnte mal nachfragen. Ich kenne dort im Rathaus in Arrecife eine Beamtin, die sich um die Bewilligungen für die Gastronomie-Betriebe kümmert. Sie ist sehr nett und hat mir damals mit dem 'El Rondó' sehr geholfen. Ein Besuch und ein kleines Dankeschön wären durchaus angebracht.“

„Vorsicht, meine Liebe!“, warnte Fernando. „Der Fall liegt auch in den Händen von Alberto Suarez, dem Comisario der Policía Nacional in Arrecife, wenn auch Javier eigentlich zuständig wäre. Suarez könnte aber durchaus Verbindungen zum Cabildo Insular pflegen und dabei schon einen Schritt weiter sein.“

„Claro Querido, es ist mir bewusst, dass dort, wie in jeder Regierung, ein Gewirr von Interessen, Informationen und Intrigen herrscht. Umso mehr wird aber auch bekannt sein, was in Sachen Infrastruktur, besonders der Wasserversorgung, für Pläne bestehen. Ein Plauderstündchen unter Frauen sollte da keine hohen Wellen schlagen. – Ich fahre gleich Morgen früh hin und besuche die Valentina einfach überraschend. Sie stammt wie ich aus Barcelona.“

„Eine gute Idee“, brummte Javier und pickte sich eines dieser kleinen würzigen Fischchen, Boquerones genannt, aus dem Tellerchen. Genüsslich schmatzte er und trank einen kräftigen Schluck vom Wein.

„Also gut", bestätigte Fernando. Er war längst satt und lehnte sich seufzend zurück.

Die junge Frau, welche so unglücklich zu Tode kam, beschäftigte ihn weit mehr, als er zugeben wollte. Seit sie vor zwei Tagen aufgeregt vor dem Rathaus auftauchte und die Bedrohung bei der Quelle Chafarís meldete, ging sie ihm nicht mehr aus dem Kopf. Sie hatten ihre Ängste für übertrieben gehalten und gedacht, sie wäre eine etwas überempfindliche reagierende Frau, die sich von einem ungehobelten Jäger erschrecken ließ. Man hatte auch den Eindruck, dass sie aus einem städtischen Umfeld kam und mit den bäuerlichen Gegebenheiten der Region wenig bekannt war. Ein zimperliches Stadtpüppchen, weiter nichts.

Erst jetzt musste er sich eingestehen, dass sie falsch lagen, und je länger er darüber nachdachte, hatten sie nicht richtig gehandelt. Spätestens, als er die Zerstörung des Beckens der Quelle entdeckt hatte, musste klar sein, dass der Schuss kein blödes Versehen war, und dass da tatsächlich jemand die junge Frau verjagen wollte. Dazu kam, sie war Journalistin und keine harmlose Wanderin. Sie musste der Spur einer Recherche gefolgt sein und dabei jemanden aufgeschreckt haben. – Das alles wurde ihnen aber erst später bewusst.

Die Zerstörung der Quelle war definitiv keine Lausbubentat, um die Bauern zu ärgern und ihre Felder kurzzeitig trocken zu legen. Aber was lag dann dahinter? Spätestens jetzt war klar, einen Mord beging man nicht wegen einem blöden Streich, und Elenora Lopez musste wegen weit wichtigeren Gründen ihr Leben lassen. Wer stand da dahinter und warum?

Unabhängig davon waren aber die Bauern mit Recht erbost über die Situation ihrer Felder, auch wenn dabei nicht nur das Versiegen der Fuente Chafarís Schuld trug. Die ganze Landwirtschaft auf Lanzarote schwächelte tatsächlich überall am Wassermangel. Es nützte nichts, wenn sie seit einiger Zeit Abwasser in ihre Felder leiteten. Das war sogar hygienisch und ökologisch äußerst fragwürdig. Wer wollte schon Salat auf dem Tisch haben, der vielleicht durch Fäkalien und Kolibakterien verseucht war, ganz zu schweigen vom Risiko, dass Rückstände von Chemikalien und Medikamenten in den Boden gelangen könnten. Man behauptete zwar, dass moderne Reinigungssysteme und genaue Kontrollen eine Verunreinigung verhindern würde. Nur, so richtig wollte wohl niemand daran glauben. Sauberes Wasser war also nach wie vor ein großes Problem, und viele fragten sich, was die Insel-Regierung in dieser Angelegenheit überhaupt unternahm. Ja, die Behörden von Lanzarote waren alles andere als durchschaubar. Über dem Cabildo Insular steht die Autonome Gemeinschaft der Kanaren. Die sind wiederum dem Spanischen Staat und dem König unterstellt, und das Ganze gehört seit 1985 zur Europäischen Union. Die Letztere bemüht sich um den wirtschaftlichen Aufschwung und die entsprechende Infrastruktur ihrer Länder, aber wohin die Gelder tatsächlich fließen, weiß wohl niemand so genau. Ob die Wasserversorgung von Lanzarote da berücksichtigt ist? Tatsache ist aber, dass der Tourismus mit allen Mitteln gefördert wird und die notwendige Infrastruktur weit auf der Strecke bleibt. Wie um alles dieser Welt, soll die Wasserversorgung für weitere Millionen Touristen bewerkstelligt werden?

Kapitel 6

Es roch nach Erde, Gestein, Tang und Meer. Tatsächlich, das Meer konnte nicht weit sein, denn jetzt vernahm er auch das stetige Anrollen der Brandung. Es war dunkel, und der harte Boden auf dem er lag, fühlte sich feucht und kalt an. Irgendwo plätscherte Wasser. Es hörte sich an wie ein kleiner, in der Nähe rieselnder Bach. – Wo war er?

Andreas versuchte sich aufzurichten, sank aber sofort stöhnend wieder zurück. Wie ein nasses Tuch legte sich eine nahende Ohnmacht erneut über ihn. Doch die klamme Feuchtigkeit und Kälte hielten ihn gnadenlos wach. Er fror und kämpfte gegen aufwallende Schmerzen. Seine Rippen! Was war mit ihm? Es stach bei jedem Atemzug. Langsam erinnerte er sich an die unbarmherzigen Tritte und Schläge. Er krümmte sich zusammen und stöhnte laut. Die beiden Kerle hörten einfach nicht auf. Er musste weg von hier, bevor sie erneut zuschlugen…

Er durfte jetzt nicht grübeln und nachdenken, das konnte er später. Nur weg, aber wie und wohin? Ächzend versuchte er sich zu drehen und aufzurichten. Die Steine und Felsen unter ihm schürften seine Hände und Ellbogen auf, aber er kam laut keuchend auf die Knie. Während er schwer atmend, mit höllischen Stichen in der Brust verharrte, lauschte er angestrengt in die Dunkelheit hinein. Außer dem kontinuierlichen Plätschern und dem fernen Brausen war kein weiterer Laut zu hören. – Er war alleine. Hatten ihn seine

Peiniger hier einfach liegen lassen und waren verschwunden? Die beiden Männer, vermummte, erbarmungslose und brutale Kerle, dachten vielleicht er wäre tot und ihr Vorhaben damit erledigt. Lag er vielleicht schon in seinem vorgesehenen Grab, weg und entsorgt. Mühsam richtete er sich auf, nur um mit dem Kopf gnadenlos gegen einen Felsen zu prallen.

„Ahhh...", stöhnte er und unterdrückte einen obszönen Fluch. Er musste sich in einem engen, niederen Verließ befinden. Er tastete die Wand hinter sich ab und fand seine Gedanken bestätigt. Da war rauer Fels hinter und über ihm. Der Boden war nass und glitschig. Er befand sich irgendwo in einer Höhle. Er hatte keine Ahnung, wie er da hinein gekommen war und vor allem, wie er da wieder hinaus finden sollte. Nur das ferne stetige Rauschen der Brandung, es kam aus der Richtung links von ihm, verriet, dass es einen Ausgang geben musste.

In der pechschwarzen Dunkelheit konnte er sich nicht von der Stelle rühren. Jede falsche Bewegung könnte dazu führen, in ein bodenloses Loch oder in eine Spalte zu stürzen. Er könnte sich alle Knochen oder gar das Genick brechen. Immerhin schien momentan, außer den Rippen, alles noch intakt zu sein, und er konnte sich, wenn auch mühsam, bewegen. In dieser Finsternis konnte man sich aber nur auf das Gehör und den Tastsinn verlassen. Konnte er es wagen, auf den Knien in Richtung des Rauschens der Brandung zu kriechen? Der Ausgang müsste doch selbst bei dunkler Nacht irgendwann als hellere Stelle erkennbar werden. – Aber, was erwartete ihn, wenn er den Ausgang fand? Seine Peiniger könnten durchaus dort auf ihn warten.

Was wollten die überhaupt von ihm? Wie lange war er schon hier in diesem Loch? Welcher Tag war es denn? – Er erinnerte sich, dass er am Donnerstag um die Mittagszeit aus dem Zimmer gekommen war und Paula zum Lunch an der Poolbar treffen wollte. Er hatte oben vergessen seine Blase zu erleichtern, weshalb er an der Rezeption seine Tasche deponierte und neben dem Lift die Toilette aufsuchte. Die beiden Herren folgten ihm dicht auf, ohne dass er Verdacht schöpfte. Erst als sie sich am Urinal neben ihn drängten und befahlen mitzukommen, ahnte er Unheil. Aber da war es schon zu spät. Blitzschnell und rücksichtslos führten sie ihn durch den

Seitenausgang zu einem wartenden schwarzen Wagen. Der Minister warte schon.

Minister José María Álmarzo hatte tatsächlich zu einer Besprechung eingeladen, bei dem auch die maßgeblichen Investoren beteiligt sein sollten, aber das sollte erst nachmittags um zwei Uhr stattfinden. Andreas hatte sich gut vorbereitet und war zuversichtlich, dass er die Herren von der Qualität und Leistungsfähigkeit seiner Anlagen überzeugen könnte. Immerhin hatten sie schon in einigen nordafrikanischen Staaten gute Erfolge vorzuweisen, und an der Messe in Hannover waren mehrere weitere Vereinbarungen abgeschlossen worden. Dieses rabiate unkonventionelle Vorgehen jetzt erschreckte ihn aber schon sehr. Außerdem waren seine Akten zurückgeblieben. Seine Proteste blieben unbeachtet.

In wenigen Minuten erreichten sie die Schnellstraße in Richtung Arrecife, aber schon kurz darauf nahm der Fahrer die Ausfahrt und fuhr zwischen große Industriebauten. Das Auto rumpelte über einen Hof und kam hinter einem alten Kastenwagen abrupt zu stehen. Die Tür wurde aufgerissen, und ein vermummter Mann zerrte Andreas, der heftig protestierte, rücksichtslos heraus. Er stolperte und fiel zu Boden. Ein zweiter Hüne mit Maske stand drohend dabei. Andreas rappelte sich auf, schrie, drohte und wehrte sich mit allen Kräften.

„Lasst mich! Polizei! Ihr verfluchten…"

Er kam nicht weiter. Ein dumpfer Schlag traf ihn von hinten. Er ging erneut zu Boden und krümmte sich unter den Hieben und Tritten zusammen, wie ein geschlagener Hund. Höllische Schmerzen rasten durch seinen Körper.

„Aufhören!", stöhnte er, aber sie ließen nicht ab.

Kurz bevor er das Bewusstsein verlor, bemerkte er, wie der schwarze Wagen Staub aufwirbelnd das Weite suchte. Dann umfing ihn die erlösende dunkle Nacht.

Die Erinnerungen wabbelten wie Horrorgeschichten durch sein Hirn. War es wirklich so? Hatte man ihn entführt, zusammengeschlagen und verschleppt. Aber wieso?

Irgendwann dazwischen war er durch heftiges Rütteln und schmerzhafte Stöße aufgewacht. Wie in einem bösen Traum bemerkte er, dass er auf dem Boden in einem Wagen lag und heftig durchgeschüttelt wurde. Er erkannte, dass er sich im düsteren Inneren eines Transporters befand und auf wilder Fahrt war. Seine Bemühungen sich aufzurichten misslangen, denn er war an Händen und Füssen gefesselt. Sein Versuch zu schreien endete in einem kläglichen Krächzen. Er fiel zurück, und die wilden Schmerzen tauchten ihn erneut in eine erlösende Ohnmacht. Die Wogen zwischen Leben und Tod griffen unbarmherzig nach ihm. Heulte da nicht ein Motor auf? Unbarmherzige Stöße marterten seinen Leib. Erneut gähnende, erlösende Dunkelheit. War das der Weg, war es die endgültige Fahrt, der Übergang in eine andere Welt. Fühlte sich Sterben so an, qualvoll und hilflos…?

Erneut kämpfte er gegen eine Bewusstlosigkeit, aber die Kälte hielt ihn erbarmungslos wach. Vermutlich war es mitten in der Nacht, und die Nässe trug dazu bei, ihn unkontrolliert zittern zu lassen. In seinem Kopf herrschte wirrer Sturm, Angst umklammerte ihn wie eine Würgeschlange. Was sollte das? – Wer war das? Warum wurde er derart brutal entführt und in dieses dunkle Loch geworfen? Er hatte doch niemandem etwas getan, und zu holen gab es bei ihm sowieso nichts. – Aber vor allem, wie konnte er diesem Albtraum wieder entkommen?

Sie hatten ihm die Fesseln abgenommen. Noch spürte er die Striemen, wo sie die Klebebänder brutal weggerissen hatten. Das hieß aber auch, dass sie annahmen, er würde nicht entkommen, noch würde er von jemandem aufgefunden. Das Verließ, in dem er steckte, musste unbezwingbar und unauffindbar sein. Rufen und schreien würde ihm hier nichts nützen. Vielleicht waren die beiden Entführer auch längst über alle Berge, ließen ihn hier zurück und erbärmlich verrecken. Erneut würgte ihn die Angst, aber auch Wut stieg in ihm hoch. Diese Scheißkerle würden nicht davonkommen. Sie mussten ihre Vergeltung erfahren. Auf Entführungen standen sicherlich auch in Spanien drakonische Strafen. Auch die Hintermänner sollten nicht ungeschoren davonkommen. Ja, wer steckte dahinter, wenn es dann solche gab? Es war unwahrscheinlich, dass die beiden Schlägertypen alleine handelten. Was sollten die für ein Interesse an ihm haben? Vielmehr war anzunehmen, dass irgendwelche Auftraggeber dahinter steckten. Ging es um das Wassergeschäft? Vielleicht waren jetzt auch die ganzen Unterlagen weg, und die Verhandlungen mit dem Ministerium waren damit geplatzt. War das der Grund für diese brutale Aktion?

Das alles musste er aber jetzt hintenanstellen. Zuerst musste er hier heraus, die Polizei aufbieten und die betroffenen Behörden informieren. – Paula! Heiß fuhr es durch seinen Körper. Sie musste sich unterdessen große Sorgen machen. – Was war mit ihr? War sie vielleicht ebenfalls in Gefahr und sogar Opfer einer Gewalttat geworden? Er stöhnte. Sollte ihr auch nur das Geringste zustoßen, würde er nicht ruhen die Verantwortlichen zu finden. Und dann Gnade ihnen Gott! Helle Wut stieg in ihm hoch. Er würde sie alle umbringen, nicht ruhen, bis sie alle in der Hölle schmorten.

Er musste hier hinaus. Die Finsternis war undurchdringlich. Er konnte nicht einmal seine eigene Hand erkennen. Die einzigen Hilfen die ihm blieben, waren der Tastsinn und sein Gehör. Das schwache Rauschen des Meeres kam ständig aus einer Richtung. In diese musste er. Er tastete sich vorsichtig vorwärts und kroch zitternd voran. Er schürfte sich die Knie auf und schlug mit Ellbogen und Knöchel schmerzhaft gegen unsichtbare Hindernisse. Er zog den Kopf ein und erwartete mit jeder Bewegung gegen einen Felsen zu knallen. Langsam, Meter um Meter, schob er sich vorwärts, litt Ängste und Qualen. Neben sich hörte er immer wieder ein leises Gurgeln. Floß da Wasser durch eine Rinne? Seine Hände ertasteten eine Kante, aber er getraute sich nicht näher heran. Wie sollte er wissen, ob dort nicht ein gähnender Abgrund lauerte. Irgendwo hier in der Nähe musste Wasser rinnen.

Wasser! Das war seit Langem der Inhalt ihrer aller Gedanken, aber jetzt völlig unwichtig. Er und sein Freund Torsten hatten seit Monaten intensiv daran gearbeitet. Wasser war das große Problem dieser Welt. Das hatten sie erkannt, und dass es ein aufkommendes Geschäft werden konnte, auch das war klar. Andreas Gedanken geisterten wie grelle Blitze wirr durch seinen Kopf. Pochend und schmerzend versuchten sie sein Denken zu ordnen. Aber jetzt versiegten diese vormals so großen Wichtigkeiten wie das kleine Rinnsal, das hier irgendwo unter ihm dahinplätscherte. Am Rande einer Ohnmacht schob er sich weiter. Nein, er durfte nicht aufgeben, das Böse durfte nicht gewinnen, er musste weiter. Nach qualvoll langer Zeit, waren es Stunden oder doch nur Minuten, übermannte ihn der stechende Schmerz in der Brust, und er verlor die letzte Kraft in den Armen. Er fiel keuchend zusammen und versank erneut in Bewusstlosigkeit.

Irgendwann tauchte er wieder aus der bodenlosen Tiefe auf. Schmerz und Kälte überrollten ihn wie eine Walze. Vor seinen Augen tanzten wirbelnde Nebel, und sein Geist erfasste nur langsam, was um ihn war. Stöhnend versuchte er sich aufzurichten. Nässe, Kälte und Dunkelheit umfingen ihn gnadenlos. Wie lange lag er schon da? Plötzlich durchfuhr es ihn wie ein Blitz, weit weg, vorne war ein Schimmer, eine schwache Veränderung der totalen Finsternis. Dort waren erlösendes Licht, ein Ausgang, Freiheit und Sicherheit. Bevor er nur einen Gedanken fassen konnte, sprang er auf und wollte los. Dumpf stieß er mit dem Kopf gegen den Felsen, stolperte und fiel. Wie eine einschlagende Granate explodierte der Schmerz in Kopf und Brust. Der Schrei erstarb in seiner Kehle und wurde zu einem verzweifelten Röcheln. Wie grelle Stromstöße fuhren die Gedanken durch sein Hirn. Er war ein Idiot. Wie konnte er nur annehmen, er könnte in diesem finsteren Tunnel loslaufen? Trotz schmerzenden Rippen und dröhnendem Kopf rappelte er sich auf. Seine Augen hatten sich etwas der Dunkelheit angepasst, und der schwache Schimmer wies ihm nun den Weg durch den Stollen. Er erkannte die Konturen eines in den Felsen gehauenen Tunnels, durch den sich ein schwach glänzender Wasserlauf ergoss. Vorsichtig tastend kroch er weiter und kam dem Ausgang immer näher. Es musste der Tagesanbruch sein, denn es wurde zunehmend heller. Er hatte also die ganze Nacht hier verbracht. Paula würde verzweifelt sein, oder dachte sie vielleicht er hätte sich heimlich verdrückt? Eigentlich nicht vorstellbar, denn er war nicht der Typ der davonlief, und ihre Liebe war kein Spielball, der einfach so in alle Richtungen sprang. Sie hatten auch schon über ihre gemeinsame Zukunft gesprochen, und er glaubte fest daran, die Frau fürs Leben gefunden zu haben. Es galt jetzt so schnell wie möglich hier zu entkommen, zum Hotel zu gelangen und alles zu erklären. – Ja, was wollte er erklären? Er hatte ja selber keine Ahnung was da vor sich ging. Hatte das tatsächlich mit ihren Absichten zu tun, ein Geschäft auf Lanzarote anzubahnen? Ja, Wasserversorgung war ihr Vorhaben, und paradoxerweise befand er sich jetzt ausgerechnet in einem Wasserreservoir oder so etwas ähnlichem. Dieser Stollen diente offensichtlich der Wasserfassung, war aber in einem äußerst schlechten Zustand. Der Rand des Kanals war teilweise eingebrochen, und dadurch wurde die seitliche Rampe nur mit größter Vorsicht begehbar. Andreas war heilfroh, als er endlich den Ausgang vor sich hatte. Allerdings nützte ihm das wenig, denn ein schweres eisernes Gitter versperrte den Weg hinaus.

Sein klägliches Rütteln war sinnlos, denn das Tor war fest verankert und verschlossen. Seine Kräfte schwanden schnell und machten immer mehr den Schmerzen und der Hoffnungslosigkeit Platz. Das heftige Stechen in der Brust verriet, dass mit Sicherheit ein paar Rippen gebrochen waren, und das Brummen des Schädels nahm mit jeder unachtsamen Bewegung zu. Es war ihm ein Unmögliches, sich mit dem Körper in aller Wucht gegen das Gitter zu werfen und sich damit mit Gewalt den Weg ins Freie zu bahnen. Verzweifelt fing er an zu rufen, schlug mit einem Stein an das Eisen und begann wild zu schreien. Er schrie und schrie, bis ihn die Kehle schmerzte und nur noch ein Krächzen heraus kam. Er war gefangen in einem grässlichen Verließ, weit weg ausgesetzt und von jeglicher Hilfe abgeschnitten. Ein letzter verzweifelter Gedanke: Würden seine Peiniger vielleicht zurückkommen und ihn befreien? War nicht eher dann die Gefahr, dass sie ihn, wenn das der Kerker nicht schon vorher erledigt hatte, einfach ermorden und jegliche Spur beseitigen würden. Niemand würde ahnen, wo er geblieben war, und keiner würde ihn hier je finden.

Durch den Eingang konnte er die steile Böschung hinunter zu einem felsigen Strand sehen, wo sich die Brecher des Atlantiks überschlugen. Zwischen dem rhythmischen Brausen der Brandung lag totale Stille und verkündete höhnisch, dass sich weit und breit keine Menschenseele befand. Dort draußen, vor dem Eingang, waren zerfallene Mauern zu sehen, vermutlich die Reste eines Auffangbeckens. Das Wasser des kleinen Kanals schien aber irgendwo zwischen den Felsen zu versickern. Diese alte Anlage war längst aufgegeben und der Zugang aus Gründen der Sicherheit versperrt und verboten. Andreas musste sich damit abfinden, dass keine Hilfe zu erwarten war, und dass er weiter in seinem Verließ ausharren musste. Ihm graute davor, noch eine Nacht in dieser Gruft zu verbringen. Wenn jetzt auch die Sonne etwas Wärme durch den Eingang spendete, so würde es in der Nacht mit Sicherheit wieder eisig kalt werden. Erneut rüttelte er am Gitter, schlug mit Steinen dagegen, rief und schrie. Am Ende war es nur noch ein Krächzen und Stammeln. Schluchzend sank er zu Boden und rollte sich wie ein verletztes Tier zusammen, um seine Wunden zu lecken. Er würde irgendwann unentdeckt in einsamer Dunkelheit verhungern. Man würde nach langer Zeit einmal ein Skelett finden und nicht wissen, wie der Tote in diesem alten Stollen ums Leben gekommen war. Verletzt und geschwächt wie er war, würde er das nicht lange durchhalten. Wenigstens war genügend Wasser da. Verdursten musste er vorderhand nicht…

Minister José María Álmarzo war ein kleiner Mann in den Sechzigern. Der Termin, nachmittags um zwei Uhr, kam ihm ungelegen, denn eigentlich wollte er ein spätes Mittagessen mit seiner jungen Frau genießen. Es war also nicht verwunderlich, dass er erst gegen drei erschien. Sein Sekretär öffnete die Türe zum Sitzungszimmer und entschuldigte die Verspätung wortreich.

Geduldig hatten die anderen Teilnehmer gewartet. Es handelte sich dabei um Señor Manuel Estbano, den Präsidenten der 'Aguaisla', der privaten Gesellschaft, welche die Wasserversorgung inklusive Verteilernetz betrieb. Dabei waren auch der Geschäftsleiter der drei staatlichen Entsalzungsanlagen, sowie ein Direktor des Finanzamtes.

Señor Estbano erhob sich sofort und sagte: „Don José! Buenas tardes. Wir sind untröstlich, aber der Deutsche ist nicht gekommen.“

Die ehrenvolle Anrede täuschte nicht darüber hinweg, dass sich die Beiden gut kannten und sich oft trafen. Der Minister ließ sich ganz zwanglos auf den Stuhl am Ende des Tisches fallen und winkte gut gelaunt ab. Er hatte gut gegessen, und Louisa, seine Frau, erwartete ihn später in der Suite des 'Arrecife Gran' Hotels.

„Meine Herren, ich begrüße Sie“, sagte er. „Ich bin überzeugt, dass wir, trotz der Abwesenheit unseres gemeinsamen Freundes Señor Forsberg, zu einer Lösung kommen werden. – Bitte Herr Estbano, stellen Sie doch ihr Projekt vor.“

Alarmiert, dass sich der Minister an den Namen des deutschen Konkurrenten erinnerte, begann Estbano die Vorzüge seiner Lösungen zu verteidigen. Er hatte ein italienisches Unternehmen zur Hand, welches maßgebliche Vorteile bringen konnte. Meerwasser-Entsalzung war in Italien, vor allem im südlich gelegenen Sizilien, eine bekannte Technologie, und die Firma konnte auf jahrzehntelange Erfahrung hinweisen. Außerdem war das Osmose-Verfahren auf Lanzarote bereits bekannt und eingesetzt. Man bewegte sich also auf bekanntem Boden und musste einfach die Millionen der Europäischen Union sinnvoll einsetzen.

Der Minister hörte schweigend zu. Ihm war längst klar, dass die herkömmlichen Methoden der Entsalzung unglaublich viel Energie benötigten. Die Entspannungsverdampfung zum Beispiel, wie sie in den arabischen Ländern oft betrieben wurde, benötigte pro Kubikmeter Frischwasser 25 kWh. Die Araber konnten sich das leisten, mit ihren Ölressourcen. Da war, die auf Lanzarote angewandte Umkehrosmose, mit 9 kWh pro Kubikmeter, ja verhältnismäßig bescheiden, war aber für die Insel immer noch ein Problem. Die Energie wurde von dieselbetriebenen Kraftwerken erzeugt, welche den Treibstoff wiederum von den ölproduzierenden Ländern einführen mussten. Ein Teufelskreis, der um jeden Preis durchbrochen werden müsste.

„Ich danke dir Manuel", sagte er nickend. „Wir wissen um die Probleme der bestehenden Anlagen. Sie verbrauchen sehr viel Energie, sind auch schon alt und sehr störungsanfällig. Wir müssen in den nächsten Jahren einen geeigneten Ersatz finden."

„Genau", hakte Estbano ein. „Neben neuen Kapazitäten brauchen wir Ersatz für die ausgedienten Anlagen. Da bietet sich die bekannte, bewährte Technologie doch geradezu zwingend an. Die Italiener haben uns ein sehr interessantes Angebot unterbreitet."

„Hm…" brummte der Minister. „Bevor wir darauf eintreten möchte ich doch noch den Vorschlag des Deutschen sehen. Soviel ich weiß, geht es dabei um dezentrale, solarbetriebene Anlagen. Wann ist der Mann denn jetzt abkömmlich?"

„Keine Ahnung", antwortete sein Sekretär unsicher. „Er scheint wie vom Erdboden verschwunden."

Kapitel 7

Der Samstagvormittag, dann wenn alle frei hatten und ihren persönlichen Angelegenheiten nachgingen, Wohnung aufräumen, Einkaufen und längst fällige Botengänge erledigen, war natürlich nicht der beste Zeitpunkt für ein Treffen. Valentina hatte aber zugesagt und erwartete sie um elf Uhr im Café Molino in Matagorda.

Der Saharawind 'Calima' hatte sich wieder gelegt, und es herrschte strahlender Sonnenschein. Ilona war, in guter Stimmung, kurz nach acht Uhr losgefahren. Sie war früh dran und entschloss sich deshalb für die etwas längere Panoramastrecke über das Risco. Von dort würde sie dann zur alten Stadt Teguise und hinunter ans Meer gelangen. Das konnte ihr auch Zeit zum Nachdenken geben. Nach der trüben Zeit mit dem Staub aus der Wüste, herrschte jetzt klare Sicht, und die Anhöhen erschienen wie herrliche Gemälde in die Nähe zu rücken. Ilona entschloss sich deshalb, als sie die Serpentinen hinauf hinter sich gebracht hatte, auch noch zu einem kurzen Abstecher zum Aussichtspunkt mit dem ungewöhnlichen Namen 'Mirador de las Nieves'. Aussichtspunkt im Schnee! Wie wenn auf Lanzarote je einmal Schnee fallen würde. Immerhin ist es, mit sechshundert Metern, beinahe der höchste Punkt der Insel, wenn man von dem Observatorium absieht, welches sich etwas weiter rechts oben befindet. Die Lage war atemberaubend, aber trotzdem, Schnee war hier auf dieser Höhe und in diesen Breitengraden kaum zu erwarten. Da musste man schon weiter hoch hinauf, so wie zum

Beispiel auf Teneriffa, wo der Vulkan 'Teide' mit 3718 Metern tatsächlich mit ewigem Firn bedeckt ist.

Als sie neben der kleinen Ermita hielt und ausstieg, wehte ihr ein kühler Ostwind ins Gesicht. Klar, diese Passatwinde sorgten in dieser Gegend immer für schönes Wetter. Sie zog die mitgebrachte Strickjacke enger um die Schultern, überquerte den erstaunlich großen staubigen Platz bis zum Abgrund und blickte wie von einer riesigen Empore hinunter auf den winzig erscheinenden Strand von Famara und weit hinaus auf den Atlantik. Rechts, an der steilen Felswand vorbei, konnte man gerade noch die Inseln Graciosa, Montaña Clara und weit entfernt, wie ein Wal im Meer liegend, die Insel Alegranza erkennen.

Die Aussicht war überwältigend, und Ilona bereute, dass sie sich früher nicht mehr Zeit für die Schönheit dieser Insel genommen hatte. Aber, die Geschäfte des ‚El Rondó' hatten ihr wenig Spielraum gelassen. Sie nahm sich vor, jetzt wo sie in Haría wohnte, sich mehr darauf einzulassen. Es war nicht richtig, dass sie diese beeindruckende Schönheit der Insel kaum kannte.

„Herrlich, die Aussicht hier oben", ertönte es hinter ihr und riss sie aus den grüblerischen Gedanken.

Sie fuhr herum und wäre beinahe ins Straucheln geraten.

„Vorsicht!", rief der Mann und packte sie am Arm. „Gefährlich ist es hier oben auch noch."

Sie machte sich frei und sagte schnippisch: „Danke, ich kann gut auf mich selber aufpassen."

Er lächelte breit und entschuldigte sich: „Tut mir leid, ich wollte Sie nicht erschrecken."

„Schon gut." Tatsächlich hatte sie wegen dem Brausen des Windes sein Näherkommen nicht bemerkt. Etwas versöhnlicher fügte sie deshalb hinzu: „Ja, es ist herrlich, diese Aussicht."

Verstohlen musterte sie den Mann. Offensichtlich war er kein Spanier. Er war groß und schlank und wirkte in seiner schlichten Bekleidung, Jeans und weißes Hemd, auch nicht wie ein Tourist. Sein dunkelblondes Haar stand, vom Winde zerzaust, wirr in alle Richtungen. Man konnte ihn sportlich und durchaus attraktiv bezeichnen.

Seine blauen Augen musterten sie unsicher. „Entschuldigen Sie bitte nochmals, aber ich denke, ich kenne Sie. Sie waren doch gestern an dieser verrückten Versammlung, in Haría. Ich habe Sie dort gesehen."

„Das kann sein", erwiderte Ilona kurz. „Ich dachte nicht, dass ich dort auffalle."

„Meine Liebe, natürlich sind Sie mir aufgefallen", beteuerte er und begleitete sie zurück über den Platz.

„Wieso?"

Ilona ärgerte sich über ihre tollpatschige Art. Versuchte sie jetzt Komplimente zu fischen? Ja, der Mann sah gut aus, aber musste sie sich deshalb gleich auf ein Gespräch einlassen?

„Ja, ich war dort", sagte sie trotzdem. „Ich arbeite dort in der Sociedad."

„Das war wirklich eine bemerkenswerte Gegebenheit. Die Leute waren sehr aufgebracht", fuhr der Mann weiter.

„Verständlich!", bestätigte sie. „Aber das sollte Sie wohl kaum kümmern, es ist etwas, was die Bevölkerung hier bewegt. Sie sind bestimmt Ausländer."

Erneut entschuldigte er sich. „So ein ungehöriges Benehmen von mir. Ich habe mich nicht einmal vorgestellt. Ich heiße William Bennett, komme aus Deutschland und arbeite als Geologe hier auf Lanzarote." Er grinste fröhlich und wartete auf ihre Reaktion.

„Tönt aber eher Englisch, ihr Name", taxierte sie.

Jetzt lachte er. „Gut erkannt, meine Liebe. Meine Wurzeln waren in Irland, bis meine Eltern nach Deutschland zogen."

Interessant, dachte Ilona und sagte lächelnd: „Ich bin Ilona und komme ganz einfach aus Lanzarote."

„Ilona, ein außergewöhnlicher und schöner Name. Es freut mich, Sie kennengelernt zu haben", erwiderte er charmant.

„Der Name ist in Spanien nicht sehr bekannt. Eigentlich müsste ich Elena heißen."

„Natürlich, Helene, die Schöne, ein Name wie für Sie geschaffen."

„Hören Sie auf mit dem Unsinn!", rief sie und hoffte, dass sie nicht rot geworden war. „Mein Nachname ist Santander, weniger schön und ganz gewöhnlich, denke ich."

Mittlerweile standen sie vor der kleinen Kirche, welche den Namen 'Ermita de las Nieves' trägt. Das wie üblich weiß getünchte Gemäuer hat aber keinen Glockenturm. Vermutlich der exponierten stürmischen Lage geschuldet, hatte es nur ein einfaches solides Dach. Einzig das Kreuz über dem Torbogen verriet das Gotteshaus. Im fünfzehnten Jahrhundert soll hier die heilige Jungfrau einem Hirten begegnet sein. Seither ist es ein beliebter Wallfahrtsort.

Ilona begab sich zum Auto. Die ganze Begegnung war ein einziges albernes Benehmen. Was sollte das? War sie denn tatsächlich so blöd und flirtete mit einem wildfremden Mann? Er schien seinen Spaß dabei zu haben, aber sie war doch eine Frau im mittleren Alter.

Sie drehte sich noch einmal um. Noch eine Frage hatte sie: „Señor William, was interessieren Sie, als Ausländer, eigentlich die Probleme der lokalen Einwohner hier? Die Wasserprobleme der Bauern müssten ihnen doch völlig egal sein.“

Erneut grinste er und sagte: „Hab' ich's mir doch gedacht. Sie waren dort zusammen mit dem Polizisten, und jetzt wollen Sie wissen, was dieser fremde Kerl hier überhaupt zu suchen hat. – Nun wie gesagt, ich arbeite hier oben beim Observatorium als Geologe und wohne weiter unten in Tabayesco. Leider vertrocknet dort auch mein Garten.“

„Hier oben?“, wunderte sich Ilona. „Sie arbeiten hier oben?“

Nun lachte er laut schallend. „Liebe Ilona, ich weiß, ein ungewöhnlicher Ort, aber es ist so, und heute ist Samstag. Ich habe mir erlaubt, einen kleinen Spaziergang zu machen. Meine Arbeitsstelle ist gleich dort drüben, nahe den Kuppeln. Sie sind herzlich eingeladen, mein Büro zu besuchen.“

Erst jetzt fiel ihr auf, da stand ja, außer ihrem eigenen, kein weiteres Auto auf dem staubigen Platz. Auch seine verschmutzten Schuhe und Hosenstöße zeugten von einer Wanderung.

„Soll ich Sie vielleicht hinfahren?“, bot sie an. „Leider habe ich jetzt keine Zeit für einen Besuch, denn ich bin verabredet. Ich komme ohnehin schon zu spät.“

„Macht nichts, ich laufe gerne“, erwiderte er. „Und sehen Sie zu, dass die Kerle, die uns das Wasser abdrehen, bald gefasst werden. Grüßen Sie ihren Polizeifreund von mir.“

Kopfschüttelnd stieg sie ein, rammte den Gang ein und fuhr mit aufheulendem Motor davon. Der Kerl war wohl nicht ganz bei Sinnen. Javier war der Freund von Fernando, und wie sollte gerade sie dazu beitragen, dass die unbekannten Übeltäter entdeckt und ihrer Strafe zugeführt wurden. Dazu kam jetzt ja auch noch ein Mord. Wusste der Mann vielleicht mehr als er zugab? Seine Arbeit als Geologe hatte vielleicht tatsächlich auch etwas mit der Wasserversorgung zu tun, und dass sein Garten vertrocknete, war ihm natürlich auch nicht gleichgültig. Die Gedanken verfolgten sie noch lange, bis sie in Teguise die Abzweigung in Richtung Tías und hinunter zum Meer nahm.

Valentina wartete schon auf sie. Das 'El Molino' war ein neu eröffnetes Café und bot, wie eine ganze Reihe von Lokalen dort, einen herrlichen Ausblick auf die Bucht und das Meer. Seit kurzem waren auch die Parkplätze verschwunden, so dass sich keine Blechkisten mehr vor die Aussicht stellen konnten.

„Meine Liebe, Sie haben einen der schönsten Orte für unser Treffen ausgesucht", begrüßte Ilona die Wartende und setzte sich an den runden Tisch auf dem Vorplatz. „Bitte entschuldigen Sie meine Verspätung. Aber es ist einfach herrlich hier."

„Ilona", rief Valentina. „Bleiben wir doch bei der informellen Anrede. Ich freue mich dich zu sehen. Du siehst blendend aus."

„Vielen Dank", entgegnete Ilona. „Ich fühle mich auch ausgezeichnet. – Ach, wer könnte nicht, bei der Sonne, der Wärme und der Aussicht."

„Aber sicher, unsere Insel ist ein kleines Paradies, und dir bekommt die Luft in Haría oben scheinbar ausgezeichnet. Ich beneide dich."

„Ach wo!", entgegnete Ilona. „Haría ist auch nicht anders. Im Gegenteil, es braut sich dort einiges zusammen. Ich habe dir ja bereits kurz erklärt, um was es geht."

„Ja, ich erinnere mich an das was du erwähnt hast, aber ich denke, wir sollten uns jetzt zuerst einen gespritzten Aperitivo leisten", meinte die Frau lächelnd. „Einverstanden?"

„Perfekt", stimmte Ilona zu und sprach kurz mit der Bedienung. Dann wandte sie sich wieder der Beamtin des Cabildo zu. Diese war in beiger Hose und passender Bluse geschmackvoll gekleidet. Sie schien etwas grösser als Ilona und war gertenschlank. Die kurze schwarze Frisur passte vorzüglich, und ihre grauen Augen blickten hellwach.

Es dauerte eine Weile, bis das Gewünschte kam, aber dann stocherten die beiden ungleichen Frauen gedankenvoll mit den Trinkhalmen im Getränk und fischten nach den Orangenscheiben. Der kühle Drink schmeckte herrlich frisch, etwas bitter.

„Ich habe heute Morgen eine interessante Bekanntschaft gemacht", entschlüpfte es Ilona. „Eigentlich der Grund, warum ich so spät gekommen bin." Dann erklärte sie: „Der Mann war oben auf dem Risco bei der Ermita."

Lächelnd blickte Valentina auf. „Interessant. Sah er gut aus?"

„Ja, schon", verteidigte sich Ilona und kam sich ziemlich blöde vor. „Ein völlig unbekannter…"

„Aha, und was wollte er von dir?"

„Eigentlich nichts, gar nichts… Außer, er hat mich am Abend vorher bei der Versammlung gesehen. Der Mann ist Geologe und arbeitet oben auf dem Risco. – Kennst du ihn vielleicht?"

Jetzt grinste Valentina verstehend. „Wie heißt er denn, dein Held im Schnee dort oben?"

Ilona fand das überhaupt nicht lustig. Ernst sagte sie: „Sein Name ist William Bennett, ein Deutscher. Weißt du was der dort oben im Schilde führt?"

„Also ganz spontan würde ich behaupten, er macht sich an hübsche Damen heran. – Moment mal, du sagtest Bennett?"

„Ja, William Bennett, kennst du ihn?"

„Nein, natürlich nicht.", winkte die Beamtin ab. „Aber ich glaube, das ist der Geologe des Seismologischen Centers EMSC. Für ihn hatte das Cabildo keinen anderen geeigneten Arbeitsplatz. Der muss schon ein paar Jahre auf Lanzarote sein, seine Familie, soviel ich weiß ebenfalls. – Pech gehabt meine Liebe."

„Blödsinn!", fauchte Ilona. „Er sagte, er wohne in Tabayesco, unweit von Arrieta und mache sich Sorgen um seinen Garten. Das Wasser werde knapp."

„Dann sollten wir den Mann seine Daten sammeln lassen, aber ob dadurch bei ihm die Möhren schneller wachsen, das wissen wir trotzdem nicht", sagte Valentina ironisch.

„Also, lass uns den Kerl vergessen“, sagte Ilona abschließend. „Wir haben ganz andere Sorgen. Inspector Sánchez und mein Mann ermitteln in einem Fall, bei dem die Zerstörung einer wichtigen Wasserfassung im Barranco Chafarís eine Rolle spielt. Das hat natürlich die Bevölkerung aufgeschreckt. Die Wasserknappheit ist auf der Insel seit langem ein Problem und hat sich nun zugespitzt. Deshalb bin ich hier mit der Frage, ob du etwas über die Pläne der Regierung gehört hast. Was haben die vor? Es kann ja nicht sein, dass die Bauern ihre Existenz verlieren, nur dass noch mehr Touristen unser Wasser vergeuden. Die Leute planen den Aufstand und wollen nach Arrecife zum Cabildo marschieren.“

Valentina blickte betroffen und brauchte eine ganze Weile, bis sie sagte: „Meine liebe Ilona, ich bin nur eine kleine Beamtin dort, und wie dir bekannt ist, bin ich für die Bewilligungen der Hotelerie und Gastronomie zuständig. Was vom Inselrat dort verhandelt wird, ist meistens geheim und wird nicht veröffentlicht.“

„Du wirst aber sicher öfter mal etwas läuten hören, wenn auch nicht offiziell“, bohrte Ilona weiter.

„Ja, natürlich“, gab Valentina zu. „Letzte Woche war der Minister richtig wütend. Da spitzt man die Ohren. Es ging um den Unterhalt der Leitungsnetze, welche in der Hand und Verantwortung von Señor Estbano liegt. Die dafür gesprochenen Mittel sollen wenig effizient eingesetzt worden sein. Das ganze Netz ist derart veraltet und marode, dass bald die Hälfte des Wassers irgendwo versickert. Estbano wehrte sich natürlich gegen den Vorwurf und behauptete, das liege an der ungenügenden Erfassung des Verbrauches. Viele Bezüger hätten die Meter manipuliert oder sogar ganz umgangen. Den Lecks werde selbstverständlich nachgegangen und wo notwendig die Erneuerungen getätigt. Das sei aber deshalb äußerst schwierig, weil die Leitungspläne komplett veraltet seien und zum Teil noch aus der vorangegangenen Administration stammten. Man arbeite mit Hochdruck daran, aber es koste Zeit und viel Geld.“

„Ha!“, kommentierte Ilona das Gesagte. „Es ist immer einfach, den Vorgängern die Fehler in die Schuhe zu schieben. Das hilft aber den Leuten wenig.“

Valentina seufzte. „So ist es. Dazu kommt, dass der Verbrauch jährlich um zweistellige Prozentzahlen steigt. Die Politik schreit geradezu nach Wirtschaftswachstum, und das ist auf Lanzarote nun einmal nur durch den Tourismus möglich. Irgendwelche Industrie oder Gewerbe fehlen ja gänzlich, und selbst der hochgelobte Weinanbau ist ein Tourismusförderer. Sogar die EU ist der Meinung, dass mehr Tourismus mehr Arbeitsplätze, mehr Umsätze in der Gastronomie und im Detailhandel schaffen könnte. Deshalb fördert sie die Infrastruktur auf Teufel komm raus, aber nur vordergründig. Das Resultat ist, es entstehen mehr Hotels, mehr Restaurants, mehr und bessere Straßen, mehr Radwege und sogar ein paar ausgeschilderte Wanderwege. Die heute wichtigen Anliegen wie Ökologie, Klima, Naturschutz, Energie- und Wasserversorgung bleiben auf der Strecke. Ich frage mich manchmal, für wen ich da eigentlich arbeite."

Erschüttert von diesem Ausbruch der Hilflosigkeit sagte Ilona: „Liebe Valentina, es stimmt mich traurig, diese Liste von Unzulänglichkeiten zu hören. Sie steht derart im Gegensatz zu dem Blick auf dieses herrliche Panorama hier, dass es weh tut. Ja wir, die Einwohner dieser Insel, tragen die Last. Die Fremden, die kommen für ein paar Tage, vielleicht Wochen, freuen sich am lockeren Leben an der Sonne und überlassen nach der Abreise ungerührt alle Probleme uns. Selbst die Wohnsituation ist für uns untragbar geworden. Es ist uns praktisch unmöglich geworden, eine Immobilie zu ergattern, zu mieten oder zu kaufen. Die Preise steigen und steigen. Verstehe mich nicht falsch, es war nicht der eigentliche Grund weshalb mein Mann und ich nach Haría gezogen sind, aber eine bezahlbare Wohnung in Puerto del Carmen zu finden war kaum möglich."

Das Gespräch war derart problemgeladen geworden, dass die beiden Frauen eine ganze Weile schweigend verbrachten. Es war mittlerweile gegen zwei Uhr. Das Lokal füllte sich immer mehr mit fröhlichen, lauten Gästen. Sie bezahlten.

„Komm, lass uns ein paar Schritte der Promenade entlang gehen", bat Valentina.

Sie folgten der Küste Richtung Arrecife. In der Ferne war das einzige alleinstehende Hochhaus, das 'Gran-Hotel', zu sehen. Es überragte wie ein einsamer Turm die weißen Häuser der Hauptstadt. Von rechts, über die Bucht, flogen dröhnend die Flugzeuge daher und setzten unmittelbar nach dem Wasser auf die Piste auf. Man konnte die Logos der Airlines deutlich sehen. Sie kamen im Minutentackt und erinnerten erneut an die Massen der Touristen, die dieses Lanzarote besuchten. Ilona war tatsächlich im Stillen versucht zu sagen, sie würden diese Insel heimsuchen.

„Ich habe noch etwas gehört", begann Valentina erneut. „Am Donnerstagnachmittag war ein Meeting mit einem ausländischen Experten vorgesehen. Der sollte ein Projekt für dezentrale Meerwasserentsalzung mit Solarenergie vorstellen. Scheinbar ist der Betreffende aber nicht erschienen. Das war außergewöhnlich, denn der Minister hatte seine Mittagszeit extra dafür abgekürzt."

„Hast du eine Ahnung, wer das war?", fragte Ilona erstaunt.

„Ein Herr Forsberg von der Firma 'Vattec', ein deutsches Unternehmen, wenn ich mich richtig erinnere. Er soll im 'AguaCave' abgestiegen sein. Das ist das Hotel, hier gleich um die Ecke."

Ilona hielt an. „Das ist sehr interessant. Lass uns da nachfragen. Vielleich weiß man an der Rezeption mehr über dessen Verbleib."

„Bitte Ilona, ich habe dir das alles im Vertrauen erzählt. Es sollte nicht weiter verbreitet werden, und ich möchte mich da wirklich heraus halten."

„Natürlich, wie dumm von mir", erwiderte Ilona. „Ich kann dort problemlos alleine nachfragen. Du hast schon viel für mich getan. Ich bin dir sehr zu Dank verpflichtet."

Sie drehten um. Nach einem kurzen, eher einsilbigen Abschied, eilte Valentina zum nahen Parkplatz. Ilona machte sich auf den Weg zum Hotel 'AguaCave'.

Wenn sie an das Resultat dieses Treffens dachte, musste sie sich eingestehen, dass sie, außer dieser letzten Information über den vermissten Ausländer, wenig Neues erfahren hatte. Es war auch kaum anzunehmen, dass dieser Deutsche etwas mit den Ereignissen in Haría oben zu tun hatte. Interessant war allerdings, dass da eine Möglichkeit auftauchte, um das Wasserproblem der Insel vielleicht zu entschärfen. Meerwasserentsalzung war keine neue Technologie, und es wurde auch auf Lanzarote, nebst den staatlichen Anlagen, auch von einigen großen Hotels eigenständig betrieben. Aber es braucht dafür riesige Mengen an elektrischer Energie. Man verlagerte das Problem vom Wasser einfach zum Strom. Der letztere wurde durch große Anlagen mit dieselbetriebenen Generatoren erzeugt. Da aber das Erdöl weltweit knapp wurde und übers Meer hergeholt werden musste, entstanden sehr hohe Kosten. Es entstand damit auch da ein Versorgungsproblem. Der Bedarf an elektrischer Energie stieg auch auf Lanzarote, wie weltweit, immer weiter. Das war so, trotz Sparlampen, Energieeffizienzlabel und Co. Also auch hierbei war die Frage woher nehmen, wenn nicht stehlen? Die paar Windräder oben bei Los Valles waren wohl nur der Tropfen auf den heißen Stein, und Solaranlagen existierten auf der Insel praktisch keine. Die Ideen des deutschen Experten könnten einen Hoffnungsschimmer darstellen, aber man sollte sich natürlich keinen allzu großen Illusionen hingeben. Sie konnte damit, zurück in Haría kaum verkünden, dass eine wirkliche Verbesserung der Lage durch die Regierung geplant und in Sicht sei. Man würde so weiter leben müssen, und irgendwann würden die letzten Felder vertrocknen, und der letzte Bauer würde irgendwo an den Stränden in einem Lokal die Tische abräumen oder wenn er Glück hätte, die Kakteen im Garten einer Appartementanlage pflegen.

Der Eingang des Hotels lag auf der vom Strand abgewandten Seite. Sie musste also um den ganzen Block laufen. Etwas verschwitzt betrat sie die große Halle. Ein wunderschöner Innenhof mit Palmen und weichen Sesseln empfing sie. Hoch hinauf, bis zu einer Glaskuppel, führten holzgearbeitete Aufgänge und gaben dem Raum etwas Helles und Luftiges. Die Rezeption lag etwas versteckt weiter hinten, und Ilona eilte ohne Zögern dorthin.

Die Dame in weißer Bluse und aufgestecktem Haar, blickte ihr lächelnd entgegen. Die riesige Wand hinter ihr verriet, dass auch hier auf elektronische Türöffnung umgestellt worden war, denn die Schlüsselfächer waren allesamt leer und beherbergten höchstens einmal einen Zettel oder einen Umschlag.

„Buenas tardes", grüßte Ilona höflich. „Ich möchte zu Señor Forsberg. Ist er da?"

Die Dame machte sich an einem hinter dem Tresen versteckten Computer zu schaffen, blickte zögernd auf und sagte: „Ja, Herr Forsberg wohnt bei uns. Er ist aber im Moment nicht da. Soll ich Sie bei Frau Forsberg melden?"

„Bitte!"

Während die Empfangsdame leise telefonierte, blickte sich Ilona um. Das Hotel gefiel ihr. Es hatte etwas Ansprechendes in der Gestaltung. Es stand im krassen Gegensatz zu der grell kitschigen Aufmachung der Lokale entlang der lauten Promenade. Hier konnte man tatsächlich Ruhe und Erholung tanken.

„Entschuldigen Sie, wie war doch ihr Name?“, fragte die Dame hinter dem Tresen. „Frau Forsberg meint, sie erwarte niemanden.“

„Mein Name ist Ilona Romero“, antwortete Ilona. „Ich bin die Frau von Comisario Romero.“ Sie wusste, ‘Comisario‘ wirkte immer und fuhr deshalb fort: „Könnte ich Frau Forsberg vielleicht kurz sprechen? Es dauert auch nicht lange.“

„Ach, ich verstehe, Polizei. Die waren gestern Abend schon hier. Die beiden Damen sind zusammen auf dem Zimmer. Soll ich sie herbitten?“

„Ach, da ist noch jemand?“, entschlüpfte es Ilona.

„Ja, Frau… Moment… Clara Heider. Sie ist gestern angereist. Frau Forsberg braucht jetzt sicher alle Unterstützung, solange ihr Mann vermisst bleibt.“

Die Dame schien ihre eigene Meinung über nicht auffindbare Männer zu haben. Sie telefonierte weiter und bat dann Ilona im anliegenden Aufenthaltsraum zu warten. Die Damen würden gleich herunterkommen.

Es dauerte nicht lange, bis die zwei Frauen auf sie zukamen. Die eine war groß, schlank in einen schlichten Hosenanzug gekleidet. Die andere, etwas mollige, trug einen farbigen Sommerrock und begleitete ihre Freundin mit erkennbar beschützender Art.

Ilona erhob sich. Da sie annahm die Damen würden kaum Spanisch sprechen, begann sie in Englisch: „Sorry, ich entschuldige mich für die Störung. Ich bin Ilona, die Frau von Comisario Fernando Romero und war gerade in Matagorda. – Da ich aber gehört habe, dass ihr Mann vermisst wird, befürchte ich, dass ich ungelegen komme.“

„Gibt es etwas Neues?“, fragte die kleine Mollige direkt. „Ach so, entschuldigen Sie, ich heiße Clara Heider und bin die Freundin von Paula. Wir warten dauernd auf Neuigkeiten. Hat man ihn gefunden?“

„Leider nein", antwortete Ilona, obwohl sie nicht ganz sicher sein konnte. „Die Suche liegt in den Händen der Policía Nacional. Die tun alles um Herrn Forsberg zu finden."

Ilona fühlte sich unwohl mit ihrer Rolle als ungewollte Ermittlerin, fuhr aber fort: „Ich bin hier, weil ich mich vergewissern wollte, ob Herr Forsberg nicht doch schon wieder aufgetaucht ist."

„Nein, ist er nicht, aber ich habe gestern doch schon alles erklärt", flüsterte Paula und ließ sich auf den Stuhl nebenan sinken.

„Es tut mir ja so leid, aber ich glaube wir dürfen die Hoffnung nicht aufgeben. Plötzlich steht er da, und alles ist wieder gut", beruhigte Ilona und ließ sich nebenan nieder.

„Paula ist sehr erschüttert", mahnte Clara. „Sie befürchtet das Schlimmste. – Aber bitte fahren Sie fort."

„Ihr Mann ist doch in einer geschäftlichen Angelegenheit nach Lanzarote gekommen, Frau Forsberg", wandte sich Ilona direkt an die Frau. „Das Cabildo, der Inselrat, glaubt zu wissen wofür, aber bitte erklären sie uns genauer was er vorschlagen wollte."

Paula überlegte. „Ich weiß das auch nicht so genau. Es geht um Meerwasserentsalzung, aber das muss doch alles in den Unterlagen stehen, welche er abgeben musste."

„Ja, natürlich", lenkte Ilona ab. „Es geht uns vor allem darum zu erfahren, wer seine Konkurrenten sind, wie weit die informiert sind, und ob er da vielleicht Feinde hat."

„Sie meinen so einer könnte mit seinem Verschwinden zu tun haben", sagte Paula. „Das ist doch absurd. Natürlich gibt es Konkurrenz, aber deswegen entführt man den Anderen doch nicht gleich. – Oh Gott, vielleicht wurde er sogar umgebracht..."

„Liebe Frau Forsberg", sagte Ilona. „Wir wollen doch nicht vom Schlimmsten ausgehen. Sicher taucht er wieder unbeschadet auf. Kannte er denn jemanden auf Lanzarote? War er schon mal hier?"

„Nicht dass ich wüsste", stammelte Paula. „Er hätte mir sicher davon erzählt."

Nun, nicht jeder erzählt seiner Frau alles, dachte Ilona zweifelnd. Diese Frau schien aber an ihren Gatten zu glauben. „Hat er vor seinem Verschwinden jemanden getroffen, auch ganz informell, privat?"

„Nein!“, kam die Antwort sofort. „Bitte unterstellen Sie meinem Mann nichts Ungehöriges.“

„Oh, bitte verzeihen Sie“, wehrte sich Ilona. „Das war keinesfalls meine Absicht. Es geht mir einfach darum zu verstehen, was vor seinem Verschwinden alles war. War er vielleicht irgendwie anders, unsicher, abwesend oder erzürnt?“

„Nein, er war wie immer. Er kam nach dem Frühstück zum Pool und ging schwimmen. Danach habe ich ihn nicht mehr gesehen. Ich dachte, er wäre zu seiner Verabredung nach Arrecife gefahren…“

„Da ist er aber nie angekommen“, beendete Ilona den Satz. „Der Minister hat vergeblich gewartet.“

Ganz so war es natürlich auch wieder nicht, aber das mussten die Frauen ja nicht unbedingt wissen. Der Minister war da und auch die Konkurrenz, vor allem dieser Señor Estbano, der Zuständige für die inselweite Wasserversorgung. Was hatte der wohl für Pläne? So ganz uneigennützig würden sie wohl kaum sein.

Ilona bedankte sich höflich und sagte: „Ich hoffe, dass ihr Mann bald wieder bei ihnen ist, und dass nichts weiter Schlimmes geschehen ist. Vielen Dank für ihre bereitwillige Auskunft. Ich wünsche noch einen guten Tag.“

Sie erhob sich und verließ das Hotel gemessenen Schrittes, immer die fragenden Blicke der beiden Frauen im Rücken. Zurück im Auto überlegte sie alles nochmals in Ruhe. Was hieß das jetzt für ihre beiden wirklichen Ermittler, Fernando und Javier? Die Bedrohung bei der Fuente Chafarís und die Tote im Kakteenfeld, waren das alles zufällige Ereignisse? Hatte es vielleicht etwas mit den undurchsichtigen Plänen der regierungsnahen Wasserlobby zu tun, und wie war das geheimnisvolle Verschwinden dieses Deutschen zu verstehen? – Nichts passte zusammen, aber auch gar nichts. Mit diesem verwirrenden Gefühl startete sie das Auto und fuhr gegen Norden.

Kapitel 8

Kurz bevor man auf der Hauptstraße von Haría hinunter nach Arrieta kommt, liegt rechterhand die Finca des Grundbesitzers Don Rodríguez und seiner Familie. Seine Felder erstrecken sich entlang der Straße, und sein Gemüse wurde von den Restaurants der Provinzstadt gekauft und wegen ihrer hohen Qualität geschätzt. Seit kurzem lief das Geschäft aber nur noch stockend, denn der Ertrag war drastisch gesunken, und die Abnehmer sahen sich gezwungen auf importierte Ware zu setzen, welche außerdem auch noch günstiger war.

Sie saßen an diesem Samstagmorgen zeitig am Frühstückstisch und planten ihren Tag. María war eine junge Frau, schlank, eher zart und absolut nicht das Bild einer robusten Bäuerin. Die Vorstellung der meisten Leute, wie eine Farmersfrau auf Lanzarote aussehen sollte, war vermutlich vom längst verstorbenen Künstler César Manrique geprägt. Dieser sah und malte die Frauen oft mit Kopftuch, Strohhut und Schürze. María trug heute aber eine derbe Hose und ein buntes Hemd, Arbeitskleidung also, denn sie plante die kleine Schar Ziegen in ein neues Pferch zu treiben und dort zu füttern. Auf keinen Fall sollten die Tiere ausbrechen und sich über die Salatfelder hermachen. Sie wurden stattdessen mit zerhackten Kürbissen gefüttert, was eine Knochenarbeit bedeutete. Das Melken der störrischen Viecher überließ sie aber gerne dem jungen José, der die

Milch dann auch zur Käserei in Arrieta brachte. Der Verkauf des Ziegenkäses brachte ein zusätzliches kleines Einkommen.

Ihr Mann saß schon einige Zeit da und scharrte mit den derben Schuhen unter dem Tisch. Es war ihm anzusehen, dass er mit wenig Freude an sein Tagwerk dachte. Er schien schlecht geschlafen zu haben und hatte sich nicht einmal die Mühe gemacht, seine ergrauenden Haare zu kämmen. Sie standen wirr um seinen Kopf und sein Gesicht wirkte verhärmt. Er sah aus, wie wenn er direkt aus dem Bett käme, dabei war er schon lange auf und geisterte auf dem Hof umher, wie wenn er dadurch eine Lösung für den weiteren Betrieb seiner Landwirtschaft finden könnte. Seit einiger Zeit musste er zusehen, wie die angepflanzten Setzlinge nur kümmerlich wuchsen und zu vertrocknen drohten. Selbst der morgendliche Tau half nichts mehr, und die Bewässerungsschläuche lagen leer und trocken in den Reihen auf dem Feld. Es würde erneut eine äußerst schlechte Ernte geben. Auch die Tomaten hingen klein und mickerig an den gelb verfärbten Stauden und fielen vor der Reife zu Boden.

Die Landwirtschaft auf Lanzarote litt nun schon seit einigen Jahren. Emilio Rodríguez war hartnäckig geblieben und hatte seine Felder eher noch ausgedehnt. Er hatte Anpflanzungen gesucht, welche mit der Trockenheit besser auskamen. Viele andere hatten aufgegeben. Es lohnte sich nicht mehr, argumentierten sie und ließen ihre Fincas im Stich, um irgendeine Arbeit in den Touristen-Hochburgen zu suchen. Ha, er war doch kein Taxifahrer, Kellner oder Händler. Er war Bauer und stolz auf seinen großen Betrieb. Fast fünf Hektaren gutes Land war sein Eigentum, und es hatte immer eine Familie ernährt. Aber jetzt?

„Mierda!", wetterte der Bauer und schlug mit der Faust auf den Tisch. „Ja glauben die Kerle wirklich, das lumpige Gemüse aus Andalusien sei mit unseren frischen Produkten zu vergleichen? Das Zeug ist überzüchtet, ohne Vitamine und absolut wertlos. Aber die Touristen fressen natürlich alles."

„Bitte Emilio", bat María, seine Frau. „Sei nicht so verbittert. Wir können den Bedarf der Wirte dieses Jahr ja sowieso nicht liefern. Also warum sich aufregen."

„Ja, und warum geht das nicht mehr?", fuhr der zornige Bauer auf und gab sich gleich selber die Antwort: „Weil wir kein Wasser mehr haben. Es reicht einfach nicht mehr. Früher, da war für alle genug da. Aber jetzt…"

Es stimmte natürlich, und die Männer hatten mit gutem Grund und Recht am Freitag oben in Haría protestiert.

Die Wasservorräte von Lanzarote waren schon immer begrenzt gewesen, hatten aber für die wenigen Bewohner und deren Landwirtschaft problemlos gereicht. Die wenigen Niederschläge wurden meist in großen Auffangflächen, Alcogías genannt, gesammelt und in die Aljibes, die Zisternen, geleitet. Schon vor einigen Jahrzehnten wurde auch mit der Entsalzung von Meerwasser begonnen und damit der Bedarf der Bevölkerung mit Frischwasser sichergestellt. Die Bauern, das kannte Rodríguez nur zu gut, nützten ihrerseits die einmalige Speicherung von Tau im schwarzen Picón. Sie bedeckten die Felder grundsätzlich mit einer dicken Schicht Lapilli, wie der schwarze Kies auch genannt wurde. Davon gab es auf Lanzarote jede Menge, denn bei den Eruptionen der Vulkane vor rund dreihundert Jahren wurde etwa ein Viertel der Insel mit Lava, Geröll und Kies bedeckt. Picón hat die hervorragende Eigenschaft, Wasser zu speichern, so dass gewisse Kulturen, wie zum Beispiel Weinbau, überhaupt nicht künstlich bewässert werden müssen. Das war aber beim Gemüsebau anders, wie Emilio Rodríguez schmerzhaft feststellen musste. Kartoffeln, Salat, Zwiebeln, Knoblauch, Möhren und Konsorten brauchten zusätzliche Bewässerung.

„Die scheiß Touristen saufen unser Wasser weg!", fluchte Emilio. „Tausende von Ferienanlagen mit Bad, Klosettspülung und Pool verschwenden es ohne Rücksicht. – Und es werden immer mehr."

„Du hast ja recht", beruhigte ihn María und stimmte zu: „Die Touristen verdoppeln praktisch die Anzahl der auf Lanzarote lebenden Menschen, und ein Fremder braucht erwiesenermaßen bedeutend mehr Wasser als ein Einheimischer. Dem Ausländer ist das wohl kaum bewusst, oder es kümmert ihn nicht. Nach zwei Wochen ist er ja sowieso wieder auf und davon."

Emilio schnaubte. „Claro! Die bringen das schnelle Geld, und keiner schaut genau hin. Hotels, Gastronomie, Detailhändler und Immobilienheinis, alle verdienen. Die Preise steigen und steigen, und wir haben das Nachsehen. – Ach was, ich geh jetzt aufs Feld, weiß zwar nicht wozu eigentlich."

María räumte den Tisch ab und schüttelte dabei bekümmert den Kopf. Er hatte ja recht, ihr Mann, aber das Jammern half überhaupt nichts. Sie hatte sich selber schon oft gefragt, wie lange sie noch durchhalten sollten oder eigentlich noch konnten. Trotzdem hatten sie noch Glück in ihrer Situation, hatten keine Schulden, und ein kleines Sümmchen auf dem Bankkonto beruhigte auch. Kinder hatten sie keine. Die Frage war einfach: Wie lange sollte das noch so weitergehen?

Ohne Emilio zu informieren, war sie schon einmal nach Arrecife gefahren, um sich nach einer Arbeit umzusehen. Das Ergebnis war ernüchternd, die Auswahl deprimierend. Gesucht wurden Serviererinnen, Zimmermädchen und Putzfrauen. Den Männern ging es kaum besser. Sie bekamen Arbeiten in Gartenpflege, Poolreinigung oder als Kellner. Dienstleistungen nannte man das im heutigen Sprachgebrauch und meinte damit Handlanger für die Touristen. Was zum Teufel war aus ihrer wunderbaren Insel, ihrer Heimat, geworden? Wut stieg in ihr hoch. Wurde den jetzt alles dem schnellen Profit geopfert, auch sie, die eigentliche Bevölkerung?

Resignation war aber überhaupt nicht Marías Art. Wieder zu Hause, überlegte sie ständig, wie sie dieser Entwicklung entkommen könnten. Sie hatte von dieser chaotischen Versammlung oben in Haría und von der Zerstörung der Fuente de Chafarís gehört und verstand den Unmut der Menschen nur allzu gut. Wenn diese Ereignisse ihre Finca auch nicht direkt betrafen, so war das Problem doch das Gleiche, die Wasserversorgung. Seit die Leitungen aus Arrieta immer öfter versiegten, hatten sie versucht, mit Tankwagen die Lücken zu schließen, aber auch da wurden die Lieferungen immer weniger und irgendwann kam überhaupt keiner mehr. Sie saßen buchstäblich auf dem Trockenen. – Die aufgebrachten Männer hatten ja recht, man müsste den Verantwortlichen in der Hauptstadt endlich Beine machen. So ging das nicht weiter. María entschloss sich, noch am nächsten Tag nach Haría zu fahren und dort im Rathaus vorzusprechen.

Am Sonntag war dort natürlich geschlossen. So verlegte María ihr Vorhaben auf Montag. Schon vormittags um zehn Uhr stand sie vor der gleichen Tür, wie ein paar Tage zuvor die junge Journalistin, welche inzwischen tot aufgefunden worden war. Das wusste

María glücklicherweise noch nicht, aber auch ihr war der Eingang versperrt. War sie zu früh? Na ja, Der Alcalde und seine Beamten nahmen es wahrscheinlich mit den Öffnungszeiten nicht allzu genau und gönnten sich erst mal in einem bereits geöffneten Lokal einen kleinen Café solo. – Warum sollte sie das nicht auch?

María schlenderte entlang der kurzen Allee mit den großen Bäumen. Aus dem dichten Laubwerk drang das Pipsen und Zwitschern hunderter kleiner versteckter Vögel. Als sie näher kam, verstummten sie schlagartig, wie wenn sie sich in ihrem morgendlichen Ritual gestört fühlten. Es war noch immer frisch von der Nacht, denn die Sonne hatte den Weg zu diesem versteckten Platz noch nicht gefunden. María zog sich die mitgebrachte Strickjacke enger zusammen und steuerte auf das einzige bereits offene Lokal, 'La Sociedad' zu.

„Café cortado, por favor", bestellte sie an der großen Theke bei der Dame dahinter.

Ilona musterte die Unerwartete und sagte: „Buenos dias, Señora. Sofort, Espresso mit Milch."

Um diese Zeit kamen kaum Gäste hierher, und Ilona war eigentlich nur anwesend, um die wöchentlichen Bestellungen zu überprüfen und auf den Weg zu bringen. Fernando maulte jedes Mal, sie verderbe ihnen damit den Wochenstart mit ihrem unnötigen Pflichtgehabe. Sie wären doch im Ruhestand, und man könne die von der Sociedad auch endlich einmal alleine machen lassen. – Dabei war gerade er schon wieder zu Javier gefahren.

„Sie sind nicht von hier?", kam die unvermeidliche Frage oder Feststellung, als Ilona die gewünschte Tasse hinstellte.

María rührte im Kaffee und sagte: „Nein, ich komme von Arrieta, vielmehr aus der Nähe dort. Ich bin die María von der Finca Rodríguez und wollte zum Rathaus."

Ilona nickte verständnisvoll. „Ich heiße Ilona. Leider sind die nicht sehr zuverlässig, unsere werten Ratsherren. Irgendwann ist da schon jemand, aber so genau wann, weiß ich auch nicht. Wir sind erst seit kurzem nach Haría gezogen."

„Schön, Sie kennen zu lernen", sagte María. „Dann haben Sie sicher auch einiges von den Problemen letzte Woche mitbekommen. Es soll ja ein richtiger Aufstand gewesen sein."

„Ja, aber so schlimm war's dann auch wieder nicht", schwächte Ilona ab. „Natürlich sind die Bauern unzufrieden und protestieren, aber solange noch ein letzter Tropfen aus der Leitung kommt, wird wohl nichts geschehen."

„Du sagst es!", rief María, stoppte aber abrupt. „Oh, bitte entschuldigen Sie, es ist mir nur so entwischt, die Anrede."

„Keine Ursache", lachte Ilona. „Ich heiße Ilona und bin ganz zufrieden damit."

María strahlte. „Ich freue mich. Frauen sind einfach viel unkomplizierter…"

„Als Männer!", grinste Ilona. „Na ja, die wollten letzten Freitag auch gleich nach Arrecife marschieren und den Herren Beine machen. Aber ob sie das wirklich tun…"

„Ach wo! – Aber ein Frauenaufstand, das wäre doch etwas!", alberte María weiter. Wir beide in vorderster Front…"

Sie schwiegen beide, überrascht ob dem unsinnigen Gedanken. Als ob sie etwas bewirken könnten. Aber es war auch nicht richtig, einfach zuzuwarten und auf eine Besserung zu hoffen, die ja doch nie eintreten würde.

„Wir könnten mindestens einmal bei den Verantwortlichen in Arrecife vorsprechen", nahm Ilona die Idee wieder auf. „Wir haben doch keine Ahnung was unsere Regierung überhaupt plant."

„Du sagst es", bestätigte María. „Vielleicht ist bereits eine große Erweiterung der Wasserversorgung beschlossen, und wir machen uns unnötige Sorgen."

„Meine Liebe, du bist sehr optimistisch", entgegnete Ilona. „Komm, wir setzen uns an den Tisch. Ich hab' da noch eine angefangene Flasche Malvasía."

Es war zwar noch etwas früh vor Mittag, aber das störte die beiden Frauen nicht. Sie steckten die Köpfe zusammen und schmiedeten Pläne, wie zwei Verschwörerinnen. So ertappte sie Fernando, als er von seinem Treffen mit Javier zur Sociedad zurück kam.

„Toll!", schmunzelte er. „Meine Liebe ergibt sich früh am Tag dem Trunke. – Und wer ist denn das?"

„Fernando!", rief Ilona. „Du störst uns bei einer wichtigen Besprechung. – Aber das ist María Rodríguez."

„Rodríguez? – Von der Finca unten bei Arrieta?", rätselte Fernando. „Was verschafft uns die Ehre, dass Sie zu uns hoch kommen?"

„Sie wollte zum Bürgermeister, aber der ist nicht da", antwortete Ilona. „Jetzt ist María hier und trinkt ein Gläschen mit mir."

„Der Alcalde ist, soviel ich weiß, nach Arrecife gefahren. Da ist im Rathaus heute wohl niemand", meinte Fernando.

„Macht nichts", erklärte Ilona. „Wir kommen auch ohne ihn zurecht."

„Señor Fernando", sagte María betreten. „Sie sind Comisario Fernando Romero, Ilonas Gatte?"

„Claro", sagte Fernando grinsend. „Aber Fernando genügt. Außerdem bin ich nicht mehr im Dienst."

„Dann sind Sie aber sicher über dem Todesfall bei Mala informiert. Eine junge Frau, soviel ich hörte. Wissen Sie mehr?"

„Mein Mann kommt gerade vom Polizei-Revier", verriet Ilona und behauptete: „Er weiß alles. Ihm entkommt keine, noch so kleine Übeltat auf dieser Insel."

Fernando hatte sich inzwischen einen Stuhl geschnappt und saß nun rittlings den Frauen gegenüber. „Sie übertreibt wieder einmal maßlos, liebe María. „Aber in dem Fall weiß ich, dass die junge Frau eine Journalistin war. Kennst du sie vielleicht?"

„Ich!", protestierte María. „Woher sollte ich die kennen? Aber es stand ja in allen Zeitungen, die lag in einem Kakteenfeld. Wie zum Teufel kommt die dort zwischen die Stacheln und warum?"

„Na ja, das ist noch nicht geklärt, aber sie recherchierte über die Wassermisere auf Lanzarote und über die Sabotage an der Fuente Chafarís", erklärte Fernando. „Sie wurde definitiv nicht am Fundort ermordet."

„Wie das?", warf Ilona ein.

Fernando zögerte. Gab er vielleicht zuviele Einzelheiten bekannt? – Aber das würde sowieso alles herauskommen. „Am

Tatort sind keine Spuren der Gewalttat. Die Leiche wurde dort vielmehr einfach abgelegt und entsorgt."

„Die arme Frau!", rief María. „Einmal mehr sind wir Frauen die Opfer. Wieder sind wir die Leidtragenden, auch wenn es um ein allgemeines Problem geht. Die Journalistin hat mit ihrer Recherche natürlich einen wunden Punkt berührt, unter dem die ganze Insel zu leiden hat. Wasserknappheit! Wie wenn das hier nicht ein Dauerproblem wäre und uns alle anginge."

Fernando erhob sich. Es war wohl klüger sich aus dieser Diskussion herauszuhalten. Einerseits wollte er nicht noch mehr Details über die laufenden Ermittlungen preisgeben, andererseits wollte er sich nicht in eine Debatte über Frauenrechte einlassen. Dabei würde er mit Sicherheit den kürzeren ziehen.

„Also", verabschiedete er sich. „Ich gehe nach Hause. Eine schöne Siesta ist, was ich jetzt brauche."

Sofort protestierte Ilona: „Aber ich hätte doch ein paar Tapas bereit. Willst du nicht erst etwas essen?"

„Lieb von dir, aber danke", winkte er ab. „Ich brauche einfach etwas Ruhe. – Bis später."

Das Tuscheln der Frauen hinter sich hörte er nicht mehr. Mit festen Schritten ging er über den Platz, bog rechts ab und erreichte weiter oben ihre Wohnung.

Die Angelegenheit wollte ihm einfach nicht aus dem Kopf gehen. Unverhofft hatte sich der Fall ausgeweitet, und Javier hatte es treffend formuliert. Eine, oben an der Fuente Chafarís bedrohte Journalistin wird später tot aufgefunden, und neu kam dazu, dass ein ausländischer Experte über Meerwasserentsalzung seit Donnerstag spurlos verschwunden war. Das hatte er aus der hereingekommenen Vermisstmeldung entnommen. Das alles konnte doch kein Zufall sein.

Als er die Türe aufschloss, hoffte er, dass Victoria sein Kommen nicht bemerkte, denn er hatte jetzt keine Lust der Hausbesitzerin seine frühe Heimkehr zu erklären. Er war einfach nur müde und wollte in Ruhe nachdenken. Er schloss die Vorhänge im Schlafzimmer, warf sich auf das Bett und starrte an die Decke.

Ihr neues Zuhause war perfekt. Mindestens von der Lage und der Ausstattung war es sogar besser, als die einfache Bleibe, damals unten in Puerto del Carmen. Dort, an der belebten Straße, war auch immer viel Verkehrslärm gewesen. Besonders weil die Calle Reina Sofía stark anstieg, fuhren dort die Autos mit heulenden Motoren hoch. Hier, in dieser engen Nebenstraße, war es totenstill. Fernando war sich nicht sicher, ob nicht gerade das ein Gefühl von völliger Fremde hervorrief. Vielleicht war es doch ein Fehler gewesen, hierher zu ziehen. Ilona schien aber glücklich zu sein und lebte richtig auf. Das war heute wieder deutlich spürbar geworden. Sie war mit vollem Elan in dieser Sociedad engagiert, und jetzt auch noch diese Geheimnistuerei um den Fall Elenora Lopez und die drohende Wasserkrise. Einmal mehr beging sie genau den Fehler, den sie ihm dauernd unter die Nase rieb, sie mischte sich ein, in einen Fall, wo eigentlich auch er nichts zu suchen hatte. – Ja, er war seit ein paar Jahren im Ruhestand, aber er war auch Javiers Freund und teilte deshalb auch seine Sorgen.

Lange geisterte das Bild der jungen Frau inmitten stacheliger Kakteen durch seinen Kopf, bis er endlich in einen unruhigen Schlaf driftete. …Braunes, schlammiges Wasser ergoss sich den Abhang hinunter. Es war nicht aufzuhalten, riss alles mit sich, Erdreich, Steine und Felsen. Es überquerte Wege und Straßen und ergoss sich in ein wütend tosendes Meer. Es wurde grell rot wie Blut oder wie glühendes Magma, ausgetreten aus einem zürnend wütenden Vulkan. Das feurige Ungetüm packte die traurige Gestalt, warf sie hoch und schmetterte sie mit einem letzten Aufbrüllen in den tosenden Rachen des schäumenden Wassers...

„Wasser!“, schrie er und sank erschöpft zurück.

„Fernando! Wach auf! Du träumst...“, rief Ilona und griff beruhigend nach seinem Arm.

„Was...“, krächzte er. „Ich habe...“

Endlich war er wach und setzte sich auf. „Wie spät ist es?“

„Kurz nach sieben Uhr“, antwortete sie. „Ich bin eben nach Hause gekommen.“

Erst jetzt bemerkte er, dass Ilona voll bekleidet neben dem Bett stand und eben die Schuhe abstreifte. Er musste Stunden geschlafen haben. Sein Kopf brummte, und der Traum hallte wieder, ohne dass er ihn einfangen konnte. Um ihn drehte sich alles, wie in einem Nebel. Er ließ sich zurück sinken und schloss die Augen.

„Schön, dass du da bist", krächzte er.

„Geht es dir nicht gut?", erkundigte sich Ilona. „Soll ich etwas zu Essen richten? Du hattest ja mittags nichts."

„Nein danke", sagte er. „Ich fühle mich wie gerädert. Ich bleibe einfach etwas liegen."

„Du solltest dich ausziehen", sagte Ilona besorgt. „Komm, ich helfe dir."

Sie half ihm mit Hose und Hemd. „Du glühst ja. Du hast Fieber. Bleib schön liegen!"

Nun entwickelte sich Ilona zur besorgt handelnden Krankenschwester. Sie maß Fieber, kochte Tee, brachte Biskuits und Aspirin ans Bett.

„Du behandelst mich wie einen Säugling", reklamierte der Patient. „Ist wahrscheinlich nur eine vorübergehende Schwäche. Ich werde alt. – Du hast einen alten Mann ausgesucht, meine Liebe."

„Ha, zwischen Säugling und altem Mann ist eine große Spanne. Ich nehme die Mitte und bin zufrieden damit." Sie setzte sich auf den Bettrand und fuhr fort: „Den Humor hast du auch nicht verloren."

„Na ja, aber vor allem habe ich die Liebe für immer gewonnen", seufzte Fernando und streckte sich wohlig aus. „Ich denke, nach einer ruhigen Nacht bin ich wieder fit."

„Das werden wir dann am Morgen sehen", bremste Ilona. „Du kannst ohne Weiteres einen Tag ruhen. Wir Frauen werden für einmal ohne euch Männer auskommen."

„Was?", schreckte Fernando hoch. „Was habt ihr da beim vormittäglichen Weintrinken ausgeheckt?"

„Bleib du schön liegen!", befahl Ilona. „Wir werden nichts Böses machen. Aber auch Frauen haben politische Rechte, und das Wasserproblem von Lanzarote betrifft auch uns. Wir wollen beim Cabildo nachfragen, was die denken, was zu tun ist, und was denn schon geplant ist. Eigentlich bleibt der Insel doch nur die Meerwasserentsalzung. Das ist die einzige Lösung, denn Flüsse und Seen fehlen bei uns gänzlich, und dem Himmel können wir auch nicht einfach das Regnen befehlen."

Fernando brummte: „Da hast du natürlich recht, aber es ist doch anzunehmen, dass sich unsere Obrigkeit darüber auch seine Gedanken macht. Vielleicht ist alles schon in trockenen Tüchern, und ihr rennt gegen Windmühlen an. Mit wem wollt ihr denn dort sprechen?"

„Das wissen wir auch nicht so genau", antwortete seine Frau. „Einen Minister vielleicht. Wir werden einfach dort aufmarschieren und unsere Transparente schwenken."

„Unglaublich! – Ihr wollt tatsächliche eine Demonstration abhalten. Dazu braucht's aber mehr als zwei verrückte Frauen."

Jetzt grinste Ilona und erhob sich vom Bettrand. „Kein Problem heutzutage. Die verrückten Frauen haben Internet. Einem entsprechenden Aufruf folgen immer viele."

„Auch Männer?", spottete Fernando.

„Warum nicht?", entgegnete sie prompt. „Du aber, du bleibst ganz ruhig im warmen Bett, dass du schnell wieder gesund wirst."

Kapitel 9

Das Cabildo, das Gebäude des Inselrats von Lanzarote, befindet sich ganz in der Nähe der großen Busstation und ist deshalb gut zu erreichen. Es ist ein prächtiger Bau und erinnert an maurische Architektur, ist aber eher modern und mit den hellbraunen Flächen sogar etwas verspielt.

Gegenüber, zum Meer hin, liegt eine große Parkanlage mit verschiedenen Vergnügungsstätten. Neben einem großen Kinderspielplatz gibt es einen Themen-Park, eine Skate-Bahn und einen Hunde-Parcour. Weiter vorne, zum Strand hin, erhebt sich das dunkle hölzerne Geripppe eines alten Schiffes und erzählt von lang vergangenen Stürmen und den Tragödien eines Unterganges.

Unmittelbar vor dem Regierungsgebäude liegt ein großer Kreisel, wo sieben rostige Eisenskulpturen aus dem schwarzen Picón in die Höhe ragen. Sieben bizarre Werke, sieben mögliche Bedeutungen, sieben Kanarische Inseln, sieben Gemeinden von Lanzarote oder einfach sieben verrückte Ideen von sieben Künstlern. Wer weiß schon was, und ob sich vielleicht die Wirren einer überforderten Regierung darin widerspiegelten?

Ilona gingen gerade solche Gedanken durch den Kopf, als sie an der Spitze einer stattlichen Gruppe Demonstranten der Avenida entlang auf das Cabildo zumarschierte. Ganz so sicher und mutig fühlte sie sich nun doch nicht mehr, vor allem, weil sie das Aufgebot an Polizisten bemerkte. Noch standen diese geordnet am Rande des Parks, aber die Helme und Schlagstöcke verhießen nicht Gutes. Du meine Güte, wer hatte das jetzt veranlasst? Eine Schar Frauen, das war doch nun wirklich keine Bedrohung. Es waren aber doch einige mehr geworden, als die beiden Anführerinnen gehofft hatten.

María hielt trotzig ihr Schild in die Höhe, hatte ein Megaphon in der Hand und begann zu rufen: „Wasser für alle!"

Hinter ihr wiederholten sich die Rufe, erst zaghaft, dann aber immer lauter. „Wasser für Lanzarote!"

Ein paar Hundert waren dem Aufruf gefolgt, und jetzt, als sie sich dem Regierungsgebäude näherten, waren auch ein paar Touristen und Passanten aufmerksam geworden. Die Menge ergoss sich unaufhaltsam auf den Vorplatz vor der protzigen Tür des Cabildo. Einfache Kartontafeln mit handgeschriebenen Schlagwörtern wurden hochgehalten und gebastelte Fahnen geschwenkt. Frauen johlten Slogans, einige kreischten laut und fordernd.

Neben dem Eingang des Cabildos flatterten die Flaggen der Insel Lanzarote, der Kanaren und von Spanien träge im Wind. Rotblau oder gelb-blau-weiß, alle hatten sie die Krone in er Mitte und erinnerten daran, dass sie dem Spanischen Königshaus unterstellt waren. Nur der Monarch war weit weg und konnte jetzt auch nicht helfen.

Die Hundertschaft der Polizisten rückte näher und Ilona betete: „Wenn das nur nicht eskaliert. Wenn die Polizei eingreift, ist alles umsonst."

María war da optimistischer. „Keine Sorge, liebe Ilona, wir machen schon nichts Unüberlegtes. Wir sind doch alles nur Frauen. Die dort drin müssten sich endlich der Herausforderung und den Fragen stellen. – Wo bleiben die denn?"

Inzwischen war die Menge lauter geworden. Wie ein brodelnder Hexenkessel drohte die Stimmung zu überkochen. Ilona befürchtete, dass die Demonstration völlig aus dem Ruder laufen könnte. Ihr Anliegen, eine Petition zu überreichen und um Informationen über Maßnahmen zur prekären Wasserversorgung zu bekommen, schien immer mehr in den Hintergrund zu geraten. Ein Unmut gegen etwas Unbestimmtes, gegen die lustlose untätige Obrigkeit oder ganz einfach über das einförmige, ziellose Leben, schien Oberhand zu bekommen. Eine Gruppe Jugendlicher drängte sich besonders hervor.

Ihre Bedürfnisse, ihre Zukunft beschäftigte sie vermutlich weit mehr als alles andere. Sie grölten und schrien. Plötzlich flogen die ersten Steine, erst zaghaft, dann immer gezielter. Die Polizei drängte sich in Position. Mehr Steine flogen, im Picón des Kreisels lagen genug davon. Eine Fensterscheibe ging klirrend zu Bruch.

Aus der Polizeireihe ertönte ein Megaphon: „Dies ist eine unbewilligte Demonstration. Bitte verlassen Sie unverzüglich das Gelände!“

Höhnisches Pfeifen war die Antwort. Mehr Steine krachten gegen die gläserne Eingangstür. Die Polizisten schützten sich mit Schildern und blieben standhaft in Position.

„Ich wiederhole, lösen Sie diese Versammlung sofort auf. Straftaten werden beharrlich geahndet. Dies ist die letzte Mahnung.“

Schreie wogten durch die Menge: „Polizeistaat! Unterdrücker! Schinder und Diktatur. Ihr könnt uns mal!“

Als die Glastür mit einem lauten Knall barst, rückte die polizeiliche Mannschaft vor. Die ersten Übeltäter wurden überwältigt. Schläge wurden ausgeteilt, Schreie von Angst und Schmerz erklangen. Die Polizisten gingen nicht zimperlich vor. Junge Frauen wehrten sich heftig, warfen sich zu Boden und mussten gewaltsam weggetragen werden. Sirenengeheul ertönte und blaue Lichter blinkten aufdringlich. Verstärkung rückte an.

Ihr gut gemeintes Anliegen war kläglich gescheitert. Ilona kämpfte sich geschlagen durch die Reihen hinüber zum angrenzenden Kinderspielplatz. Dort, bei einer Rutsche, ließ sie sich erschöpft zu Boden sinken und versuchte vergeblich die Tränen aufzuhalten. Was hatte sie nur angezettelt, und warum war ihr berechtigtes Vorhaben in so einer Katastrophe geendet. – María! Was war mit ihr?

Während sich die Demonstration in Arrecife langsam auflöste, die Polizei das Gelände sicherte und Absperrungen errichtete, erreichte Fernando, wenige Kilometer östlich, in Matagorda das Hotel 'AguaCave'. Er hatte keine Ahnung was sich vor dem Regierungsgebäude abspielte und was seine Frau gerade machte.

Als Fernando am Morgen erwachte, war es bereits heller Tag. Ilona war bereits weg. Das war nicht ungewöhnlich, denn sie hatte oft ungeplant im 'La Tegala' zu tun. Sein Kopf brummte noch leicht, aber das Fieber schien weg zu sein. Eine entsprechende Tablette würde ihm weiterhelfen. Seine Liebste würde zwar schimpfen und verkünden, er sei ein Dickschädel und gehöre ein paar Tage ins Bett.

Während die Kaffeemaschine brummte, rief er Javier an. Sein Freund war auch schon an der Arbeit, wirkte aber bedrückt.

„Fernando, es ist eine Katastrophe, der Fall wird immer komplizierter."

Längst war Fernando auch über das Verschwinden des ausländischen Geschäftsmannes informiert. Dieser war im Bereich der Meerwasserentsalzung tätig und wollte den lokalen Behörden einen entsprechenden Vorschlag unterbreiten. Es war offensichtlich, dass alle diese Vorfälle mit der Problematik um die Wasserversorgung zusammenhingen. Die Zerstörung der Quelle Chafarís, die Ermordung der Journalistin Lopez, die aufgeladene Bürgerversammlung in Haría und jetzt auch noch das Verschwinden dieses Geschäftsmannes, alles deutete auf einen Fall von besonderer Bedeutung hin. Sie hatten ihn kurzerhand den Fall 'Sequía' getauft, was so viel wie 'Trockenheit' bedeutet.

„Wenn wir dann damit nur nicht wirklich vertrocknen", meinte Javier resigniert. „Ich habe das Gefühl, dass wir in einer endlosen Wüste umherirren und keine Ahnung haben, wie wir da wieder herauskommen."

„¡Hombre!", entgegnete Fernando. „Du wirst doch nicht aufgeben! Ich bin ja auch noch da…"

Er hatte sich bereit erklärt, nach Matagorda zu fahren und mit der Frau des Vermissten zu sprechen. Sie musste noch da sein, und er wunderte sich, wie sie mit der Situation zurechtkam. Sie musste total verstört und tief besorgt sein, ohne ein Lebenszeichen ihres Mannes.

Auf ihrem Zimmer war sie nicht. Die Dame an der Rezeption meinte aber, sie hätte sie vor kurzem noch in der Halle gesehen und deutete in Richtung Cafetería. Tatsächlich fand er sie dort. Die Frau fiel sofort auf, und auch ohne sie zu kennen wusste Fernando, das musste sie sein. Sie war schlank, schlicht gekleidet und hatte etwas Kultiviertes in ihrer Haltung an sich. Ihr klassisch schönes Gesicht war bleich und leicht spitz, was wohl dem Kummer um ihren Gatten zuzuschreiben war. Sie war aber nicht allein. Ihre Begleitung war eine etwas mollige Person, die ein buntes Sommerkleid trug. Die beiden Frauen hatten unberührte Kaffetassen vor sich und saßen sich schweigend gegenüber.

„Bitte entschuldigen Sie die Störung", begann Fernando zögernd. „Ich nehme an, Sie sind Frau Forsberg."

„Nein, ist sie nicht", antwortete an Stelle der Angesprochenen die Mollige. „Was wollen Sie von ihr?"

„Sind Sie von der Polizei?", übernahm Paula. „Ich heiße Wagner, bin aber die Lebensgefährtin von Herrn Forsberg."

Fernando entschuldigte sich erneut und sagte: „Mein Name ist Fernando Romero, Comisario außer Dienst. Es tut mir leid, Sie zu stören Frau Wagner, aber ich hätte da ein paar Fragen."

„Haben Sie meinen Mann gefunden? Wo ist er?", entgegnete sie mit bebender Stimme.

„Leider nein", antwortete Fernando. „Aber Inspector Javier von der Policía Nacional versicherte mir, dass sie alles nur Menschenmögliche unternehmen werden ihren Mann zu finden. Dazu brauchen wir aber auch ihre Hilfe."

„Suchen Sie ihn doch", mischte sich die Mollige ein. „Diese Insel ist doch nicht so groß. Da muss doch jemand zu finden sein, wenn man wirklich..."

„Clara, bitte!", unterbrach sie Paula. „Señor Comisario, das ist meine Freundin Clara Heider. Sie steht mir in dieser schwierigen Situation bei und wird ein paar Tage bleiben. Möchten Sie eine Tasse Kaffee?"

„Gerne", erwiderte Fernando und setzte sich.

„Wie können wir helfen?", meinte Paula unsicher. „Wir haben doch den Beamten schon alles erzählt. Andreas ist nun schon seit Tagen verschwunden, kein Lebenszeichen, keine Hinweise über seinen Verbleib, nichts... Ist er tot?"

„Wir wissen es nicht, Frau Wagner. Wir suchen mit allen Mitteln, aber selbst eine kleine Insel hat viele Verstecke, liebe Frau Heider. Manchmal hilft nur der Zufall oder das Glück. Wir geben aber nicht auf."

„Danke Comisario", sagte Paula traurig aber gefasst. „Was kann ich noch..."

„Inspector Javier berichtete auch von einem Einbruch in ihr Hotelzimmer. Interessant wären die Hintergründe und das Motiv dafür. Natürlich finden solche Einbrüche immer wieder statt, aber im Zusammenhang mit dem Verschwinden ihres Mannes, bekommt das ein ganz anderes Gewicht."

Der Kellner brachte den Kaffee und fragte nach weiteren Wünschen. Paula dankte und verneinte.

„Das sehe ich auch so", nahm sie den Faden wieder auf. „Der Betreffende hoffte wohl, im Safe etwas Wichtiges zu finden. Er war aber nicht in der Lage diesen vor Ort zu öffnen. Er musste die Kiste mit Gewalt herausbrechen und mit sich schleppen, um sie später in aller Ruhe zu öffnen. Nun lagen darin aber nur unsere Pässe, etwas Bargeld und mein Schmuck."

„Nur! Du bist gut!", rief Clara. „Dein Schmuck war sicher viel wert."

„Dieser und Bargeld kann wieder ersetzt werden", wandte Paula ein. „Und die Ersatz-Reisepässe habe ich bereits beim Konsulat in Playa Blanca angefordert."

Fernando nahm vorsichtig einen Schluck Kaffee und stellte die Tasse sachte zurück. Dann sagte er: „Das lässt doch eigentlich nur den Schluss zu, dass das Wesentliche wahrscheinlich gar nicht gefunden wurde."

„Da war doch nichts von Bedeutung", folgerte Paula. „Unsere Koffer enthielten nur Wäsche und Kleidung, ein paar Reiseutensilien vielleicht."

„Dokumente?", entfuhr es Fernando. „Da waren doch sicher irgendwelche Unterlagen. Ihr Mann war Geschäftsmann und wollte den lokalen Behörden sein Projekt vorstellen. Da hatte er doch sicher entsprechende Papiere dabei."

Paula lächelte zum ersten Mal. „Andi hatte seine Dokumententasche bei der Rezeption deponiert. Wir wollten ja noch zum Lunch, bevor er nach Arrecife musste. Er dachte, dass er das unbequeme schwere Ding doch nicht dauernd mit sich herumschleppen müsse. Er hat es dort abgegeben."

Clara schnaubte: „Ha, da sind doch wichtige Dokumente drin. Und die Tasche steht jetzt einfach so herum?"

„Natürlich nicht. Ich hab' den Koffer abgeholt, und er steht jetzt bei mir im Kleiderschrank.", erklärte Paula.

„Und da steht er noch?", fragte Fernando alarmiert.

„Ich denke schon…"

„Mein Gott!", rief Fernando. „Wir müssen sofort hinauf. Wenn der Täter bemerkt hat, dass das Gesuchte…"

Er sprang auf und eilte quer durch die Halle. Vor dem Lift holten ihn die beiden Frauen ein. Quälend langsam ging es hinauf. Oben eilten sie dem Korridor entlang, und Paula schob zitternd die Karte ins Schloss.

Dann standen sie im Zimmer, und Paula riss die Schranktür auf. Der Aktenkoffer befand sich unbehelligt dort unter den Kleidern. Alle drei atmeten erleichtert auf.

Paula warf ihn auf das Bett und fummelte mit zitternden Händen an den Schlössern. Endlich sprang er auf, und vor ihnen lagen schön geordnet die Papiere.

„Ich glaube nicht, dass da etwas fehlt", sagte sie unsicher.

„Wirklich?", fragte Fernando, fuhr aber entschuldigend fort: „Ja natürlich. Ich nehme an, das sind die Unterlagen zum Projekt, das ihr Mann dem Ministerium vorlegen wollte."

Deutlich war das Logo 'Vattec' zu sehen, darunter viele technische Begriffe und entsprechende Zahlen. Eine Offerte für Solarbetriebene Meerwasserentsalzungsanlagen lag dabei.

„Ich nehme an, diese Angebote sind immer noch aktuell, aber der Termin zur Eingabe ist inzwischen verstrichen. Wie soll es nun weitergehen? Wissen Sie, Frau Wagner, darüber Bescheid?"

„Kaum, aber ich habe gestern Abend mit Torsten telefoniert. Er ist der Meinung, man müsse weitermachen. Er wird herkommen, sobald wie möglich."

„Gut. Ich sehe, Sie werden bestens unterstützt", folgerte Fernando. „Frau Heider und jetzt auch Herr Torsten… Wie heißt er noch?"

„Torsten Schmidt", antwortete Paula. „Er ist der Geschäftspartner von Andreas."

„Er ist sehr besorgt um Paula, lässt sicher alles stehen und liegen um ihr zu Hilfe zu eilen", fügte Clara schnell hinzu.

Fernando nickte. „Sehr vernünftig. Wir müssen jetzt aber dafür sorgen, dass nicht noch weiter Schlimmes geschieht. Ich werde diese Dokumente vorerst sicherstellen und zum Polizeirevier bringen. Sie, Frau Wagner oder Herr Schmidt, können später jederzeit darüber verfügen.“

„Das ist wohl das Vernünftigste“, flüsterte Paula und schloss leise den Deckel. „Aber ich hoffe, dass alles wieder von Andreas übernommen werden kann. Es ist sein Projekt und seine Leidenschaft. – Mein Gott, wo ist er nur…?“

Für eine ganze Weile standen sie sprach- und fassungslos im Raum. Fünf Tage waren vergangen und kein Lebenszeichen, nicht den kleinsten Hinweis über den Verbleib des Vermissten war aufgetaucht. Die Zeit verrann und Fernando überlegte, ob da überhaupt noch eine Chance bestand, ihn unversehrt aufzufinden. Der Wahrscheinlichkeit nach war er eher längst tot und könnte für lange Zeit, ja vielleicht sogar für immer, verschollen bleiben.

Mit diesen bedrückenden Gedanken verabschiedete er sich von den beiden Frauen, unfähig ihnen wenigstens Trost und Hoffnung zuzusprechen. Er rannte beinahe, mit der schweren Aktentasche unter dem Arm, über den Flur zum Lift und verfluchte sich innerlich über seine Machtlosigkeit.

Kapitel 10

Es war gegen Ende Februar, eine Woche nach dem gewaltsamen Tod der Journalistin Elenora Lopez. Oben in Haría war so etwas wie Normalität eingekehrt oder besser gesagt wie Resignation, denn man war im Falle 'Sequía' keinen Schritt weiter gekommen.

Comisario Javier Sánchez war an diesem Freitag zeitig auf dem Revier, versah seinen Dienst und ärgerte seinen Subinspector Bayardo mit unnötigem Papierkram. Er war gerade dabei sich zu überlegen, wie er unter einem Vorwand verschwinden könnte, als das Telefon läutete. Bayardo nahm ab, gab aber den Hörer sofort an Javier weiter.

„Der Comisario in Arrecife", sagte der Subinspector kurz.

Javier nickte und nahm an: „Dígame?"

„Señor Javier, ich bin's, Alberto Suarez in Arrecife", kam die Antwort.

„Buenos dias Comisario! Was kann ich für Sie tun?"

„Sie sollten unverzüglich nach Arrecife kommen. Wir haben neue Erkenntnisse im Falle der Toten im Kakteenfeld. Die Auswertungen des Computers liegen vor."

Durch Javier ging ein Schub Adrenalin. War es möglich, dass endlich Licht in diesen verworrenen Fall kam.

„Ich komme sofort", bestätigte er, überlegte dann kurz und ergänzte: „Ich möchte Comisario Fernando mitbringen. Ist das in Ordnung?"

„Natürlich. Ich freue mich Sie beide zu sehen. So gegen elf Uhr? Ist das möglich?“

Javier bestätigte und legte mit einem kurzen Gruß auf. Dann wählte er die Nummer von Fernando. Es brauchte keine großen Überredungskünste, endlich ein Lichtblick. Sein Freund war ebenso frustriert über die stockenden Ermittlungen. Man konnte es drehen und wenden wir man wollte, es gab einfach keine neuen Anhaltspunkte. Sie waren am Ende – aber jetzt…

Eine halbe Stunde später saßen die beiden Männer im Polizeiauto und fuhren mit Blaulicht in Richtung Hauptstadt. Fernando war genauso aufgeregt wie sein Freund am Steuer.

Grinsend meinte er: „Mensch Javier, mach doch dieses blaue Licht aus! Wir sind doch nicht zu einem Notfall unterwegs. Der Suarez wird uns schon nicht davon laufen.“

Das Comisaría Policía befindet sich unweit der Hafenanlage an der Rambla Medular. Die Schnellstraße LZ1 führt, von Norden kommend, schnurrgerade in die Stadt hinein zum großen Kreisel, von wo diese Allee direkt zum Meer hinunter führt. Noch vor elf Uhr lenkte Javier den Wagen durch die Einfahrt, der durch hohe Zäune gesicherten Polizeistation.

Sie wurden sofort zum Comisario Suarez geführt. Dieser hatte ein kleines Büro im hinteren Teil des Gebäudes. Offensichtlich war der Kollege aus Madrid nicht besonders geschätzt, denn auch die Einrichtung des Raumes war auf ein Minimum beschränkt. Vor dem einfachen Schreibtisch standen gerade mal zwei harte Stühle, und außer einem blechernen Aktenschrank war kein weiteres Mobiliar vorhanden.

Nach einer herzlichen Begrüßung, ließen sich die beiden Besucher zögernd nieder.

„Fernando, Javier, schön dass ihr gekommen seid“, begann der Comisario freundlich. „Wir sind doch beim Vornamen, das ist einfacher. Ich bin der Alberto.“

Fernando kannte den Comisario bereits vom Fall vor einem Jahr. „Alberto, natürlich. Ich freue mich. Wie geht's in Madrid, ihrer Familie?“

„Danke der Nachfrage. Ich bin natürlich wieder einmal nach Lanzarote abkommandiert, leider. Und den Kollegen hier bin ich wohl auch nicht gerade ein Wunschgeschenk. Aber was soll's, wir kommen zurecht."

Javier schwieg. Fernando hatte ihn schon vorgewarnt. Die Kollegen der Policía Nacional in Arrecife schätzten die Einmischung von Madrid wenig. Man war der Meinung, schon die Guardia Civil wäre mit ihren Alleingängen eine Plage und jetzt auch noch Ergänzung aus Madrid. Man war doch…

Javiers Gedanken wurden vom Gegenüber unterbrochen. „Meine Herren, unsere Spezialisten in Madrid haben ganze Arbeit geleistet. Es war der richtige Entscheid die IT-Experten dort zu bemühen, denn der Inhalt dieses Laptops war außergewöhnlich gut gesichert. Die Besitzerin, Frau Lopez, schien wenig Vertrauen zu ihren Mitmenschen zu haben. Nebst dem Passwort für das Gerät, hatte sie auch ihre wichtigsten Ordner und Dateien verschlüsselt. Wie sich aber herausstellte, völlig zu Recht."

Mit diesen Worten hielt er eine dicke Akte in den Händen und warf sie demonstrativ auf den Tisch. „Da, an die hundertfünfzig Seiten, alles steht da drin."

Betreten blickten die beiden Gäste auf das Bündel. Wurde jetzt von ihnen erwartet, dass sie das ganze umfangreiche Schriftwerk lasen?

„Gibt's da eine Zusammenfassung?", stellte Javier, sichtlich mutlos die entscheidende Frage.

„Natürlich", lächelte Alberto. „Aber dazu brauchen wir eine Stärkung."

Er bückte sich und holte aus dem Seitenfach des Schreibtisches eine Flasche und drei Gläser hervor. „Was wäre unsere Polizei ohne Verstärkung?", grinste er und schenkte ein.

Die bauchige Flasche mit dem edlen Namen 'Gran Duque' enthielt einen köstlichen Brandy, welcher jetzt herrlich golden in den Gläsern schimmerte. Sie ließen sich nicht zweimal bitten und tranken sich zu.

Während Fernando noch an dem edlen Getränk schnupperte, kam Alberto zur Sache: „Also, die Angelegenheit um den Mord an Elenora Lopez hat ungeahnte Ausmaße angenommen. Die Auswertung ihres Laptops hat Ungeheuerliches zu Tage gebracht, und wenn auch nur ein Teil davon der Wahrheit entspricht, hat das Auswirkungen bis ganz oben hin. Die Journalistin war einem riesigen Korruptionsskandal auf der Spur und ist dabei auf große Namen gestoßen. Sie hat eine umfangreiche Dokumentation angelegt, welche jetzt von der Staatsanwaltschaft ausgewertet und verfolgt wird."

„Na ja", sagte Javier ernüchtert. „Das bringt uns aber dem Täter nicht näher. Es ist wohl kaum anzunehmen, dass einer der hohen Tiere sich je selber an der schmutzigen Arbeit beteiligt."

„Tatsache ist jetzt aber, dass es um die Projekte Wasserversorgung geht und dass dabei ein Señor Manuel Estbano, Präsident der Firma 'Aguaisla', ein großen Interesse daran hat. Es ist erwiesen, dass von ihm große Summen an Regierungsmitglieder geflossen sind."

„Ha, die übliche Vetternwirtschaft, denke ich", warf Fernando ein und nahm einen kräftigen Schluck vom köstlichen Branntwein. „Jetzt wurde er erwischt, und die Journalistin musste dran glauben. Aber wie Javier schon sagte, der hat sich die Hände sicher nicht selber schmutzig gemacht."

Alberto nickte. „Das denke ich auch, aber laut den Aufzeichnungen dieser Lopez, hat er eine Spur hinterlassen. Ihr könnt das dann selber nachlesen. An ihrem Todestag war in ihrer Agenda ein Eintrag über ein Treffen in Órzola. Da stand am Rande auch die Bemerkung 'Estbano?'.

„Sie ist da also hingefahren und traf dort ihren Mörder", folgerte Fernando. „Órzola ist nicht sehr groß. Vielleicht hat sie jemand gesehen und erkannt. Wir müssen da hin."

„Langsam lieber Freund", bremste Javier. „Das ist bereits mehr als eine Woche her. Ob sich da noch jemand an die Frau erinnert ist mehr als fraglich."

Fernando überlegte. „Ich erinnere mich aber sehr gut an ihre Bleibe an der Calle Tinache. Die Frau war ein Muster an Ordnung und Sauberkeit. Ihre Wohnung war derart sauber und aufgeräumt, was darauf schließen lässt, dass sie einen kompromisslosen Gerechtigkeits- und Ordnungssinn hatte und auch ihre Arbeit und Überzeugung entsprechend geradlinig war. Themen wie Umweltschutz und Klimaerwärmung verlangen geradezu nach einer Unnachgiebigkeit, ja sogar Sturheit. Das zeigt sich jetzt ja auch deutliche an ihren gewissenhaften und ausführlichen Dokumentationen auf ihrem Laptop. Das alles müssen wir wirklich haargenau unter die Lupe nehmen. Vielleicht finden wir noch mehr."

„Es gibt da tatsächlich noch einen Hinweis", sagte Alberto. „Die Frau hatte kein eigenes Auto und war meist mit einem Mietwagen unterwegs. Der Verleiher heißt 'Carrent' und hat mehrere Agenturen auf der Insel. Sie hatte in Arrecife einen kleinen Fiat gemietet. Als der Wagen nach einigen Tagen vermisst wurde, spürte die Firma ihn in Órzola auf. GPS macht's möglich. Er stand direkt vor dem Lokal 'El Ponto'.

Fernando schnaubte. „Der ist natürlich längst gewaschen, gereinigt und wieder vermietet. Spuren sind da keine mehr zu finden."

„Trotzdem denke ich, dass es sich lohnen könnte dort anzusetzen und die Spur aufzunehmen. Es gilt herauszufinden, wen sie dort getroffen hat und wo sie schlussendlich umgebracht wurde."

Damit schob Alberto das Aktenbündel über den Tisch Javier zu und ergänzte: „Ich wünsche euch viel Erfolg."

Fernando wand sich sichtlich verunsichert und sagte schließlich: „Recht und gut, danke für die Arbeit, aber wir haben da sprichwörtlich noch eine Leiche im Keller. Besser gesagt, wir haben sie noch nicht einmal gefunden. Ich meine den deutschen Geschäftsmann. Er ist jetzt seit bald zwei Wochen vermisst und es ist kaum anzunehmen, dass er noch lebt. Während wir jetzt über Elenora Lopez sehr viel mehr wissen, tappen wir bei diesem Deutschen völlig im Dunkeln."

„Er ist ein Schwede", korrigierte Javier.

„Ja ja", entgegnete Fernando. „Das ist ja auch das einzige was wir wissen. Außer vielleicht, dass er Geschäfte mit Wasseraufbereitungsanlagen aus Deutschland macht. – Ist seine Frau überhaupt noch auf Lanzarote?"

„Sie ist nicht seine Frau", wandte Javier erneut ein. „Sie sind nicht verheiratet und kennen sich noch nicht sehr lange."

Verärgert knurrte der Kritisierte: „Was du nicht alles weißt. Kennst du vielleicht auch seinen Aufenthaltsort?"

„Meine Herren", ging Alberto dazwischen. „Es stimmt, über diesen Fall haben wir kaum Erkenntnisse. Der Mann ist einfach wie vom Erdboden verschwunden. Soviel ich weiß, wartet seine Frau… äh… Freundin im Hotel 'AguaCave' immer noch auf seine Rückkehr. Natürlich, wer würde schon gleich jede Hoffnung aufgeben und nach Hause reisen."

„Es tut mir leid, Fernando", sagte Javier. „Ich wollte dich nicht verärgern. Ich schlage vor, du besuchst die Dame. Vielleicht erfahren wir doch etwas mehr über den Mann. Ich werde mich inzwischen um diesen Aktenberg kümmern."

Er nahm das Bündel nicht ohne einen leisen Seufzer an sich. Nach kurzem Palaver, Hoffnung auf gutes Gelingen, Grüße an die Frau Gemahlin und gute Wünsche ganz allgemein, verabschiedeten sich die Beiden eilig. Während sie zum Auto gingen, beschlossen sie aber, doch vorerst die Autovermietung 'Carrent' aufzusuchen. Die Agentur lag am anderen Ende der Stadt, unweit des markanten Hochhauses 'Gran-Hotel'. Sie erreichten den Ort in wenigen Minuten.

Wie erwartet, war das Fahrzeug mit einem neuen Mieter unterwegs.

„Es ist ein roter Fiat Panda 1.2 mit fünf Türen", erklärte die Frau hinter dem Pult bereitwillig. „Er ist bis zum Wochenende vermietet."

Auf die Frage, ob denn bei der Entdeckung des vermissten Wagens irgendetwas aufgefallen sei, schüttelte sie den Kopf. „Unser Mitarbeiter hat nichts dergleichen erwähnt, aber sie können gleich selber mit ihm sprechen. Er sollte da sein."

Es dauerte eine ganze Weile, bis der Mann im blauen Overall erschien und sich fragend umsah.

„José, die Herren möchten dich sprechen", sagte die Frau und deutete auf die beiden Beamten.

„Guten Tag", begann Javier sofort. „Sie haben vor gut einer Woche den roten Fiat von Órzola abgeholt. Ist ihnen dabei etwas Besonderes aufgefallen? Wann war das genau?"

„Na ja, das war am Montag, vor zehn Tagen", erklärte José. „Es war nichts Außergewöhnliches. Es kommt öfter mal vor, dass ein Kunde das Auto einfach stehen lässt und sich davonmacht. Touristen denken wohl, sie könnten sich alles erlauben. Aber Órzola, am nördlichsten Zipfel von Lanzarote, das war schon krass."

„Verstehe, es ist weit dahin", bestätigte Javier. „Wie fanden sie das Fahrzeug vor? Beschädigt, unverschlossen, innen verschmutzt, Tank leer oder sonst etwas Besonderes? War es noch fahrtüchtig?"

„Also, den Ersatzschlüssel hatte ich dabei. Das ist Routine. Der Tank war halbvoll und das Auto eigentlich unbeschädigt."

Fernando spürte, das war nicht alles. Der Mann wusste offensichtlich mehr.

„Señor", begann er deshalb. „Es ist ihnen vielleicht nicht bewusst, dass die Fahrerin dieses Wagens tot aufgefunden wurde. Sie wurde ermordet. Bitte sagen Sie uns alles, was uns bei der Aufklärung helfen könnte. Wir suchen keine kleinen Sünden ihrerseits, aber wenn sie uns etwas vorenthalten, machen Sie sich strafbar."

Sichtlich eingeschüchtert murmelte der Zurechtgewiesene: „Das Auto musste natürlich, wie immer, durchgecheckt und gereinigt werden. Dabei fand ich im Handschuhfach, neben dem üblichen Kleinkram, den Mietvertrag, einen Notizblock, ein paar billige Stifte und eine kleine Kamera."

„Aha!", entfuhr es Fernando. „Und wo ist das jetzt alles?"

„Wir haben da einen Schrank, unten in der Garage. Da liegt das Zeug eine Weile, aber es wird kaum je wieder abgeholt. Die Leute verschwinden einfach und melden sich nie mehr. – Es sind ja auch meist nur Kleinigkeiten."

„Na ja, das glaube ich gern", meinte Fernando. „Aber die Kamera, die gehörte der ermordeten Journalistin. Wo ist die jetzt?"

José wand sich und maulte: „Da muss man außerhalb der Arbeitszeit um die ganze Insel fahren und bekommt dafür als Dank nur Ärger. – Mein Sohn hatte Geburtstag und wünschte sich schon lange eine Kamera…"

Fernando konnte ein Grinsen nicht verkneifen. „Da hat sich dein Junge aber gefreut. Wie alt ist er denn?"

„Zehn, am letzten Donnerstag…"

„Es tut mir leid, aber die Freude war wohl von kurzer Dauer", sagte Fernando und befahl: „Sie holen den Apparat sofort zurück und deponieren alles, zusammen mit dem Resten aus dem Handschuhfach, hier bei der Dame. Ich bin gegen Abend zurück und hole alles ab. – Wie lange ist diese Agentur geöffnet?"

„Bis sieben Uhr", tönte es vom Schreibtisch her. „Ich werde auf Sie warten, Señor Comisario."

Die Dame hatte natürlich alles mitgehört und nickte bestätigend, sichtlich froh, selber den Vorwürfen entgangen zu sein.

Als sie wieder im Auto saßen, konnte sich Javier nicht verkneifen: „Mensch Fernando, war das notwendig. Der Junge wird seinen Vater hassen. Ein Geschenk fordert man doch nicht einfach so zurück. Außerdem wofür? Da werden tausend Kinderfinger ihre Abdrücke hinterlassen haben, und ein paar alte Fotos werden uns auch nicht weiter bringen."

Fernando, der genau wusste, dass er sich dabei an den letzten Strohhalm klammerte, entgegnete: „Aber die Journalistin könnte doch vor ihrem Tod etwas Wichtiges fotografiert haben."

„Könnte, könnte! Sie hat sich vor ihren Mörder hingestellt und machte ein letztes Foto. – So ein Blödsinn."

Fernando musste im Stillen seinem Freund beipflichten. Es war tatsächlich an den Haaren herbeigezogen. Aber war es nicht oft so, dass sie bei einem Fall hoffnungslos feststeckten und dann ein unwahrscheinlicher Hinweis den entscheidenden Durchbruch brachte. Das Auffinden des Autos in Órzola war so ein vorwitziger Zipfel, aber man musste jetzt auch daran zerren, um zu sehen was daran alles noch hing.

Während sie losfuhren, raffte sich Fernando auf und verlangte: „Bitte lass mich hier aussteigen. Weiter vorne ist die Busstation. Ich fahr jetzt nach Matagorda zu Paula Wagner. Der Bus hält dort gleich beim Hotel."

Kapitel 11

Während er gemächlich entlang der Promenade des weiten Strandes von Arrecife ging, versuchte er seine Gedanken zu ordnen und zur Ruhe zu kommen. Sie beschäftigten ihn aber unbeirrbar weiter. Die verteufelte Situation, in welche er den Vater und seinen Jungen gebracht hatte, wollte ihm nicht aus dem Kopf. Javier hatte natürlich recht, wenn er meinte, er habe die beiden völlig unnötig in diese missliche Lage gebracht. Trotzdem war er der Meinung, man müsse für etwas, das man für richtig hielt, einstehen und vielleicht auch einmal ein Opfer erbringen. Die beiden würden den Vorfall überstehen, und ein kleiner Fingerzeig, sich auch nicht auf kleine Diebstähle einzulassen, wäre doch auch nicht falsch.

Die Sonne stand hoch über ihm, aber ein frischer Wind vom Meer her blies ihm gegen den Rücken und ließ ihn frösteln. Es befanden sich auch nur wenige Badelustige am Strand, denn das träge anrollende Wasser erschien zu kalt und wenig einladend. Der Winter auf Lanzarote ließ sich Zeit.

Er war derart in Gedanken, dass er nicht beachtete, dass ihm immer mehr Menschen entgegenkamen. Erst als er die aufgeregten Sprüche und Ausrufe bemerkte, blickte er auf. Dort vorne, nahe der Busstation, war der Teufel los. Der Verkehr war zum Erliegen gekommen, und jetzt bemerkte er auch die blau blinkenden Polizeifahrzeuge.

„Was ist denn hier los?", fragte er den Nächstbesten.

„Eine Demonstration!", erfuhr er.

„Die Polizei, sie löst die Kundgebung gerade auf. Mit aller Gewalt! Vermutlich gibt es Verletzte, vielleicht Tote."

Fernando blieb stehen und beobachtete das Geschehen aus sicherer Entfernung. Es war ihm bewusst, dass bei solchen Vorkommnissen ein Hang zur Übertreibung herrschte. Offensichtlich war weiter vorne beim Cabildo ein Menschenauflauf, der sich aber bereits im Auflösen befand. Man sah Abschrankungen und Polizeifahrzeuge, aber auch Beamte, die versuchten den Verkehr wieder in Gang zu bringen. Vermutlich war die ganze Geschichte am Ausklingen und vorbei. – Irgendwas Verrücktes hatte die Menschen mobilisiert. Heutzutage war das übers Internet eine Leichtigkeit. Schwups, rennen ein paar tausend Follower heran, wie zu einem tollen Event. Die Polizei hat danach das Aufräumen.

Fernando schlug sich zum Busbahnhof durch und hatte Glück. Die Nummer 03 nach Puerto del Carmen stand bereit zur Abfahrt. Mit Hilfe von Polizei und Hupe schaffte es der Fahrer um den Kreisel, und kurz darauf waren sie auf der Schnellstraße in Richtung Westen.

Die Haltestelle von Matagorda befindet sich gleich gegenüber dem großen Hotel 'AguaCave'. Fernando überquerte die Straße und betrat das Foyer durch die große Glastür. Es war kurz nach ein Uhr. Er war hungrig und überlegte sich, wie er zu einem angemessenen 'Almuerzo' kommen könnte. Da entdeckte er die Frau, wie sie quer durch die Halle zur Rezeption steuerte.

„Frau Wagner", begrüßte er sie. „Schön, dass ich Sie treffe."

Für einen Moment suchte sie nach seinem Namen. „Ach, Herr Comisario. Sie wollen zu mir? Haben Sie Neuigkeiten?"

Fernando antwortete: „Für die erste Frage, ja, ich wollte zu Ihnen. Die zweite, da habe ich leider nichts Neues zu berichten."

Sie drehte sich weg von der Rezeption und wirkte orientierungslos.

„Ich weiß nicht mehr was ich tun soll", sagte sie resigniert. „Nichts, einfach nichts von Andreas. Ich frage hier die Leute ständig nach einer Nachricht und gehe ihnen damit natürlich ungebührlich auf den Geist. – Ich kann doch nicht einfach abreisen und zur Normalität zurückkehren. Clara ist wieder zurück geflogen. Sie konnte nicht länger bleiben, und Torsten kommt erst nächste Woche. Er sagt, er müsse sich erst in die Unterlagen einarbeiten, bevor er hier einen Minister treffen könne. Besteht denn wirklich keine Hoffnung mehr...?"

Paula Wagner trug ein elegantes Kleid in einem hellen türkisfarbenen Ton, was hervorragend zum braunen Haar passte. Sie war eine schöne Erscheinung, und Fernando kam nicht umhin, ihre schlanke Figur zu bewundern. Als er in ihre Augen blickte, bemerkte er erstaunt, dass diese die gleiche grünblaue Farbe wie ihr Kleid hatten, jetzt aber matt schimmerten.

„Es tut mir leid", stammelte er. „Wir haben alles versucht..."

„Señor Comisario, sie trifft koch keine Schuld. Ich weiß, dass Sie alles tun..."

„Fernando, bitte nennen Sie mich einfach Fernando. Nicht so förmlich bitte."

Sie standen sich mitten im Foyer gegenüber, ohne das Treiben um sich herum wahrzunehmen. Sekunden erschienen wir eine Unendlichkeit. Fernando schreckte hoch. Was geschah da? Die Frau zog ihn an und verwirrte ihn.

„Paula...", seine Stimme hörte sich krächzend an. „Wollen wir nicht zusammen zum Lunch? Da könnten wir in Ruhe reden."

Ein müdes Lächeln umspielte ihre Lippen. „Ja, warum nicht. Ich wollte sowieso in die Cafetería."

„Ich habe eine bessere Idee", wandte er ein. „Ich schlage einen kleinen Ausflug vor, damit Sie etwas Ablenkung bekommen. Ich weiß auch schon wohin. Wir fahren zum Hafen in Puerto del Carmen. – Was meinen Sie?"

„Fernando", sagte sie. „Zuerst einmal bleiben wir bei der ausgemachten Anrede. Was du vorschlägst kommt überraschend, aber ja, ich sollte andere Gedanken in den Kopf bekommen. Ist das aber nicht zu weit und zu aufwendig für dich?"

„Liebe Paula", sagte er und führte sie zum Ausgang. „Für dich ist doch nichts zu aufwendig. Ich freue mich, und das Lokal das ich meine ist ganz besonders."

War er jetzt total verrückt! Wie ein junger Gockel machte er sich an diese Frau heran. Zugegeben, sie war schön und betörend und irgendwie fühlte sich das belebend an. Ein kleiner Flirt würde keinem wehtun. Aber ausgerechnet ins 'El Rondó' wollte er sein Abenteuer führen? Steckte da nicht doch ein Körnchen Schuldgefühl dahinter? 'El Rondó', das ehemalige Lokal seiner Frau.

„Wir könnten natürlich ein Taxi nehmen", sagte Fernando. „Aber der Bus fährt gleich gegenüber. Sollen wir es wagen?"

Sie hängte sich an seinen Arm und lachte. „Klar, ein kleines Abenteuer, warum nicht."

Die Linienbusse, auch 'Guaguas' genannt, sind auf Lanzarote legendär. Sie fahren theoretisch im Halbstundentackt, aber praktisch wie's denn kommt. Trotzdem sind sie beliebt und oft sogar überfüllt. Die Beiden mussten warten.

Kichernd lehnte sich Paula an ihren Begleiter und flüsterte: „Ich komme mir vor wie ein junges Mädchen, ein Flüchtling auf unbekannten Wegen in eine ungewisse Zukunft."

Fernando verstand gut, was sie damit meinte. Ihr bisheriges Leben war völlig aus der Bahn geworfen. Sie hatte ihren Partner verloren und war buchstäblich auf einer unbekannten Insel gestrandet. Aber sie war jung genug, um aus dieser traurigen Lage ihren Weg zu finden und ihre Zukunft neu zu ordnen.

„Keine Bange, meine Liebe", murmelte er. „Du wirst dein Leben wieder ordnen und irgendwann wieder glücklich werden."

Dann schreckte er hoch. „Pass auf, der Bus kommt!"

Auf der rüttelnden Fahrt im überfüllten Bus saßen sie dicht nebeneinander und waren umgeben von all den mitfahrenden Menschen. Es fühlte sich wie in einer abgeschiedenen Sphäre an, zwischen den fremden Körpern, Beinen und Armen, wie eine Vertrautheit und Nähe. Paula suchte seine Hand, während sie angestrengt durch die verkratzte Scheibe auf die vorüberflitzende Landschaft blickte. Plötzlich erschien sie ihm wie ein verschüchtertes Kind, hilflos in einer fremden Welt ausgesetzt. Diese Erkenntnis ließ ihn steif und bewegungslos sitzen. Wie konnte er nur daran denken, diese bemitleidenswerte Frau zu begehren. Sie brauchte seinen Schutz und die Zuversicht für die Zukunft, mehr als alles andere.

Natürlich hatte er nicht daran gedacht, dass die Endstation dieser Linie oben bei dem Einkaufszentrum 'Biosfera' war und nicht unten am Hafen. Sie mussten die letzten paar Minuten zu Fuß gehen, was sie Hand in Hand fröhlich lachend auch machten.

Wenn man durch die enge Gasse neben der kleinen Kirche hinunter kommt, steht man plötzlich vor dem Hafen. Ein Gewirr von kleinen und größeren Schiffen war zu sehen, davor ein Platz und eine Rampe zum Wasser. Die Sicht auf den idyllische Ort, von den Einheimischen liebevoll 'Puerto Viejo' genannt, wird nur von dem großen Parkplatz und der massiven Mole gestört. Die Letzere versperrt den Ausblick auf das Meer gänzlich. Geradeaus liegt das bekannte 'Casa Roja', das rote Haus, ein Restaurant, vor dem ein Steg über das Wasser der Küste entlangführt.

Fernando lenkte seine Begleiterin aber zu der nahen markanten Fischhalle mit dem angeschlossenen Lokal 'El Rondó'. Er kannte hier jede Ecke, denn viele Jahre war der Ort praktisch sein Lebensmittelpunkt gewesen. Das eher schmucklose Gebäude überraschte im Inneren mit einer, mitten im Raum liegenden, riesigen Theke. Dort wurden Tapas jeglicher Art angeboten, Wein und Bier ausgeschenkt, und die Leute trafen sich zum gemütlichen Klatsch. Nebenan standen Tische und Stühle in traditionellem spanischem Stil. Dort wurden Köstlichkeiten, vor allem Fisch und Meeresfrüchte, serviert.

Ilona hatte hier viele Jahre die Geschäfte geführt, und irgendwann hatten sie sich hier auch kennen- und lieben gelernt. Vor gut einem Jahr hatten sie sich nach Haría zurückgezogen und das Lokal der bewährten Mitarbeiterin Juana übergeben.

Sie wurden deshalb auch mit großem Hallo empfangen. Juana eilte hinter der Theke hervor und fiel Fernando in die Arme. Sie war eine kleine Chinesin mit dem Namen Liu Han Ma, was aber seit langem in das spanisch klingende 'Juana' umgeändert wurde.

„Fernando, welche Freude!" rief sie. „Wir vermissen Sie immer sehr. – Sie haben Besuch mitgebracht. Wie geht es Ilona?"

Leicht verlegen sagte Fernando: „Danke, es geht ihr gut. – Das ist Frau Wagner, aus Deutschland."

„Guten Tag Frau Wagner", sagte Juana höflich. „Schön, dass Sie zu uns gefunden haben. Willkommen!"

Paula, von der vorangegangenen Lauferei leicht außer Atem und verschwitzt, sagte: „Vielen Dank. Ich freue mich hier zu sein. Ohne Fernando hätte ich nie hierher gefunden."

Juana führte ihre Gäste zum Tisch, von dem sie wusste, dass es Fernandos Lieblingsplatz war und legte die einfache Speisekarte hin.

Da Paula nicht so richtig wusste, was ihr schmecken würde, übernahm Fernando die Verantwortung, bestellte eine Variation Tapas, Avocados, Tomaten, Oliven und Ziegenkäse. Dazu verlangte er nach einem Malvasía seco und einem Mineralwasser.

Der Wein kam zuerst, die Gläser wurden gefüllt, und sie tranken sich zu. Das Lokal war mäßig besetzt. Ein paar Tische weiter saß eine Familie mit einem Kind und neben dem Eingang ein älterer Herr alleine. Links und rechts standen die Türen weit offen und ließen die Meeresbrise und die Sonne herein. Der Raum war recht hoch, und über eine Treppe gelangte man auf eine Empore, wo ebenfalls Tische standen. Durch die Höhe und den Plattenboden erklangen die Gespräche und Geräusche leicht hallend. Alles deutete darauf hin, dass hier vor langer Zeit einmal ein reger Fischhandel stattgefunden hatte. Auch die Dekoration an den Wänden erzählte davon. Da hing ein grobes Netz, eine Harpune, gekreuzt mit einem Ruder. Ein Keramik-Mosaik zeigte eine Szene mit einem alten Fischerboot.

Zwischen zwei Bissen bestätigte Paula den Eindruck: „Es ist hier einmalig, authentisch. Man wähnt sich geradezu inmitten einer längst vergangenen Zeit. Eine heile Welt…"

„Ja, vielleicht", unterbrach sie Fernando. „Aber auch damals war nicht alles nur gut. Die Fischer waren die ganze Nacht draußen, und um den Erlös für den kargen Fang mussten sie gnadenlos mit den Händlern feilschen. Das Reinigen und Reparieren der Geräte war eine Knochenarbeit. Sogar die Kinder mussten dabei helfen."

„Mein lieber Fernando", flüsterte sie anerkennend. „Du hast natürlich recht. Wir sehen immer nur unsere eigene Not und glauben früher sei alles viel besser gewesen. – Ich sehe nur mein Schicksal und vergesse dabei, dass andere noch viel schlimmer leiden."

„Dennoch, dein Leid geht mir zu Herzen", versicherte Fernando. „Ich würde alles tun um es zu lindern."

„Du hast schon so viel für mich getan", sagte sie weich und griff nach seinem Arm. „Ich weiß nicht wie ich dir danken kann."

„Du bist ja jetzt…“

In diesem Moment ertönte schrill durch den Raum: „Fernando!“

Mitten im Eingang stand Ilona, wie eine Jeanne d'Arc und blickte mit wilden Augen quer durch den Raum und auf ihren Mann. Dann kam sie auf den Tisch zu.

Fernando sprang auf und ging ihr entgegen, bereit für den Todesstoß. Doch dann kam es anders. Sie schwankte und stolperte. Er fing sie im letzten Moment auf und hielt die Erschöpfte in seinen Armen. Sie schluchzte auf. „Fernando.“

Juana eilte herbei, und zusammen halfen sie Ilona auf einen Stuhl. Auch Paula war aufgesprungen und stand nun hilflos da. Was war geschehen?

Die Frage stand allen ins Gesicht geschrieben, aber Fernando stellte sie: „Ilona, Liebling, was ist mit dir? Wie kommst du überhaupt hierher?“

Seine Frau erholte sich aber schnell wieder. „Es ist nichts“, behauptete sie und fügte hinzu: „Der blöde Bus fährt ja nicht bis hierher.“

„Juana, bring bitte ein Glas Wasser!“, befahl Fernando.

„Wasser!“, knurrte Ilona. „Ein Glas von dem Wein da. Das ist was ich jetzt brauche.“

Da war sie wieder, seine Ilona. Stark und kratzbürstig. Die Ilona, die er über alles in der Welt liebte. Er musste ihr erklären, das mit Paula. Nur, wie?

Sie saßen nun zu viert um den Tisch. Juana ließ es sich nicht nehmen ihrer Freundin zu helfen. „Ilona da war doch etwas?“

„Diese Scheiß-Demo ist aus dem Ruder gelaufen“, knurrte Ilona und nahm einen kräftigen Schluck. „Irgendwer hat eine ganze Bande Hooligans aufgeboten. Jetzt gibt die Polizei uns die Schuld.“

Entgeistert fragte Fernando: „Ihr habt es tatsächlich wahr gemacht und habt eine Demonstration angezettelt? – Das ward ihr? Natürlich, das haben wir gesehen, dort vor dem Cabildo.“

„Ja, haben wir, María und ich. Auch Frauen können das. Du hilfst uns bei so etwas ja nie. – Du treibst dich lieber mit jungen Damen herum.“

Der Hieb saß. Fernando schluckte leer und brachte den immer wieder kläglich tönenden Spruch an: „Liebe Ilona, es ist nicht so wie du denkst. Paula ist die Frau unseres vermissten Deutschen."

„Ha!"

„Das ist Paula Wagner", ergänzte Fernando schon etwas sicherer.

„Wir kennen uns", knurrte Ilona.

„Ich habe sie vom Hotel 'AguaCave' entführt, damit sie etwas Abstand vom immer noch ungeklärten Fall, dem Verschwinden ihres Mannes, bekommt. Seit Tagen wartet sie verzweifelt auf eine Nachricht. Ich wollte ihr etwas Ablenkung verschaffen und ihr einen kurzen Einblick in unsere Welt gewähren."

„Und unsere Welt ist hier, dieses Lokal?", fauchte Ilona fragend. „Wir leben oben in Haría, hast du das vergessen?"

Fernando verstand ihren Unmut nur allzu gut. Er tat sich immer noch nicht leicht, mit ihrem Umzug. Einerseits bot Haría ein ausgesprochen bequemes Leben, kühle Luft, Ruhe und eine herrliche Landschaft. Auf der anderen Seite vermisste er die gewohnte Umgebung, seine Familie und Bekannten. – Er wusste, es war geradezu lächerlich, sich so zu fühlen, wie wenn er nach Übersee ausgewandert wäre. Die kleine Insel Lanzarote war gerade mal siebzig Kilometer lang. Man war ja keinen Katzensprung weit weg. Trotzdem wünschte er sich manchmal, sie wären in Puerto del Carmen geblieben. – War das der Grund, weshalb sie jetzt hier saßen? – Und Ilona?

Mitten in seine Überlegungen platzte Paula. Sie sprang auf und rief: „Da draußen steht ein Taxi. Ich will nach Hause. Bitte entschuldigt mich."

„Paula!", rief Fernando und sprang ebenfalls auf. „Ich hätte dich doch zurück gebracht. Wozu dieser plötzliche Aufbruch?"

Sie umklammerte ihre Handtasche und sagte: „Ich danke dir für alles Fernando. Du hast mir sehr geholfen, aber ich muss zurück. Ich werde sicher noch eine Weile bleiben, ausharren und vielleicht auf ein Wunder warten."

Damit eilte sie hinaus, stieg in das Taxi und war im nächsten Augenblick verschwunden.

Fernando fiel auf den Stuhl zurück und kam sich elend und schäbig vor. Der gute Vorsatz, der Frau zu helfen, war an seinen eigenen Nöten und Wünschen kläglich gescheitert. So wie sie da entschwand, hinterließ sie den Eindruck eines verlassenen, einsamen Geschöpfes. Die Aussage, sie wolle nach Hause, unterstrich noch ihre Situation der Heimatlosigkeit. Sie fuhr zurück in ein anonymes Hotelzimmer. Sie hatte ihren Partner verloren und war allein in einem fremden Land, ohne jegliche Hoffnung. – Was zum Teufel waren da seine eigenen kleinmütigen Querelen?

Auch Juana war lautlos verschwunden, so dass die Beiden allein am Tisch zurückblieben. Schweigend stocherte Fernando in den Tapas, ohne zu sehen, was er da vor sich hatte. Der Appetit war ihm gründlich vergangen.

„Na ja, das haben wir ja super hinbekommen", grummelte er.

Ilona beugte sich vor und sagte: „Fernando, es tut mir leid. Heute ist nicht mein Tag. Alles geht schief."

„Was war denn da an dieser Demonstration?", fragte Fernando nach geraumer Zeit.

„Ach, wir wollten friedlich unsere Fragen und Wünsche vorbringen und vielleicht den zuständigen Minister sprechen. Wir rechneten mit ein paar Dutzend Teilnehmern. Dass es dann aber Hunderte wurden, und eine Bande von Randalierern mitlief, damit hatten wir nie gerechnet. Sie haben alles zunichte gemacht, haben Scheiben eingeworfen und die Türe aufgebrochen. Natürlich griff die Polizei ein."

Fernando grinste verstohlen. „Die waren dann nicht zimperlich, und ein paar haben wohl Prügel abbekommen. Was ist aus deiner María geworden?"

„Die wurde abgeführt, worauf ich mich heimlich verdrückte." Dann meinte sie sarkastisch: „Während sie jetzt gefoltert wird, trinke ich hier euren Wein."

„So schlimm wird's wohl nicht werden", meinte Fernando. „Gefoltert wird heutzutage auch auf Lanzarote nicht mehr. Die María wird wohl eine Nacht in einer Zelle verbringen, aber morgen ist sie wieder frei. – Wie bist du danach aber hierhergekommen?"

Ilona seufzte: „Mein Auto steht in Arrecife auf dem großen staubigen Platz, gleich eingangs. Da war aber alles bereits von der

Polizei abgeriegelt. Es blieb mir nichts anderes übrig, als über die Promenade in westlicher Richtung wegzulaufen. In Playa Honda erwischte ich dann einen Bus."

Fernando nickte. „Ich kenne die Strecke. Sie wird viel von Radfahrern, vor allem Touristen, benützt, aber zu Fuß brauchtest du sicher eine Stunde. – Dann, von der Busstation bis hierher, musstest du nochmals laufen. Kein Wunder warst du fix und fertig."

Er füllte beide Gläser nach, nahm einen Schluck und fuhr fort: „Ja, und jetzt sind wir beide hier und verstehen nicht warum."

„Fernando, hier haben wir uns kennengelernt. Ich habe hier gearbeitet. In diesem Raum schweben irgendwo noch unsere Seelen. Ich vermisse das ‚El Rondó' sehr."

Plötzlich schmeckte der Wein wieder vorzüglich. Fernando blickte erstaunt auf sein Glas und sagte: „Ich vermisse dich meine Liebe, wie du dort über die Theke zu mir hinüber blicktest mit deinem Lächeln wie die aufgehende Sonne."

„Hola, mi querido", lachte sie spitzbübisch. "Übertreib mal nicht! Hast du diese Paula vielleicht auch so eingewickelt?"

Für einen Herzschlag unterbrach er sich, dann ging er auf ihr Geplänkel ein und meinte mit ernster Miene: „Ich wickle alle schönen Frauen ein, aber nur eine lasse ich in mein Herz, und das bist du."

„Ich liebe dich auch, du törichter Mann", flüsterte sie und griff nach seiner Hand. „Eine Paula Wagner wird uns nie verunsichern."

„Ja, das wird sie nie", beteuerte Fernando, und meinte es auch so, von ganzem Herzen.

Die Tapas waren auf dem Tisch stehen geblieben und machten einen kläglichen Eindruck, den niemanden mehr lockte. Eine Pfütze von verschüttetem Wein suchte den Weg dazwischen in Richtung Boden. Juana hatte die Situation bemerkt, kam, räumte ab und wischte den Tisch mit geübten Handgriffen sauber. Sie schien diejenige zu sein, deren Leben seinen gewohnten stabilen Lauf gefunden hatte.

„Danke, liebe Juana", sagte Ilona. „Wie ich sehe, machst du die Sache gut. Die neue Aufgabe scheint wie für dich bestimmt. Das freut mich sehr."

„Danke“, antwortete die junge Chinesin. „Ich bin zufrieden, wenn auch der Umsatz etwas besser sein könnte. Du weißt schon, die Touristen haben heutzutage andere Wünsche.“

Ohne eine Antwort abzuwarten, verschwand sie wieder hinter der Theke.

„Diese Paula ist tatsächlich in einer fürchterlichen Lage“, nahm Ilona den Faden wieder auf. „Ihr Mann ist verschwunden, und sie hat keine Ahnung über seinen Verbleib. Wie lange soll sie noch warten? Er taucht vielleicht nie mehr auf. – Habt ihr denn wirklich nichts Neues?“

Fernando schüttelte den Kopf. „Schön wär’s. Wir haben absolut keinen Anhaltspunkt. Es ist schlimmer als die buchstäbliche Suche nach der Nadel im Heuhaufen. Wir haben ja nicht einmal einen einzigen Strohhalm.“

Ilona überlegte: „Der Mann war doch mit Geschäften für Wasserentsalzungsanlagen unterwegs und wollte der Regierung seine Projekte vorstellen. Vielleicht ist er da jemandem in die Quere gekommen, und der hat dafür gesorgt, dass er verschwand. Dabei geht es sicherlich um sehr viel Geld.“

„Ganz richtig, meine Liebe“, stimmte Fernando zu. „Soweit haben wir natürlich auch gedacht. Javier meinte sogar, dass auch der Mord an der Journalistin im Kakteenfeld bei Mala in diese Richtung deutet. Sie hat nachweislich über die Wasserprobleme von Lanzarote recherchiert.“

„Ha!“, entfuhr es Ilona. „Solche Projekte sind nichts für Kleinkrämer. Da wird ganz oben entschieden, und genau da, an diesem Punkt waren auch wir, als wir zum Cabildo marschierten.“

Fernando grinste. „Zum Teufel, ihr wollt doch nicht tatsächlich behaupten, ein Minister wäre in den Fall verwickelt!“

Ilona blieb ernst. „Da sind doch ohne Zweifel ganz wenige, die mit so einem Vorhaben verbunden sind. Da müsst ihr suchen.“

Fernando winkte ab. „Ach, lass uns jetzt vielmehr um unsere eigene momentane Situation kümmern. So gern ich hier weile, wir müssen nach Hause.“

Wenn auch der Begriff ‘nach Hause’ den beiden Dasitzenden immer noch etwas schwer fiel, es war klar, er meinte Haría. Das ‘El Rondó’ war eine erinnerungsschwere Vergangenheit, und der heutige Tag hatte sie beide, wie durch magische Kräfte, hierhergeführt, aber ihre Zukunft lag oben im Tal der Palmen, in Haría.

Beide waren sie planlos ohne Auto hier gestrandet, und die Reise in den Norden der Insel wurde dadurch etwas kompliziert. Fernando löste das Problem einfach und schnell. Er rief ein Taxi und Minuten später saßen sie in den Polstern und ließen sich nach Arrecife chauffieren. Dort stand ja immer noch Ilonas Auto auf dem staubigen Parkplatz. Der Ort erinnerte sofort wieder an die katastrophal endende Demonstration vom Vormittag.

Ilona übernahm das Steuer und lenkte den kleinen Wagen auf der Umfahrungsstraße Circunvalación zur LZ1 in Richtung Norden.

Sie schwiegen, und Ilona konzentrierte sich auf den dichten Verkehr. Auch das Radio blieb ausgeschaltet, was Fernando sehr begrüßte. Ilona wusste natürlich, dass ihr Mann das dauernde Beschallen mit Musik und den damit verbundenen ohrenbetäubenden Lärm von dröhnenden Bässen hasste. Wollten diese Menschen, selbst im Sarg noch riesige Woofer, besser gesagt Sub-Woofer für unter die Erde, anbringen und sich damit noch im Tode zudröhnen? Das meinte er sarkastisch.

Nur das kontinuierliche Brummen des Motors durchdrang die Stille, bei der beide ihren Gedanken nachhingen. Sie hatten Tahiche hinter sich gelassen und fuhren mit konstanter Geschwindigkeit nordwärts. Fernando fühlte sich ruhig und träge.

„Was denkst du?", unterbrach Ilona die Stille. „Unsere Demonstration, unser Anliegen ist gescheitert. Das Problem aber bleibt bestehen. Den Bauern fehlt das Wasser."

Fernando brummte hilflos vor sich hin. Wie denn, wie sollte er Wasser herbei schaffen? Er war doch kein Gott, der mit einem Wort das Land und die Meere schuf. – Die Insel Lanzarote war schon immer von Trockenheit geprägt. Sie war zu klein, als dass Gebirge, Flüsse und Seen das kostbare Nass speichern könnten. Regen fiel hier nur sporadisch, ein paarmal im Jahr, und reichte früher gerade einmal für die wenigen Einwohner. Heute war die Versorgung der vielen Touristen nur noch durch das Entsalzen von Meerwasser möglich.

„Könnte man denn vielleicht Trinkwasser mit Tankern übers Meer heranschaffen?", sinnierte Ilona weiter.

„Das ist sehr unrealistisch", entgegnete Fernando. „Mir scheint die Meerwasserentsalzung die einzige Lösung. Die Technologie ist vorhanden, es braucht einfach die entsprechenden Anlagen und ein gutes Verteilernetz."

Ilona nickte, schaltete und überholte einen langsamen Fahrer.

Sie meinte: „Damit wären wir wieder bei Minister José María Álmarzo und seinen Leuten. Die sollten endlich vorwärts machen. María meinte, die wären alle wirklich dicke Freunde, der Minister, der Finanzdirektor, der Präsident der 'Aguaisla' und der Geschäftsleiter der staatlichen Entsalzungsanlagen. Das riecht gewaltig nach Korruption."

„Vorsicht mit Anschuldigungen, meine Liebe!", warnte Fernando. Aber du hast natürlich recht, man sollte den Herren auf die Finger sehen. Es könnte durchaus sein, dass einer seine gefährdeten Interessen zu verteidigen versucht. Nur, persönlich wird er das kaum tun. Die haben immer ihre Lohnempfänger für die schmutzige Arbeit."

Ilona seufzte. „Was mich an María denken lässt. Sie wurde heute verhaftet, und keiner weiß was mit ihr geschieht."

„Du meinst María Rodríguez von der gleichnamigen Finca nahe Arrieta?"

„Ja, die", bestätigte Ilona. „Der Hof hat große Probleme, und sie stehen kurz vor dem Aus."

„Damit ist sie aber ein Einzelfall und noch lange keine Gefahr für die hohen Tiere.", sagte Fernando. „Ich werde gleich morgens nachfragen. Ich denke nicht, dass sie länger festgehalten werden kann."

Ilona brummte etwas Unverständliches und nahm zügig die Straße hinauf nach Haría.

Kapitel 12

Ein paar Tage nach der denkwürdigen Demonstration in Arrecife saß William Bennett an seinem Schreibtisch, oben in seinem Büro, nahe der großen Radaranlage und grübelte über die Wasserprobleme der Insel. Das Thema beschäftigte ihn trotz allem weiter. Natürlich hätte er das Ganze vergessen und weiter seinen normalen Dienst versehen können. Schließlich betraf ihn die Angelegenheit ja nicht direkt. Bis unten in Tabayesco das Wasser versiegen würde, könnten wahrscheinlich noch viele Jahre vergehen. Aber er konnte nicht vergessen, dass seine Frau sich ebenfalls an der Demonstration beteiligt hatte, wenn auch nur als Mitläuferin. Dem heutigen alles umfassenden Netzwerk der Smartphones war es zu verdanken, dass alle auch nur im entferntesten Interessierten aufgerufen wurden. So auch seine Olivia. Beinahe hätten sie sich am betreffenden Abend gestritten, denn er fand die ganze Aktion völlig unüberlegt und wahrscheinlich auch kontraproduktiv.

Trotzdem, und gerade weil er Wissenschaftler war, kamen seine Gedanken nicht zur Ruhe. Man durfte doch nicht einfach die Augen verschließen, wenn man das Problem deutlich vor sich hatte. Aber, da lag genau der Haken. Die ganze Diskussion basierte ausschließlich auf undeutlichen subjektiven Argumenten und auf den mutmaßlich unangenehmen Auswirkungen auf die Bevölkerung. Aber, was war wirklich geschehen, und was war die Ursache? Ein beschädigtes Becken konnte doch nicht die ganze Insel trockenlegen. Der Fall letzte Woche war einfach der auslösende Anlass und der emotionale Protest gewesen, was aber überhaupt nichts erklärte.

Um die Situation wirklich zu beurteilen brauchte es die seriöse Erfassung aller Daten und Parameter, die Bestimmung des benötigten Volumens an Wasser, gegenüber der verfügbaren Menge. Das verfügbare Nass konnte man aufteilen, in Regen-, Quell- und entsalzenes Meerwasser. Regen fiel auf Lanzarote sehr wenig. Er wurde traditionell mit 'Alcogías', den großen befestigten Flächen, aufgefangen und in Zisternen, genannt 'Aljibes', geleitet. Deren Zustand war mit den Jahren fast überall sehr bedenklich geworden. Sie waren zerfallen oder undicht, aber eine entscheidende Menge Regenwasser war damit auch kaum zu gewinnen. Eine weitere Methode bestand darin, das Bergwasser ober- oder unterirdisch mit sogenannten 'Galerías' aufzufangen und in großen Tanks, den 'Maretas', zu speichern. Die meisten dieser teils aufwendigen Anlagen waren verfallen und ausgetrocknet. Das gleiche Schicksal erlitten auch die 'Pozos', die runden Tiefbrunnen für Grundwasser. Fast jede Finca hatte früher so einen auf dem Hof. Aber der Pegel des Grundwassers sank, das Wasser wurde verseucht oder durch das Eindringen von Meerwasser unbrauchbar.

Trotzdem, die Bauern könnten mit solch herkömmlichen Systemen ihre Lage durchaus verbessern. Ja, wenn die Anlagen instand gehalten würden und nicht einfach verlotterten. – Quellen, hier zu Lande 'Fuentes' genannt, gab es auf Lanzarote eigentlich kaum. Der Name wurde meist für die oben erwähnten Wasserfassungen gebraucht. Logischerweise waren auf der wenig gebirgigen Insel auch wenig unterirdische Wasserläufe und -vorkommen vorhanden. Es wäre interessant, diesem Umstand einmal genauer nachzugehen.

Da im Moment keine wichtigen Aufgaben zu erledigen waren, entschloss sich William zu einer kleinen Forschungstour. Er hatte festgestellt, dass es auf Lanzarote mehrere bekannte sogenannte 'Quellen' gab. Weiter im Norden lagen die 'Fuentes de Gayo'. Im Süden gab es mehrere mit den Namen 'de las Miradores', 'de la Montaña Negra' und gleich hier, im Barranco gegen Famara hinunter, waren mehrere Stellen erwähnt. Da könnte er sich selber ein Bild machen.

Der 'Barranco de la Poceta' ist eine gewaltige Schlucht von mehr als sechshundert Metern Höhe, bis hinunter zum anrollenden Atlantik. Sie durchschneidet das Risco-Gebirge buchstäblich, wie wenn eine riesige Tranche davon mit einem scharfen Messer abgetrennt worden wäre. Vom Aussichtspunkt 'Mirador de las Nieves' ist sie in ganzer Pracht und überwältigender Mächtigkeit zu sehen. Ein steiler Wanderweg führt im Zick-Zack hinunter. Absolute Trittsicherheit ist für die Route Voraussetzung. William Bennett war aber ein geübter Berggänger und hatte auch die entsprechende Ausrüstung bereit.

Im Spind seines Büros fand er seine Wanderschuhe, den Rucksack und eine feste Windjacke. So ausgerüstet machte er sich auf den Weg. Er umrundete das Observatorium, durchquerte einige kahle Felder und stand nach wenigen Minuten auf dem Plateau am Rande des Abbruchs. Der Blick hinunter in den Barranco war überwältigend und der erste Tritt hinunter, vorbei an dem schützenden Mäuerchen, kostete einige Überwindung. Der Weg führte im Zick-Zack den steinigen Hang entlang, steil in die Tiefe. William war heilfroh um den mitgebrachten Holzstock, welcher ihm auf dem rutschigen Pfad etwas Gleichgewicht und Sicherheit gab.

Die rauen Felsen waren meist kahl und nur manchmal mit borstigem Gestrüpp oder dickblättrigen Pflanzen, welche offensichtlich mit wenig Wasser überlebten, bewachsen. Vorsichtig, jeden Tritt beachtend, arbeitete William sich in die Tiefe. Weiter unten wurde es noch steiler, so dass er manchmal die Hände zu Hilfe nehmen musste. Dann befand er sich auf dem Grund der Schlucht und die Wanderung wurde etwas einfacher. Dort wo man eigentlich einen Bachlauf vermuten würde, war alles Stein und Bein trocken und kahl. Ob da bei Regen vielleich ein tosendes Wildwasser seinen Weg bahnen würde? Die Frage blieb offen und unbeantwortet.

Nach einer Stunde weiteren Abstiegs, erreichte William ein rechteckiges Gemäuer. Es musste sich um ein, in den steinigen Boden eingelassenes, Auffangbecken handeln. Interessiert blickte er in das ausgetrocknete Innere. Offensichtlich war es zweigeteilt, um durch Überlaufen eine gewisse Absonderung von Sand und Kies zu erreichen, nur das Wasser fehlte gänzlich. Etwas weiter unten entdeckte er, nahe dem Wegrand, ein weiteres kleineres Becken. Dann fielen die Terrassen am linken Abhang auf. Und tatsächlich, oberhalb in den Felsen eingebettet, entdeckte er weitere Becken zur Wasserfassung. Die Idee war, das kostbare Nass über die Stufen, genannt 'Gavias', zu leiten, um die schmalen Anbauflächen zu bewässern. Es war aber ersichtlich, dass auch hier alles trocken und aufgegeben war.

Das Tal öffnete sich nun, und der Blick schweifte über die Weite des Atlantiks. Gleich davor befindet sich die Siedlung Urbanización Famara. Wie ein fremdartiges abgesperrtes Karree liegt die Feriensiedlung in der wüstenartigen Landschaft, weit ab vom eigentlichen Fischerdorf 'Caleta de Famara'. Dazwischen erstreckt sich der riesige Sand- und Dünenstrand entlang der Bucht. Er ist ein Paradies für Surfer, Kite- und Paragliding.

Inzwischen war der Weg zu einer Fahrspur geworden, und William kam zügig voran. Weiter unten lagen zwei Anwesen und noch mehr verwilderte Terrassen am Hang darüber. In den Höfen fanden sich Auffangflächen und weitere Becken für den offensichtlich hoffnungslosen und verlorenen Kampf um Wasser. Die Gehöfte schienen verlassen und aufgegeben.

Er erreichte eine Finca wo tatsächlich Palmen und Büsche gediehen. Die Oase deutete darauf hin, dass hier die Bewässerung noch funktionierte. Tatsächlich befand sich etwas weiter oben ein aus groben Steinen gemauertes Becken und eine alte Rohrleitung. Der Gitterrost auf dem unterirdischen Tank war verrostet und kaum mehr sicher. Trotzdem schien hier die Versorgung mit Wasser noch zu funktionieren. – Ja, wenn nicht vielleicht doch der Anschluss an die neu erstellte Wasserversorgung der Gemeinde Famara, das kleine Wunder ermöglichte.

Die Ferienanlage vor ihm wirkte wie ein Hohn von Wasserverschwendung. Rund hundertfünfzig Bungalows, teils mit Swimmingpools, beherbergten Touristen und Feriengäste, welche erwiesenermaßen durchschnittlich rund hundertdreißig Liter Wasser pro Tag benötigten. Über diese enorme Wassermenge für alle, und woher die denn kommen sollte, darüber dachte wohl keiner nach. Also, vom Barranco de la Poceta ganz bestimmt nicht.

Gleich neben der Ferienanlage waren die Ruinen von 'Maretas' und 'Gavias' zu sehen. Die Becken und Terrassen, alles war völlig vertrocknet und verlottert. Ein paar klägliche Graffitis zierten Teile des bröckelnden Mauerwerkes eines Beckens und verstärkten den Eindruck des Verfalls höhnisch.

Kopfschüttelnd machte sich William entlang der Ferienanlage davon. Er wusste, dass es unterhalb der Felsen des Riscos früher eine beachtliche Wasserfassung gab. Diese zu besichtigen hatte er sich vorgenommen. Es war noch nicht einmal Mittag. Der Abstieg durch den Barranco hatte weniger lang gedauert als befürchtet. Er konnte sich also den Abstecher problemlos erlauben, bevor er sich dann im nahen Fischerdorf eine Mahlzeit gönnte und danach die Rückfahrt über Teguise antreten würde.

Der Fahrweg führte um die Ferienanlage herum und dann den Strand entlang. Die Wogen des Atlantiks rollten träge heran, weshalb auch die Surfer vergeblich auf ihre Superwelle warteten. Nur einige paddelten im Wasser, und in den weiten Sanddünen tummelten sich nur wenige Urlauber.

William kam zügig voran und erreichte nach kurzer Zeit das Ende der Fahrspur. Vor ihm lag nun ein rauer Pfad, welcher dem steil abfallenden Hang entlang führte. Hier war er völlig allein, und nur das gelegentliche Rauschen der Brandung unterbrach die Stille. Schlussendlich erreichte er, am Ende des Weges, ein verlottertes Gebäude, welches so gar nicht in die raue Landschaft passen wollte. Die Erklärung war simpel. Es handelte sich um die einfache Unterkunft für Arbeiter, welche vor vielen Jahrzehnten, in mühsamer Plackerei, mehrere lange Tunnels in den Fels gebohrt hatten. Beinahe wie ein Wunder plätscherte hier ein Rinnsal aus einem Rohr in ein altes Becken und zerrann irgendwo in den Felsen.

Die 'Galerías' genannten Tunnels führten weit hinein, waren gefährlich und jetzt vorsorglich mit Gittern versperrt. Williams stellte sich vor, wie die Mineure monatelang, ja über Jahre, das schwere Gestein abbauten, herausschafften und dann vermutlich einfach ins Meer kippten.

Im ständigen Kampf um genügend Wasser, waren diese Stollen hier, zu jener Zeit, wohl die erfolgreichsten Bemühungen, um auf dieser trockenen Insel an das kostbare Nass zu kommen. Das Unternehmen wurde in den fünfziger Jahren begonnen. Sieben Jahre später war auch die vierzehn Kilometer lange Leitung bis nach Arrecife fertig. Es musste ein wahres Netzwerk von Rohren, Kanälen, Abzweigungen und Becken, 'Maretas' genannt, gegeben haben. Ja, sogar ein Aquädukt wurde in der Nähe von Nazaret dafür gebaut. Leider ist von den Anlagen nicht mehr viel übrig geblieben. Vieles ist zerfallen und vergessen, wie ein altes ungeliebtes Spielzeug.

William schüttelte resigniert den Kopf. Dies schien ein Ort der Vergessenheit. Kaum jemand würde sich an diese, dem Verfall überlassene Stelle verirren, und niemand brauchte sich Gedanken darüber zu machen, was für Anstrengungen die damaligen Lanzaroteños für ihr Wasser und damit für ihr Überleben vollbrachten. Die Wasserversorgung wurde jetzt anderweitig geregelt, nur wie, das schien auch keinen groß zu kümmern.

Auf dem Rückweg folgte William einem abzweigenden Weg schräg hinauf, zu einer zweiten Fahrpiste. Diese führte zu einer weiteren Galería. Auch diese war mit einem Gitter verschlossen, und ein Schild mahnte vor Gefahr. Ein davor liegendes Becken war verfallen und staubtrocken. Bereits machte sich zähes Gras und Gestrüpp darin breit. Viel Wasser kam da auch nicht mehr aus dieser Höhle. Ein klägliches Rinnsal plätscherte aus dem zerstörten Ende des Kanals und versickerte ungenutzt im Boden.

Der ganze Berg schien hier mit Löchern übersät, um Wasser zu gewinnen. Dieser Aderlass schien auch nicht unproblematisch, denn ohne Regen würden auch die Reserven im Inneren des Berges bald einmal versiegen. William wollte sich schon vom Gitter abwenden, als er zusammenfuhr und genauer durch das Gitter hinein ins Dunkle starrte. Lag da nicht etwas? Er fuhr zurück. Nur ein paar Schritte im Inneren lag eine menschliche Gestalt. Wie um alles dieser Welt…?

Wild blickte er um sich, aber weit und breit war niemand. Da drinnen lag ein Mann! Wie kam er da hin? War er tot oder brauchte er Hilfe? Das Gitter war verschlossen, ein kräftiges Vorhängeschloss bestätigte das.

William rüttelte und zerrte am Gitter, war aber unfähig dieses zu öffnen. Er entledigte sich seines Rucksacks und versuchte seinen Holzstock als Hebel einzusetzen. Er riss keuchend an der Verankerung, bis der Stock brach. Fluchend warf er das unnütze Ding weg.

Dann zerrte er am Rucksack und hatte endlich sein Smartphone in der Hand. Mit zitternden Fingern drückte er den Notruf.

Während er auf Feuerwehr und Polizei wartete, bearbeitete er weiter das Gitter mit einem Stein. Er hämmerte verzweifelt gegen die Verankerungen, und tatsächlich löste sich die obere Angel plötzlich. Erneut riss er an der rostigen Sperre und wäre beinahe gestürzt, als es endlich nachgab. Wild entschlossen zwängte er sich durch die Lücke, stürmte in die Gruft und fiel bei dem Unglücklichen auf die Knie.

„Sie da! Was ist mit ihnen?", stammelte er verwirrt.

Blöde Frage, durchfuhr es ihn. Der Mann war bewusstlos oder gar tot. Vorsichtig tastete er am Hals, war sich aber nicht sicher was er da tat. Atmete er? William hatte keine besondere medizinische Kenntnisse, und eine Ausbildung in erster Hilfe, das war eine Ewigkeit her. Was man oft in einschlägigen Filmen am Fernsehen sah, half auch nicht. Er nahm einfach mal an, dass er keinen Toten vor sich liegen hatte. Er zog seine Jacke aus, rollte sie zusammen und schob sie dem bewegungslos Liegenden unter den Kopf.

Der Mann wollte so gar nicht in diese Szene passen. Er war mit einem blauen Jackett bekleidet und trug dazu passende Hosen, ein weißes Hemd und schwarze Lederschuhe. Alles deutete darauf hin, dass er eher zu einer geschäftlichen Besprechung unterwegs war, als zu einer Höhlenforschung. Allerdings war jetzt alles völlig verschmutzt, und sein Gesicht war bleich und spitz. Ein paar blutverkrustete Schrammen zeichneten sich darauf ab. – Hatte der Mann einen Unfall?

„Wo bleiben die denn, verflucht nochmal?", schrie William verzweifelt.

Es dauerte viel zu lange, bis sich endlich eine Wagenkolonne, dichten Staub aufwirbelnd, langsam auf der Fahrpiste näherte. Dann nochmals eine Ewigkeit, bis die beiden Feuerwehrleute das Gitter ganz entfernt hatten. Sie fluchten und schimpften, dass es doch gerade deshalb angebracht worden wäre, dass da niemand hinein ginge. Die beiden Sanitäter gebärdeten sich ruhiger. Sie untersuchten den auf den rauen Steinen liegenden kurz und nickten. Ja, er lebte.

Der Polizist, welcher als letzter aus seinem Auto stieg, kam näher und beobachtete das Geschehen.

„Ich bin Sargento Mikel Ibarra", stellte er sich vor und musterte William. „Sie haben den Toten gefunden?"

„Er ist nicht tot", antwortete William genervt. „Das haben die Sanitäter doch eben gesagt."

„Ja, natürlich", korrigierte der Sargento. „Sie waren also derjenige, der ihn gefunden hat. Wie heißen Sie?"

„William Bennett. Ich bin der Geologe des UFZ Leipzig."

„Was suchten Sie hier in der Gegend?"

„Ich war auf einer Wanderung."

„Warum?"

William wurde ärgerlich. „Ja, warum wandert man? – Was sollen diese Fragen? Sehen Sie besser zu, dass der Verunfallte so schnell wie möglich ins Krankenhaus kommt."

„Das wird geschehen", entgegnete der Polizist spitz. „Ich muss Sie bitten mit mir zum Revier zu kommen. Die Zentrale ist bereits informiert. Alles Weitere übernehmen hier jetzt die Spezialisten."

Inzwischen hatten die Sanitäter den Patienten versorgt und stabil auf die Trage gebettet. Die Feuerwehrleute bemühten sich, das Gitter zurück an seinen Platz zu bringen, aber die angelehnte Barriere würde wohl niemanden vom Eindringen abhalten. Da mussten unbedingt Handwerker dran.

„Kommen Sie!", befahl der Sargento. „Wir fahren zuerst, sonst kommen die nicht weg."

Das machte Sinn, denn auf der schmalen Fahrspur war kein Vorbeikommen möglich. William griff nach seinem Rucksack und ging zum Polizeiwagen.

„Moment!", brummte der Sargento. „Den nehme ich. Von einem Tatort ist nichts zu entfernen."

„Nun hören Sie doch auf mit dem Blödsinn", protestierte William. „Sie benehmen sich wie wenn ich ein Verbrecher wäre."

Da keine Antwort kam, warf er den Rucksack verärgert auf den Rücksitz und stieg ein.

Die Fahrt bis zur alten Hauptstadt Teguise dauerte eine halbe Stunde und führte entlang einer wüstenartigen Landschaft. Die Polizeistation befand sich auf der anderen Seite des historischen Ortes, und gleich nebenan lag auch das lokale Hospital. Der Krankenwagen hatte sie vorhin mit heulendem Blaulicht überholt und war bereits verschwunden. William konnte nur hoffen, dass der Patient in gute Hände kam und das Drama glimpflich überstand. Er selber wurde in den Eingangsbereich des Reviers geführt, der Polizist deutete auf die Plastikstühle und bat in mürrisch zu warten.

William fühlte sich wie ein Sträfling, fehlten nur noch die Ketten. Er beugte sich auf dem harten Stuhl vor und ballte die Fäuste. Was zum Teufel machte er hier? Er hätte die größte Lust, einfach aufzustehen und abzuhauen. Die Schreibkraft dort hinter der Absperrung würde ihn wohl kaum verfolgen. Sein angeborenes Pflichtbewusstsein befahl ihm aber zu bleiben. Natürlich mussten ein paar Formalitäten erledigt werden. Er hatte ja nichts zu befürchten, er hatte ja nichts verbrochen.

Eine halbe Stunde verging, dreiviertel und mehr. William verlor langsam die Geduld. Was glaubten die hier eigentlich? Er war nahe am Aufspringen und Protestieren, als die Eingangstür aufflog. Ein Beamter stürmte herein und sah sich suchend um.

„Wo zum Teufel ist der Mann?", bellte er.

Die Dame hinter dem Tresen sprang auf und sagte: „Inspector Sánchez, guten Tag. Sargento Ibarra erwartet sie schon."

Die hintere Tür öffnete sich und der Erwähnte begrüßte den Angekommenen: „Buenas tardes Comisario! Gut dass Sie endlich da sind. Bitte kommen…"

„Moment mal!", unterbrach William die Beiden. „Ich nehme an, Sie sind Comisario Javier Sánchez aus Haría. Mein Name ist William Bennett. Ich werde hier völlig unbegründet festgehalten. Ich war nur der Entdecker des bedauernswerten Opfers."

Javier begrüßte ihn fragend: „Sie kennen mich?"

„Na ja, wer kennt den neuen Chef der Polizei in Haría nicht", grinste William. Der Fall der toten Journalistin im Kakteengarten ist in aller Munde."

„Und schon liegt uns wieder ein Toter vor den Füssen", meinte Javier sarkastisch.

„Der Mann ist nicht tot", entgegnete William rasch. „Er lebt und wurde ins Krankenhaus hier nebenan gebracht."

Javier atmete auf. „Oh gut, wenigstens ein Lichtblick. Wir vermuten es handelt sich um den vermissten Andreas Forsberg. – Der lag dort bei Famara in einer Höhle?"

„Ja, ich fand ihn per Zufall bei meiner Wanderung heute. Er war dort eingesperrt“, erklärte William.

„Eingesperrt?“

„Ja, ich schaffte es nur mit Mühe, das Gitter aufzubrechen. Er muss da schon länger gelegen haben“, erläuterte William weiter.

Javier nickte. „Er ist seit bald zwei Wochen vermisst. – Ich muss ihn sofort sprechen.“

„Ich will nach Hause“, verlangte William. „Mein Rucksack...“

„Sargento“, befahl Javier. „Nehmen Sie das Protokoll über den Hergang auf und entlassen sie Señor Bennett danach unverzüglich. Vergessen Sie den Rucksack nicht.“

Javiers Besuch im nebenan liegenden 'Centro de Salud' bestätigte seine Annahme. Der bemitleidenswerte Mann war Andreas Forsberg, der Geschäftsmann in Sachen Meerwasserentsalzung, und er war, laut dem Arzt, außer Lebensgefahr.

Kapitel 13

„Nein, nicht wieder ich!", protestierte Fernando. „Ilona wird mich in Stücke reißen, wenn sie's erfährt."

Javier grinste wie ein Zirkuspferd und sagte: „Sei nicht so zimperlich! Ja, die Paula wird dir um den Hals fallen." Dann wurde er aber ernst. „Nicht wegen dir, du Lüstling. Sie muss endlich wissen, dass ihr Mann lebt."

Die beiden Freunde hatten sich im Café an der Ecke gegenüber dem Rathaus verabredet. Es war eines der wenigen Lokale in Haría, das früh am Tage öffnete. Normalerweise war vor zehn Uhr noch alles geschlossen. Sie saßen sich am kleinen Tischchen gegenüber und nippten am heißen 'Café solo'.

Die neuesten Ereignisse vom Vortag standen wie eine unglaubliche Horrorgeschichte über ihnen. Der Bericht der Kollegen in Teguise war gestern abends spät hereingekommen. Der vermisste Geschäftsmann Andreas Forsberg war gefunden worden. Laut den Angaben war er in einer dieser Wasserhöhlen bei Famara, auch 'Galerías' genannt, eingeschlossen gewesen. Er musste eine fast zwei Wochen dauernde höllische Leidenszeit durchgestanden haben, aber er lebte. Aber das wusste Javier natürlich bereits alles.

„Du tust mir wirklich einen Gefallen, wenn du das übernimmst", fuhr Javier fort. „Ich selber muss nach Teguise und zum Tatort. – Obwohl dort kaum mehr Spuren zu finden sind. Da ist viel zuviel Zeit vergangen, und die eifrigen Kollegen haben wahrscheinlich auch den letzen Hinweis gründlich zertrampelt."

Nun war es an Fernando zu grinsen. „Na dann, Sherlock Holmes, viel Spaß und Erfolg. Finde heraus, wer so etwas tut."

Javier zögerte. „Wenn ich es mir überlege, bist du doch der legendäre Schnüffler. Weißt du was, du steigst in die Höhlen ein, und ich besuche die liebe Paula. Ich werde auch zum Krankenhaus fahren, um zu sehen was ihr Mann zu erzählen hat."

„Ach, jetzt auf ein Mal!", spottete Fernando und trank seinen Kaffee aus. „Der große Herr Comisario befiehlt, und die Untergebenen gehorchen. – Aber weißt du was, ich nehme meine liebe Frau mit und mache mir einen schönen Tag am Strand von Famara." Er stellte sich bereits auch schon bildlich vor, wie sie durch den Sand liefen, an einem einsamen Plätzchen saßen und die anrollenden Wellen beobachteten. Er würde seine Ilona drüben im Fischerdorf in ein kleines Lokal führen und köstlichen Seebarsch mit einem Glas Weißwein genießen. – Die Höhlen? Da war ja sowieso nichts mehr zu finden.

Trotzdem, da war noch die Frage: „Dieser Geologe, du weißt schon, der den Unglücklichen fand. Hat der etwas Besonderes entdeck, und warum war der überhaupt dort?"

Javier zuckte mit der Schulter. „Der war auf einer Wanderung, heißt es. Soll sich angeblich für die historischen Wasserfassungen interessiert haben und deshalb diese 'Galerías' gesucht haben. Von denen gibt es dort in der Gegend einige. – Ja, den müssen wir auch noch befragen."

„Mach du das!", meinte Fernando. „Ich fahre unterdessen an den Strand und genieße die Sonne. Bin ja schließlich im wohlverdienten Ruhestand."

Sie ließen sich reichlich Zeit, bevor sie sich verabschiedeten und jeder seiner Wege ging.

Fernando fand seine Frau noch zu Hause. Sie war gerade dabei mit dem Einkaufskorb loszuziehen. Er hielt sie auf und brachte sie kurzerhand zu seinem Auto.

„Ich trag doch nicht die richtige Kleidung, für einen Strandgang", beschwerte sie sich, als sie von seinen Plänen erfuhr.

Frauen, durchfuhr es ihn, während sie einstiegen. Immer ist die Garderobe derart wichtig. Selbst zum Küssen musste die Kleidung stimmen. Dabei war ihr luftiges buntes Sommerkleid doch genau richtig. – Fernando dachte es, beugte sich hinüber und küsste Ilona kurzerhand und fordernd auf den Mund. Überrumpelt erwiderte sie seinen Angriff heftig. Es dauerte eine ganze Weile, bis sie wie zwei ertappte Teenager auseinanderfuhren.

„Fernando!", keuchte sie. „Fahr los, bevor wir hier auf offener Straße eine heiße Szene bieten."

„Ist doch niemand da", brummte Fernando. „Aber du hast recht meine Liebe, am Strand von Famara sind wir ungestört."

Glücklich legte er den Gang ein und fuhr in den strahlenden Tag hinein. Großer Gott, wie er diese Frau liebte. Er hatte mit Absicht die längere Panoramastrecke über das Risco gewählt. Die herrliche Aussicht die Abhänge hinunter und über das azurblaue Meer, beflügelte ihre Liebe. Es fühlte sich an, wie wenn diese wunderbare Welt ihnen zu Füssen liegen würde. Sie fuhren dahin im Gefühl völliger Freiheit. Nur sie Beide zählten, sie und ihre Liebe.

Fernando lenkte seinen Skoda hinunter, durch die alte Stadt Teguise, und dann entlang der wüstenartigen Gegend 'El Jable', in die Richtung der 'Caleta de Famara'. Die Stimmung sank, als Fernando kurz darauf in den Schotterweg, vorbei an der Ferienanlage, einbog.

„Muss das sein?", beschwerte sich Ilona. „Wir wollten doch zum Strand."

„Geduld, meine Liebe!" antwortete Fernando. „Es ist nicht weit, aber ich muss Javiers Bitte nachkommen. Die 'Galería' ist irgendwo da hinten."

Als dann die Fahrspur noch enger und holpriger wurde, wurde es selbst Fernando bange. Sein alter Skoda war gefordert und schlingerte manchmal bedenklich in den steinigen Furchen. Er befürchtete schon, dass er da nicht ohne Achs- und Radbruch wieder herauskommen könnte. Er legte den ersten Gang ein und rumpelte weiter.

Nach weiteren fünf Minuten, während denen sich Ilona angsterfüllt an den Türgriff klammerte, erreichten sie endlich die Stelle. Hier war definitiv Ende. Ein auffallendes Loch öffnete sich rechts im Abhang, und davor lag ein zerfallenes gemauertes Becken. Links, gegen das Meer hinunter, türmte sich eine Halde, offensichtlich der Abraum aus dem Tunnel. Die Aufschüttung ergab den einzigen Kehrplatz für ein Auto. Dahinter führte nur noch eine steinige Fährte weiter den Hang hinauf.

Fernando war heilfroh um die, wenn auch sehr enge, Kehrmöglichkeit. Er wollte gar nicht daran denken, wie es wäre, den ganzen Weg im Rückwärtsgang zu fahren. Er wendete mit einigem Hin und Her und machte schließlich den Motor aus. Sie stiegen aus.

Ein frischer Wind empfing sie. Er schien entlang dem aufragenden Risco-Massiv vom Meer her zu kommen. Ilona fröstelte und zog die leichte Bluse fester um sich.

„Fernando, was wollen wir hier?", verlangte sie zu wissen.

Er war aber bereits, am Gemäuer vorbei, zum Eingang des Stollens gestolpert. Steine und Unkraut behinderten den Zugang, und ein rot-weißes Absperrband flatterte zerrissen davor. Man hatte das rostige Gitter provisorisch wieder vor den Eingang gestellt. Es würde aber kaum jemanden daran hindern, den Stollen zu betreten. Fernando spähte hinein. Dort drinnen hatte also das Opfer gelegen, dort neben der Rinne, durch welches ein armseliges Rinnsal plätscherte. Das Letztere war aber genau das, was dem Unglücklichen das Leben gerettet hatte. Wasser war vorhanden, er hatte genug zu Trinken, um Tage zu überleben. Aber der Hunger hätte schlussendlich sein Schicksal irgendwann doch besiegelt, wäre er nicht rechtzeitig gefunden worden.

Kopfschüttelnd trat er zurück. Was hatten sich die Entführer nur dabei gedacht? Wollten sie den Konkurrenten einfach eine Zeit lang aus dem Wege haben, bis sie ihre Ziele erreicht hatten? – Oder sollte er einfach für immer verschwinden? Für die letzte These gäbe es wahrlich einfachere Methoden, als den Mann lebend in dieser schwierig erreichbare Gruft zurückzulassen. Sein Tod war wahrscheinlich nicht unbedingt der Sinn der Tat, aber er wurde in Kauf genommen. Es war nun nur zu hoffen, dass das Opfer selber Licht ins Dunkel um diese Fragen bringen konnte. – Aber war er jetzt schon in der Lage dazu? Javier würde das heute sicher erfahren.

Ilona war beim Wagen stehen geblieben. Von der leicht erhöhten Lage hatte man einen herrlichen Ausblick auf die Bucht und das

Meer. Es war Ebbe, und vor dem flachen Strand gab das Wasser weit draußen zackige Felsen frei, welche den Surfern einigen Respekt einflössen sollten. Die langen Wellen bewegten sich aber langsam dem Ufer zu und erschienen völlig harmlos. Ganz rechts blickte die Insel Graciosa hinter den steilen Abhängen des Riscos hervor. Unten, auf der Fahrstraße entlang dem Strand, waren einige Autos angekommen, und die Urlauber verteilten sich auf der riesigen Sandfläche wie kleine Krabben, die dem Wasser zustrebten.

Ilona trat auf der Abraumhalde nach vorne und blickte hinunter. Die Vegetation war bereits wieder dabei, die unschöne Narbe im Abhang zu überwuchern. Plötzlich entdeckte sie, ein paar Meter tiefer, etwas Glänzendes. – Immer das Gleiche, schimpfte sie innerlich. Man warf den Abfall einfach weg. Vermutlich war es eine Getränkedose. Sie kletterte die Böschung hinunter und rutschte prompt aus. Mit einem spitzen Schrei versuchte sie den Fall aufzufangen, zerkratzte sich dabei Hände und Ellbogen und landete unsanft auf dem Hintern.

Fernando, alarmiert durch den Schrei, kam angerannt und blickte erschrocken hinunter. Dann konnte er aber ein Grinsen nicht unterdrücken, als er seine Liebste wie ein zappelnder Käfer auf dem Rücken liegen sah.

„Bleib ganz ruhig!", rief er. „Ich komme."

Mit vorsichtigen Tritten, immer die Balance beachtend, stieg er hinunter. Kurz bevor er Ilona erreichte, geschah das Malheur. Er verlor den Halt und landete unsanft neben seiner Frau.

Einen Fluch unterdrückend knurrte er: „So ein Blödsinn! Was um alles in der Welt soll das?"

Sie blickten sich an und brachen in lautes Gelächter aus. „Wollten wir nicht zu einem Spaziergang am Strand?", gluckste Ilona.

„Im warmen weichen Sand wollte ich mit dir liegen, nicht so…"

„Komm, ich helfe dir auf!", lachte Ilona weiter.

„Du hast dir aber den Arm zerkratzt", sagte Fernando und wurde wieder ernst. „Das muss versorgt werden."

„Es ist ja nur ein Kratzer", entgegnete Ilona und rappelte sich auf. „Dort, die blöde Dose, hat mich zu diesem Ausflug verleitet."

Sie schnappte sich das Objekt und hielt es demonstrativ in die Höhe. „Man schmeißt einfach so etwas in die Natur, ohne nachzudenken."

„Ja ja", brummte Fernando. „Jetzt hast du wieder einmal die Welt gerettet. Bravo! Komm ich helf dir hinauf."

Es kostete sie einige Anstrengungen, bis sie wieder oben waren. Sie klopften sich gegenseitig den Staub von den Kleidern und suchten nach Beschädigungen. Für den Kratzer am Ellbogen hatte er ein Pflaster in der Notfallapotheke im Kofferraum.

Während er alles wieder wegpackte, betrachtete er die Getränkedose, welche Ilona achtlos in den Wagen geworfen hatte. Es war eine grüne 'Tropical' Bierdose, blitzblank glänzend und sauber.

„Moment mal", murmelte Fernando. „Die kann noch nicht lange dort unten gelegen haben. Da ist keine Beschädigung und Schmutz zu sehen. Die wurde erst vor kurzem weggeworfen."

„Du meinst vielleicht von den Entführern?", folgerte Ilona.

„Na ja, es ist natürlich schon etwas weit hergeholt, aber es könnte sein. – Nicht anfassen!"

„Ich hab' sie doch bereits…"

Fernando holte eine Tüte aus dem Handschuhfach und verpackte die Dose mit spitzen Fingern. „So, die bekommt jetzt Javier, vielleicht finden wir Fingerabdrücke."

Ilona schüttelte den Kopf und meinte: „Ja, meine ganz sicher."

„Ja, natürlich", grinste Fernando. „Aber du bist ja keine Verbrecherin. – Oder doch?"

„Bis jetzt noch nicht", erklärte Ilona trocken und kletterte in den Wagen. „Wenn ich aber nicht demnächst etwas zu essen bekomme, kann ich für nichts garantieren."

„Ist ja gut meine Liebe", sagte Fernando und startete den Motor. „Der einzige, der jetzt dran glauben muss, ist ein schöner 'Cherne, a la Plancha' mit Papas arrugadas und Mojo."

„Ach was, die Schrumpfkartoffeln sind etwas für die Touristen. Ich möchte lieber Reis und Salat."

„Wie du möchtest", gewährte Fernando. „Aber ein Gläschen Malvasía gehört auch dazu."

Sie hatten die Schotterpiste endlich hinter sich und umfuhren die bekannte Ferienanlage. Die Straße war oft mit tückischen Sandverwehungen bedeckt, so dass Fernando vorsichtig in Richtung Dorfeingang steuerte. Nur ein paar Häuser weiter befand sich das Lokal, das er im Kopf hatte. Der Ort war normalerweise von jugendlichen Surfern und anderen Fun-Suchenden überlaufen, und jedes zweite Haus war irgendwie mit Surf-Brettern, Neopren und Flossen überladen. Ein großes Angebot an einfachen Quartieren und Cafés bestimmte das Straßenbild.

Das Lokal hieß 'Ricón del Abuela', was 'Omas Ecke' bedeutet. Auf dem sandigen Vorplatz reihten sich Sonnenschirme und wackelige Blechtische mit entsprechenden Stühlen aus Kunststoff. Das entsprach der lockeren Strandatmosphäre der meist jugendlichen Gäste. Fernando steuerte aber gerade auf den Eingang zu. Sie gelangten in einen engen fensterlosen Raum, welcher zur Hälfte durch eine massive Theke dominiert wurde. In der hinteren einsamen Ecke, fanden sie einen Tisch wie für sie bestellt. Die Platte war aus massivem dunklem Holz und die Stühle ebenfalls nach traditioneller spanischer Art gefertigt.

„Einfach", erklärte Fernando, „aber genau das Richtige. Hier sind wir ungestört, und die Oma wird uns etwas Leckeres bieten."

Er hatte nicht zuviel versprochen. Der Fisch war frisch und köstlich. Zwar war keine Oma in Sicht, und der Kellner verstand unter Service ein wenig freundliches Hinstellen. Fernando ließ sich die gute Laune aber nicht verderben und zerteilte den Fisch, einen Corvina, auch Adlerfisch genannt, gekonnt. Ilona bemerkte erneut, wie ruhig und sicher ihr Mann mit seinen eher groben Händen die Gräte entfernte und das zarte Fleisch verteilte. Er schenkte Wein nach und wünschte guten Appetit.

Sie genoss die vorzügliche Mahlzeit und erinnerte sich an die Zeit, als Fernando in ihr Leben trat. Im 'El Rondó', unten in Puerto del Carmen, war damals kurz nach der Jahrtausendwende viel Betrieb. Sie war als Geschäftsführerin oft an ihre Grenzen gekommen, und Personal zu ihrer Entlastung war schwer zu finden. Der neue stattliche Mann versah, zu ihrer Freude, seine Aufgabe bestens. Erst viel später erfuhr sie, dass er ein pensionierter Polizist und eigentlich als Kellner völlig fehl am Platz war, aber da war es bereits um sie geschehen. Heiß durchfuhr sie die Erinnerung an eine Szene im engen Büro, hinten neben der Küche.

„Was lächelst du so verschmitzt?", begehrte er zu wissen, nachdem er sie schon eine ganze Weile beobachtet hatte.

Sie legte das Besteck auf den Teller, hob das Glas und blickte ihm, vorbei am golden leuchtenden Wein, in die Augen.

„Fernando", flüsterte sie. „Ich bin einfach glücklich. Wir sind zusammen, erleben den schönen Tag und genießen das Essen. Es ist einfach herrlich."

„Meine Liebe, du bist einfach wunderbar", erwiderte Fernando. „Ich liebe dich, und da schleppe ich dich in diese Spelunke, an einem lausigen Strand und davor auch noch zu einer scheußlichen Höhle. Bitte verzeih mir."

„Aber es ist doch alles gut", sagte sie und griff über den Tisch nach seiner Hand. „Das Essen ist köstlich, auch wenn ich die Papas nicht besonders mag. 'Arrugadas', Schrumpfkartoffeln, die erinnern mich immer an Schrumpfköpfe aus Südamerika. Uhhh... igitt."

Fernando konnte ein Grinsen nicht unterdrücken. „Lass gut sein, liebe Frau. Einen Flan zum Dessert magst du aber schon?"

Sie beendeten das Mahl mit einem kleinen süßen Kaffee, bezahlten und brachen in ausgelassener Stimmung auf. Sie hatten sich für einen Strandspaziergang entschieden. Das Auto blieb stehen wo es war.

Der Strand zieht sich über etwa drei Kilometer der Bucht entlang und ist sehr breit. Ein großer Teil ist hier mit Steinen übersät und gehört genauer genommen zum großen Wüstengebiet 'El Jable', welches sich bis in die Mitte der Insel Lanzarote erstreckt. Es ist ein weites Gebiet voll unebenen Sandhügeln, schwarzen Felsbrocken, trockenem Gestrüpp und Steinen. Nur nahe dem Wasser hatten die Wellen den feinen Sand abgelagert, der ein problemloses Laufen erlaubte.

Ilona schlüpfte aus den Sandaletten und rannte, ihr Schuhwerk fröhlich schwenkend, los. Mittlerweile war die Flut am zurückkommen, weshalb Fernando gebührend Abstand zum Wasser hielt. Seine Straßenschuhe waren für solche Sprünge nicht geeignet. Als er sie einholte, war Ilona bei einem jungen Mann stehen geblieben. Der Bursche, mit nacktem Oberkörper, denn der schwarze Neoprenanzug hing lose herunter, lehnte an seinem Brett und grinste sein Gegenüber an.

„Señora, wir sind hier alle gute Schwimmer, wir brauchen keine Aufpasser", erklärte er gerade.

Ilona schien sich nach der üblichen Lifeguard erkundigt zu haben. Auch Fernando hatte sich schon Gedanken darüber gemacht, warum die bekannten Hochsitze und Flaggen hier gänzlich fehlten. Außerdem fühlte er sich in seinem Aufzug völlig unpassend. Alle liefen hier in Shorts, Bikinis und leicht bekleidet herum. Andere trugen schwarze Neoprenanzüge, so wie dieser Kerl hier.

Der reichlich leichtfertige Spruch veranlasste Fernando zu einer ironischen Aussage: „Na dann, wenn erst einmal einer ertrunken ist, erinnert man sich vielleicht an Vorschriften über die Sicherheit."

Der Mann grinste weiter: „Vorschriften! Die Jungs hier hören nicht gerne etwas über Vorschriften. Sie wollen einfach das ultimative Hochgefühl erleben, das ihnen die Traumwelle verschaffen kann. Freiheit, Sonne, Liebe und Leben ist ihr Motto und nicht das Gesetz und Verbote."

„Also lebt ihr einfach in den Tag hinein, egal was links und rechts geschieht." Fernando schüttelte in Unverständnis den Kopf.

„Ganz so ist es nun auch nicht", versuchte Ilona zu vermitteln. „Die jungen Leute wollen ihren Spaß haben, da ist nichts Falschen dran. Bitte entschuldigen Sie unsere besorgte Sichtweise. Sie müssen wissen, mein Mann war früher Polizist..."

„Ilona!", entfuhr es Fernando.

„Oh, Polizist!", wiederholte der junge Mann. „Ich verstehe. Sie vertreten natürlich Sicherheit, Recht und Ordnung. – Ja sind Sie hier vielleicht auf Verbrecherjagd?"

„Unsinn!", brummte Fernando und war bereit zum Weitergehen. „Wir sollten Sie nicht vom Surfen abhalten. Sie wollen sicher ins Wasser."

Der Mann rammte das Board entschlossen in den Sand. „Señor Pol..."

„Er war Comisario", unterbrach ihn Ilona, während Fernando unwillig einhielt und stöhnte.

„Ah, Señor Comisario, Sie gestatten mir doch noch ein paar Richtigstellungen in Sachen Sicherheit an der 'Caleta de Famara'. Jeder Surflehrer ist verpflichtet einen Rettungskursus zu besuchen und auch die Prüfung zu bestehen. Das sind Einige hier vor Ort und entlang der Bucht. Ich selber gehöre auch dazu. Wir müssen auch das entsprechende Gerät immer mitführen und sind angehalten die Schüler ausführlich zu informieren. Sehen Sie, dort vorne liegen meine Sachen, ich habe heute zwei Anfänger. Sie können gerne dabei sein, wenn sich möchten. – Übrigens, ich heiße Antonio.“

„Ich bin Ilona und das ist mein Mann Fernando“, übernahm Ilona rasch die Führung. „Ich wusste doch, dass nicht alles im Argen liegt. Sie machen ihre Sache sicher hervorragend. Wir sind natürlich auch nicht ganz ohne Absicht hier. Wir mussten einen Tatort besichtigen.“

„Ach, wir interessant“, staunte Antonio. „Dachte ich doch, dass der Herr Comisario nicht ohne Grund hier den Strand entlang läuft und seine Schuhe ruiniert. – Wo war denn dieser Tatort?“

„Dort oben“, antwortete Ilona und deutete in Richtung der Höhle. „Da war einer eingeschlossen und beinahe umgekommen.“

„Ilona! Du kannst doch nicht…“, versuchte Fernando seine Frau zu bremsen. Aber es war ja eh egal, es stand sowieso alles schon in den Zeitungen.

„Wir versuchen herauszufinden, wer die Täter dieser Geiselnahme waren“, brummte Fernando. „Vielleicht hat jemand etwas beobachtet.“

„Wann war das denn?“, wollte Antonio wissen. „War das gestern?“

„Nein, es war am Donnerstag vor zwei Wochen“, sagte Fernando. „Genau wissen wir es aber nicht.“

„Großer Gott, und der hat das überlebt!“, rief Antonio. „Ich nehme an, es war ein Mann.“

Ilona nickte. „Er liegt in kritischem Zustand im Krankenhaus. Er hatte Glück, denn in der Höhle war genügend Wasser.“

„Dann hoffen wir, dass er durchkommt“, sagte Antonio besorgt. „Es muss ein furchtbares Erlebnis sein, praktisch lebendig begraben zu sein. Der arme Kerl.“

„Leider konnten wir bis jetzt noch nicht mit ihm sprechen. Er ist noch viel zu schwach für eine Vernehmung. Er könnte uns vielleicht wertvolle Hinweise auf die Täterschaft geben“, erklärte Fernando. „Das ist auch der Grund, weshalb wir hier das Unmögliche versuchen andere Spuren zu finden.“

Antonio schwieg und blickte den Hang hinauf, wie wenn er etwas suchen würde. „Donnerstag", grübelte er. „Da war, wie auch heute geplant, unser Grillabend. Wir sitzen hier immer zusammen, machen ein Feuer und feiern bis spät in die Nacht hinein. – Vor zwei Wochen war eine helle Mondnacht. Wir waren erstaunt, dass sich jemand dort oben am Hang ein Stelldichein gab. Aber es gibt immer ein paar Verrückte. Sie fuhren mit einem Kastenwagen da hoch. Wir vermuteten eine private Sex- und Sauforgie."

Fernando wurde hellhörig. „Wann war das denn?"

„Wir starten den Grillabend meist so um sieben Uhr", antwortete Antonio. „Dann wird es schnell dunkel. Es muss so um acht Uhr gewesen sein. Es war ein weißer Lieferwagen, so wie ihn hier viele für ihre Ausrüstung brauchen. Wir haben später nicht mehr darauf geachtet."

„Konnten Sie genauere Details erkennen, am Wagen zum Beispiel, ein Logo oder so?", hakte Fernando auf gut Glück nach.

„Nein", antwortete Antonio. „Es war ja schon zu dunkel, und diese Wagen sehen doch alle gleich aus."

„Hm, schade", brummte Fernando. „Es wäre ja auch zu schön gewesen. Trotzdem, vielen Dank!"

„Wenn Sie möchten, Sie sind herzlich eingeladen, heute Abend um sieben Uhr. Das Lagerfeuer ist problemlos zu finden."

Fernando winkte ab. „Nochmals, vielen Dank. Aber wir wollen zurück nach Haría. Ich wünsche viel Spaß zur Feier."

Auf dem Rückweg hakte sich Ilona bei ihrem Mann ein und raunte: „Du Spielverderber. Wie schön wäre doch eine romantische Nacht am Strand, so wie in jungen Jahren, unter dem Sternenhimmel und mit dem leisen Rauschen der Brandung."

„Du liebes Dummerchen, das läuft doch heutzutage ganz anders ab", protestierte Fernando. „Da ist laute Technomusik, aufbegehrendes Gerede, Weltverbesserungs-Stimmung und wilder Sex. Dafür sind wir doch zu alt."

Ilona drückte sich an ihn und flüsterte: „Aber das Letzte könnte doch..."

„Ilona...!"

Kapitel 14

„Lo siento", entschuldigte sich die Dame an der Rezeption des Hotels 'AguaCave'. „Frau Wagner ist gestern abgereist."

„Ach, tatsächlich", entschlüpfte es Javier. Er hielt der Frau seinen Ausweis entgegen und fragte: „Frau Forsberg, oder besser gesagt Frau Wagner, ist weg?"

„Ja, sie wurde von einem Herrn abgeholt. Sie sind zusammen zum Flughafen gefahren", ergänzte die Frau unsicher.

„Mierda!", fluchte Javier laut. „Die lässt ihren Mann einfach im Stich. Wer war denn der Herr, der sie abgeholt hat?"

„Das war Señor Schmidt. Er hat alle Rechnungen beglichen und alles Gepäck mitgenommen."

Sie suchte im Computer und fand die entsprechenden Einträge. „Es waren 3'245.50 Euro, für 17 Tage und 424.00 für seine zwei Übernachtungen. Herr Torsten Schmidt hat mit Visa bezahlt."

„Ich brauche die Adressen der Beiden", bellte Javier.

Er ärgerte sich maßlos, dass er nicht früher daran gedacht hatte. Dieser Torsten Schmidt musste überprüft werden. Aber, das dürfte schwierig werden, denn ein Antrag an Deutschland würde viel Zeit verschlingen. Die einzige realistische Möglichkeit, Licht ins Dunkel zu bringen, lag jetzt bei dessen Geschäftspartner Andreas Forsberg, dem Opfer der Entführung, welcher jetzt aber hilflos im Spital lag. Er konnte nur hoffen, dass dieser nicht auch noch verschwunden war. Die Situation gefiel ihm überhaupt nicht. Zuerst tappten sie völlig im Dunkeln und jetzt, wo endlich ein Anhaltspunkt sichtbar wurde, verschwanden die Beteiligten einfach bei Nacht und Nebel. Er war es müde, einem Phantom hinterher zu jagen, ohne Anhaltspunkt, ohne Motive, ja ohne Sinn. Da war sein Freund zu beneiden. Fernando, der Glückliche, er war aus der nerventötenden Polizeiarbeit heraus und konnte das Leben ohne Sorgen genießen. – Ja, er hatte ihm heute Morgen sogar selber noch den Faulenzerteil zugeschoben. Der war jetzt bestimmt am Strand von Famara, genoss die Sonne und gönnte sich einen leckeren Fisch.

Es blieb ihm nichts anderes übrig, als zum Hospital zu fahren. Javier bedankte sich, entschuldigte sich bei der Dame für sein schroffes Auftreten und eilte hinaus zum Wagen.

Im Auto saß er einen Moment lang und starrte vor sich hin. Seit dem Tod seiner Frau vor fünf Jahren, lief sein Leben völlig plan- und sinnlos dahin. Ja gut, es war nicht überraschend gekommen, aber seit der Krebs damals das Ruder unaufhaltsam übernommen hatte, war nichts mehr wie es sein sollte. War es nun der schmerzvolle Verlust oder die barmherzige Erlösung aus der Qual, was ihn so leer zurückließ? Er wusste es nicht. Die Versetzung von Tías in den Norden nach Haría war ihm fast wie eine Befreiung, ja wie ein Neuanfang vorgekommen, und dass dort auch sein Freund Fernando lebte, war ein zusätzlicher Lichtblick. Fernando hatte nach seiner wohlverdienten Pensionierung sein Glück, die Frau seines Lebens gefunden und lebte unbeschwert und glücklich im idyllischen Ort, im Tal der tausend Palmen.

Nein, es konnte nicht sein, dass er seinen Freund um sein Glück beneidete. Javier gab sich einen Ruck und startete den Motor. Er hatte eine Aufgabe, und die musste gewissenhaft erledigt werden. Das Hospital 'Doctor José Molina Orosa' liegt unweit der Umfahrungsstraße von Arrecife. Er brauchte kaum fünfzehn Minuten für die Strecke und ließ sein Auto in unmittelbarer Nähe des Eingangs, im Parkverbot, stehen. Nun ja, er behinderte niemanden, und ein Polizeiauto würde wohl kaum einen Strafzettel erhalten. Trotzdem beeilte er sich.

Am Empfang wies man ihn weiter. Die Intensivstation lag im zweiten Stock des Hauptgebäudes. Man hatte den Patienten am Tage davor aus Teguise abgeholt, so dass er hier die dringend notwendige Pflege bekam. Dort oben im 'Centro de Salud' von Teguise hätte er kaum überlebt, beteuerte der herbeigerufene Arzt. Auch jetzt sei der Mann nicht vernehmungsfähig. Man habe ihn in ein künstliches Koma versetzt, damit sich der Körper langsam erholen könne. Durch eine Glasscheibe erhaschte Javier einen Blick auf den Patienten, umgeben von Geräten, Flaschen, Kabeln und Schläuchen. Ein Gespräch mit dem mitleiderregenden Menschen war offensichtlich nicht möglich.

„Kommen Sie in drei Tagen wieder", sagte der Arzt und verschwand mit wehendem Kittel.

Erneut eine Sackgasse, gestand sich Javier zähneknirschend ein. Wie zum Teufel sollte er die Täter finden, wenn das Opfer bewusstlos war und die Angehörigen einfach verschwanden. Polizeiarbeit! So ein Scheißjob. Wäre er nicht besser Landwirt geworden, hätte einfach Ziegen gehütet und Kartoffeln geerntet. – Ja, aber dann hätte er jetzt ein Problem mit Wasser.

Es blieb ihm nichts anderes übrig, als ins Auto zu steigen und die Heimfahrt anzutreten. Heim? Ja war jetzt die kahle Studiowohnung im rückwärtigen Teil der Polizeistation von Haría wirklich seine Heimat? Es war eine zweckmäßige Bleibe, mehr nicht.

Er fuhr zügig auf der LZ1 gegen Norden und bog bei Arrieta links ab. Mitten im Kreisel stand dort auf einem eckigen Sockel ein monumentales Kunstwerk von César Manrique mit dem Namen 'Veletas'. Die Bezeichnung 'Windfahnen' passte zu seiner momentanen Stimmung. Rund ein Dutzend rotbraune Trichter wippten mit Gegengewichten in der Luft, wie wenn sie nicht genau wüssten, wofür und wohin sie überhaupt kippen sollten. Der Künstler hatte in seiner Zeit einige solche Monumente aufgestellt, riesige Eisenkonstruktionen, beweglich, spielerisch und nachdenklich stimmend.

Auf der linken Seite erstreckten sich jetzt große leere Felder. Das schwarze Picón sah wie ein überdimensionaler Teppich aus. Kein Pflänzchen, kein Halm oder Unkraut verunstaltete die kahle Fläche. Hatte man die Felder einfach ihrem Schicksal überlassen? Javier hatte keine Ahnung.

Weiter drüben war ein Areal, umgeben von groben Steinmauern. Eine leere Koppel daneben, war mit hässlichem Gestrüpp übersät. Dahinter erstreckten sich mehrere Wirtschaftsgebäude und

Schuppen. Etwas in der Senke versteckt lag das Haupthaus. Es musste das Gut der Rodríguez sein.

Javier drosselte die Geschwindigkeit und bog spontan in den Zufahrtsweg zur Finca ein. Erst als er über die zerfurchte Spur und die groben Steine holperte, fragte er sich überrascht, was er da eigentlich wollte. Ein Zurück gab es aber nicht, denn auf dem schmalen Weg zwischen den Mauern und Feldern, war ein Wenden unmöglich. Er manövrierte den Wagen also auf den kleinen Platz neben dem Gebäude.

Das Gut lag still und verlassen vor ihm, und als er ausstieg war nicht einmal das erwartete Gebell der Hunde zu hören. Normalerweise waren solch abgelegene Höfe meist durch angriffslustige Vierbeiner bewacht, was Javier überhaupt nicht schätzte. Das Anwesen machte aber einen verlassenen Eindruck, und er fragte sich, ob die Eigentümer dieses schon aufgegeben hatten. Er ging zur Tür und klopfte. Eine Klingel suchte er vergeblich. Nach mehrmaligem, schließlich lautem Hämmern versuchte er die Klinke. Die Tür war abgeschlossen.

Javier trat enttäuscht zurück und ging suchend um die Ecke. Hinter einem einfachen Schuppen und zwischen verwitterten Gattern bemerkte er Unruhe und Gedränge. Beim Näherkommen sah er einen Pferch mit Ziegen, welche sich um das Futter stritten. Ungeduldig kämpften die Tiere um die besten Plätze und meckerten aufgeregt. Mitten drin entdeckte er eine Frau mit einem kleinen Geißlein auf den Armen. Sie kraulte das Kitz liebevoll und sprach leise auf es ein.

„Señora!", machte sich Javier bemerkbar. Dann erkannte er sie. „Señora Rodríguez. Ich wollte nicht stören."

María blickte auf und erkannte ihn. „Ach, Inspector Sánchez. Ich komme sofort."

Sie liebkoste das kaum ein paar Tage alte Tierchen sanft und blickte ihrem Gast freundlich entgegen. Die schräg stehende Nachmittagssonne warf einen hellen Strahl zwischen den Gebäuden durch und ließ die Gestalt in warmem Licht leuchten. Es sah aus wie eine Madonna inmitten eines Gewirrs von unruhigen Tieren, wackligen Gattern und Dornengestrüpp. Das Bild durchfuhr Javier wie eine Offenbarung. Die Jungfrau 'Maria' mit dem Lamm Gottes!

Er war eigentlich kein wirklich gläubiger Christ, und das Geiß-lein war ja auch kein Lamm, aber der Anblick dieser schönen Frau erfüllte ihn mit großer Wärme und ließ die vorherige klamme Leere in seinem Inneren weichen.

Verwirrt sagte er: „Bitte entschuldigen Sie die Störung. Ich kann problemlos ein anderes Mal wiederkommen. – Ich war auf dem Weg nach Hause und dachte, ich könnte bei der Gelegenheit gleich sehen, wie es ihnen geht. Ich meine ihnen und ihrem Herrn Gemahl."

María hatte inzwischen das Tierlein in das Gehege nebenan befördert und kam rasch um das Gatter zu ihm. Sie strich ihre bunte Bluse glatt und fuhr mit den Händen zur Kontrolle über die blauen Jeans. Der biblische Spuk von vorhin war vorbei, und vor ihm stand eine bezaubernde moderne Frau der Gegenwart.

„Kommen Sie Inspector, ich mache uns einen Kaffee. Dann können wir reden", übernahm sie die Führung.

„Das ist doch nicht notwendig", wehrte sich Javier.

„Wenn Sie jetzt schon da sind, Herr Inspector, dann…"

„Ach, lassen Sie doch dieses Inspector. Ich bin der Javier, der neue Polizist in Haría."

María lachte hell. „Gerade deshalb muss ich mich von der bes-ten Seite zeigen. Ich habe hoffentlich nichts verbrochen."

Inzwischen hatte sie aufgeschlossen und ihren Gast an den Tisch in der Küche gebeten. Das gefiel Javier. Ein Wohnzimmer hatte immer so etwas formelles, wo hingegen eine Küche meist wohnlich und gemütlich war. In diesem Haus herrschte Ordnung und Sauberkeit, alles schien zweckmäßig, aber irgendwie ohne be-sondere Bedeutung eingerichtet. Vielleicht war das für ein Bauern-haus normal, wo harte Arbeit und Zweckmäßigkeit den Alltag be-stimmten. Javier fragte sich im Stillen, wie glücklich diese Frau hier wohl war. Immerhin, ihr Mann Emilio Rodríguez war ein bekannter Gutsbesitzer.

Während sie ihm den Rücken zudrehte und die Kaffeemaschine bediente, fragte er: „Wo ist eigentlich ihr Mann?"

„Ach, er ist nach Arrecife gefahren", antwortete sie ohne sich umzudrehen. Dann kam unweigerlich die Gegenfrage über die Schulter: „Wollten Sie mit ihm sprechen?"

„Nein, eigentlich nicht", entfuhr es Javier. Dann korrigierte er: „Es wäre schön, wenn er auch anwesend wäre."

Lächelnd stellte sie zwei Tassen auf den Tisch, schob eine Zuckerdose heran und neckte: „Also gut, Sie müssen sich jetzt mit mir zufrieden geben. Ich gestehe alles."

Javier blickte in die schimmernden dunkelbraunen Augen und erschauerte. Eine tiefe innige Wärme leuchtete ihm daraus entgegen, sodass er darin versinken könnte. Verwirrt senkte er den Blick. Er musste professionell bleiben. Er hatte hier die Gattin eines angesehenen Mitbürgers vor sich.

Schroffer als gewollt sagte er: „Ich wollte eigentlich nur wissen, wie das bei ihrer Festnahme nach der Demo vor dem Cabildo weiterging. – Frau Rodríguez, haben Sie da eine Strafanzeige und weitere Auflagen bekommen?"

Wieder dieses Strahlen der Augen, aber diesmal ernster. „Nein, da waren keine Folgen. Man hat mich registriert, ermahnt und dann laufen gelassen. – Aber bitte nennen Sie mich einfach María."

„Bitte entschuldigen Sie meine direkte Art", entgegnete er. „Ich bin natürlich der Javier, und von mir aus können wir auf das förmliche Sie verzichten."

„Gerne, ich freue mich."

Zum Teufel, wo sollte das hinführen, durchfuhr es Javier. Die Frau verzauberte ihn, nein, sie verhexte ihn. Sie entsprach genau dem Bild, das Zeit seines Lebens tief in ihm begraben war. Ihre schlanke Gestalt, ihre dunklen langen Haare, das Lächeln und die sanft leuchtenden Augen, sie entsprachen genau seinen Träumen. Dazu kamen ihre Bodenständigkeit und Einfachheit. Sie war keines der verzogenen Püppchen aus der Stadt. Sie war auch kein unreifer Teenager mehr. – Aber sie war gnadenlos unerreichbar.

Javier verbat sich weitere verwirrende Gedanken, und damit kam unweigerlich wieder nagender Neid auf seinen Freund Fernando auf. Dieser hatte tatsächlich noch im Alter sein Glück, seine Ilona gefunden. Warum war es ihm verwehrt und gleich von vornherein unmöglich gemacht. Er war mit knapp fünfzig doch noch nicht zu alt und dazu verdammt, im unpersönlichen kahlen Polizeirevier von Haría zu versauern. – Nun, Selbstbemitleidung war nicht seine Art. Er musste irgendwie mit der Situation zurechtkommen.

„Wie geht es weiter mit der Landwirtschaft?", wechselte Javier das Thema. „In Sachen Wasserversorgung hat sich wohl kaum etwas verändert."

Ein Schatten legte sich über Marías Gesicht. „Es wird sich kaum etwas ändern. Emilio glaubt immer noch, dass er das Gut halten kann…"

„Und du?"

„Ich weiß es nicht. Es fühlt sich so an, wie wenn man in der Wüste den letzten Tropfen getrunken hätte und keine Ahnung hat, wo die nächste Oase ist. Ich bete deshalb oft um Gottes Rat und Führung, aber Emilio will nichts von Veränderung wissen, wie wenn er selber die göttliche Rettung herbeiführen könnte."

Sie erhob sich und räumte die Tassen weg. Der Kaffee war sowieso kalt geworden. Ohne zu fragen stellte sie eine Flasche Rotwein und zwei Gläser auf den Tisch.

„Wir sollten uns nicht den Tag mit Unabänderlichem verderben. Noch besteht die Finca Rodríguez."

Sie schenkte ein und prostete ihm zu. Sie tranken, und ihre Augen verweilten für länger als erlaubt.

Javier erschauerte, fuhr dann aber fort: „Aber es ist doch offensichtlich, dass sich in den nächsten Jahren kaum etwas an der Wasserversorgung ändern wird. Selbst wenn die großen Projekte unverzüglich angegangen werden, so müssen wir noch lange mit dem Problem leben."

María nickte. „So ist es. Die Sabotage an der Fuente de Chafarís zeigt deutlich wir fragil das alte System ist. Eigentlich können uns nur noch große Anlagen zur Meerwasserentsalzung retten. Ob aber die Regierung endlich vorwärts macht, das steht in den Sternen."

„Liebe María, ich verstehe gut, was ihr dort vor dem Cabildo erreichen wolltet. Es ist aber wie überall auf dieser Welt, die Politik ist langsam und träge. Bis sich da etwas bewegt, werden Jahre vergehen."

„Ha, sagt ein Polizist!", ereiferte sich María. Fügte dann aber mit einem Lächeln hinzu: „Du kannst ja auch nichts verändern. Ihr nehmt doch einfach nur die Aufwiegler fest, so wie mich."

„Ich war doch dort nicht im Einsatz", wehrte sich Javier und wagte den Nachsatz: „Dich hätte ich natürlich sofort abgeführt…"

María setzte die Witzelei fort: „Dann wäre ich jetzt oben in Haría in der Zelle bei dir. – Der Gedanke gefällt mir nicht schlecht."

„Das wäre schön", sagte Javier. „Aber du bist frei, und ich kann dich höchstens bitten, morgens aufs Revier zu kommen, zur Feststellung aller maßgeblichen Daten."

„Jawohl, Señor Comisario", antwortete sie lachend und tastete nach seinem Arm. „Ich werde um zehn Uhr dort sein."

„Ich freue mich."

Der Gedanke an ein Wiedersehen ließ sein Herz schneller schlagen. – Woher wusste sie überhaupt, dass er zum Comisario befördert worden war? Hatte sie vielleicht schon früher an ihm Interesse gefunden? Es war ein Wunder, und er freute sich über ihre spontane Zusage sehr. Das war natürlich überhaupt nicht eine polizeiliche Vorladung, sondern entsprang ausschließlich seinem persönlichen Wunsch. Der verwirrende Gedanke fuhr wie ein glühender Funke durch seinen Kopf. Missbrauchte er hier vielleicht seinen beruflichen Status, um diese Frau zu beeindrucken? Würde sie ihn auch ohne Uniform, als einfachen Mann, ebenso interessant finden? Er musste es darauf ankommen lassen. Er musste es, wie auch immer, herausfinden. – Und da war noch viel mehr, da war auch noch ihr Mann.

Auch María saß still in Gedanken da. Sie hatte ihren Blick gesenkt und sagte leise: „Ich werde da sein Javier, egal, was auch immer geschehen wird."

Javier erhob sich, murmelte krächzend ein Dankeschön und eilte fluchtartig zur Tür. Hatte sie erkannt, wie mächtig ihn die Situation und ihre Gegenwart aufwühlten. Es schien, wie wenn sie mitten in sein Herz sehen könnte und wie wild es darin tobte. Ein Sturm war im Anzug und drohte ihn in einen Strudel hineinzuziehen, gegen den er völlig machtlos war.

Er hetzte zum Auto, nur um wie vom Blitz getroffen zu verharren. Der Kombi, der sich in einer dichten Staubwolke näherte, musste der Wagen des heimkehrenden Gutsbesitzers sein. Javier kam sich wie ein ertappter Ehebrecher vor, und es fehlte nur noch, dass er glühend errötete und sich stammelnd verteidigte. Dabei war doch nichts Ungehöriges geschehen, absolut nichts.

Emilio Rodríguez hatte natürlich das Polizeiauto längst erkannt. Er kletterte aus dem schweren Wagen und begrüßte Javier laut:

„Ah, Señor Inspector, buenas tardes! Was will denn die Polizei von uns?"

Javier riss sich zusammen. „Hola, Señor Rodríguez. Ich musste ein paar Fakten zur Demo vor acht Tagen klären. Ihre Frau war so freundlich, mich zu empfangen. Es ist alles in Ordnung."

„Ich sagte ja, so etwas bringt nur Ärger", schimpfte Emilio und schmiss die Wagentür krachend zu.

Javier hob grüßend die Hand, stieg ein und fuhr vorsichtig weg. Er konnte nur hoffen, dass sich für María nichts Böses zusammenbraute.

Kapitel 15

So etwas wie eine Lagebesprechung war unumgänglich. Fernando hatte noch selten so eine verwirrende undurchsichtige Geschichte erlebt. Er machte sich deshalb kurz vor neun Uhr auf den Weg zum Revier. Es war ein klarer Morgen, aber ein steifer Wind wehte ihm von Nordosten entgegen und verhieß nichts Gutes. Es würde Regen geben, was ihn veranlasste, das Auto zu nehmen. Vorbei am Friedhof, wo César Manrique vor rund dreißig Jahren die letzte Ruhe fand, erreichte er die Polizeistation in wenigen Minuten.

Hier, außerhalb des Dorfes, blies der Wind noch kräftiger. Er kam vom Meer her und fegte stürmisch das Tal hinauf, wie wenn die Insel ungebeten im Wege stünde. Diese Passatwinde konnten auf Lanzarote manchmal recht unangenehm werden, und weit draußen über dem Meer bildeten sich auch schon bedrohlich schwere Wolken. Fernando drückte deshalb entschlossen die Autotür zu und eilte auf schnellstem Weg zum Eingang.

„Fernando!", begrüßte ihn Javier. „Schließ die Tür, bevor es uns alles vom Tisch weht!"

„Que viento!", schimpfte Fernando. „Ich begrüße dich mein Freund. – Guten Morgen!"

Er nickte auch dem hinter der Abschrankung arbeitenden Beamten zu, dessen Name er vergessen hatte, und folgte Javier in sein Büro.

Es war kalt im Raum. Javier schloss das Fenster und blieb unschlüssig stehen.

„Ich begreife bis heute nicht, warum diese Station hier draußen in der Einöde, abseits des Ortes, gebaut wurde", reklamierte er. „Es sieht so aus, wie wenn man die Polizei nicht in der Gemeinde haben wollte und uns deshalb hier hinaus verbannte, in der Hoffnung, es würde uns irgendwann endgültig davonwehen. – In einer ruhigen Ecke mitten im Dorf wäre mir viel lieber."

Fernando warf den Beutel mit der Getränkedose auf den Tisch und feixte: „Wirst wohl damit leben müssen. – Außer du suchst dir eine eigene Wohnung."

Er brummte noch etwas Unverständliches, denn auch ihm schien Javiers Situation keine besonders glückliche. Sein Freund beklagte sich zwar sonst nie, aber es war offensichtlich, die Versetzung nach Haría bekam ihm nicht sonderlich.

Javier starrte auf den Beutel mit der Dose und fragte: „Was zum Teufel hast du da wieder?"

„Das ist die ganze Ausbeute der gestrigen Investigation. Die Bierdose lag nahe dem Eingang der Höhle und sah wie kürzlich hingeworfen aus. Sie könnte von den Tätern stammen, und ich dachte, vielleicht sind da Fingerabdrücke drauf."

Die unrühmliche Rutschpartie verschwieg er natürlich, aber dann erzählte er doch noch von den Beobachtungen während eines Grillfestes, und dass ein weißer Kastenwagen dort hoch fuhr.

„Die jungen Leute veranstalten jeden Donnerstag eine Grillparty am Strand. Die Stelle ist gleich unterhalb dieser Galería. Es war Donnerstag, der zehnte Februar, kurz vor Sonnenuntergang."

„Und woher weißt du das alles?", verlangte Javier zu wissen.

„Da war so ein Surflehrer, der organisiert das alles. Sein Name ist Antonio Mendez. Er war sehr hilfsbereit."

Javier stellte sich vor die Wand gegenüber und starrte mit hängenden Armen auf das große Brett mit den vielen angebrachten Zetteln und Fotografien. Er hatte versucht, mit farbigen Strichen Verbindungen oder sinnvolle Anmerkungen anzubringen. Über allem stand der Titel 'Fall Sequía'. Trockenheit, das passte genau. Wie eine verheerende Dürre, schien es ihm nicht zu gelingen, seine Gedanken zu ordnen. Er war völlig durcheinander. – Um zehn Uhr hatte María sich angekündigt, und jetzt war es bereits nach neun. Hatte sie das überhaupt ernst gemeint? Bei dem Gedanken, alles sei nur ein Spiel gewesen, zog sich sein Magen schmerzhaft zusammen. Auf der anderen Seite, wenn sie jetzt auftauchte, würde er dastehen wie ein kopfloser Jüngling, der rot anlief und die Sprache verlor. Fernando würde mit Sicherheit merken, was da lief.

„Himmel und Hölle!", fluchte er. „Ich versuche seit Tagen eine Ordnung oder einen Zusammenhang in diesem Chaos zu finden, aber es ist noch schlimmer als nach einem Orkan, alles ist völlig verworren und hoffnungslos durcheinander. Ich sehe nicht mehr klar."

Fernando blickte minutenlang über Javiers Schulter und versuchte einen Ausweg aus dem Wirrwarr zu finden. Was waren wirkliche Tatsachen und was einfach Vermutungen, im besten Falle Schlussfolgerungen? Er trat an die Wand und holte das grässliche Foto der ermordeten Journalistin vom Brett.

„Ich denke, wir sollten sehen, dass es sich um zwei getrennte Fälle handelt", begann er langsam und heftete das Bild auf die rechte Seite. „Auf die andere Seite kommt die Entführung des deutschen Geschäftsmannes. Eine Verbindung dazwischen ist bis heute nicht erwiesen." Er befestigte den entsprechenden Zettel auf der linken Seite und darunter gleich den Plan von Famara.

„Richtig", stimmte Javier zu und begann weitere Zettel umzuordnen. „Auch der Tatort ist absolut nicht vergleichbar. Das Kakteenfeld in Mala hat nichts mit der Galería von Famara zu tun. Auch die Art des Verbrechens ist völlig unterschiedlich. Elenora Lopez wurde erdrosselt, wobei Andreas Forsberg dem sicheren Hungertod überlassen wurde."

Fernando nickte. „Das sind die nachgewiesenen Tatsachen. Alles Weitere ist Spekulation. Nehmen wir einmal das Motiv. Bei beiden Taten haben wir nur Vermutungen."

„Die Journalistin Lopez könnte durch ihre Recherchen um die Zerstörung der Fuente Chafarís jemandem in die Quere gekommen sein", folgerte Javier. „Es wurde dort ja sogar auf sie geschossen."

Fernando entgegnete: „Sie war aber, wie die Auswertung ihres Computers zeigte, noch ganz anderen Machenschaften nachgegangen. Da sind einige hohe Persönlichkeiten in handfeste Korruption verstrickt. Die hätten allen Grund, die lästige Journalistin zu beseitigen."

„Möglich", brummte Javier. „Wir wissen es nicht. Die Auswertungen des Computers sind noch keine Beweise."

„Frag doch noch einmal nach, und mach denen in Arrecife Beine. Für uns ist das alles eine Nummer zu groß."

„Mach ich", knurrte sein Freund und notierte einen Hinweis in seinen Notizblock.

Verstohlen blickte er auf seine Uhr. Noch blieben ein paar Minuten. Bitte, María, lass dir Zeit… Aber komm!

Fernando überlegte. „Beim zweiten Fall ist die Sache aber klarer. Da geht es offensichtlich um das Thema Wasserversorgung, dem Geschäftsbereich des Opfers, die Meerwasserentsalzung. Da sind handfeste wirtschaftliche Interessen im Spiel, weshalb die Sache äußerst delikat werden könnte."

„Du meinst, da mischt jemand ganz oben mit", folgerte Javier. „Anderseits könnte aber auch etwas zwischen den beiden Deutschen sein. Dass die Frau und dieser Torsten Schmidt verschwunden sind, heißt nichts Gutes."

Wieder nickte Fernando in Gedanken. „Weiß die Frau überhaupt, dass ihr Gatte gefunden wurde und jetzt im Hospital liegt?"

„Ich nehme an", entgegnete Javier. „Wir haben das Konsulat informiert und denken, dass die das weiterleiten."

„Damit sind die Pläne für die Erneuerung und Vergrößerung der Entsalzungsanlagen wohl für Jahre vom Tisch. Neue Technologien und Systeme wären für unsere Insel aber dringend notwendig. Ich nehme nicht an, dass das deutsche Unternehmen weiterhin Interesse an einer Zusammenarbeit hat. – Wir müssen herausfinden, wer da in den Startlöchern wartet. Vielleicht liegen da Motiv und die mögliche Täterschaft begraben."

„Gehen wir doch einmal die involvierten Personen durch", sinnierte Fernando weiter: „Der Deutsche Andreas Forsberg hat eine Frau, welche vergeblich auf ihren verschollenen Mann wartet. Dessen Geschäftspartner, Torsten Schmidt, holt sie nach zwei Wochen unverrichteter Dinge zurück nach Hause. Das angestrebte Geschäft scheint gestorben. Die Verhandlung mit den lokalen Behörden war nie zustande gekommen. Wer waren denn, die von Amtes her, zuständigen Beteiligten?"

Javier überlegte. „Das müsste der Minister für den Ausbau und Erhalt der Infrastruktur sein. – Ja natürlich, José María Álmarzo und vermutlich auch der Direktor des Finanzamtes..."

„Ich denke, dass auch der Präsident der 'Aguaisla' hätte dabei sein sollen", ergänzte Fernando. „Das ist das Unternehmen, zuständig für die Wasserversorgung und das Verteilernetz auf Lanzarote. Vielleicht war auch der Geschäftsführer der staatlichen Entsalzungsanlagen eingeladen. – Was wir aber überhaupt nicht wissen ist, ob sich noch private Unternehmen beteiligen wollten. Tatsache ist, die bestehende Meerwasserentsalzung liegt zum größten Teil in den Händen der namhaften Hotels. Es sind mehrere Dutzend, welche Osmose-Anlagen eigenständig besitzen und betreiben, um den Wasserbedarf ihrer Gäste zu sichern."

„Wobei der normale Bürger und die Landwirtschaft das Nachsehen haben", brummte Javier und stellte mit Schrecken fest, dass es zehn Uhr war.

„So ist es", bestätigte Fernando. „Und damit kommen wir zu den wirklich Betroffenen. – Die einheimischen Bauern werden aber nicht so blöd sein, ihre eigene, sowieso schon spärliche Wasserversorgung, zu sabotieren. Die Zerstörung der Fuente Chafarís macht einfach keinen Sinn. – Aber, die Demonstration vor dem Cabildo schon."

Javier nickte ergeben. „Damit haben wir hunderte von Verdächtigen, aber keiner hatte wirklich ein Motiv. Wasser wollen die alle, also warum sollten sie sich dagegen wehren? Und für die oberen Herren wäre der Ausbau doch auch noch sehr lukrativ."

„Die Beseitigung von Herrn Forsberg war also explizit gegen seine Firma und deren Angebot für Meerwasserentsalzungsanlagen gerichtet. …Wie heißt die denn? …Bot da vielleicht jemand mehr, mit ergiebigeren Möglichkeiten?"

Unterdessen hatten sie, an der Wand vor ihnen, Zettel, Fotos und Bilder hin und her verschoben. Eines stach besonders hervor. Es handelte sich um einen Zeitungsausschnitt über die Demonstration vor dem Cabildo. Es zeigte, wie die Polizei mit Übermacht die protestierenden Teilnehmer, vor allem Frauen, zurückdrängte.

Fernando deutete darauf und fragte: „Wie konnte es überhaupt dazu kommen, dass die Polizei derart massiv präsent war. Eigentlich war es doch ursprünglich eine harmlose Frauendemo, natürlich bedauerlicherweise nicht angemeldet."

Javier grinste. „War es nicht auch noch deine Frau Ilona, die das anzettelte. Liegt sie jetzt in Ketten im Kerker bei Wasser und trockenem Brot?"

„Lass den Blödsinn!", knurrte Fernando. „Es bedeutet doch einfach, dass das Vorhaben durchgesickert ist und die dort oben genau wussten, wann und wo es stattfinden sollte."

„Womit wir wieder bei dem gesichtslosen politischen Gegenüber landen", brummte Javier. „Jetzt weiß ich's, die Firma heißt 'Vattec GmbH' aus Deutschland."

Er schrieb den Namen unter Andreas Forsberg und fügte auch den Teilhaber Torsten Schmidt dazu. Dann verfasste er einen neuen Zettel und schrieb mit dem Filzstift in großen Lettern 'SUAREZ' drauf.

Nachdem er ihn unten angeheftet hatte, sagte er bestimmt: „Das ist einfach eine Nummer zu groß für uns. Soll sich doch die Zentrale in Arrecife darum kümmern."

„Gute Idee!", bestätigte Fernando. „Unser Kollege, Alberto Suarez, wird sich freuen. Schick ihm eine schriftliche Zusammenfassung von allem was wir besprochen haben und lass ihn weitermachen. Wir haben hier noch den Fall der ermordeten jungen Frau im Kakteenfeld. – Was heißt hier 'wir'? – Du hast einen Mord aufzuklären Javier, nicht ich."

Wie als Antwort auf die Feststellung schlug vorne die Eingangstür auf, und ein Windstoß fegte mit Wucht herein. Subinspector Bayardo sprang auf und rettete einige vom Tresen davonfliegende Dokumente. Im Eingang stand eine zerzauste Frauengestalt und spähte unter einer tropfenden gelben Regenjacke hervor.

„Sauwetter!", murmelte die Gestalt und drückte die Türe zu. „Ich mach hier alles nass."

„Señora, kann ich behilflich sein?", rief Bayardo und kam hinter der Abschrankung hervor.

Sie schlug energisch die Kapuze zurück und lachte: „Danke, aber das bisschen Regen bringt mich nicht um."

„María!"

Javier eilte ihr entgegen. Seine Stimme klang zitternd und krächzend. „Du bist gekommen…"

Er half ihr umständlich aus der Regenjacke und drückte diese seinem Untergebenen in die Hände.

„Javier", sagte sie leise. „Der Sturm ist scheußlich, aber ich wollte dich nicht enttäuschen. Hier bin ich."

Die Worte waren leise gesprochen, so dass niemand mithören konnte. Trotzdem durchfuhr es Javier heiß wie flüssiges Eisen. Sie war da! Ob ihrer Diskussion hatten sie nicht bemerkt, dass der Sturm die dunklen Wolken heran getrieben hatte und der Regen eingesetzt hatte.

„Bitte", sagte er. „Komm herein, ich habe Besuch. Mein Freund Fernando ist da. Wir machen Lagebesprechung."

„Oh, ich will aber nicht stören…"

Fernando hatte die Ankunft natürlich mitbekommen und kam ihnen entgegen. „María!", rief er. „Schön, dich zu sehen, auch wenn das Wetter nicht gerade zu einem Ausflug einlädt."

„Ach, ihr kennt euch?", wunderte sich Javier.

Fernando lachte. „Na ja, die böse Drahtzieherin der Demo war nicht nur meine Ilona. María war dabei, und wenn ich ganz ehrlich bin, ich auch, ich hab davon gewusst."

„Das ist ja eine richtige Verschwörung! Kein Wunder, dass es dann so endete." Damit zeigte Javier auf den entsprechenden Zeitungsausschnitt. „Aber kommt, wir wechseln in ein anderes Zimmer. Die Tafel hier ist nicht gerade sehenswert."

Fernando winkte ab. „Ich habe eine bessere Idee. Lass uns doch zum 'Tegala', zu einem späten Frühstück, gehen. Ilona ist sicher auch schon dort und wird sich freuen."

Als er merkte, dass Javier zögerte, fügte er zu: „Wir geben die polizeilichen Aufgaben in die kompetenten Hände von Inspector Bayardo. Es wird in den nächsten paar Stunden wohl kaum eine größere Revolution geben."

„Also gut", gab Javier schmunzelnd nach. Er hatte Fernandos eigenmächtige Beförderung seines Untergebenen natürlich nicht überhört. Aber Subinspector Bayardo war ein loyaler und kompetenter Mann, und man konnte ihm ruhig das Revier anvertrauen.

Die kurze Strecke zur Dorfmitte schafften sie mit Fernandos Auto in wenigen Minuten. Im Rückspiegel beobachtete er, wie die junge Frau steif und reichlich unbequem auf der Rückbank saß und vor sich hin starrte. Eigentlich wollte sie mit dem eigenen Wagen fahren, aber Fernando hatte beide zu seinem Skoda genötigt. Er stand am nächsten. Der Regen ließ zwar langsam nach, aber niemand wollte gerne durchnässt werden. Javier, er hatte auf dem Beifahrersitz Platz genommen, war wortkarg und in Gedanken. Es herrschte eine eigentümliche Spannung, welche wie ein unsichtbares Wetterleuchten durch den Wagen ging. Die Scheiben beschlugen mit Dunst und erschwerten die Sicht. – Was war zwischen den Beiden? – Die Fahrt war aber so kurz, dass Fernando zu keinem Ergebnis kam und außerdem, was interessierte ihn das?

Nur Eingeweihte wussten, dass unmittelbar neben der Fußgängerzone, wo auch das 'La Tegala' war, ein versteckter Parkplatz lag. Fernando fuhr über eine steile Rampe auf den staubigen Platz und hielt an. Sie kletterten aus dem Auto. Nach wenigen Schritten gelangten sie durch ein schmales Tor und standen direkt vor dem Lokal. Von den großen Bäumen der Allee tropfte noch immer das Wasser, und über den Pfützen lag ein schwacher Dunst. Die Luftfeuchtigkeit musste weit über neunzig Prozent liegen. Durch die schmalen Fenster schimmerte schwaches Licht.

„Es ist offen!", rief Fernando. „Wusste ich's doch, Ilona ist schon da."

Obwohl es bereits gegen Mittag ging, war man offensichtlich noch nicht für den großen Ansturm der Gäste bereit. Ilona deckte gerade die Tische im Nebenraum mit roten Tüchern und schob Stühle zurecht.

„¡Hola!", rief sie. „Ich komme sofort."

Sie stellten sich an die große Bar. Die riesige Kaffeemaschine dampfte und schien bereits in Betrieb.

„Ich nehme einen Cortado", wagte sich María vor. Es handelte sich dabei um einen Espresso mit aufgeschäumter Milch.

Ilona lehnte sich über die Theke und zog ihren Mann für einen herzhaften Kuss zu sich. „Und du Querido? Wie immer einen großen Schwarzen."

Auch Javier entschied sich für den großen Café Americano.

In der Ecke, unter der Decke, lief ein Fernseher und verbreitete laut irgendetwas über einen Sportanlass, immer wieder unterbrochen von aufdringlichen Werbungen. Einmal mehr wunderte sich Fernando, warum diese Geräte seit einigen Jahren in den meisten Lokalen praktisch im Dauerbetrieb liefen. – War es vielleicht um die Gäste von der mangelnden Qualität der Speisen abzulenken oder um die immer unverschämteren Preise zu vertuschen. Nach einer Weile wurde es ihm zuviel, und er bat seine Gäste an einen Tisch im Nebenraum.

„Die blöde 'Glotzkiste' sollte entfernt werden", maulte er, als sich Ilona zu ihnen setzte.

„Mein Lieber, das liegt nicht in meiner Hand", sagte sie. „Ich bin hier nur Angestellte."

Womit sie einen wunden Punkt erwähnte, denn früher, in Puerto del Carmen, war sie die Geschäftsführerin und ihre eigene Herrin gewesen. Trotzdem schien sie sich in ihrer neuen Rolle wohl zu fühlen.

Sie hatte auch ein paar Teller mit verschiedenen Leckereien mitgebracht. Da lagen Tostadas mit Tomaten belegt und mit Olivenöl bestrichen, klassische Tortilla und Bocadillos mit Schinken oder Chorizo. Auch Magdalenas, die süßen luftigen Gebäcke, waren dabei.

Während sie sich über die Köstlichkeiten hermachten, beobachtete Ilona ihre Gäste. Die beiden Männer waren seit Jahren unzertrennliche Freunde, und als sie Fernando heiratete, hatte sich daran nichts geändert. Sie steckten dauernd die Köpfe zusammen und verstrickten sich in irgendwelche Ermittlungen, so dass ihr oft angst und bange wurde.

María kannte sie erst seit kurzem, aber seit dem gemeinsamen Abenteuer, bei der Demo in Arrecife, waren sie sich näher gekommen. Sie schätzte diese junge Frau sehr. Sie war eine Angehörige der einheimischen Bevölkerung und die Gattin eines bekannten Gutsbesitzers. Umso mehr erstaunte sie heute ihr plötzliches Auftauchen in Haría.

Auf ihre Fragen hatte Javier etwas von letzter Bereinigung der Gegebenheiten um die Festnahme der jungen Frau bei der Demonstration erwähnt, aber so ganz nachvollziehbar war das nicht. Überhaupt schien er heute etwas durcheinander und beteiligte sich kaum am Gespräch. Seine Augen ruhten manchmal etwas zu lange auf der hübschen Frau, und Ilona fragte sich mit ihrer ausgeprägten weiblichen Intuition, ob da ein Knistern zu vernehmen war. Javier war seit einigen Jahren allein, und Ilona könnte sich nichts Schöneres vorstellen, als dass der Mann eine ähnlich glückliche Beziehung erleben dürfte, wie sie das mit Fernando hatte. – Ja, aber María war verheiratet. Wo war denn der angetraute Emilio Rodríguez? Eigentlich tauchte der Gutsherr kaum einmal in der Öffentlichkeit auf. Sie wusste nicht einmal wie er aussah.

Unkompliziert, wie sie war, wandte sie sich direkt an die Frau: „María, wo ist eigentlich dein Mann geblieben?"

Ein flüchtiger Schatten flog über das Antlitz der Frau, aber sie riss sich zusammen und antwortete: „Emilio ist nicht gern unter Leuten. Er wird irgendwo auf seinem Hof sein."

„Schade, dass er nicht mitgekommen ist", meinte Ilona. „Ich hätte mich gefreut ihn kennenzulernen."

Da sie keine Antwort bekam, wandte sie sich Fernando zu, griff nach seinem Arm und erklärte verschmitzt: „Mein Mann ist immer in meiner Nähe und trägt mich auf Händen."

„Meine Liebe", ging Fernando darauf ein. „Ich hoffe doch sehr, dass du mir nicht durch die Finger fällst.

Sie alberten fröhlich weiter und merkten dabei nicht, wie die flüchtig huschenden Blicke zwischen den beiden Anderen am Tisch fragend, sehnsüchtig und glänzend leuchtend wurden.

Kapitel 16

Viel zu lange hatten sie die Hinweise auf Órzola vernachlässigt. Es wurde höchste Zeit, den letzten Stunden und Begebenheiten vor dem Tod dieser Journalistin Elenora Lopez nachzugehen. Fernando hatte sich von Javier eine Kopie des Berichtes über die Auswertung des Computers geben lassen. Scheinbar hatte sich die Frau schon viele Monate mit den Themen um die leidende Umwelt, die Verknappung der Ressourcen und vor allem um die bedrohte Wasserversorgung beschäftigt. Ihre Aufzeichnungen waren präzise, strukturiert und vor allem umfangreich. Die gut hundertfünfzig Seiten sprachen eindeutig für eine sehr gewissenhafte und beharrliche Person.

Am Tage vor ihrem Tod hatte Elenora Lopez einen Vermerk über die bekannten Ereignisse um die Fuente Chafarís in ihr Journal eingetragen. Obwohl sie dabei mit einer Schusswaffe bedroht wurde, war der Eintrag nüchtern und sachlich. Sie vermittelte keineswegs den Eindruck einer verängstigten Frau.

Fernando hatte auch Ilona gebeten die Dokumente zu sichten, und zusammen versuchten sie an diesem Vormittag ein notdürftiges Profil der Ermordeten zu erstellen.

„Es ist auffällig, wie ordentlich diese Frau war. Alles ist übersichtlich gestaltet, mit Datum und manchmal sogar mit exakter Uhrzeit versehen", meinte Ilona abschließend und sah ratsuchend zu Fernando.

„Richtig", bestätigte Fernando. „Den gleichen Eindruck hatten wir, als ich mit Javier in ihrer Wohnung war. Es war dort aufgeräumt, sauber, ja beinahe steril. Sie muss einen Ordnungstick gehabt haben."

„Da sind auch keine privaten Beziehungen oder Freundschaften erwähnt. Wahrscheinlich war sie keine einfache Frau und war meistens für sich oder ging ihrem Beruf nach", ergänzte Ilona weiter. „Außer… sie hat ein Doppelleben geführt, wovon nichts bekannt ist."

Fernando grinste. „Meine Liebe, du hast eine blühende Phantasie, aber ja, ihr Beruf hat vermutlich ihren Charakter geprägt. Umfangreiche Recherchen, Überprüfungen und genaue Fakten sind wohl immer noch die Basis für guten Journalismus. Soweit bekannt ist, waren ihre Berichte immer sehr seriös und auch nicht für die Boulevardpresse bestimmt."

Ilona nickte. „Dabei ist sie aber an ein gefährliches Thema geraten. Die Korruption an höchster Stelle ist leider immer noch eine Tatsache. – Ob ihr das zum Verhängnis wurde?"

„Hm, dieser Estbano ist sogar namentlich erwähnt. Ob der…?", sinnierte Fernando.

„Du meinst das Treffen in Órzola? Ich kann mir nicht vorstellen, dass der hohe Herr zur Nordspitze der Insel fährt, um eine Journalistin zu treffen. Außerdem steht da hinter seinem Namen ein dickes Fragezeichen. Sie wusste es also offensichtlich auch nicht."

Fernando rückte geräuschvoll seinen Stuhl zurück. Schon viel zu lange saßen sie vor ihren leeren Kaffeetassen und drehten sich gedanklich im Kreise. „Ich muss dort in Órzola nochmals nachfragen. Ich fahre jetzt da hin."

„Ich komme mit!"

„Hast du denn frei, im 'Tegala'?

Ilona lachte. „Ich nehme mir einfach frei. Bin doch nicht die unterwürfige Sklavin dort."

Erstaunt brummte Fernando: „Ach, jetzt auf einmal. Aber ich freue mich. Es war mir schon lange nicht ganz geheuer, wie du dich dort ausbeuten ließest. Wir haben das doch nicht notwendig."

Ilona lächelte nun spöttisch. „Aber es hat dir doch gefallen, dort einzukehren und von mir bedient zu werden."

„Meine Liebe, ich möchte viel lieber mit dir als Gast dort verkehren und dich verwöhnen.“

Er blickte lange in ihre glänzenden Augen und wusste, er würde diese Frau immer auf Händen tragen. Sie war das Kostbarste in seinem Leben.

Sie erhob sich, beugte sich zu ihm und küsste ihn stürmisch. „Komm mein lieber Mann. Wir fahren zusammen über die Insel und lassen die Sonne scheinen.“

Wie oft, nach einem windigen Tag und heftigen Schauern, war es jetzt wolkenlos. Der Himmel strahlte blendend blau. Fernando lenkte sein Auto fröhlich gegen Norden. Sie nahmen die Route über Máguez und umrundeten den beeindruckenden, größten Vulkan der Insel. Der 'Volcán de la Corona' ist mit seinen über sechshundert Metern, und wegen seiner exponierten Lage, ein gewaltiger Anblick. Der Berg erhebt sich wie ein riesiger Konus in den Himmel. Seine Flanken sind kahl und abweisend. Er war durch die Eruptionen vor mehreren Tausend Jahren entstanden und reicht bis dreitausend Meter unter den Meeresspiegel in die Tiefe. Die damaligen Lavaströme haben Höhlengänge gebildet, die bis weit unter das Wasser reichen. Diese sind noch heute an mehreren Stellen zu sehen. Sie heißen ‚Cueva de los Verdes‘, 'Cueva de la Paloma' oder die sehr bekannten 'Jameos del Agua'.

Nach der kleinen Ortschaft Yé ging es wieder talwärts, vorbei an einer Aloe Vera Farm, wo die starren spitzen Pflanzen in langen Reihen, umgeben von schwarzen Steinmauern, im Feld standen. Ilona war drauf und dran, Fernando zum Anhalten zu veranlassen, denn eine wohltuende Aloe Vera Gesichtscreme käme ihr gerade recht. Ihr Mann fuhr aber unbeirrt weiter, wohl auch weil gerade ein großer Touristenbus dort manövrierte und seine Insassen in den kleinen Verkaufsladen entließ.

„Das kann eine Ewigkeit dauern“, murmelte er und drückte aufs Gas.

Sie erreichten nach wenigen Minuten die ersten Häuser von Órzola und fuhren geradeaus bis zur Anlegestelle der Fähre.

Während Fernando in eine Parklücke manövrierte, blickte Ilona um sich und sagte: „Dieser Ort scheint geradezu für ein geheimes Treffen einzuladen. Alle wollen so schnell wie möglich hinüber nach der Insel 'La Graciosa'. Sie entern zielgerichtet die Fähre, und niemand sieht sich um."

Tatsächlich schaukelte eben, so ein Schiff, beladen mit fröhlichen Touristen, an der langen Mole vorbei, hinaus auf die meist unruhige Meeresenge. Es sind kleine Fähren ohne Autoverlad, denn die Insel dort drüben ist autofrei, ohne wirkliche Straßen.

Ilona fuhr fort: „Ein Spitzbube mit bösen Absichten könnte sich hier durchaus sicher fühlen, denn die Bewohner des Ortes sind kaum zu sehen und die Polizei natürlich auch nicht. Zudem liegt der Fluchtweg über das Wasser wie bestellt gleich vor der Tür."

Tatsächlich war der Ort, nachdem die Fähre ihre Fuhre Touristen entführt hatte, wie ausgestorben.

Fernando schloss das Auto ab, drehte sich seiner Frau zu und sagte: „Meine Liebe, du vergisst, dass ein fliehender Übeltäter dann aber dort drüben wie in einem Gefängnis festsitzen würde. Die kleine Insel hat keine andere Verbindung als diese Fähre. Er säße in der Falle wie eine Maus und käme nicht mehr weg. – Aber komm, lass uns dort hinauf zum ‚El Ponto‘ gehen. Dort stand ja auch erwiesenermaßen das Auto der Journalistin. Unsere Gesuchten fuhren sicher nicht hinüber nach der Insel La Graciosa."

Das Lokal war grösser als gedacht, aber vollkommen leer. Sie wählten einen Tisch nahe am Fenster und bestellten Kaffee. Die Einrichtung erinnerte an eine Kantine, groß, geordnet und unbehaglich. Mobiliar aus schlichtem Holz, mit steifen Lehnen und Beinen, stand auf dem kalten Betonboden. Im Regal über der Theke befanden sich Flaschen in Reih und Glied, wie wenn sie dort seit langem in Habachtstellung verharren würden. Kein Wunder, dass jegliche Kundschaft fehlte. Ilona konnte sich nicht vorstellen, dass man hier gemütlich speisen könnte. Vermutlich war der Fisch genauso steif und vertrocknet.

Ein hagerer Junge brachte nach langer Wartezeit das Gewünschte, recht unwillig und wortlos.

„Moment mal!", stoppte ihn Fernando. „Bist du hier oft an der Theke? – Wie heißt du denn?"

„José."

„José, ich möchte dich etwas fragen. Wenn du oft hier bist, kennst du dich sicher aus", doppelte Fernando nach.

„Weiß nicht." Der Junge wand sich. Er war vermutlich kaum zwölf Jahre alt, eigentlich noch ein Kind.

Ilona erbarmte sich seiner. „Du brauchst keine Angst zu haben", sagte sie. „Mein Mann sucht jemanden, der vor zwei Wochen hier war. Vielleicht erinnerst du dich an ihn."

„Das muss am Freitag vor zwei Wochen gewesen sein", ergänzte Fernando. „Er hat sich hier mit einer Frau getroffen, vermutlich etwa um diese Zeit. Er…"

„Was geht hier vor!", schimpfte ein heraneilender Mann. „José, ab mit dir, in die Küche. Wir reden noch."

Fernando reckte sich. „Señor, bitte…

Der Mann, vermutlich der Wirt, funkelte ihn an und tobte: „Was fällt dir ein, meinen Sohn zu belästigen…!"

„Bitte beruhigen Sie sich!", entgegnete Fernando. „Wir haben ihm nur eine Frage gestellt."

„Du…Sie haben hier gar nichts zu fragen!", knurrte der Mann böse. „Machen Sie dass sie wegkommen!"

Die Beiden erhoben sich und Fernando schüttelte den Kopf. „Ist das immer ihr Umgang mit den Gästen? – Was bin ich schuldig für den Kaffee?"

„Hauen Sie schon ab!", schimpfte der Wirt weiter.

Statt der Geldbörse zog Fernando seinen Polizeiausweis aus der Tasche und hielt ihn vor die Nase des Wütenden. „Wir können auch anders, mein Herr. Polizei, ihre Personalien bitte!"

Fernando stand dem renitenten Mann sekundenlang gegenüber und hoffte, dass dieser in seiner Wut, den Ausweis nicht genau betrachtete. Ilona stand mit weichen Knien etwas abseits und verwünschte innerlich die dämlich entgleiste Situation.

„Señor!", donnerte nun Fernando. „Ich werde ihr Benehmen nicht dulden, und schon gar nicht, dass Sie Minderjährige arbeiten lassen und dann auch noch terrorisieren. Ihr Namen bitte!"

„Sancho Pablo", knurrte der Mann. „Ich bin der Wirt hier. Ich terrorisiere meinen Sohn nicht, aber dieses verfluchte Lokal…"

„Wie lange führen Sie das 'El Ponto' schon?", versuchte Fernando die Lage zu beruhigen.

„Seit zwei Jahren. Es ist eine verfluchte Plackerei. Aber das geht Sie überhaupt nichts an", maulte der Mann.

„Waren Sie am Freitag vor zwei Wochen hier anwesend, so um
diese Zeit wie jetzt, am Vormittag?", fragte Fernando direkt.

„Was soll diese Fragerei?", schrie der Wirt mit hochrotem Kopf
erneut. „Ich bin doch nicht dein Aufpasser. Hau endlich ab!"

Mit diesen Worten und noch mehr Geschrei, machte er kehrt
und entschwand durch die Hintertür.

Während die Beiden zögernd das Lokal verließen, tönten von
hinten noch mehr Verwünschungen und Flüche nach vorn.

„Was für ein Scheusal!", knurrte Fernando und überquerte die
Straße.

Ilona folgte ihm und meinte besorgt: „Ich hoffe nur, dass der
Kerl seine Wut jetzt nicht auch noch an seinem Sohn auslässt. Zu-
zutrauen wär's ihm."

Fernando nickte und blickte über das Autodach hinweg zurück
zum ungastlichen Ort. Die großen Scheiben blickten abweisend
matt herüber, und er fragte sich wie so ein Lokal überhaupt überleben konnte. Ein zweites Mal würde hier wohl kaum jemand einkeh-
ren. Aber vielleicht war das genau der Punkt. Die Touristenbusse
brachten ihm Schwärme von nichtsahnenden hungrigen Ausflüglern
heran. Deshalb auch der übergroße Raum. Dann, wenn der Besuch
auch enttäuschend verlief, war das schnell vergessen. Man kam ja
sowieso nie wieder. Fernando wollte sich auch nicht vorstellen, wie
die Qualität der Speisen sein könnte. Nein, der Appetit war ihm
gründlich vergangen.

Die Wegfahrt war einfach. Die Straße war eine Einbahn und
führte hinauf zum oberen Rand der Ortschaft. Rechts erstreckte sich
ein großes ödes Feld, bedeckt mit Geröll und Staub. Es ging dann in
ein wild zerklüftetes, mit starrem Gestrüpp und Felsen übersätes
Gebiet über, bis hin zu den schroffen Abhängen des dahinter liegenden Gebirges.

Plötzlich fuhr Ilona auf und spähte durch die Scheibe. „Halt'
an!", rief sie. „Fahr da hinein!"

Sie wies auf eine Durchfahrt, welche auf die staubige Fläche
führte, dort wo ein paar Kinder sich um einen Ball stritten.

„Das ist er doch!"

Es war, wie wenn der Junge auf sie gewartet hätte. Scheinbar
hatte er sich rechtzeitig davongemacht und war dem Zorn seines

Vaters entkommen. Aber warum versuchte er jetzt ihre Aufmerksamkeit zu erlangen. Er wirkte schüchtern, aber blieb wartend vor der Kühlerhaube stehen.

Fernando und Ilona stiegen langsam aus und näherten sich dem Knaben, immer auf eine plötzliche Flucht gefasst.

„José", begann Ilona sachte. „Du brauchst keine Angst zu haben, wir tun dir nichts. – Du hast auf uns gewartet?"

Fernando blieb etwas abseits und ließ Ilona gewähren. Sicher würde der Junge gegenüber einer Frau zugänglicher werden. Was auch immer er auf dem Herzen hatte, es brauchte Geduld.

„Spielt ihr hier Fußball? Sind das deine Freunde?", versuchte Ilona das Eis zu brechen.

José blickte zu Boden und sagte leise: „Ja Señora, wir spielen hier."

„Ihr geht sicher zusammen zur Schule", versuchte Ilona es weiter.

„Klar, aber sie sind alle in unteren Klassen. Ich bin älter."

Ilona nickte. „Natürlich, das merkt man. Du bist schon fast erwachsen, und arbeiten musst du ja auch."

„Ja, aber es macht mir nichts aus", versicherte der Junge. „Mein Vater ist nicht immer so…"

„Und deine Mutter, wo ist die denn?"

„Hab' keine", kam die Antwort. „Weiß nicht."

„Aber jeder hat doch eine Mutter", wandte Ilona ein.

„Ich nicht. Ich habe keine. Vater sagt, die sei abgehauen und wir müssten allein zurechtkommen."

„Das tu mir leid", flüsterte Ilona. „Können wir dir irgendwie helfen?"

„Nein, aber ich weiß etwas für Sie", getraute sich José. „Die beiden Gäste…"

Nun wurde auch Fernando aufmerksam und kam näher. Ihm war bewusst, dass Kinder manchmal viel aufmerksamere Zeugen waren als älteren Personen. Sie hatten ein gutes Auge für Details und registrierten Ungewohntes oft blitzschnell.

„José, du bist ein großer Junge mit offenen Augen", lobte er ihn. „Dann erzähl mal!"

Er überwand sich. „Die Beiden, ein Mann und eine Frau, sie kamen damals, so wie Sie heute, in unser Restaurant und tranken Kaffee. Sie unterhielten sich leise und irgendwie wichtig – aber sie stritten sich nicht. Nach einer halben Stunde waren sie weg."

„Das ist sehr interessant", sagte Fernando aufmunternd. „Warum erzählst du uns das jetzt alles?"

„Ich hab doch gehört, dass ihr von der Polizei seid", antwortete der Junge.

„Sehr gut, junger Mann", lobte Fernando. „Kannst du die beiden Personen beschreiben?"

„Er war groß und stark, trug Jeans und ein farbig gemustertes Hemd. Ich glaube, dass er schon etwas alt war, hatte graue Haare."

„Und die Frau?"

„So wie Frauen eben aussehen", erklärte José ernst. „Sie war klein und schlank. Sie trug eine weiße Hose und eine farbige Bluse. Sie war schön."

Fernando musste ein Grinsen unterdrücken. In dem Alter waren wohl alle Frauen schön, wobei das natürlich überhaupt keine hilfreiche Beschreibung war.

Er fragte weiter: „Willst du damit sagen, die Beiden hatten etwas miteinander, ich meine gehörten sie zusammen?"

„Nee, die waren nicht verliebt. Das sieht man doch", erklärte José.

„Aber nachher gingen sie zusammen weg?"

„Richtig", bestätigte der Junge. „Ich sah sie in das Auto steigen und davonfahren."

„Hat das noch jemand gesehen? Dein Vater vielleicht?", erkundigte sich Fernando.

Nun verschloss sich José erneut und wurde einsilbig. „Er war weg. Nur ich hab's gesehen."

Ilona trat zu dem Jungen. Er erschien plötzlich wieder sehr jung und verletzbar. Das Thema Vater war heikel. „Dein Papa ist öfter nicht da, denke ich. Bist du dann ganz alleine in diesem Lokal? Ja schaffst du das denn?"

„Klar schaff ich das", verteidigte er sich mit aufkommendem Selbstbewusstsein. „Manchmal ist noch Onkel Juan da. Er macht dann die Küche."

Fernando hakte nach: „Du hast gesehen, wie sie in ein Auto stiegen. Wie sah das denn aus? Kennst du die Marke?“

„Klar, es war ein Toyota SUV Land Cruiser V8, schwarz, mit so zwei Schienen auf dem Dach.“

Der Junge war super. Wenn er dann auch noch die Nummer wüsste, das würde an ein Wunder grenzen. Trotzdem fragte Fernando: „Hast du die Nummer gesehen?“

„Nein. Wie auch?“, wehrte sich José. „Es ging alles viel zu schnell.“

„Alle Achtung mein Junge!“, lobte ihn Fernando. „Du hast uns sehr geholfen. „Aus dir könnte mal ein hervorragender Polizist werden.“

„Tatsächlich“, bestätigte Ilona lächelnd. „Aber erst muss die Schule abgeschlossen sein, und dann wird man weiter sehen. Wir wünschen dir auf alle Fälle alles Gute.“

„Da ist aber noch etwas“, kam es stockend. „Ich hab sie nochmals gesehen.“

„Wie!“

Wie vom Blitz getroffen fuhren sie herum und starrten auf den Jungen. „Was sagst du da?“, rief Fernando.

Es war inzwischen Mittagszeit, und die Kinder waren alle verschwunden. Eine brütende Hitze lag über dem verlassenen Feld und strahlte von den kahlen Steinen und dem glühenden Sand ab. Wie eine drohende Wand lagen die Berge weiter drüben. Sie waren abweisend und schienen nichts Gutes zu verheißen.

Vor ihnen stand der bedauernswerte junge Mensch wie ein verlorenes Kind in der Wüste, verloren, verschreckt, verunsichert und doch wollte er mutig sein.

„Ich war mittags nach der Arbeit hier und habe auf die Anderen gewartet“, stammelte er. „Da kam der Wagen von dort hinten und fuhr ohne Halt auf die Straße und davon. Es war aber nur der Mann drin, die Frau fehlte.“

Ilona fasste ihn an der Schulter und blickte in das unglückliche bleiche Gesicht. Er zuckte von der Berührung schreckhaft zurück. Es war wie wenn der Junge damit rechnen würde, dass ihm sowieso keiner glauben würde und er unweigerlich eine harte Strafe zu erwarten hätte.

„Keine Angst lieber José“, flüsterte Ilona und drückte die verängstigte Gestalt an sich. Wir sind froh, dich gefunden zu haben. Du hast alles richtig gemacht.“

Fernando stand etwas betreten dabei. Die Enthüllung konnte nur eines bedeuten. Die junge Journalistin Lopez hatte hier in dieser Einöde ihren Tod gefunden, und der Mörder hatte sie im Wagen weggebracht.

Ilona schüttelte sachte den Kopf, als Fernando weiter fragen wollte. Im Moment war das Befinden des Jungen wichtiger.

„Komm, wir bringen dich nach Hause. Alles andere kann warten. Wir sind sehr stolz auf dich, du hast uns sehr geholfen.“

Sie fuhren mit dem jetzt verschlossen schweigenden Jungen langsam um den Block zurück und hielten erneut vor dem Lokal 'El Ponto'.

Als sie sich anschickten ihn zur Tür zu begleiten, riss er sich los und rannte um die Ecke davon, vermutlich zum Hintereingang. Ratlos blickten sie ihm nach und verharrten. Er tauchte nicht wieder auf, und es blieb ihnen nichts anderes übrig, als ins Auto zu steigen und wegzufahren. Mit nachdenklichen Gefühlen und mit großer Sorge um den jungen José, verließen sie den unseligen Ort an der Nordspitze der Insel Lanzarote und fuhren nach Haría.

Kapitel 17

Das Treffen tags zuvor war gründlich gescheitert. Javier schalt sich einen Blödmann, wie konnte er María aufs Revier bestellen, wo doch alle mitbekamen wie fadenscheinig seine Begründung für ihren Besuch war. Der gestrige Vormittag war dann im 'Tegala' in angespannter Fröhlichkeit verlaufen und glücklicherweise bald zu Ende gegangen. Alle verabschiedeten sich und gingen ihrer Wege. Zu einer Aussprache mit María war es natürlich nicht gekommen, aber die Blicke seiner Freunde verrieten, dass sie sich Gedanken um seine Beziehung zu der Frau machten.

Wie verabredet, sollte Fernando heute nach Órzola fahren, um der Spur von Elenora Lopez nachzugehen. Er selber brütete schon den ganzen Vormittag über dem Bericht an Suarez, ohne zu einem Ende zu kommen. Verflucht, jetzt war er nicht einmal mehr in der Lage seine Arbeit pflichtgemäß zu erledigen. Seine Gedanken waren ständig bei der lieblichen Gestalt von María. Wo sollte so eine Beziehung hinführen?

'Beziehung', was für ein Wort. Es konnte nie dazu kommen. Die Frau war verheiratet, und er war doch kein verliebter Jüngling mehr, der vor lauter Sehnsucht alle Schranken und Hindernisse in den Wind schlug. Er war auch kein weißer Ritter, der seine Angebetete aufs Pferd hob und entführte. Er musste sich die Frau aus dem Kopf schlagen, auch wenn er sehr daran zweifelte, dass sie mit ihrem Mann glücklich war.

Stunden später, es war bereits Nachmittag, und er hatte ein Mittagessen nicht einmal in Betracht gezogen, kapitulierte er. Er griff zum Hörer und wählte die Nummer.

„Finca Rodríguez", tönte es zurück.

Ihr Mann! Javier schluckte leer, riss sich zusammen und sagte in forscher Polizeimanier: „Polizeirevier Haría. Comisario Sánchez am Apparat. Ist Frau Rodríguez zu sprechen?"

„Ja, um was geht es?"

„Das möchte ich ihr selber mitteilen", erwiderte Javier.

„Sie kommt."

María schien die Situation erfasst zu haben und sagte ruhig: „Comisario, guten Tag, was kann ich für Sie tun?"

„Heute um fünf Uhr am Grab von Manrique. Ich warte."

Was wie ein bedingungsloser Befehl klang, war eine flehende Bitte, und Javier schämte sich für den rüden Ton.

Offensichtlich verstand María sehr gut. Sie erwiderte: „Ja, natürlich. Ich helfe jederzeit gern."

„Danke!"

„Auf Wiedersehen!"

Oh Gott, war er jetzt schon so weit gesunken, dass er so eine verrückte Komödie spielen musste? War er denn von Sinnen? Der Mann musste doch merken, dass da etwas nicht stimmte. Die Sache hatte ein Ende zu finden, bevor alles aus dem Ruder lief. – Gut, das Treffen würde er einhalten. Am Friedhof. Das war genau der Ort wo man solchen Unsinn ein für alle Mal begrub.

Javier verließ sein Büro, schlug die Türe krachend hinter sich zu, so dass sein Untergebener Bayardo erschrocken aufschaute und den Kopf schüttelte. Javier begab sich über den Durchgang zu seiner Wohnung im hinteren Teil des Gebäudes. Dort ging er zum Kühlschrank, trank gierig ein Glas Wasser und blickte sich orientierungslos um. Kahle Wände starrten ihm entgegen. Er hatte noch keine Zeit gehabt, sich um Bilder und Dekorationen zu kümmern. Der Tisch stand einsam von zwei Stühlen flankiert im Raum. Wenigstens war die Küchenzeile aufgeräumt und sauber.

Er ging zum Sofabett, warf sich darauf und starrte an die Decke. Wie zum Teufel sollte er sich hier heimisch fühlen. Er befand sich allein in seinem eigenen Gefängnis und saß seine Zeit ab, wie ein verurteilter Verbrecher. Er war normalerweise nicht die Person, die sich im Selbstmitleid suhlte, aber sein ganzes Leben schien eine einzige nichtssagende Abfolge von vergeudeten Jahren zu sein. Seine Eltern waren früh gestorben und Geschwister hatte er keine. Die wenigen Begegnungen mit Frauen waren alle, außer vielleicht einer, belanglos gewesen. Diejenige, die ihm etwas bedeutet hatte, war vor ihm rechtzeitig geflohen. Kein Wunder, eine Beziehung mit einem Polizisten war fast immer zum Scheitern verurteilt. Wenn ein schwieriger Fall seine ganze Kraft beanspruchte, war er dauernd unterwegs und abwesend, nicht nur räumlich, auch geistig. Frauen von Polizisten waren schlicht und einfach in den meisten Fällen vernachlässigt und unglücklich. Eine solche Situation konnte er einer María einfach nicht zumuten – oder doch?

Seine Freundschaft mit Fernando war eine Ausnahme. Ihr beider Werdegang und Laufbahn als Beamte hatte sie geprägt und zusammengeschweißt. Die wenigen Jahre im Altersunterschied waren nie ein Hindernis gewesen, und auf der kleinen Insel verlor man sich auch nicht so schnell aus den Augen. Die unerwartete Liebe und Heirat seines Freundes vor drei Jahren war so einmalig, dass er selber nachdenklich wurde. Na ja, die Beiden lebten im wohlverdienten Ruhestand, und Ilona war auch eine außergewöhnliche Frau. Er selber war noch im Dienst, aber warum sollte nicht auch für ihn so eine Liebe möglich sein.

Plötzlich schreckte er hoch. Hatte er verschlafen? Der Wecker zeigte vier Uhr, genügend Zeit um zum verabredeten Ort zu kommen. Rasch ging er unter die Dusche. Dann wählte er sein bestes Hemd, schlüpfte in die schwarze Hose und zog den Riemen mit der Silberschnalle fest. Eitler Gockel, schimpfte er sich. Er ging doch nicht auf Brautschau, sondern musste endgültig Klarheit schaffen und der Dame erklären, dass aus dieser Beziehung nichts werden konnte.

In weniger als zehn Minuten erreichte er zu Fuß die Friedhofanlage von Haría. Er überquerte den großen leeren Parkplatz und trat durch den Bogen des Haupteinganges. Innen empfingen ihn die Reihen von weiß getünchten Gräbern, alle mit einem schlichten Kreuz versehen. Im Hintergrund befanden sich große Wände mit den Nischen der Toten. Große Tafeln mit Inschriften über das Leben und die Hoffnungen der Verstorbenen waren davor angebracht. Blumen, oft verdorrt, schmückten die Wand und erinnerten anschaulich an die Vergänglichkeit des Daseins.

Es herrschte Totenstille. Der Friedhof lag verlassen und einsam vor ihm. Es knirschte unter seinen Schuhen, als Javier seinen Weg zwischen den Gräbern hindurch suchte. Der ganze Grund war mit schwarzen Lapilli bedeckt, was den Kontrast zu den weißen Grabstätten noch verstärkte. Schwarz und weiß, was eigentlich gar keine Farben waren, sie vermittelten den Eindruck von Trostlosigkeit, welche nur durch ein paar Palmen, Büsche und Kakteen durchbrochen wurde. Mühelos fand Javier im hinteren Teil des Friedhofes den Ort, wo der Künstler César Manrique seine letzte Ruhe fand. Eine graue Steinplatte mit schlichter Inschrift erinnert seit dreißig Jahren an den ruhelosen Mann, der Lanzarote maßgebend geprägt hatte. Der Maler, Architekt und Skulpteur hatte mit bildlichen Darstellungen vom Leben auf der Insel angefangen, bis hin zu den, zum Teil monströsen, abstrakten Gemälden und den riesigen Wandmalereien. Er schuf die monumentalen Windspiele, welche heute noch immer an markanten Stellen und Straßenkreuzungen stehen. Er war der Vater des berühmten Kakteengartens bei Guatiza und hat einmalige Hotelhallen und Aussichtspunkte gestaltet. Seinen guten Beziehungen zur damaligen Inselregierung ist zu verdanken, dass keine riesigen Hotelburgen, wie sie viele der schönsten Ferienorte verunstalten, auf Lanzarote errichtet werden durften. Für Manrique müsste man ein wahres Denkmal errichten, aber er war natürlich auch nicht unumstritten. Seine Pläne waren für wachstumsgierige Unternehmer ein Dorn im Auge, und manch einer atmete auf, als der eigenwillige Mann im Jahre 1992 bei einem dubiosen Autounfall ums Leben kam.

Javier geisterten all diese Gedanken durch den Kopf, als er vor dem Grab stand. Ein riesiger, mehrere Meter hoher Kaktus und eine schief stehende Palme umrahmten die Stelle und warfen bereits lange Schatten. Es war längst nach fünf und die Dämmerung nicht mehr weit. Soviel er am Eingang gesehen hatte, wurde um sechs Uhr geschlossen. – Hatte er sich erneut zum Narren gemacht?

Javier schlenderte entlang der Wand mit den Nischen und Tafeln. Er las da und dort eine Inschrift, ohne sie wirklich zu erfassen.

Da standen meistens die Namen der Verstorbenen, oft auch derjenige der Ehefrau und natürlich die Daten von Geburt und Tod. Darüber die Buchstaben DEP, die Abkürzung für 'Descanse En Paz'. Bezeichnend war es, der weltweit gleiche Wunsch 'Ruhe in Frieden' passte. Auch er brauchte endlich Frieden. Wie sonst sollte er weiterleben, mit diesem Aufruhr in seinem Innersten. Es war für ihn einfach nicht vorgesehen, dass er seine Liebe fand. Er brauchte Frieden.

Als er sich dem Ausgang näherte, entdeckte er plötzlich eine Gestalt. Sie stand dort im Torbogen, umfasst von der untergehenden sanften Sonne, wie eine göttliche Erscheinung. Suchend blickte sie um sich.

„María!“, krächzte Javier, umrundete einen Springbrunnen und stand mit pochendem Herzen vor ihr.

Wortlos taumelte sie in seine Arme. Er fing sie auf und hielt die zierliche Gestalt fest umschlungen. Ihre braunen Augen schimmerten ihm entgegen, wie zwei Sterne aus den fernen Weiten des Alls, sanft und verheißungsvoll. Sachte umfasste er ihren Kopf, strich über das weiche, schwarz glänzende Haar und zog sie zu sich. Der Kuss war scheu, suchend und federleicht wie ein Schmetterling. Sie schmiegte sich aber an ihn und erwiderte den Kuss mit weichen herrlichen Lippen. Dann explodierte die Welt und schleuderte die Beiden in die Weiten des Universums der Liebe und Lust. Sie klammerten sich fest aneinander und verschmolzen mit gierigen Küssen zu einem untrennbaren Liebespaar.

Was wie ein Aeon der Gefühle erschien, waren in Wahrheit nur ein paar Minuten. Als sie sich schwer atmend voneinander lösten, standen sie einen Moment lang da, wie verlorene Seelen. Beiden wurde schlagartig bewusst, was das alles bedeutete, und die Bedenken krochen in ihnen hoch wie widerliches Gewürm.

María war die erste, die sich fasste. „Javier, ich...“

Javier unterbrach sie: „Bitte María, ich habe die Kontrolle verloren. Es tut mir leid. Ich weiß nicht was mit mir ist. Der Gedanke an dich ist dauernd in mir, und jetzt habe ich alles zerstört. Du bist verheiratet, und ich habe kein Recht dich zu bedrängen. Ich hätte dich gar nicht hierher bitten dürfen.“

„Nein!", rief María und trat auf ihn zu. „Du hast nichts falsch gemacht. Ich wollte kommen und ich bin froh, dass es so geschehen ist. Meine Gefühle sagen mir, dass das richtig ist. Wir werden einen Weg finden."

Mit diesen Worten schmiegte sie sich an ihn und legte ihre Arme um ihn. Sie suchte erneut seine Lippen und fand sie. Der Kuss versprach mehr als alle Worte und entfachte ein warmes Feuer in seiner Brust. Sie hatte recht, es war unmöglich, die Gefühle einfach zu ignorieren, sie mussten einen Weg finden, auch wenn der steinig und gefährlich werden konnte.

Draußen vor dem Tor war ein Wagen vorgefahren, so dass die beiden Liebenden auseinander fuhren. Es war spät geworden, und die Dämmerung brach herein.

„Wir müssen hier weg", sagte Javier. „Der schließt uns noch ein, und eine Nacht auf dem Friedhof möchte ich dir nicht zumuten."

Lächelnd nahm sie seinen Arm und folgte ihm durch den Ausgang. Etwas erstaunt blickte ihnen der Gärtner nach, machte sich dann aber hinter ihnen am Tor zu schaffen.

María holte den Schlüssel aus ihrer Tasche und öffnete die Tür des kleinen Hondas. Sie stiegen ein.

„Wohin jetzt?", meinte Javier, sobald sie nebeneinander im Auto saßen.

„Hast du Hunger?", kam die Gegenfrage.

„Schon", antwortete er. „Aber musst du nicht nach Hause?"

María zögerte, sagte dann aber: „Ich habe keine Eile. Dort wartet niemand auf mich. Emilio ist nach Arrecife gefahren, meist bleibt er dann über Nacht."

„Aha…"

Da stand sie wieder, niederschmetternd vor ihnen, die Tatsache, dass María nicht frei war. Sollten sie jetzt eine heimliche Affäre anfangen und sich an geheimen Orten auf die Schnelle treffen? Javier hatte einen ausgeprägten Gerechtigkeitssinn, er war deshalb ja auch Polizist geworden, und Heimlichkeiten mochte er überhaupt nicht. Schnelle Treffen in einem Hotelzimmer, das war ihm einfach zu schmierig und seiner María überhaupt nicht würdig. Es gab nur zwei Möglichkeiten, entweder offen dazu stehen oder die Sache abzubrechen, bevor sie zu viele Wunden aufriss.

„Ich glaube es wäre besser, wenn wir uns wieder trennen und unsere Wege gehen würden", murmelte er. „Ich kann das nicht."

„Ich auch nicht", versicherte María und drehte sich ihm zu. „Aber noch weniger kann ich dich aufgeben."

Ihre Stimme bebte, und die vorhin so sanften Augen blitzten auf. Eine Tigerin zeigte plötzlich ihre Krallen. „Ich werde Emilio verlassen. Es ist schon lange vorbei, und ich will mein Leben zurück."

„Du willst dich scheiden lassen?", fragte er unsicher. „Bist du dir sicher und bewusst, was das für die Katholiken bedeutet?"

„Ich bin mir sicher", antwortete sie, „und warum das mit meinem Glauben nicht vereinbar sein solle, ist mir schlichtweg unklar. Ein zerrüttetes Zusammenleben, Streit, Lügen und Fremdgehen, das sind doch Sünden und nicht die Liebe."

Inzwischen war es auch im Auto kalt geworden, und Javier fröstelte. Plötzlich brummte sein Handy. María lehnte sich zurück und wartete. Er warf einen Blick auf das Display und wollte den Anruf schon wegdrücken, als sie sagte: „Nimm es doch an. Vielleicht ist es etwas Wichtiges."

„Fernando", brummte er unglücklich. „Er war heute oben in Órzola. Bitte entschuldige."

Er öffnete die Wagentür und stieg aus. Ein paar Schritte weg, drückte er auf die Taste. „Hola Fernando!"

„Javier", tönte es hohl aus dem Gerät. „Wo bist du denn? Ich habe im Revier versucht dich zu erreichen, aber dein Bayo…"

„Bayardo heißt er Mann und ist Subinspector", unterbrach und belehrte ihn Javier. „Was ist denn so dringend?"

„Wir haben neue Erkenntnisse über Elenora Lopez und ihr Schicksal. – Aber am besten du kommst vorbei."

„Jetzt?"

„Ja, jetzt!", sagte Fernando. „Wir sind im 'La Tegala' und warten auf dich."

Ja, war das denn zu fassen? Es war wie verhext, schon fing die verfluchte Leidensgeschichte an. Die Pflicht rief und er musste seine… Ja, was den jetzt? Seine Geliebte… im Stich lassen. Er hatte es geahnt, es konnte nicht gut gehen.

„Ich komme", knurrte er wütend in das Handy und drückte den Anruf weg.

Schwer atmend öffnete er die Wagentür und beugte sich hinein.

María saß wartend am Steuer und blickte ihm entgegen. Sie fragte: „Ist alles in Ordnung?"

„Ja… nein…", stammelte er. „Es tut mir leid, aber ich muss weg. Wir haben neue Erkenntnisse."

„Oh, ja natürlich", kam es zögernd zurück. „Kann ich dich irgendwo absetzen?"

„Nicht nötig", wehrte er ab. „Fernando erwartet mich im 'La Tegala'. Er ist zurück aus Órzola. – Ich gehe zu Fuß."

Im düsteren Inneren des Autos war ihre Miene nicht zu erkennen, aber er merkte ihre Enttäuschung auch so. Die zierliche Gestalt saß reglos da und starrte geradeaus. Wie glühende Kohlen raste der Schmerz durch seine Brust und mit ihm die Erkenntnis, dass er diese Frau nie verletzen durfte und noch weniger aufgeben konnte. Sie war unabänderlich ein Teil von ihm, was immer auch kommen mochte. Ja, er liebte sie.

Er ließ sich neben sie auf den Sitz fallen und sagte: „María, es ist egal, sie sollen warten. Du bist wichtiger als alles andere, dich will ich nicht verlieren."

„Javier", flüsterte sie, und das Wort bedeutete alles. Sie beugte sich zu ihm, umfasste seinen Kopf und küsste ihn sanft und innig.

Lange Zeit blieben sie dort sitzen, liebkosten und küssten sich, flüsterten liebevolle Worte und verloren sich in berauschende Gedanken. Sie gehörten zusammen, und nichts konnte sie trennen. Die Macht der Liebe würde alle Hindernisse aus dem Wege räumen. So schwebten sie auf rosigen Wolken und waren überzeugt, dass die Welt ihnen offen stand.

Sie standen aber mit ihrem Kleinwagen immer noch mutterselenallein auf dem Parkplatz des Friedhofes, beleuchtet nur von einer einsamen Laterne der nahen Straße.

Irgendwann löste sich María aus der Umarmung und mahnte: „Liebster, wir benehmen uns wie zwei verliebte Teenager, wobei ich mich eigentlich genau so fühle. Wir sollten zusehen, dass wir hier wegkommen, bevor die Polizei auftaucht."

„Die Polizei ist schon da", lachte Javier und raubte sich einen letzten Kuss. „Aber du hast recht, Fernando wird sich fragen wo ich bleibe."

„Bei mir natürlich", neckte sie weiter. „Und ich komme mit dir, wenn du nichts dagegen hast."

Während sie den Motor startete, fasste er einen Entschluss. Ja, er wollte kein Geheimnis aus seinem Glück machen, und Fernando, sowie vor allem Ilona, würden sie verstehen.

„Also los, auf in die Untiefen der Wahrheit!", rief Javier mutig.

Es war bereits gegen acht Uhr, als sie in das Lokal traten. Fernando und Ilona saßen zusammen an einem Tisch in der Ecke und entdeckten die Ankömmlinge sofort.

„Javier, hierher!", rief Fernando laut.

Das Lokal war noch leer, denn die Essenszeit begann später, meist erst gegen zehn Uhr. Sie erregten deshalb kein großes Aufsehen. Nur Ilona blickte überrascht, als sie María neben Fernandos Freund entdeckte.

„Setzt euch bitte", sagte sie. „Ich hole nur schnell weitere Gläser und bin gleich wieder da."

Fernando war aufgestanden und begrüßte María herzlich: „María, schön dich zu sehen. Bitte setz dich zu uns. Wir probieren gerade den neuen Wein der Bodega 'Magdalena'. Das ist das Weingut meines Sohnes. Er ist hervorragend."

„Ihr Sohn?", neckte María.

Fernando lachte und setzte sich wieder. „Nein, ich meinte den Wein. – Aber meinen Sohn natürlich auch."

Javier hatte sich bereits niedergelassen und tauschte Blicke mit María. „Wir dachten, wir kommen zusammen her", sagte er. „María war heute bei mir."

Nun war auch Ilona wieder zurück am Tisch und blickte fragend auf die beiden neu angekommenen. Sie hatte sich also nicht getäuscht, als sie das letzte Mal ein Knistern zwischen den beiden bemerkte.

„Wo habt ihr euch denn getroffen?", fragte sie direkt und spielte die Nichtsahnende.

Javier entschied sich für Offenheit. „Es ist ganz einfach", begann er. „Wir sind zusammen."

Fernando erstarrte und blickte überrascht zu den Beiden. Eine leichte Röte überzog Marías Gesicht, als sie wortlos nickte, aber Ilona strahlte.

„Großer Gott!", rief sie. „Ich freue mich für euch. Es ist wunderbar, und ich weiß, wovon ich spreche." Dabei warf sie einen Blick in Richtung Fernando. – „Wo und wann ist es denn geschehen?"

„Auf dem Friedhof", antwortete María leise lächelnd.

„Oh!"

„Am Grab von César Manrique", ergänzte sie.

„Wie um alles in der Welt kommt man auf so eine Idee?" fragte Ilona. „Ich stelle mir Küsse zwischen Grabsäulen und Todesengeln vor, uff."

„Es war Javiers Idee", erklärte María. „Aber ist es denn so falsch? Die wahre Liebe währt bis in den Tod, oder nicht?"

„Da ist was dran", brummte Fernando. „Außerdem, dieser Manrique war auch kein Kostverächter. Er war zwar nie verheiratet, hatte aber lange Zeit eine Geliebte und nach ihrem Tod sicher noch viele andere Frauen."

„Nicht gerade ein Vorbild", bemerkte Javier. „Aber unsere Situation ist auch nicht ganz unproblematisch."

Fernando nickte. „Genau, da ist ja noch ein Ehemann. Was meint der denn dazu?"

„Der weiß noch nichts", wandte Javier schnell ein.

Die peinliche Situation ließ María erblassen. „Emilio ist ein Schuft und schon lange nicht mehr mein Mann. Er weiß tatsächlich noch nichts. Wie auch? Es ist ja erst eben geschehen, und ich bereue nichts."

„Er wird es aber erfahren", sagte Fernando. „So etwas lässt sich nicht lange geheim halten. Besonders wenn ihr hier in aller Öffentlichkeit so glücklich wie Turteltauben strahlend auftaucht."

„Fernando, du bringst die Beiden in Verlegenheit", wehrte Ilona ab. „Hör auf damit! – Wichtig ist doch einfach, dass die Beiden glücklich sind. Das sieht man doch. Ich wünsche euch alles Liebe, und von mir erfährt kein Mensch etwas."

Fernando grinste gutmütig. „Dann wäre das jetzt geklärt. Ich freue mich und wünsche alles Gute. – Worauf unser Polizist vielleicht wieder in seine Zuständigkeiten zurückfindet und erfahren möchte, was wir heute entdeckten, während er sich schöneren Geschäften widmete."

„Fernando!", schnaubte Ilona. „Du bist ein Scheusal, aber ich liebe dich trotzdem."

„Dann lasst uns jetzt anstoßen und auf das neue Glück trinken", sagte Fernando und hob sein Glas. „Möge es gelingen und euch viele wundervolle Jahre bescheren. – ¡Salud!"

Javier, dem es schon ganz heiß geworden war, nickte und sagte: „Danke mein Freund. Natürlich möchte ich gerne wissen, was ihr in Órzola entdeckt habt."

„Wir haben da einen jungen Mann kennengelernt, der eine gute Seele ist und ein offenes Auge hat. Er hat Elenora Lopez zusammen mit ihrem sehr wahrscheinlichen Mörder gesehen."

Javier staunte. „Ein objektiver Zeuge, das ist genau, was wir brauchen. Wie heißt er denn?"

„José", antwortete Ilona. „Der Sohn des Wirtes vom 'El Ponto', er ist aber noch ein Kind."

Javier war enttäuscht. „Ein Kind! Das ist doch kein Zeuge. Kein Gericht wird seine Aussage erlauben. Das hilft doch nichts."

„Oh doch!", entgegnete Fernando. „Wir wissen jetzt nämlich, wie der Verdächtigte aussieht und was für ein Auto er fährt."

„Wie sieht er denn aus?"

„Groß, kräftig gebaut, graue Haare. Er trug Jeans und ein farbiges Hemd", erklärte Fernando. „Sein Auto ist ein schwarzer Toyota SUV Land Cruiser V8."

„Sag nur noch, du hättest auch die Nummer", sagte Javier verblüfft.

Fernando grinste. „Nein, mein Freund, etwas Arbeit muss du schon noch übernehmen. Dieses Auto sollte doch zu finden sein."

„Gut, du hast ja recht", brummte Javier. „Die Suche muss sofort raus, aber morgen ist Sonntag, die werden sich freuen."

Kapitel 18

Er starrte auf die Wand, aber erkannte doch nichts. Die Fotos und Notizen schienen weit weg. Die grausigen Bilder der Opfer verloren aber ihren Schrecken auch jetzt, durch den Filter der wirren Gedanken, nicht. Doch die vielen Zettel waren ein unübersichtliches Gewirr. Seit gestern schien die Welt Kopf zu stehen, und der Gedanke an die letzte Nacht ließ jetzt eine heiße Welle der Erinnerung durch seinen Körper strömen.

Spät, es war bereits gegen Mitternacht, fuhren sie in Marías Auto zurück zum Polizeirevier. Das Gebäude lag völlig im Dunkeln, und der Platz davor war gähnend leer. Bayardo war offensichtlich längst nach Hause gegangen. María schloss ab und folgte Javier, wie selbstverständlich, durch die Seitentür ins Innere seiner Wohnung. Kaum klappte die Tür ins Schloss, fielen sie übereinander her, wie wilde Tiere. Nach nicht enden wollenden heißen Küssen rissen sie sich die Kleider vom Leibe und fielen auf das Bett. Sie brauchten nicht leise zu sein, denn es war niemand da. Sie liebten sich mit einer Leidenschaft eines explodierenden Dampfkessels, mit erfülltem Stöhnen, forderndem Verlangen, erlösenden Schreien, gestammelten Worten und Schwüren. Beide lagen sie danach atemringend auf dem Laken, staunend und kaum erfassend, ob dieses Ausbruchs ihrer Leidenschaft.

Lange Zeit verweilten sie in Gedanken nebeneinander und begriffen erst langsam, was geschehen war. Sie waren mit einem Mal unzertrennlich verbunden, so wie nur zwei Liebende miteinander vereint sein konnten. Die ganze Welt war auf einen Punkt zusammengeschmolzen, auf das Zusammensein zwischen Mann und Frau, zwischen ihm und María.

Javier drehte sich ihr zu und raunte besorgt: „Ich kann es kaum glauben. War ich zu grob?“

„Liebster“, flüsterte sie. „Es war herrlich und so wie ich es mir seit langem gewünscht habe…“

Ihr Gesicht, noch leicht gerötet, erstrahlte in einer Schönheit, wie nur eine liebende Frau sie offenbaren konnte. Der wunderbare Körper lag neben ihm wie eine Muse, bereit für ein herrliches Gemälde. Kein Künstler könnte sie so perfekt schaffen, nicht einmal Goyas weltberühmte 'Maja desnuda' konnte ihr gerecht werden. Ihre helle seidene Haut schimmerte im schwachen Licht und lockte nach mehr Berührungen, nach einem Streicheln um glühende Schauer durch den Körper zu schicken. Sie glitt in seine Arme und seufzte tief.

„Javier“, flüsterte sie. „Lass mich bei dir bleiben. Hier ist es, wo ich hingehöre. Ich bin angekommen, bei dir.“

„María, ich liebe dich“, antwortete er mit den herrlichen einzigartigen Worten. „Ich liebe dich.“

Nicht lange danach fanden sie sich erneut in seliger Umarmung, diesmal sachte und sanft, mit dem Gefühl, das Leben in seiner ganzen herrlichen Fülle zu kosten und auf einer himmlischen Wolke zu schweben.

Irgendwann waren sie erwacht und bemerkten den neuen Tag vor dem Fenster. María sprang auf und fuhr in die Kleider.

„Ich muss los“, sagte sie mit belegter Stimme. „Emilio wird irgendwann zurück sein.“

Einer kalten Dusche gleich, durchfuhren Javier diese Worte. Ihr Mann war zurück und würde Fragen stellen und seine Rechte einfordern. War jetzt plötzlich das Erlebte gnadenlos zu einer einmaligen Affäre verpufft? Nach den Stunden der herrlichen bedenkenlosen Gefühle, drohte die unbarmherzige Wirklichkeit sie nun einzuholen. Er könnte laut schreien. Er war machtlos. In seiner Phantasie ließ er ganze Polizeibrigaden antreten und den Rivalen gnadenlos ins Meer treiben. War dies die Grenze, wo auch er die Fesseln der

Gesetze einfach in den Wind schlagen würde, um seine Liebe zu erzwingen? – Aber erzwingen konnte man so eine Liebe doch nie.

Niedergeschlagen versuchte er zu retten, was noch zu retten war und fragte: „Soll ich dich fahren?"

Sie bemerkte seine Qual und sagte: „Nein Liebling, Es ist meine Sache, mein Leben in Ordnung zu bringen. Ich verspreche dir, du bist meine Liebe und auch meine Zukunft. Dafür werde ich kämpfen."

Nach verzweifelten innigen Küssen trennte sie sich von ihm, ging wortlos durch die Tür zum Auto und fuhr davon.

Javier fröstelte. Er ging unter die Dusche und ließ brennend heißes Wasser über sich fließen. Mit roter Haut und glühenden Nerven trocknete er sich ab und fuhr in seine Kleidung. Die schmerzlichen Gedanken waren aber auch mit noch so viel heißem Wasser nicht abzuwaschen. Sie blieben.

Als er nach vorne in sein Büro ging, fühlte er sich wie ein Fremder im eigenen Haus. Die vor ihm liegenden düsteren Räume verstärkten diesen Eindruck noch. Er warf sich auf den Stuhl vor seinem Schreibtisch und starrte vor sich hin. Er war machtlos und konnte ihr in keiner Weise helfen. Er, ein Comisario der Policía Nacional, hatte keine Ahnung, wie sein eigenes Unglück gelöst werden könnte. Mit polizeilicher Logik kam er nicht weiter. Wilde Phantasien griffen nach ihm, wie klebrige Gespinste. Sollte er einfach alles stehen und liegen lassen, seine Liebste ergreifen und in eine unbekannte Zukunft verschwinden? Auf eine andere Insel vielleicht, dort neu beginnen? Ein neues Land, einen Erdteil oder gar eine neue Welt? Nichts sollte ihn aufhalten, für María.

In diesem Zustand fand ihn Fernando. Der Comisario außer Dienst war früh unterwegs, denn die gestrigen Erkenntnisse hatten ihn lange wach gehalten und noch vor Tagesanbruch aufgeweckt. Leise war er aus dem Bett geflohen. Um die tief schlafende Ilona nicht zu wecken, verzichtete er auf einen Kaffee, hinterließ aber eine Nachricht und machte sich sofort auf den Weg zum Revier. Der fünfzehn Minuten dauernde Marsch in der kühlen Morgenluft war genau das Richtige. Noch war die Sonne nicht über die nahen Hügel gestiegen, und der Tau lag überall feucht in den Gärten des Ortes. Nachdem er den Friedhof passiert hatte, erschienen aber die ersten zaghaften Strahlen und warfen, von den Palmen entlang der Straße, lange bizarre Schatten auf den Weg. Fernando fröstelte und ging schneller.

„¡Buenos días!", trompetete er vom Eingang her. „Javier, ist alles bestens? – Wo ist dein Assistent?"

„Was willst du?", kam die mürrische Antwort.

Sofort erkannte Fernando die bedrückte Stimmung im Raum. Javier saß alleine vor seinem leeren Schreibtisch und schien weit weg zu sein. – Natürlich, die Geschichte mit María durchfuhr es Fernando.

„Javier!", begann er und grinste. „Mensch wach auf! Du wirst es überleben."

„Lass die blöden Sprüche!", knurrte Javier.

„Was ist denn geschehen?", fragte Fernando etwas vorsichtiger.

Javier quälte sich. „Was soll schon sein? María ist weg."

Jetzt dämmerte es Fernando. Aber hallo, der Mann hat sich getraut und hatte vermutlich eine tolle Nacht hinter sich. – Er gönnte seinem Freund diese herrliche Erfahrung von Herzen. – Aber das war doch kein Grund für diese miese Stimmung.

„Was heißt hier, sie ist weg? Die Frau liebt dich doch, das sieht doch ein Blinder." Dann fuhr er fort: „Ich freue mich sehr, und ich weiß genau wovon ich spreche. Es ist noch nicht lange her, da war auch ich so weit. Ilona hat mir eine neue Welt gezeigt, und wir sind sehr glücklich. So freue dich doch!"

„Deine Ilona war nicht verheiratet", begehrte Javier auf. „María ist zurück zu ihrem Mann, und ich habe keine Ahnung wie es weiter gehen soll."

„Mensch, Javier, nun überleg doch mal. Wenn wir bei einem Fall stecken bleiben und nicht mehr wissen wie es weiter gehen soll, was machen wir dann?"

„Hm…"

„Wir geben nicht auf, beißen uns durch und finden irgendwann die Lösung. – Wo bleibt deine Entschlossenheit?"

Javier stand auf und reckte sich. „Du hast recht. Ich werde nicht aufgeben und um María kämpfen."

„Da ist mein alter Freund wieder, so wie ich ihn kenne“, lobte Fernando. „Was wir jetzt brauchen, ist einen starken Kaffee. – Wo bleibt denn dein Sargento?“

„Er ist Subinspector, der Bayardo“, korrigierte Javier, „und auch nicht unsere Serviertochter. Außerdem ist heute Sonntag, und da kommt er erst gegen zehn Uhr …ja wenn überhaupt. Auch Polizisten haben Anrecht auf ihre Freizeit. Das müsstest gerade du doch wissen.“

Nachdem sich Fernando suchend umgesehen hatte, brummte er: „Mein Gott, du hast ja nicht einmal eine Kaffeemaschine hier. Wie könnt ihr hier überhaupt überleben? Dieses Revier ist ja eher ein kahles Gefängnis und wirklich kein Zuhause.“

„Aber meine Wohnung…“

Bei dem Gedanken durchfuhr es Javier glühend heiß. Er hatte seine Wohnung ohne zurückzublicken verlassen. Das Bett war zerwühlt, und in jeder kleinsten Ritze musste der unverkennbare Duft der Liebe hangen.

Fernando ahnte die Nöte seines Freundes und meinte deshalb gutmütig: „Ich schlage vor, wir besorgen uns erst einmal eine vernünftige Kaffeemaschine. Das gehört einfach zur Grundausstattung eines richtigen Polizeireviers. Ich weiß auch schon wo. In Tías gibt er eine ‘Ferretería‘, dort bekommen wir ein günstiges Gerät. Die haben auch sonntags geöffnet.“

Fernando hatte damit die Führung übernommen und plante weiter: „Sonntags besuche ich sowieso meine Mutter in Tías. Sie wird sich freuen, wenn ich einen Freund mitbringe. Tía Amara, meine Mutter, ist eine außergewöhnliche Frau.“

Javier kannte sie natürlich von früher und wusste, dass die alte Dame von allen ‘Tía Amara‘, eigentlich Tante Amara, genannt wurde, auch von ihrem eigenen Sohn. Er erinnerte sich, sie wohnte unweit der Hauptstraße Avenida Central von Tías.

„Aber ich will doch nicht stören“, wandte er ein. „Außerdem haben wir hier viel zu tun. Wir müssen überlegen, wie es mit unserem Fall ‘Sequía‘ weiter gehen soll. Der Name sagt es schon, der Fall ist ja schon richtig eingetrocknet.“

„Lass mal gut sein“, sagte Fernando. „Heute ist Sonntag. Auch Polizisten müssen mal ruhen. Deine Worte!“

„Ja ja", maulte sein Freund. „Und meine María liegt unterdessen im Streit mit ihrem Emilio. – Wie soll ich da ruhen?"

Fernando schüttelte den Kopf. „Erstens, die María ist nicht dein Eigentum, und zweitens, sie wird die Angelegenheit mit ihrem Mann selber regeln müssen. Eine Scheidung scheint mir der richtige Weg zu sein, aber das ist nicht deine Angelegenheit. Da musst du jetzt einfach durch!"

Die kurze Standpauke half. Javier seufzte. „Ist ja jetzt sowieso alles egal. – Komm lass uns fahren."

Fernando wollte den Ausflug nicht mit Javiers Polizeiauto unternehmen, das schien ihm unangebracht. Sie marschierten deshalb zu Fuß zurück, zum Zentrum und zu seinem Haus. Sein Skoda stand verlassen vor der Einfahrt, und Ilona war bereits weg.

„Vermutlich ist sie zur Arbeit. Das 'Tegala' ist auch sonntags offen", meinte Fernando, nahm aber vorsorglich sein Handy mit.

„Ich ruf sie später an."

Sie stiegen ein und fuhren los. Fernando lenkte den Wagen hinunter nach Arrieta und zur Schnellstraße LZ1. Sie lag praktisch frei vor ihnen und erlaubte die Höchstgeschwindigkeit von hundert km/h problemlos. Er fragte sich öfters, ob die Straßenplaner, für die kleine Insel, nicht übertrieben hatten oder ob einfach die Gelder der EU zu diesem Luxus beitrugen. Schweigend und in Gedanken saß sein Freund neben ihm.

„Javier", begann Fernando mit einem kurzen Seitenblick. „Wie konnte es überhaupt so weit kommen, mit dir und María?"

Sein Beifahrer brummte: „Ich weiß auch nicht, es ist einfach passiert. Sie ist eine außergewöhnliche Frau, und doch kenne ich sie kaum. Es hat mich einfach überkommen. Ich bin völlig aus der Spur und habe keine Ahnung, wie es weiter gehen soll."

Fernando unterdrückte ein Grinsen. „Ja soll es denn wirklich weitergehen?"

Javier fuhr auf. „Was für eine Frage! Ich liebe diese Frau und das für immer, für den Rest meines Lebens."

„Na also", foppte Fernando weiter, wurde dann aber ernst. „Es hat dich erwischt, eindeutig, und ich freue mich für euch. Alles Weitere wird sich finden und regeln lassen."

„Ja, wie denn?"

Fernando nahm die Auffahrt zur Umfahrungsstraße von Arrecife und fädelte sich in den dichter werdenden Verkehr ein. Sie befanden sich nun sogar auf einer richtigen Autobahn, und er brauchte
alle Aufmerksamkeit für die Fahrt.

Nach zehn Minuten erreichten sie die Ausfahrt von Tías und
steuerten direkt den Baumarkt an. Fernando fuhr auf den Parkplatz
und stellte den Motor ab.

„So", sagte er. „Bevor wir da hineingehen, noch die Antwort
auf deine Frage: „María wird sich scheiden lassen müssen. – Dieser
Mann, dieser Emilio, scheint mir eine sehr undurchsichtige, frag-
würdige Figur zu sein. Es könnte nichts schaden, wenn ich da einmal etwas nachforsche. Er ist der bekannte Besitzer einer stattlichen
Finca, aber mich kennt er nicht. Das ist eine gute Gelegenheit, mehr
zu erfahren."

„Du willst mit ihm reden?", fragte Javier besorgt.

Fernando grinste. „Keine Sorge, er wird den eigentlichen Grund
nicht erfahren."

„Na, dann bin ich ja beruhigt", meinte Javier ironisch. „Ich bin
ja sowieso komplett von der Rolle und nur noch tauglich, eine Kaffeemaschine zu besorgen."

Fernando winkte ab. „Nicht so pessimistisch mein Lieber. Du
wirst noch gebraucht. Du hast noch genug mit dem Mord an der
Journalistin zu tun. – Hast du schon Bescheid über die Suche nach
dem schwarzen Wagen?"

„Wie auch?", entgegnete Javier. „Bayardo hat die Anfrage wei-
tergeleitet, aber dort in Arrecife machen die alle ein langes Wochenende. Wir müssen warten."

Der Frust war seinem Freund deutlich anzumerken. Javier war
mit seiner neuen Position alles andere als glücklich. Vielleicht war
die Versetzung nach Haría doch ein Fehler gewesen. Der Mann
musste sich fühlen, wie wenn er strafversetzt worden wäre. Die Beförderung zum Comisario half dabei überhaupt nicht. Fernando
überlegte. Javier brauchte ein Zuhause. Die Wohnung im Revier
war wirklich auf lange Zeit kein Zustand. Er musste wieder in die
Mitte der Gemeinde kommen, nur dann konnte er in Haría endlich
Fuß fassen. Er musste mit Ilona reden. Diese war in solch prakti-

schen Angelegenheiten bewandert und wusste vielleicht eine Lösung.

Eine Kaffeemaschine! Die beiden Männer standen ratlos vor dem Angebot und hatten keine Ahnung, was sie wollten. Auch der beratende Angestellte schien nur Tee zu trinken.

„Komm, lass uns hier verschwinden", sagte Fernando. „Ich denke, Tante Amara weiß besser Bescheid. Das ist ja, wie wenn die Zubereitung eines Kaffees eine nukleare Wissenschaft wäre."

Der Sonntagvormittag zeigte sich von seiner besten Seite. Als sie aus dem Baumarkt traten, empfing sie die strahlend blendende Sonne. Im Inneren des Wagens war es aber bereits unangenehm heiß. Mit weit geöffneten Scheiben schafften sie die Fahrt durch das langgezogene Dorf in wenigen Minuten. Lokale und Geschäfte reihten sich entlang der Straße. Alles, außer dem großen Supermercado 'Hiper Dino' war geschlossen. An einem großen Platz stand eine stattliche Kirche mit offener Tür.

„Tante Amara geht normalerweise zur Frühmesse", sagte Fernando. „Sie müsste aber längst zurück sein."

Kurz vor dem westlichen Ende der Ortschaft, bog Fernando links ab und erreichte die kleine Calle Drago. Dort wohnte die Tante seit er denken konnte.

Sie empfing die beiden Männer mit einem freundlichen Willkommen, geleitete sie ins Wohnzimmer, räumte den Tisch frei und bat sie, sich zu setzen. Der Raum war eher klein und düster. Sie hatte die Fensterläden geschlossen, um die Mittagshitze draußen zu halten. Sie holte eine Karaffe Wasser aus der Küche, ordnete die Gläser und gesellte sich zu ihrem Besuch.

„¡Qué alegría!", freute sich die alte Dame. „Auch der Señor Comisario aus Haría hat den Weg zu meinem Haus gefunden."

„Ich bin doch der Javier", stellte der Gast richtig. „Sie erinnern sich doch, Señora. Ich war lange in Tías stationiert. Und den Comisario, den lassen Sie bitte weg."

„Aber sicher doch", erklärte Amara lächelnd. „Mein Junge war oft genug bei ihnen im Rathaus. Es waren schöne Zeiten."

Ein Schatten flog über Javiers Gesicht. Ja, er hatte sich hier wohl gefühlt und wünschte sich, er wäre nie weggezogen. Das Revier von Tías lag tatsächlich gleich hinter dem Rathaus. Es war zentral gelegen, mitten drin. Sie hatten herrliche Zeiten gehabt, aber auch manch schwierige Fälle. Sie hatten zusammen schlaflose Nächte durchgestanden und schreckliche Gefahren erlebt. Selbst Fernandos Familie war dabei nur knapp einer Katastrophe entkommen. Aber alles in allem hatten sie zusammengehalten, und es hatte auch viele fröhliche Stunden gegeben.

Es folgte ein Wort dem anderen, und bald waren sie in einem heftigen Disput verstrickt, was denn jetzt die richtige Kaffeemaschine für das Revier in Haría wäre, und wieso die Ferretería im Ort ihre Kunden nicht besser berate. Tía Amara wusste aber Bescheid. Sie stöberte alte Kataloge hervor und zeigte ihnen, was ein richtiges Polizeirevier unbedingt haben musste. Die von Philipps war die Richtige, mit zwei Ausgüssen, Mahlwerk und natürlich in rot.

Kapitel 19

Ein Geräusch schreckte sie hoch. Was war das? Hatte sie schlecht geträumt, oder war jemand da und hatte die Türe zugeschlagen? María horchte angestrengt in die Dunkelheit. – Wie spät war es? Verwirrt setzte sie sich auf, und plötzlich war da erneut ein Knall und Knistern. Dann bemerkte sie auch den Rauchgeruch. Es brennt, fuhr es ihr durch den Kopf.

In aufkommender Panik sprang sie auf, warf sich den Morgenmantel um die Schulter und rannte aus dem Zimmer. Erleichtert bemerkte sie, dass das Haus nicht in Flammen stand, aber irgendwo brannte es.

Sie rannte in den hinteren Trakt, wo sich ihr Mann seit langem eingerichtet hatte und hämmerte mit den Fäusten gegen die Tür.

„Emilio!", schrie sie. „Emilio, wach auf! Es brennt!"

Es dauerte, bis er endlich öffnete und fragend hinausblickte.

„Es brennt!", widerholte María atemlos. „Wir müssen hinaus! Ruf die Feuerwehr!"

Draußen auf dem Hof schlug ihnen beißender Brandgeruch entgegen, und ein loderndes Feuer schlug ihnen entgegen. Emilio fummelte mit dem Handy, und María schrie entsetzt: „Mein Gott! Der Schuppen steht in Flammen!"

„Sie kommen", sagte Emilio. „Hoffen wir, dass das Feuer nicht auf das Haus übergreift. Die sollten sich beeilen." Dann blickte er auf seine Frau und meinte: „Geh, und zieh dir was an."

Verwirrt bemerkte sie, dass sie barfuß und im leichten Morgenmantel dastand. Sie fröstelte. Schnell eilte sie zurück in ihr Zimmer und schlüpfte in Jeans, Sweater und Schuhe.

Die Feuerwehr ließ auf sich warten, und als sie endlich mit Blaulicht und Sirene eintraf, war der Schuppen nicht mehr zu retten. Krachend war der Dachstuhl eingebrochen, Funken flogen in alle Richtungen, so dass die Männer sich darauf beschränkten, mit ihren Spritzen, das Wohnhaus zu schützen.

Der Kommandant stand mit Emilio etwas abseits und schüttelte den Kopf. „Da ist nichts mehr zu retten", sagte er. „Auch das Auto wird ein Totalschaden sein. War das deines?"

Emilio nickte. „Ja, aber das kann man alles ersetzen. Wenigstens sind weder Menschen noch Tiere zu Schaden gekommen."

„Ja, so scheint es. Du solltest aber trotzdem schnellstens die Versicherung anrufen."

„Muss das sein?", brummte Emilio.

Der Kommandant, ein eher kleiner Mann, an dem seine Uniformjacke eher eine Nummer zu groß wirkte, sagte erstaunt: „Aber natürlich, die werden den Brand untersuchen, und wenn alles in Ordnung ist, den Versicherungswert freigeben.

„Gut, wenn das so ist, werde ich sie anrufen", meinte Emilio.

María stand verloren vor der Tür und beobachtete, wie die Männer die Schläuche einrollten und ihre Geräte wieder auf die roten Fahrzeuge verstauten. Der Einsatz hatte rund zwei Stunden gedauert. Die Feuerwehr würde in Kürze abziehen. Ein einzelner Wagen blieb zurück, für die beiden Männer, die zur Brandwache abkommandiert waren.

Im Osten über dem Meer entstanden schwache helle Streifen, breiteten sich aus und kündeten den neuen Tag an. Ein herrliches Bild, wenn da nicht die schwelenden Überreste des Schuppens und der beißende Geruch nach Feuer und Asche gewesen wären. María zog sich in die Küche zurück und machte frischen Kaffee. Sicher würden die zurückgebliebenen Männer eine Tasse schätzen.

Emilio kam durch die Tür und verlangte ihre Autoschlüssel. „Ich muss los", sagte er mürrisch. „Meine Karre ist ja jetzt hin. Ich nehm' deinen."

Zögernd übergab sie ihm den Schlüssel, wohlwissend, dass sie selber nun gestrandet war.

Sie folgte ihm, zwei Kaffeetassen balancierend, hinaus auf den Hof. Die beiden Feuerwehrmänner nahmen das heiße Getränk dankbar an und kauerten sich, etwas Schutz suchend, gegen die Hauswand. Bei Tagesanbruch war es empfindlich kalt geworden, und es würde noch eine Weile dauern, bis die Sonne etwas Wärme spenden konnte. Die drei Zurückgebliebenen schauten dem Davonfahrenden leicht verwundert nach. Auch María fragte sich, was Emilio jetzt in aller Früh vorhatte und wohin er wollte. Tatsächlich war sein Wagen zerstört. Die schwarzen Überreste und Gerippe waren nur allzu deutlich zu sehen. – Warum nur stand das Auto im Schuppen? Das war ungewöhnlich. Normalerweise war Emilio doch viel zu bequem und ließ seinen Toyota einfach im Hof stehen. Er musste das Auto, gestern spät noch, dort eingestellt haben.

Nachdenklich wandte sie sich wieder dem Haus zu, als ihr plötzlich die Ziegen einfielen. Himmel! Warum hatte sie nicht früher daran gedacht. Die Tiere mussten in Angst und Panik sein und waren vielleicht sogar ausgebrochen. Da der Pferch aber hinter dem Haus bei den anderen Schuppen lag, war dem aber nicht so. Die Tiere waren unruhig, aber nicht in Panik.

María leerte das mitgebrachte Futter aus dem Eimer in den Trog und warf ein paar leider schon recht verwelkte Zweige über den Zaun. Grünfutter war hier Mangelware, aber die Ziegen waren genügsam und gediehen prächtig. Gelegentlich wurden sie mit grünen Abfällen des Gemüsebaus verwöhnt. Jetzt rauften sie sich aber um den besten Platz am Trog, schupsten und stießen ungeduldig.

„Ja ja, ihr werdet alle satt", redete sie den Tieren zu und beobachtete ihr Treiben glücklich.

Die Ziegen waren das Einzige, was sie sich nicht nehmen ließ. Emilio war ein Ackerbauer und hielt nichts von Tierhaltung. Nicht einmal einen Hund duldete er, was für Lanzarote recht ungewöhnlich war, denn die Landwirte hielten sich hier oft mehrere meist aufsässige Hunde.

Zurück im Haus streifte sie unruhig durch die Räume. Sie fühlte sich jeglicher Heimat entrissen. Dieses Haus gehörte Emilio. Es war zweckmäßig, aber lieblos eingerichtet. Immer wieder stellte sie sich die Frage wie es kommen konnte, dass sie ihre eigenen Wünsche und Bedürfnisse von allem Anfang an erbarmungslos zurückstellen musste. Sie starrte an die Wände vor ihr, wo ein paar Fotografien der Finca hingen, schmucklos und schwarzweiß. Blumen waren unnötige Wasserverbraucher und welkten sowieso nach kurzer Zeit. Es fühlte sich an, wie wenn auch sie selber zu den nicht unbedingt notwendigen Verbrauchern gehörte.

Wie hatte sie so blind sein können, als sie damals ihr Jawort gab? Lockte vielleicht die große Finca und der erfolgreiche allseits bekannte Gutsherr, der durchaus charmant sein konnte? Ja damals, da war sie noch jung und sah eine große herrliche Zukunft zu ihren Füssen liegen.

María Moreno war im kleinen Dorf El Mojón aufgewachsen und hatte die katholische Mädchenschule in Teguise besucht. Sie erinnerte sich noch gut an die steifen Regeln unter den Fittichen der Nonnen. Sie hatte sich bemüht und war dadurch immer unauffällig und mittelmäßig gewesen. Klaglos absolvierte sie den weiten Schulweg, erledigte pflichtbewusst ihre Hausaufgaben und half der Mutter im Haushalt. Heute wünschte sie sich, sie hätte wenigstens einmal rebelliert, so wie der kleine Bruder Miguel, und wäre nicht so normal und brav geblieben. So aber war sie das Vorzeigekind ihrer Eltern, und als der Grossbauer Rodríguez um ihre Hand anhielt, war es wie wenn sie das große Los gezogen hätte. – Was davon übrig geblieben war, das lag jetzt unübersehbar vor ihr.

Dieses eine Mal würde sie aber rebellieren und ihren Weg gehen. Das schwor sie sich, und mit Javier würde sie endlich glücklich werden.

Gerade als sie auf dem Handy seine Nummer suchte, ertönten von draußen die Geräusche von Motoren. Sie unterbrach ihr Vorhaben, spähte durch das Fenster und entdeckte zwei Wagen. Drei Männer stiegen aus und holten eine Fotoausrüstung und mehrere andere Geräte aus dem Kofferraum. Brandermittler der Versicherung, durchfuhr es sie. Die waren aber schnell.

Als sie hinaustrat, verabschiedeten sich eben die beiden Feuerwehrleute, stiegen ein und fuhren weg. Die Ermittler machten sich an ihre Arbeit.

Einer der Männer drehte sich, als er María entdeckte, um und kam auf sie zu. „Ich nehme an, Sie sind die Señora dieser Finca. Wo ist ihr Mann? Wir haben ein paar Fragen an ihn.“

„Mein Mann ist weggefahren“, antwortete María. „Kann ich ihnen helfen? Mein Name ist María Rodríguez. Und wer sind Sie?“

„Inspector José Delgado von der ‘Seguro‘. Wir müssen die Brandursache ermitteln. Bitte halten Sie sich zur Verfügung. Brandstiftung ist nicht auszuschließen.“

Konsterniert wandte sich María ab. Was bildete sich dieser Kerl ein? Sie war doch keine verdächtigte Verbrecherin, die man zum Verhör einbestellte, und warum ließ sie Emilio in dieser Situation allein?

Plötzlich tauchte ein weiterer Wagen in der Zufahrt auf. Noch mehr Ärger, dachte sie. Das Gefährt zuckelte langsam über die Schlaglöcher, und María erkannte den alten Skoda von Comisario Fernando.

Als er endlich aus dem Wagen kletterte, eilte sie ihm erleichtert entgegen und wäre ihm beinahe in die Arme gefallen.

„Fernando!“, stammelte sie. „Der Herrgott hat dich geschickt. Hier ist die Hölle los.“

Er hielt die zitternde schlanke Gestalt eine Armlänge von sich und brummte: „Tatsächlich hier sieht’s aus wie in der Hölle. Was ist denn passiert? – Dumme Frage, gebrannt hat’s natürlich.“

María schluckte leer. „Ja, der Schuppen ist niedergebrannt, aber die Kerle benehmen sich, wie wenn ich eigenhändig die ganze Stadt abgefackelt hätte.“

„Bitte María, beruhige dich“, sagte Fernando. „So schnell geht das nicht. Die tun einfach ihre Pflicht. – Aber jetzt erzähle!“

Sie führte ihren Gast ins Wohnzimmer und bot ihm einen Stuhl an. Dann beschäftigte sie sich mit der Kaffeemaschine, während sie berichtete.

„Es war so gegen zwei Uhr, als ich aufwachte und den Brand entdeckte. Emilio rief dann die Feuerwehr. Aber der Schuppen war nicht mehr zu retten.“

„Wo ist denn dein Mann jetzt?“, erkundigte sich Fernando. „Eigentlich möchte ich mit ihm sprechen.“

„Er ist weggefahren", antwortete María. „Er hat mein Auto genommen."

„Wie das?", entfuhr es Fernando. „Er lässt dich einfach allein zurück und nimmt sogar dein Auto."

„Seines ist ja verbrannt. Er musste dringend weg."

Fernando grunzte wütend. „Verflucht, der haut einfach ab und lässt dich im brennenden Haus allein. Hat der noch alle…"

María stellte zwei dampfende Tassen auf den Tisch und setzte sich dazu. „Nein, ganz so war es nicht. Die Feuerwehr war ja da und der Brand bereits gelöscht. Allerdings von seinem Toyota war nur noch ein Geripppe übrig. Er bat mich um die Schlüssel."

„Trotzdem, das war unverantwortlich und egoistisch", brummte Fernando. „So ein Brand kann lange weiter schwelen und weitreichende Folgen mit sich bringen. Die Männer da draußen sind nicht ohne Grund hier."

„Die sind von der Versicherung und wollen die Brandursache finden. Die benehmen sich gerade so, wie wenn ich den Schuppen angezündet hätte."

„Komisch, dass die so schnell da sind", überlegte Fernando. „Haben die denn einen Verdacht?"

María seufzte. „Woher soll ich das wissen?"

Fernando blickte durch das Fenster und brummte: „Die sind gründlich. – Ich geh' mal hinaus und erkundige mich."

Er nahm noch einen kräftigen Schluck Kaffee und ging dann durch die Tür in den Hof hinaus. María beobachtete ihn, wie er vor der Brandruine stehen blieb und mit einem der Männer sprach. Dieser deutete erregt auf das Wrack und führte Fernando um die rauchenden Trümmer.

Später schien ein heftiger Disput entstanden zu sein, denn die Männer umstanden Fernando und redeten auf ihn ein. Mit ernster Miene kehrte er zurück zum Haus. Fluchend trat er die Türe zu und warf sich auf den Stuhl. María wartete verängstigt.

„Die Kerle sind verrückt!", wetterte Fernando. „Die behaupten, es sei Brandstiftung, mit Benzin als Beschleuniger. Die wollen eine Hausdurchsuchung machen, aber das habe ich untersagt. Ohne gerichtliche Befugnis geht das gar nicht."

„Brandstiftung!“, rief María entsetzt. „Wer um alles in der Welt sollte unseren Schuppen abfackeln? Das ist doch absurd. Wir wohnen hier im Niemandsland, weit und breit ist keiner, der uns so etwas antun wollte. Warum denn auch?“

„Für solche Antworten brauchen wir natürlich deinen Mann“, stellte Fernando etwas ruhiger fest. „Es ist absolut unverständlich, dass der nicht hier ist. Er müsste diese Fragen beantworten, schon gar nicht du. – Habt ihr vielleicht tatsächlich irgendwo Kanister mit Benzin lagern?“

María zauderte. „Ich denke, dass Emilio irgendwo einen Vorrat hält, denn die Geräte und Maschinen werden auf einem Bauernhof wohl meistens mit Motoren betrieben. Das ist doch normal. – Aber es kann doch niemand im Ernst glauben, wir würden unseren eigenen Schuppen anzünden.“

„Na ja, wenn es sich herausstellt, dass es Brandstiftung war, dann ist der Besitzer natürlich der Erste, der in Verdacht gerät“, meinte Fernando. „Versicherungsbetrug ist ein sehr häufiges Motiv. Ist die Finca in finanziellen Schwierigkeiten? Hat sich denn Emilio in letzter Zeit auffällig verhalten?“

„Landwirtschaft ist auf Lanzarote kein gutes Geschäft mehr. Das ist doch offensichtlich“, entgegnete María. „Aber von Geldproblemen weiß ich nichts. Emilio ist da äußerst verschlossen.“

„Läuft den bei euch alles in normalen Bahnen?“, forschte Fernando weiter, bedauerte aber die Frage sofort. Er wusste ja von ihrer Liebesbeziehung mit seinem Freund.

„Was ist denn schon normal?“, entgegnete sie mit einem scheuen Lächeln. „Emilio lebt sein eigenes Leben. Er ist oft weg, auch nachts, und ich habe keine Ahnung wo er ist. Ich muss wohl annehmen, dass er irgendwo eine Affäre hat.“

Fernando schwieg. Die Situation schien ihm völlig verfahren. Wie konnten zwei Menschen derart nebeneinander her leben. Wie konnte der Kerl seine Frau derart vernachlässigen? Selbst das Vieh bekam scheinbar mehr Aufmerksamkeit. – Doch nein, der hatte nicht einmal das, er war ja ein Ackerbauer. Und jetzt kam auch noch dieses Feuer hinzu. Eine vorsätzliche Brandstiftung war durchaus wahrscheinlich. Die Experten ließen sich da nicht so schnell täuschen. Ein böser Verdacht keimte in ihm auf und ließ sich nicht vertreiben. Musste dieses Auto, es schien ein SUV gewesen sein, vorsätzlich im Schuppen verbrennen?

Er wollte María nicht weiter bedrängen, aber die Frage war unumgänglich: „Wohin ist denn Emilio heute gefahren?"

„Ich sagte ja schon, ich weiß es nicht", antwortete sie verstört. „Er nahm meinen Schlüssel und fuhr einfach weg."

„Wo war er denn letzte Nacht?"

„In seinem Zimmer", sagte sie. „Als ich Alarm schlug, kam er aus dem hinteren Raum, wo er seit langem schläft."

Fernando nickte. „Du bist dir also nicht sicher, ob er die Nacht dort verbracht hat?"

Sie zögerte. „Nein, er kam angekleidet heraus. – Das war schon etwas ungewöhnlich, mitten in der Nacht. Aber nochmals, ich weiß es nicht."

„Schon gut", beruhigte Fernando. „Du brauchst deinen Mann auch nicht zu belasten. Das ist auch vor Gericht nicht zwingend."

María schwieg betreten.

„Bitte entschuldige mich", fuhr Fernando fort. „Ich möchte nochmals mit den Brandermittlern sprechen. Ich bin gleich wieder zurück."

Er trat erneut in den Hof hinaus und ging auf die Brandstelle zu. Beißender Geruch stieg ihm in die Nase. Die Männer hatten die verkohlten Trümmer vom verbrannten Auto weggeräumt und beschäftigten sich mit dem Inneren des Wracks.

„Was ist jetzt?", fuhr er den ersten Mann ziemlich unhöflich an. „Haben Sie etwas herausgefunden?"

„Es ist eindeutig, Señor Comisario", sagte dieser mit fester Stimme. „Das Feuer wurde absichtlich gelegt. Spuren von einem Brandbeschleuniger bestätigen diese Annahme. Es handelte sich um Benzin."

„Hm…", brummte Fernando. „Dann werden Sie einen entsprechenden Bericht verfassen und weiterleiten. – Bitte entschuldigen Sie, ich habe ihren Namen nicht mitbekommen."

„José Delgado", stellte sich der Mann vor. „Wir sind für die Gebäudeversicherung 'Seguro' hier."

„Natürlich, Sie tun ihre Pflicht", sagte Fernando. „Vermutlich kommt es auch zu einer Strafanzeige."

„Ja, in so einem Fall bestimmt", betätigte Delgado. „Das ist keine Bagatelle, der Toyota SUV ist ein teures Auto, und auch der Schuppen ist ein Totalschaden. Die Versicherung wird sich weigern zu zahlen."

„Dieses Auto?", erkundigte sich Fernando. „Können Sie es genauer bestimmen? Typ, Farbe, etc."

„Es ist definitiv ein Toyota Land Cruiser V8", antwortete Delgado. „Die Farbe kann man erst nach der Untersuchung im Labor genau bestimmen. – Für mich ist es Schwarz."

Fernando bedankte sich und eilte zurück ins Haus. Dort wartete María nervös und sichtlich erschöpft. Der Comisario brachte einen Schwall Brandgeruch ins Haus. Wie dunkle Wolkenfetzen legten sich die Sorgen auf ihre Seele. Es roch wie Pech und Schwefel, und der Gedanke an die Hölle war nicht weit hergeholt.

„Was meinen die Inspektoren?", flüsterte sie.

Fernando ließ sich Zeit. Er tigerte im Wohnraum hin und her und überlegte angestrengt. Handelte es sich tatsächlich um das Fahrzeug, welches in Órzola gesehen wurde? Wenn dem so war, dann war Emilio in hohem Grade tatverdächtig. Wollte er durch den Brand die Spuren seiner Tat beseitigen? War er der Mörder von Elenora Lopez? Seine überstürzte Flucht bestärkte diese Annahme noch.

Der Gedanke, dieser bemitleidenswerten Frau, die bleich und fragend am Tische saß, mitteilen zu müssen, dass ihr Mann ein Mörder sein könnte, war mehr als quälend. Er sah sie, wie sie noch vor kurzem glücklich zusammensaßen, und wie sie verliebt seinen Freund Javier anstrahlte. Dieses Glück durfte nicht zerstört werden. Aber war es denn nicht so, dass sie schon lange an ihrer Beziehung zu Emilio zweifelte, und dass sie deshalb auch ihre eigenen Schlüsse ziehen würde. Es half nichts, die Wahrheit war brutal, aber besser als Lügen und Verheimlichungen, die irgendwann doch aufflogen.

„María", begann er sachte. „Du sollst wissen, dass wir immer für dich da sind. Wir werden dir helfen, und ganz besonders Javier wird dich beschützen. Du bist also nicht allein."

„Danke Fernando", sagte María und richtete sich auf. „Danke euch allen, aber jetzt lass uns den Tatsachen ins Auge blicken. Da ist etwas mit Emilio, nicht wahr."

Fernando nickte. „Tatsächlich ist es naheliegend, dass der dort draußen verbrannte Toyota das Fahrzeug ist, welches bei der Ermordung von Elenora Lopez, der Journalistin die im Kakteengarten bei Mala gefunden wurde, benutzt wurde. Der Verdacht, dass Emilio durch den Brand die Spuren der Tat beseitigen wollte, liegt nahe."

María schlug sich die Hände vors Gesicht und flüsterte: „Oh Gott, mein Mann, ein Mörder!"

„Noch ist nichts bewiesen", wandte Fernando schnell ein. „Die Indizien und Hinweise sprechen dafür, aber vielleicht gibt es eine ganz harmlose Erklärung. Emilio sollte sich unverzüglich stellen, denn durch eine Flucht macht er die Sache nicht besser."

„Aber warum?", stöhnte María.

„Das wissen wir tatsächlich nicht", antwortete Fernando.

Auch er stellte sich diese Frage sofort und versuchte sich im Geiste vorzustellen, was für ein Motiv dieser geachtete, bekannte Landwirt denn haben könnte. Hatte er bereits bei der Quelle Chafarís auf sie geschossen und beendete dann sein Vorhaben irgendwo hinter Órzola? War er, der vermutlich oft fremde Beziehungen hatte, von der Journalistin abgewiesen worden und hatte sie im Streit getötet? Hatte sie seine krummen Geschäfte entdeckt und war zum Schweigen gebracht worden? Steckten finanzielle Gründe hinter der Tat?

All diese Fragen waren jetzt auf die Schnelle nicht zu beantworten. Er würde sich mit Javier besprechen, und wenn sie Glück hätten, würde sich der Verdächtige stellen und alles erklären.

In seinem Kopf wollte sich aber eine einfache Erledigung der Ereignisse nicht richtig einstellen. Die Situation war verworren, aber er musste etwas tun. Die Mannschaft der Brandermittler war inzwischen abgezogen, und Ruhe war eingekehrt. Einzig die verkohlten schwarzen Trümmer erinnerten an das Feuer.

„Was geschieht jetzt?", fragte María leise.

„Du kannst auf keinen Fall hier bleiben", entschied Fernando. „Ich rufe Ilona an."

„Aber ich kann nicht weg", wehrte sich María. „Die Ziegen."

Fernando winkte ab. „Du erwähntest doch einen jungen Mann, der zum Melken kommt. Der muss das übernehmen."

Ilona war wie gewohnt um diese Zeit, es war inzwischen Mittag geworden, im 'La Tegala'. Montag war der Putz- und Aufräumtag. Sie nahm nach dem zweiten Läuten ab.

„Sociedad 'La Tegala'. Buenas tardes!"

„Ilona, ich bin's, Fernando", rief er in sein Handy. „Wir haben ein Problem hier."

Perlendes Lachen ertönte. „Ha, wann hast du denn keine Probleme, mein Lieber?"

„Es ist ernst", entgegnete er. „Wir müssen María irgendwo unterbringen. Sie ist in Gefahr."

„Die Gefahr kenne ich", alberte Ilona weiter. „Verliebtheit ist immer gefährlich. Javier wird sie sicher beschützen."

„Hör' auf damit", knurrte Fernando. „Sie braucht eine Unterkunft und ich dachte dort im Tegala…"

Endlich bemerkte Ilona den Ernst der Lage. „Fernando, entschuldige. Was ist denn geschehen? Natürlich haben wir einen Platz für María."

Fernando seufzte erleichtert. „Danke meine Liebe. Ich erzähl dir dann alles, wenn wir da sind."

Kapitel 20

Der größte Golfplatz von Lanzarote liegt oberhalb von Puerto del Carmen, entlang dem Camino Lomo Gordo. Er hat eine leichte Neigung hinunter zur Küste, was einen grandiosen Ausblick über das Meer, und an schönen Tagen bis hinüber zur Nachbarinsel Fuerteventura, erlaubt. Auf rund 40 ha gibt es achtzehn Löcher, je für Herren und Damen. Ein gut geführtes Restaurant mit dem illusteren Namen 'La Honorable' befindet sich im weiß leuchtenden modernen Clubgebäude.

Emilio stellte das Auto auf den fast leeren Parkplatz und stieg aus. Um diese Zeit am Vormittag waren nur wenige Gäste auf dem Platz, aber er wusste, dass Estbano in der Regel jeden Montag seine paar Löcher spielte. Er hatte sich nicht getäuscht, denn am Empfang bestätigte man, dass sich der Herr eben an der Bar einen Kaffee gönne.

Estbanos erstaunter und verärgerter Blick verhieß nichts Gutes, als Emilio sich dem Präsidenten der Firma 'Aguaisla' näherte. Der Mann war in blendendes Weiß gekleidet und hatte die Mütze mit der Aufschrift 'Best Golf' neben sich auf der Theke liegen.

„Hola Manuel!", begrüßte Emilio den Mann mutig und trat an die Bar.

„Was willst du hier?", zischte Estbano böse. „Es war ausgemacht, dass wir uns nicht in der Öffentlichkeit treffen. Verschwinde!"

„Hier ist doch niemand", brummte Emilio. „Außerdem lasse ich mich nicht weiter herumkommandieren. Ich habe deine Angelegenheiten erledigt, jetzt bist du dran."

„Du hast sie gründlich vermasselt", entgegnete Estbano. „Aber hier können wir nicht reden."

Er winkte einem näherkommenden Kellner energisch ab und rutschte vom Stuhl. Der Kaffee blieb unberührt zurück.

„In einer halben Stunde, an der Driving-Range drüben", befahl er, setzte seine Kappe auf und ließ Emilio stehen.

Emilio unterdrückte einen Fluch. So war das immer wieder. Diese arroganten Angeber glaubten, sie könnten andere wie blöde Bauerntölpel behandeln. Aber der würde schon noch merken, wie der Wind stand.

Unweit, gleich hinter dem Parkplatz, lag ein großes, abschüssiges Gelände. Es war völlig kahl und sichtbar von Geröll und Gestein befreit. In verschiedenen Abständen standen dort Tafeln und Tore, vermutlich als Distanzangaben. Oben, durch kleine Wände voneinander abgetrennt, lagen Matten in einer langen Reihe. Hier konnten die Spieler ungehindert ihre Abschlagtechnik üben.

Die Anlage lag völlig verweist da, als Emilio sich näherte. Zwischen großen Oleanderbüschen stand ein Container, wo wohl die Bälle und Geräte verstaut wurden. Er setzte sich auf eine niedrige Mauer und wartete. Was sollte diese blöde Geheimnistuerei? Aber ihm sollte es recht sein. – Hatte der Kerl sich etwa aus dem Staube gemacht?

Eine Viertelstunde später, Emilio wollte schon frustriert aufgeben, erschien Estbano doch noch. Er brachte einen Korb Bälle und einen Schläger mit. Er wählte ausführlich seine Position und begann mit den ersten Schlägen.

Emilio trat hinzu und blaffte: „Sind wir nun hier zum Spielen oder zum Reden?"

„Dann sag was du zu sagen hast, oder verschwinde!", entgegnete Estbano grob, bückte sich und brachte umständlich einen weiteren Ball in Position.

„Ich brauche Geld", sagte Emilio. „Du schuldest mir viel Geld. So steht es."

Mit einem kräftigen Schlag trieb Estbano den Ball in die Weite. Er segelte irgendwo an den Rand des Geländes und verriet, dass die Konzentration kläglich versagt hatte.

„Du bist wohl nicht ganz bei Sinnen", sagte der gestörte Spieler verärgert. „Du hast alles vermasselt, und jetzt willst du mich auch noch erpressen. Ich kann's nicht glauben."

„Das sehe ich anders", meinte Emilio. „Mir ist nichts nachzuweisen. Dafür habe ich gesorgt. Aber du stehst, wenn ich rede, nackt da. Deine Geschäfte lösen sich in Luft auf, und du bist am Ende. Es ist also absolut in deinem Sinn, dass du mir hilfst. Nenn es einfach eine besondere Vergütung. Ich will achthunderttausend."

Estbano hob zornig den Schläger. Er war hochrot am Kopf und keuchte. „Du mieses Schwein!"

Dann ließ er das Eisen sinken und drehte sich weg. Er brauchte einen Moment, um sich klar zu machen, dass eine Gewalttat seine Situation nicht verbessern würde. Dieser verfluchte Bauer hatte ihn in der Hand. Wenn's drauf und dran kam, waren sie beide geliefert. Seine ganze Zukunft wäre zerstört.

„So viel habe ich nicht", schnaubte er. „Du bist verrückt."

Emilio drohte: „Du hast keine Wahl. Ich mach' dich fertig. Ich will das Geld, und wie du das anstellst ist deine Sache. Ich will's jetzt."

„Unmöglich", stöhnte Estbano. „Ich bin doch keine Bank. Ich brauche Zeit."

Emilio drehte sich weg. „Du hast bis morgen mittags. Ich ruf' dich an, wo du es hinbringen sollst."

Damit verschwand er durch die Büsche und war weg. Estbano sank auf die Mauer und stöhnte. Seine Gedanken rasten, und es dauerte einige Zeit, bis er sich aufraffte um zu telefonieren. Später verließ auch er den Ort und ließ die Bälle und den Schläger einfach stehen und liegen.

Emilios Fahrt dauerte kaum zehn Minuten, und als er in die kurze Sackgasse am westlichen Ende von Puerto del Carmen einbog, fühlte er sich großartig. Die Villa 'La Joya' war tatsächlich ein Schmuckstück, aber sie gehörte einem Parteifreund im Landwirtschaftsministerium, dem er vor Jahren einen Dienst erwiesen hatte. Als dieser sich nach Argentinien absetzte, überließ er die Villa seinem Freund zur Betreuung und Benutzung. Niemand wusste von dem Deal, und das kam Emilio gerade recht. Immer wenn er die Schinderei auf dem Bauernhof satt hatte, zog er sich hierher zurück und genoss die verdiente Freiheit. Dazu gehörte auch häufiger Damenbesuch. In der Touristenhochburg von Puerto del Carmen war das ein Leichtes, und er hatte da so seine Beziehungen. Die ausländischen Urlauberinnen waren für ein Ferienabenteuer immer zu haben, und Emilio verwöhnte gerne hübsche und junge Frauen.

Er hielt kurz vor dem automatischen Garagentor, betätigte die Fernbedienung, und das ungewohnte Auto seiner Frau verschwand unbeachtet im Inneren. María, die dumme Gans, die hatte keine Ahnung.

Hinter dem Tor und der weißen Mauer lag, stufenförmig hinunter zum Pool, der Garten. Die Rabatten waren eher karg mit Sukkulenten und stacheligen Sträuchern bepflanzt. Dazwischen war der Boden mit schwarzem Lapilli bedeckt. Eine an der Wand hochkletternde Bougainvillea blühte leuchtend rot und gab damit der Anlage etwas aufmunternde Farbe. Offensichtlich arbeitete hier seit längerem kein Gärtner mehr, so dass Laub und Blüten unordentlich verstreut herumlagen. Das störte Emilio aber nicht. Als er die Stufen hinunter zum Haus ging, wurde er von einer schlanken Blondine empfangen. Sie war fast so groß wie er. Das gefiel ihm und die blonden langen Haare ebenso.

Sie fiel ihm in die Arme. „Emanuel!", rief sie fröhlich. „Schön, dich zu sehen."

„¡Hola Chica!" Dann erinnerte er sich an den Namen. „Lilja, schön dass du noch da bist. Ich hatte Sehnsucht nach dir."

Das war nun wirklich nicht weit hergeholt, denn in ihrem knappen Bikini sah Lilja bezaubernd und sexy aus.

„Liebster Manu, möchtest du zuerst etwas trinken? Ich habe Eistee bei der Liege am Pool."

Sie sprach in einem holprigen Englisch, denn ihre Muttersprache war Schwedisch, und Spanisch verstand sie überhaupt nicht. Sie kam aus Stockholm und verbrachte ihren Jahresurlaub auf Lanzarote. Eigentlich müsste dieser längst abgelaufen sein, aber was kümmerte ihn das.

Er lachte. Der neue Name 'Emanuel' oder 'Manu', wie sie ihn nannte, war etwas ungewohnt, aber notwendig. Es brauchte ja nicht jeder zu wissen, wer er war und woher er kam.

„Danke, aber ich glaube ich finde drinnen etwas Stärkeres. Kommst du?"

Der Wohnraum hatte große Fenster direkt auf das Meer hinaus. Es brandete heute, unterhalb der schwarzen Klippen, harmlos gegen das Ufer, konnte aber auch, je nach Wetter, wilde Wasserfontänen hochspritzen lassen. Die Aussicht war phantastisch. Links erstreckte sich der kleine Hafen mit den vielen Booten, und auf der anderen Seite sah man die Ajaches Berge in allen Farbtönen leuchten. Weit in der Ferne schwebte die Insel Fuerteventura wie ein geheimnisvoller Scherenschnitt über dem Meer.

Emilio kümmerte die herrliche Aussicht aber wenig. Er hatte nur Augen für die verführerische Frau und hätte sie am liebsten ohne Rücksicht ins Schlafzimmer gezerrt. Sie hatte sich einen hauchdünnen Schal übergeworfen und lag nun, einer Göttin gleich, auf dem modernen elfenbeinfarbenen Sofa.

Er schenkte sich, aus der Karaffe, eine gute Portion Whisky ein und setzte sich neben sie. Dass er ihr dabei nichts anbot, übersah er bedenkenlos.

Sie schmiegte sich an ihn und flüsterte: „Liebster, ich habe auf dich gewartet. Lass mich nicht zu lange allein. Ich will immer bei dir sein."

Er antwortete: „Mein Engel, für dich lasse ich alles stehen und liegen. Jetzt bin ich bei dir."

Die Frau war der Hammer, aber er ahnte schon, dass sie mehr wollte. Ein luxuriöses Leben an diesem herrlichen Ort, sorglos und wohlhabend, das war natürlich der Traum mancher Frau. Er hatte andere Pläne, aber das musste jetzt, an dieser Stelle, ja nicht erklärt werden. Lilja war hier auf Lanzarote genauso exotisch, wie eine Flamenco-Tänzerin auf den Schären von Schweden. Der selige Rausch der Freiheit und der Urlaubstage, er würde verfliegen, und jede, noch so schöne Frau, wurde einmal älter. Damit wollte er sich aber jetzt nicht den Moment verderben. Er würde sich nehmen, was er begehrte.

„Komm, meine Liebe!", sagte er und zog sie hoch. „Ich bring dich ins Schlafzimmer."

Den Nachmittag verbrachten sie im Bett. Sie war einfach klasse, diese Frau. Sie spielte mit und hatte keine Berührungsängste. Sie übernahm selbst gewagte Verführungen und kam zu ungeahnten Höhepunkten. Sex in der höchsten Erfüllung, mehrmals, mit immer weiter angestachelter Lust. Gegen Abend lagen sie erschöpft auf den Laken und träumten schweigend an die Decke. So ein Erlebnis ließ ihn beinahe schwach werden. Sollte er nachgeben und diese Göttin in sein Leben lassen? – Nein, der Höhepunkt war vorbei, und die Realität sah anders aus, seine Pläne waren andere.

„Wir sollten etwas essen", murmelte er und streckte sich wohlig aus.

Sofort sprang sie auf. „Natürlich, du musst ja völlig ausgehungert sein. Ich mach uns etwas."

„Wir könnten auch etwas kommen lassen", erwiderte er lahm.

„Ach was, ich habe vorgesorgt. Im Kühlschrank liegen ein paar Leckereien. Was meinst du zu Krabben mit Salat und Mayonnaise?"

„Wunderbar! Ich glaube ich habe den passenden Malvasía Wein dazu."

Sie schlüpfte in eine leichte weiße Jeans und eine Bluse. „Steh auf, Faulpelz, und zieh dir etwas an. Ich decke den Tisch draußen auf der Terrasse. Wir können den Sonnenuntergang genießen, und dann habe ich noch etwas Wichtiges auf dem Herzen."

Der Abend entpuppte sich als ein prachtvolles Schauspiel. Obwohl die Dämmerung auf Lanzarote nur kurz dauert, so bot sie an diesem Tag ein berauschendes Bild. Rasch sank die Sonne, als feurige Scheibe, hinter die Gipfel der Ajache Berge, welche im dunkler werdenden Schattenspiel phantastische dreidimensionale Konturen annahmen. Darüber erstreckte sich der noch immer hell leuchtende Himmel, auf dem hunderte kleine Wolken zu goldenen bis zu karminroten engelgleichen Wesen erstrahlten. Nicht genug der spektakulären Szene, nein, auch das Meer verwandelte sich in ein silbern glänzendes, wie kunstvoll gehämmertes Tablett, bereit Glück und Trost für die Seele zu präsentieren.

Sie hätten durchaus das Bild eines glücklichen Ehepaars, welches den schönen Abend miteinander verbrachte, darstellen können.

Aber die nervöse Unruhe der jungen Frau täuschte nicht. Sie musste etwas los werden.

Emilio war das natürlich nicht entgangen. Er lehnte sich zurück, grinste und kleidete seine Besorgnisse in die sarkastische Frage: „Was ist mit dir, Lilja? Bist du etwa schwanger?"

„Spinnst du!", entfuhr er ihr. „Wir kennen uns ja erst ein paar Wochen. Außerdem nehme ich die Pille."

„Ist ja gut", beruhigte sie Emilio heimlich erleichtert.

Lilja lehnte sich vor und flüsterte: „Dabei wäre das doch wunderschön, lieber Emanuel. Du und ich, eine Familie und als Krönung ein fröhliches Kind. – Ja, ich möchte bei dir bleiben, ich liebe dich und diesen herrlichen Ort. Ich gehe nicht mehr zurück nach Schweden. Das ist es, was ich dir sagen wollte. Emanuel, ich bleibe bei dir."

So etwas hatte Emilio befürchtet. Irgendwann begannen alle Frauen zu klammern und stellten Ansprüche. – Hatte er das nicht schon mehr als genug, oben bei Arrieta. Die María war auch so eine, und er hatte sich einwickeln lassen. Diesmal aber nicht. Trotzdem hatte er schon mit dem Gedanken gespielt, die hübsche Schwedin mitzunehmen. Sie war das, was sich jeder Mann nur wünschten konnte, und in Argentinien wäre er erst einmal nicht so allein.

Die kurze Dämmerung hatte der Nacht Platz gemacht, und die Dunkelheit kroch ungerufen zwischen die Häuser. Noch lag ein letzter Schimmer im Firmament über ihnen. Auf dem Meer funkelten die Wellen nochmals wie matte Flammen erlöschender Kerzen. Dann verschwanden sie aber rasch in den dunklen Tiefen des Wassers.

Sie verstand überhaupt nichts. Sie hatte keine Ahnung von seiner Zukunft. Ab morgen war er ein reicher Mann, und sein Abenteuer und seine Fahrt nach Argentinien standen kurz vor ihm. Er freute sich auf das neue Leben. Er würde der stolze Besitzer einer stattlichen Hazienda sein und brauchte sich nicht mehr um jeden Halm, der zu Verdorren drohte, zu kümmern. Alles würde viel grösser, weiter und schöner sein, nicht mehr so eingeengt und widerlich wie auf dieser verfluchten Insel.

Nein, er würde sich nicht erneut einengen lassen, und schon gar nicht mit einer Familie und Kindern. Er musste aufpassen. Es bestand sogar die Gefahr, dass sie die Pille absetzte, tatsächlich schwanger wurde und ihn damit wirklich in Schwierigkeiten brachte. – Hatte sie das vielleich schon getan?

„Liebe Lilja", begann er langsam. „Wir sollten nichts überstürzen. Es ist herrlich mit dir zusammen, aber wir haben alle Zeit. Nur heute nicht. Ich muss leider nochmals weg, ein Geschäftspartner hat mich eingeladen."

„Wie schade", antwortete sie enttäuscht. „Ich werde auf dich warten."

Er erhob sich, beugte sich über sie, küsste sie auf die Stirn und sagte: „Liebste, ich beeile mich."

Er holte Marías kleinen Honda aus der Garage, schloss das Tor gewissenhaft ab und fuhr davon. Er würde im Auto übernachten müssen, aber das ging jetzt nicht anders.

Kapitel 21

Die makellose weiße Fläche war verwirrend. Sie blendete schmerzhaft und entlockte ihm einen kaum hörbaren Seufzer. Auch das kleine runde Ding mit dem rot blinkenden Punkt, welches dort oben schwebte, machte keinen Sinn. Er sehnte sich zurück in die wohlige Dunkelheit des Unbekannten und schloss die Lider ergeben erneut.

Niemand hatte bemerkt, dass der Patient aus seinem todähnlichen Zustand erwacht war. Auch der Rauchmelder über ihm war natürlich nicht für die Überwachung des Mannes, im Spitalbett unter ihm, zuständig.

Andreas Forsberg war aber wach. Sein Geist schwebte vor und zurück, wie eine sanfte Woge, welche dann aber unausweichlich ans Ufer gespült wurde. Erneut hob er die schweren Lider, und die Gedanken begannen stockend zu arbeiten, erst wirr durcheinander, wie die hochspritzende Gischt, die nicht weiß wohin mit den Millionen von Tropfen. Langsam begriff er. Er lag im Bett. Über ihm die Decke und rund herum Geräte und Schläuche mit unverständlichem Zweck. Er lag in einem Spitalbett. Die Erinnerung brach über ihn herein, einem tückischen Brecher gleich, welcher den unvorsichtigen Schwimmer zu begraben droht. – Seine Entführung, Gefangennahme und das langsame, einem Sterben nahe, Dahindämmern in der Dunkelheit der Höhle. Wie durch ein Wunder hatte er überlebt. Die Rettung, welche er kaum wahrgenommen hatte, war im letzten

Moment gekommen. Jetzt lag er hier im Spital und würde sich, wenn alles gut ging, wieder erholen. Sein Leben würde weiter gehen.

Neben ihm, gut erreichbar, baumelte die rote Klingel. Mühsam griff er danach und drückte darauf. Er musste hier heraus. Da waren Menschen, die auf ihn warteten, da war Paula und auch der unbekannte Retter, der ihn gefunden und ihm das Leben zurückgegeben hatte. Er hatte keine Ahnung wer das war, aber ihm war er zu großem Dank verpflichtet.

Plötzlich ging die Tür auf und herein schwebten weiße Geister. Voran kam offensichtlich der Arzt mit dem Stethoskop um den Hals, gefolgt von zwei Schwestern.

Der Arzt konsultierte zuerst eingehend das Datenbrett am Fußende des Bettes, trat dann aber zufrieden näher. „Señor Forsberg, ich bin Doktor Navarro, ihr behandelnder Arzt. Schön, dass Sie wieder bei uns sind. Wie geht es ihnen?"

„Gut", krächzte Andreas mühsam.

„Schwester, geben sie dem Patienten ein Glas Wasser!", befahl der Arzt. „Er ist völlig dehydriert."

Die junge Frau beeilte sich, füllte ein Glas und überreichte es mit einem Lächeln Andreas. Er nahm es mit zitternden Händen entgegen, bedankte sich leise und trank in kleinen Schlucken.

„Danke!"

„Ich sehe, es geht ihnen deutlich besser", sagte der Arzt. „In ein paar Tagen sind Sie wieder ganz der Alte."

„Danke Herr Doktor", antwortete Andreas. „Ich möchte gerne meine Freundin sehen und dann auch den Mann, der mich gefunden hat. Ich kenne nicht einmal seinen Namen."

„Das eilt alles nicht, lieber Herr Forsberg", wich Doktor Navarro der Bitte aus. „Es ist allerdings jemand von der Polizei hier. Comisario Fernando möchte Sie sprechen."

„Wenn es sein muss", gab Andreas ohne weiteres Nachdenken nach.

„Gut", sagte der Arzt. „Aber ich erlaube ihm höchstens zehn Minuten. Sie müssen sich unbedingt ausruhen."

Damit verabschiedeten sich die weißen Geister, und kurz darauf trat Fernando ins Zimmer. Er hatte es sich an diesem Morgen nicht nehmen lassen, nach dem Geiselopfer von Famara zu sehen. Viel zu lange schon warteten sie auf die Erklärungen um die Umstände dieses ungewöhnlichen Falles. Er schien Glück zu haben, denn wie er hörte, war der Patient aus dem Koma erwacht. Des Doktors Ermahnung nahm er kommentarlos entgegen. Ihn trieben weit mehr die brennenden Fragen an.

„Guten Tag Herr Forsberg", begrüßte er den Patienten. „Ich hoffe es geht ihnen heute besser."

„Es geht", versicherte Andreas. „Polizei! Wieso?"

„Mein Name ist Fernando Romero, Comisario außer Dienst. Ich habe ein paar Fragen."

„Wenn Sie meinen, Herr Comisario."

Fernando holte sich einen bereitstehenden Stuhl und setzte sich. Dann begann er: „Herr Forsberg, wir wissen, dass Sie am Donnerstag den zehnten Februar entführt und in der 'Galería' von Famara gefangen gehalten wurden."

Da er das Nichtverstehen im Gesicht des Patienten bemerkte, fuhr er fort: „Eine 'Galería' ist ein langer Stollen zur Wasserfassung. Sie wurden dort eingesperrt und einfach ihrem Schicksal überlassen."

„So scheint es." Bittere Wut stieg wie Galle langsam in Andreas hoch. „Ich verstehe das alles nicht."

„Es waren wohl mehrere Entführer?", folgerte Fernando.

„Ja, zwei. – Nein, eigentlich waren es vier. Die Beiden, die mich aus dem Hotel holten und dann die beiden Schläger, die mich übernahmen und überwältigten."

„Wo fand denn diese Übergabe statt?"

„Die schwarze Limousine fuhr in einen Hof eines Industriegebietes. Vorher dachte ich, dass das Meeting tatsächlich früher als geplant stattfinden würde, aber dann überließen sie mich dort den beiden Verbrechern und verschwanden."

Die Erinnerung schien dem Patienten zuzusetzen. Er keuchte und schwieg. Blass und mit geschlossenen Augen ruhte er im Kissen. Die blonden, etwas längeren Haare lagen verschwitzt und wirr um seinen Kopf. Fernando fragte sich, ob er fortfahren durfte.

„Señor Forsberg", versuchte er es zögernd. „Können wir weitermachen oder soll ich später wieder kommen?"

Fernando erhob sich zögernd. Er wollte dem bedauernswerten Mann nicht zuviel zumuten. Er schien am Ende seiner Kräfte. Außerdem musste er befürchten, dass ihn, über kurz oder lang, der Arzt aus dem Zimmer weisen würde.

„Bitte", flüsterte Andreas. „Finden Sie die Leute, die dafür verantwortlich sind."

„Das werden wir", versicherte Fernando und ließ sich zurücksinken. „Dafür brauchen wir aber ihre Hilfe."

Der Patient schlug die Augen auf. Unverständnis, Sorge und Angst standen darin. „Wo ist Paula?"

Fernando hatte mit der Frage gerechnet und hatte sich eine Antwort zurechtgelegt. Wie sollte er dem Mann erklären, dass seine Freundin abgereist war? Wie um alles in der Welt konnte sie ihn einfach so zurücklassen?

Die Antwort kam von seinem Gegenüber. „Sie ist weg", sagte er leise. „Das wollte sie schon lange, jetzt war die Gelegenheit."

Fernando nickte. „Es tut mir leid. Ja, sie ist vor ein paar Tagen mit ihrem Geschäftspartner zurück nach Deutschland geflogen."

„Torsten war hier? – Also doch!"

„Er war kurz hier, ist aber nach ein paar Tagen wieder abgereist", erklärte Fernando. „Scheinbar hat er das Projekt für Lanzarote aufgegeben."

Der Mann war wirklich zu bedauern. Seine Freundin hat ihn in einer scheußlichen Situation einfach verlassen, war mit dem Freund durchgebrannt, und das gemeinsame Geschäft war geplatzt. Diese skrupellose Art war wirklich das Allerletzte. Waren denn diese Deutschen solch widerliche Kreaturen, ohne das geringste Mitgefühl für den Nächsten? Ja, überall auf dieser Welt nahm diese Verantwortungslosigkeit in erschreckendem Masse zu. Warum sollte man Heiraten, war das Credo, wenn man alles ohne Verpflichtung bekommen konnte? – Fernando konnte sich nicht vorstellen, dass seine Liebe zu Ilona nicht auf dem Fundament der christlichen Ehe stehen könnte. Liebe war nicht nur ein Freipass für alles, sondern gebot auch die selbstlose Sorge für den geliebten Menschen. Dafür zeigte sich jetzt immer mehr, dass neue gesetzliche Leitplanken für das sogenannte Konkubinat beschlossen werden mussten. Ja, warum heirateten sie denn nicht einfach?

Zum Teufel mit ihnen! Im Moment war das nicht prioritär und auch nicht Ziel seiner Ermittlungen. Es ging um diese Entführung und den Versuch eines hinterhältigen Mordes. Was steckte dahinter, welches Motiv, durch wen und wie wurde die scheußliche Tat durchgeführt. Er brauchte Antworten auf seine Fragen.

„Señor Forsberg", nahm er den Faden wieder auf. „Ich bedaure sehr, was Ihnen widerfahren ist. Aber ich habe noch viele offene Fragen."

„Natürlich…", antwortete Andreas schwach.

„Konnten Sie die Männer erkennen, welche Sie verprügelten und entführten?"

„Nein, sie waren vermummt. Beides große kräftige Kerle in dunkler Kleidung. – Sie sprachen Spanisch… glaube ich."

„Was für ein Fahrzeug hatten sie?", fragte Fernando weiter.

„Einen weißen Kastenwagen", antwortete Forsberg.

„Marke, Typ oder vielleicht die Nummer?"

„Keine Ahnung. Die sehen alle gleich aus. Ich kenne mich da nicht aus."

„Hm…", brummte Fernando. „So ist es, und die gibt es hier wie Sand am Meer. Bald jeder Handwerker fährt so einen. – War da vielleicht ein Schriftzug, ein Loge darauf?"

„Nein, ich glaube nicht."

„Nochmals von vorne, Herr Forsberg", sagte Fernando. „Die ersten beiden Männer, welche Sie aus dem Hotel holten und zur Limousine führten, die konnten wohl kaum vermummt gewesen sein. Können sie die identifizieren?"

„Sie meinen anhand von Fotos?", erwiderte Forsberg. „Vielleicht, sie sahen wie ganz gewöhnliche Geschäftsleute aus. Aber ich könnte es versuchen."

„Wir werden sehen. Viel dürfen wir uns dabei nicht versprechen. Die Personen werden kaum in einer Verbrecherkartei auftauchen, und wenn wir sie finden, behaupten sie einfach sie hätten Sie zum Meeting bringen wollen und seien selber überrumpelt worden."

Forsberg verneinte. „Das scheint aber jetzt, im Nachhinein, eher unglaubwürdig", sagte er. „Meine Unterlagen waren doch nicht dabei. Wie sollte ich ohne diese zu einem Meeting mit einem Minister?"

„Richtig", bestätigte Fernando. „Ihre Aktentasche stand bei der Rezeption und wurde inzwischen von uns in Gewahrsam genommen. Die Übeltäter wollten die aber und durchsuchten deshalb ihr Zimmer im Hotel."

Forsberg richtete sich mühsam auf. „Alles scheint mit unserem Projekt um die Wasserversorgung zusammenzuhängen."

„Das ist offensichtlich", bestätigte Fernando. „Glücklicherweise ist es für Sie nochmals gut ausgegangen. Weniger Glück hatte die Journalistin, die vermutlich die Hintergründe recherchierte und entdeckte. Sie ist tot, und es war Mord."

„Oh Gott!", entfuhr es Andreas. „In was sind wir hier nur geraten?"

Fernando nickte. „Tatsächlich ist hier eine riesige Schweinerei im Gange, vermutlich Korruption bis in die höchsten Ebenen. Die schrecken vor nichts zurück."

„Damit wollen wir nichts zu schaffen haben", sagte Andreas krächzend. „Vielleicht hat Torsten doch das Richtige getan, als er Paula und sich selber aus der Schusslinie nahm und abreiste."

„Kann sein", bestätigte Fernando. „Aber Sie, Herr Forsberg, sind noch hier, und wir werden Sie bewachen und beschützen müssen."

„Lassen Sie doch diese Förmlichkeiten, Herr Comisario. Ich bin der Andreas und danke Ihnen von Herzen für ihre Anstrengungen."

„Ich habe zu danken", entgegnete Fernando. „Ihre Aussagen sind enorm wichtig. – Also, ich bin der Fernando und das Comisario lassen wir auch weg. Es ist ja auch schon eine Weile vorbei."

„Fernando", murmelte der Patient. „Wenn ich mich richtig erinnere, stammt der Name aus dem westgotischen Sprachbereich und hat die Bedeutung 'kühner Beschützer'. Wie passend. – Da ist aber noch einer, auf den so eine Bezeichnung zutrifft und der mir das Leben gerettet hat. Diesen Mann möchte ich gerne kennenlernen, bevor ich diese Insel verlasse."

„Das kann sicher arrangiert werden, aber du wirst dich noch etwas gedulden müssen", sagte Fernando und grinste. „Die Ärzte hier sind schlimmer als die Polizei. Die lassen dich nicht so schnell gehen. Erhole dich erst einmal richtig, und deinen Retter bringe ich dir dann hierher. Ich habe ja auch noch ein paar Fragen an ihn. Er heißt William Bennett und ist Geologe."

Wie wenn er mit der Erwähnung der Polizei gleich die Ordnungskräfte gerufen hätte, öffnete sich die Tür, und eine Schwester erschien mit strengem Blick.

„Señor Comisario!", sagte sie tadelnd. „Ihre Zeit ist längst um. Bitte lassen Sie den Patienten jetzt in Ruhe."

Fernando erhob sich gehorsam und sagte: „Andreas, noch eine Bitte. Solltest du dich an weitere Details, und wenn sie noch so unbedeutend erscheinen, erinnern, rufe mich sofort an."

Der Patient war ins Kissen zurückgesunken und hatte die Augen geschlossen. Es war nicht mehr erkennbar, ob er die letzten Worte des Comisarios verstanden hatte. Fernando legte seine Karte deshalb schweigend auf den Beistelltisch.

Mit einem vorwurfsvollen Blick schob ihn die Schwester zur Seite und zog die Bettdecke glatt. „Gehen Sie endlich!", brummte sie. „Der Patient braucht Ruhe."

Kapitel 22

Wie aus einer defekten Rohrleitung über ihm, tropften die Gedanken unaufhaltsam und ständig in seinen Kopf. Die Probleme um die Wasserversorgung standen bei allem im Vordergrund und sickerten unaufhörlich durch die Erinnerungen an die Ereignisse der letzten Tage. Der Deutsche Andreas Forsberg hatte es treffend gesagt, alles drehte sich um diese Meerwasserentsalzungsprojekte. Es wurde Zeit, da genauer hinzuschauen. – Aber wie, ohne sich gründlich die Finger zu verbrennen, denn diese Spur führte unweigerlich zu einflussreichen Geschäftsleuten und hinein bis in Regierungskreise.

Fernando ließ sich trotzdem nicht beirren und rief auf dem Revier an. „Javier, wir müssen die Angelegenheit mit den Projekten zur Meerwasserentsalzung genauer unter die Lupe nehmen. Ich war heute bei Andreas Forsberg. Er ist aufgewacht und meint, der Angriff auf sein Leben habe offensichtlich mit diesem Geschäft zu tun. Es ist endgültig geplatzt. Zu seinem Entsetzen ist seine Freundin auch noch mit seinem Kumpel abgehauen. War wohl keine wirklich glückliche Beziehung. Die beiden Früchtchen würde ich gerne einmal so richtig hartnäckig befragen, aber sie sind weg und seitdem auch unerreichbar. – Steckte dabei vielleicht eine überzeugende finanzielle Zuwendung dahinter?"

Javier seufzte. „Mein Lieber, du verrennst dich in die wildesten Mutmaßungen. Aber mit einem, da du liegst wahrscheinlich nicht so falsch. Bei allen Ermittlungen taucht immer wieder diese Meerwasserentsalzungsanlage auf. Die Verantwortung dafür liegt in den Händen des Innenministeriums, also bei Minister José María Álmarzo. Ihm untersteht das Unternehmen 'Aguaisla' mit dem Präsidenten Manuel Estbano. Und genau dieser Letztere hat wahrscheinlich seine eigenen Pläne. Es wäre interessant zu erfahren, was für welche."

Fernando räusperte sich. „Ich glaube, da gibt es einen Weg. Ilona kennt die Sekretärin des Ministers, eine gewisse Valentina. Da war schon einmal die Rede von so einem Projekt, aber wer sich da alles bewarb, könnte die Valentina wissen."

Es brauchte nur ein paar Telefonate. Ilona war noch im 'La Tegala' an der Arbeit, versprach aber bei Valentina sofort nachzufragen. Kurz vor sechs Uhr kam die Antwort. Fernando informierte Javier sofort.

„Wir haben ihn", rief er. „Manuel Estbano hat ein italienisches Angebot zur Hand. Die Firma heißt 'Osmosia S.r.l' mit Sitz in Turin. Sie sind führend in Sachen Meerwasserentsalzung und stehen seit einiger Zeit in Kontakt mit den Behörden von Lanzarote.

„Also doch", sagte Javier. „Señor Estbano will, dass die italienische Firma den Zuschlag bekommt und versucht andere Anbieter zu verhindern. – Frag mich nicht wieso. Aber ihm sollten wir auf den Zahn fühlen und ihn fragen, wie er das anstellt."

„Vorsicht mein Lieber", entgegnete Fernando. „Der Mann ist zwar kein Regierungsmitglied, aber vielleicht genießt er trotzdem Schutz von oben."

Javier grunzte. „Wir werden ihn uns trotzdem vorknöpfen. Ganz inoffiziell, aber hartnäckig. Ich weiß auch schon wo."

„Ach ja?"

„Die hohen Herren spielen doch alle Golf. Estbano ist da sicher keine Ausnahme. Wir sollten morgens ein paar Bälle schlagen."

Fernando schnaubte: „Ich doch nicht! Ich spiele kein Golf. Hab' ich noch nie."

„Das macht nichts", versicherte Javier. „Ich habe da irgendwo noch einen alten Golfsack mit ein paar Eisen drin. Den schleppe ich mit, und im Café schlage ich dann mit Fragen um mich, nicht auf einem Green."

„Na dann!", brummte Fernando. „Hoffen wir, dass der feine Herr auch anzutreffen ist. Ich bin gespannt."

„Also abgemacht, um acht Uhr fahren wir los. Zieh dir eine weiße Hose an. Damit siehst du wie ein Profi-Golfer aus."

„Du Spinner!", schimpfte Fernando lachend und hängte auf.

Pünktlich, am Mittwoch früh, waren sie unterwegs. Fernando fuhr seinen alten Skoda. Mit dem Polizeiauto vorzufahren wäre nun wirklich nicht klug, meinte er. Außerdem hatte er noch einen Plan.

„Ich fahre über die Höhenstrasse", sagte er und nahm die Kurven hinauf mit Schwung. „Wir stoppen oben beim Observatorium und besuchen den Geologen Bennett."

„Muss das sein?", brummte Javier.

„Ja", antwortete Fernando und beschleunigte. „Ich habe Andreas Forsberg versprochen, seinen Retter zu ihm zu schicken. Er möchte ihn kennenlernen und sich bedanken. Ohne ihn hätte der Mann wohl nicht überlebt."

„Gut", sagte Javier. „Es gibt sie also doch noch, die Dankbarkeit. Hatte so meine Zweifel bei der heutigen Gesellschaft."

„Ha, gerade du solltest an das Gute glauben", meinte Fernando. „Deine María ist wohl das beste Beispiel wie gütig und schön das Leben sein kann. – Wie geht es ihr denn?"

Javier schwieg. Er war immer noch selber erstaunt und konnte sein Glück kaum fassen. „Es geht ihr gut", murmelte er. „Sie bleibt vorerst im 'La Tegala' und wird da ja von deiner Ilona so richtig bemuttert."

„Das gefällt mir", grinste Fernando. „Ich denke, wir sollten heute Abend ein wenig feiern. Zwei glückliche Paare, was denkst du?"

„Nicht so schnell!", rief sein Freund, meinte aber nicht die Feier, sondern Fernandos Fahrweise. Dieser nahm die letzte Kurve mit quietschenden Reifen, vorbei am Aussichtslokal.

Dann bog er in die schmale Schotterstraße zu den Gebäuden unterhalb der großen Kuppeln ein. William Bennetts Auto stand gut sichtbar davor, und der Geologe saß tatsächlich an seinem Arbeitsplatz. Ohne wenn und aber versprach er zum Spital zu fahren, um den Mann, den er in der 'Galería' von Famara gefunden hatte, zu besuchen.

Zurück auf der Straße meinte Fernando: „Der Mann gefällt mir. Er ist klug und liebenswürdig. Nicht jeder würde sich um einen bemitleidenswerten Fremden kümmern. Soviel ich weiß, hat er eine Familie unten im Dorf Tabayesco und arbeitet seit ein paar Jahren an der Überwachung der seismischen Aktivitäten auf den Kanaren."

„Interessant", sagte Javier. „Aber jetzt sollten wir machen, dass wir zum Golfclub kommen, bevor uns Estbano noch entwischt."

Das Restaurant 'La Honorable' war gut besetzt. Eine dunkle Wolkenwand war vom Atlantik herangezogen und entlud einen für Lanzarote typischen kurzen Schauer über dem Gelände. Es hatte die Spieler kurzweilig zum Clubhaus getrieben, wo sie nun unter lautem Geplauder ihren Kaffee tranken.

Javier hatte seinen Golfsack im Auto gelassen. „Ich mach' mich doch nicht lächerlich", meinte er. „Im Moment sind sowieso die meisten Spieler im Café."

Damit hatte er natürlich recht. Auch Estbano war da. Allerdings saß er zusammen mit zwei Personen an einem der runden Tische. Die beiden Ankömmlinge drückten sich zuerst einmal am Eingang und im Foyer herum. Erfahrungsgemäß waren solche Schauer immer von kurzer Dauer, und auch jetzt versiegte der Regen so schnell wie er gekommen war, und die Gäste kehrten zurück zu ihrem Spiel. Auch das Paar bei Estbano verabschiedete sich.

Javier ergriff die Gelegenheit und näherte sich dem Tisch. „Señor Estbano, gestatten Sie uns, dass wir uns dazu setzen."

Der Angesprochene brummte etwas Unverständliches und wollte sich erheben.

„Mein Name ist Sánchez, Comisario der Policía Nacional und das ist Comisario Romero. Bitte bleiben Sie einen Moment, wir haben ein paar Fragen."

Estbano ließ sich zurückfallen und sagte: „Ich wüsste nicht, was mich die Polizei zu fragen hätte. Bitte fassen Sie sich kurz."

Javier ging aufs Ganze. „Señor, wir ermitteln in Sachen einer Entführung und um den Tötungsversuch an einem deutschen Geschäftsmann. Wir vermuten, dass Sie ihn kennen. Es ist Herr Andreas Forsberg der Firma 'Vattec'. Haben Sie ihn in den letzten Tagen getroffen?"

„Was soll das?", begehrte Estbano auf. „Ich habe viele Geschäftsverbindungen. Wie sollte ich da jeden kennen und auch noch treffen. Sie wollen mir da etwas unterstellen."

„Sie kennen aber die Firma 'Vattec'?", hakte Fernando nach.

„Nein. Wie sollte ich? Und jetzt lassen Sie mich in Ruhe."

Fernando ließ nicht locker. „Nur noch eine Frage, Señor Estbano: Die italienische Firma Osmosia, ansässig in Turin, ist ihnen aber ein Begriff?"

„Natürlich, sie liefert uns seit Jahren Installationen zur Meerwasserentsalzung. Eine ausgezeichnete Geschäftsverbindung. Aber das sollte Sie nicht kümmern. Sie unterliegt der Zuständigkeit des Innenministeriums, also werden sie von mir keine Auskünfte darüber bekommen. Für weitere Informationen wenden Sie sich bitte an mein Büro oder an meinen Anwalt."

Damit stand er auf und verließ den Raum mit steifen Schritten. In seinem Kopf tobten viele unbequeme Fragen. Wie kamen diese beiden Ermittler plötzlich auf ihn? War da irgendwo etwas schief gelaufen? – Beruhigend war hingegen, dass sie keine Verbindung zu dieser Journalistin vermuteten. Mit dem Rest konnte er umgehen. Die Forderungen dieses Bauernlümmels Rodríguez ließen ihn auch nicht los. Sie waren ermüdend, aber ausgesprochen stümperhaft. Beim Treffen heute Nacht sollte der ruhig erfahren, wen er da versuchte zu erpressen. Ein Estbano hatte so seine Möglichkeiten.

Estbano ging zurück auf den Platz und versuchte dort weiterzumachen, wo er vor dem Regen aufgehört hatte. Aber die Schläge gingen völlig daneben, sodass er aufgab und den Ort frustriert verließ.

Die beiden Freunde blieben stumm zurück. Sie hatten es vorausgeahnt, dass sie bei diesem Mann nicht weit kommen würden. Sie gönnten sich trotzdem einen Kaffee und blieben sitzen.

„Er hat gelogen", fasste Fernando zusammen. „Er kennt die Firma 'Vattec' sehr wohl, will es aber nicht zugeben."

„Na warum wohl?", brummte Javier. „Die Italiener sind sicher großzügiger."

„Vorsicht, mein Lieber", mahnte Fernando. „Du sprichst von Korruption, und da ist man auf unserer schönen Insel äußerst empfindlich."

Sie tranken den Kaffee aus und machten sich auf den Rückzug. Während Javier den Waschraum aufsuchte, schlenderte Fernando zum Parkplatz, wo er gerade noch beobachten konnte, wie Estbano in sein Auto stieg und Staub aufwirbelnd davonbrauste. Ein Gärtner, der mit der Pflege einer Rabatte beschäftigt war, sah auf und schüttelte den Kopf.

Als sich der Staub verzogen hatte, trat Fernando zu dem Mann und grüßte. „Buenos días. War das nicht eben Señor Estbano, der wegfuhr?"

Sichtlich verärgert sagte der Gärtner: „Ja, er war es. Aber Manieren hat der trotzdem keine."

„Ist er öfters hier?", erkundigte sich Fernando und blickte suchend um sich.

Der Arbeiter, dankbar für die Pause, stützte sich auf seine Harke und sagte: „Na ja, alle paar Tage schon. Gestern war er auch hier, zusammen mit einem Gast."

„Ach ja."

„Sie haben aber nicht gespielt, gingen zur Driving-Range, übten aber dort auch nicht. Ich glaube die stritten sich und ließen danach alles stehen und liegen." Der Gärtner kam in Fahrt. „Verstehe nicht, warum man auf den Golfplatz kommt und dann eigentlich nur herummacht, sich streitet und andere belästigt. Der könnte gut einmal einen Besen zur Hand nehmen und aufkehren. – Aber eben, dafür sind sich die noblen Herren ja zu fein."

Fernando unterdrückte ein Grinsen und fragte weiter: „Wer war denn dieser Gast?"

„Weiß ich nicht", kam sofort die Antwort. „Man kann ja nicht alle kennen."

„Wie sah er denn aus?"

Der Gärtner überlegte. „Na ja, groß, kräftig gebaut. War eigentlich nicht der typische Golfspieler. Das sieht man schon an der Kleidung. Verstehen Sie was ich meine? Er war eher der Typ eines Bauern."

„Würden sie den Mann wiedererkennen?", fragte Fernando weiter.

Der Gärtner überlegte. „Vielleicht. – Aber warum fragen Sie? Ich bin doch nicht die Auskunft."

„Oh, bitte entschuldigen Sie", beeilte sich Fernando und holte seinen Ausweis aus der Tasche. „Ich bin Comisario Romero. Ich hätte mich gleich vorstellen müssen."

„Polizei?"

Man konnte förmlich sehen, wie der Mann vorsichtig wurde. Es war eine Reaktion, wie sie die Beamten immer wieder erlebten. „Keine Sorge Señor, ich bin nicht amtlich hier. Wie ist denn ihr Name, wenn ich fragen darf?"

„Juan Ortiz. Ich bin nur der Gärtner hier."

Inzwischen kam auch Javier aus dem Clubhaus, sah sich suchend um und entdeckte sie. „Da bin ich wieder", sagte er. „Wollen wir?"

Fernando kam eine Idee. „Moment mal! Hast du vielleicht ein Foto von Emilio Rodríguez dabei?"

Javier erstarrte. „Du spinnst wohl. Glaubst du wirklich, dass ich ein Foto von Marías Mann mit mir herumtrage. Der Kerl ist mir so etwas von egal. Er soll meinetwegen irgendwo in der Hölle schmoren."

Fernando grinste. „Schon gut mein Lieber, im Gefängnis würde schon reichen. Aber wir wissen ja nicht einmal, was er tatsächlich getan hat und wo er steckt. Also frag deine María ob sie nicht doch seine Visage irgendwo gespeichert hat. Sie soll dir das Bild sofort schicken." Dann überlegte er: „Eigentlich sollte der Kerl ja längst zur Fahndung ausgeschrieben sein."

„Hab' ich doch", verteidigte sich Javier. „Nur, das dauert, und die Indizien sind auch nicht überwältigend. Um den Mord an der Journalistin haben wir nur die Aussage eines Kindes und das verbrannte Auto. Das wird für eine Anklage kaum reichen."

„Umso mehr sollten wir den Mann finden und befragen", argumentierte Fernando. „Ich vermute nämlich, dass er sich hier mit Estbano getroffen hat. Der Gärtner hat ihn gesehen und könnte ihn identifizieren."

Kapitel 23

Entlang der Promenade zwischen dem Hotel Antonio und dem Ort Matagorda erstreckt sich, über fast zwei Kilometer, die riesige Bucht 'Playa de los Pocillos'. Der breite Sandstrand hat dort eine Besonderheit. Er ist hin zum Meer etwas erhöht, so dass es dem Betrachter vorgaukelt, die Wasseroberfläche sei tiefer unten gelegen, was natürlich nicht der Fall ist. Meereshöhe bleibt Meereshöhe. Aber es bildet sich, bei hoher stürmischer Flut, dahinter so etwas wie eine riesige seichte Lagune. Das Wasser kann dann, auch bei Ebbe, nicht mehr abfließen und bildet, sehr zum Leidwesen der Badegäste, während mehreren Tagen eine stinkende Kloake.

An diesem Abend war der Strand aber trocken, und der leichte Westwind blies frisch vom Meer her. Emilio hatte den Platz gut gewählt. Er war von der Straße her problemlos zugänglich, über den Strand weit offen, gut überschaubar und trotzdem einsam, besonders nachts. Die Promenade war am unteren Ende mit diversen Fitnessgeräten versehen. Dass sich dort um diese Nachtzeit aber niemand mehr aufhielt, war nur logisch. Weiter hinten befand sich, gegen den Garten und die Liegewiese des anliegenden Hotels, eine Mauer. In größerem Abstand waren dort Nischen mit einfachen Sitzgelegenheiten eingelassen. Nicht ohne Sinn, denn die Aussicht über die Bucht bis hinüber nach Matagorda war atemberaubend. Gegen elf Uhr nachts schimmerten dort drüben die Lichter wie ferne helle Sterne und glitzerten in den sanften Wellen.

Die Schönheit des Ortes kümmerte Emilio aber wenig. Er hatte Estbano die zweithinterste Bank als Treffpunkt genannt. Sie lag im Schatten eines buschigen Hibiskus und hatte einen wichtigen Vorteil, den kaum jemand erahnen konnte. Hinten, um das Hotel, führte ein schmaler Durchlass über eine ruhige Sackgasse zurück zur Hauptstraße. Sollte also etwas schief gehen, wäre er blitzartig hinten weg und verschwunden.

Dunkel gekleidet und kaum sichtbar, wartete er bereits seit mehr als einer Viertelstunde im Schatten, nahe der Bank. Estbano ließ sich Zeit. Emilio war nervös. Wenn alles gut lief, war er in den nächsten Stunden ein reicher Mann, und die Welt stand ihm offen.

Er entdeckte die Gestalt sofort. Sie kam mit unsicheren Schritten von der Hauptstraße her und blickte suchend umher. Bei der einsamen Bank blieb er stehen. Es war der erwartete Estbano. Emilio wartete geduldig, um sicher zu sein, dass der Mann alleine war und nicht plötzlich unliebsame Schläger aus dem Nichts auftauchten. Dann trat er aus dem Schatten.

„Señor Estbano“, grüßte er leise.

Erschrocken fuhr der Mann herum und fauchte: „Sie! Warum so hinterhältig?“

„Keine Sorge“, entgegnete Emilio. „Wie ich sehe, sind wir allein. Haben Sie das Geld?“

„Was denken Sie denn? Ich hab doch keine Bank zuhause. Die haben heute zu, irgendein Feiertag, weiß der Teufel was für einer.“

„Verdammt!“, knurrte Emilio. „Faule Ausreden. Das zieht bei mir nicht. Ich will das Geld!“

Estbano wurde sicherer und ließ alle Formen fahren. „Das Geld, das Geld… Wie stellst du dir das vor. Willst du dir damit ein Ticket in die Freiheit kaufen? Damit kommst du nicht einmal zu einem Abflug-Gate. Du wirst gesucht, und die Grenzposten, auch am Flughafen, sind alarmiert. Da hilft dir alles Geld nichts.“

„Nicht so laut!“, warnte Emilio. „Ich werde einen Weg finden.“

„Wie denn? – Komm setz dich endlich! Ich habe einen Vorschlag.“

Erneut blickte Emilio suchend um sich, aber da war niemand. Die breite Promenade lag verlassen vor ihnen. Dahinter dehnte sich der weite Strand aus und verlor sich in der Dunkelheit, um dann irgendwo über dem kaum sichtbaren Meer in das heller schimmernde Firmament des Nachthimmels zu tauchen. Diese Weite und der riesige Sternenhimmel vermittelten ihm das Gefühl, völlig allein im ganzen Universum zu sein. Verlassener konnte man sich nicht fühlen, die Vergangenheit war ein Desaster von Fehlern und Untaten, bis hin zum Mord. Wenn er blieb, würde man ihn aufspüren, verurteilen und einsperren. Er hatte keine andere Wahl, er musste weg. Aber auch die Zukunft war ein unbekanntes riesiges Nichts. Südamerika, das lag in weiter Ferne, genauso wie das Ende des riesigen Atlantiks vor ihnen.

Langsam, zögernd näherte Emilio sich der Nische und ließ sich auf die Bank neben Estbano nieder. „Es bleibt uns keine Wahl", begann er. „Wir sind beide gleichermaßen verwickelt, und wenn die Geschichte herauskommt, bist auch du geliefert. Du hast das Geld, damit ich verschwinden kann. Du bleibst ungeschoren, und ich bekomme einen Neuanfang."

Estbano nickte. „Da ist etwas dran, aber wie willst du hier wegkommen? Ich werde dir helfen, aber nicht einfach mit einem Haufen Geld. Eine Ausreise ist im Moment unmöglich, weshalb du vorerst von der Bildfläche verschwinden musst. Erst wenn etwas Gras darüber gewachsen ist, finden wir einen Weg, dass du wegkommst. Und in Argentinien kann dir dann mein Freund weiterhelfen."

„Den Freund, den ehemaligen Minister für Landwirtschaft, den kenne ich. Der schuldet mir sowieso noch etwas. Was ich brauche, ist Geld für einen Neustart und keine Wohltätigkeiten."

„Zum Teufel!", knurrte Estbano. „Überleg doch endlich. Das Geld wird dir nicht helfen, wenn du gefasst wirst. Dann ist es weg. Wir müssen etwas Geduld haben, bis das Geschäft mit den Italienern steht, dann haben wir ausgesorgt."

„Und wie lange soll das dauern?", fragte Emilio argwöhnisch.

„Ein paar Monate vielleicht, höchstens ein halbes Jahr", antwortete Estbano. Er merkte, dass er Oberhand bekam. „Du tauchst jetzt erst einmal unter, und dann wird alles gut."

„Ja ja, und wo soll ich hin? Das ist eine verflucht kleine Insel, und nach Hause sollte ich wohl besser nicht."

Estbano unterdrückte ein Grinsen. „Natürlich nicht. Was ist eigentlich mit deiner Frau? Will die auch mit?"

„Ach wo!", brummte Emilio. „Die ist kein Thema. Sie soll, mit ihren Ziegen, auf dem blöden Hof oben bei Arrieta doch versauern. Ich habe andere Pläne."

„Ich habe gehört, dass dein Auto dort auf der Finca verbrannt ist", erinnerte sich Estbano. „Wie bist du überhaupt heute hergekommen?"

Jetzt grinste Emilio. „Mit Marías Wagen natürlich. Ist doch etwas weit zu Fuß."

„Bist du noch zu retten!", rief Estbano entgeistert. „Du wirst gesucht und fährst seelenruhig mit dem Auto deiner Frau herum. Danach fahndet die Polizei doch als erstes. Ein Grund mehr, dass du so schnell wie möglich untertauchst. Wir stellen das Vehikel irgendwo in der Pampa ab, zünden es an und werfen die Schlüssel weg."

„Also doch!", protestierte Emilio wütend. „Du hast Angst, dass wir auffliegen. Ein Grund mehr, dass ich so schnell wie möglich wegkomme. Gib mir einfach das Geld, und ich verschwinde."

„Nun beruhige dich doch!", fauchte Estbano. „Ich habe eine kleine Wohnung in Arrecife, von der weiß niemand etwas. Du bleibst dort und verhältst dich ruhig. Den Rest regle ich dann."

„Ha, da hat wohl einer vorgesorgt", spottete Emilio und wurde sarkastisch. „Ein geheimes Liebesnest. Genau das Richtige für mich, aber soweit geht unsere Liebe dann doch nicht. – Und wie soll ich da leben?"

Manuel Estbano fischte einen Umschlag aus seiner Jacke und hielt ihn hoch. „Damit kommst du eine Zeit lang über die Runden. Es sind zehntausend Euro, genug für ein paar Wochen."

„Zehn...", rief Emilio und sprang auf. „Du hinterlistiger Mistkerl. Das ist lächerlich. Ich will achtzigtausend und keinen Cent weniger."

Langsam steckte Estbano den Umschlag zurück. „Setz dich!", befahl er. „Und mach nicht so einen Wirbel! Das ist mein Angebot, und ich rate dir dringend es zu akzeptieren. Du hast damit bereits sehr viel bekommen. Überleg es dir gut. Nimm es! Aber wir können auch noch anders."

Die Drohung schwebte unsichtbar daher, aber Emilio ließ sich nicht beeindrucken. „Du, du willst mir drohen. Du hast noch nie selber die Arbeit getan. Dafür hattest du immer Leute wie mich.

Also gib nicht so an. So billig lasse ich mich nicht abspeisen. – Ja, natürlich will ich weg, aber die lumpigen zehntausend reichen nicht einmal für eine Fahrt über den großen Teich."

„Ich hab' doch gesagt, dass ich dir helfe", entgegnete Estbano. „Natürlich bekommst du mehr, um wegzukommen, und drüben wird unser gemeinsamer Freund für dich da sein. – Du hast jetzt die Wahl, entweder nimmst du mein Angebot an und startest damit neu ein durchaus angenehmes Leben in Argentinien, oder du bleibst hier und verbringst den Rest deiner Tage in einem Gefängnis, vermutlich im berüchtigten 'Soto del Real' in Madrid."

„Wobei auch du untergehst. Das versprech ich dir", wehrte sich Emilio merklich eingeschüchtert.

Estbano grinste. „Du verkennst die Lage, mein Lieber. Ich habe in meiner Position durchaus die Mittel mich zu wehren, Anwälte, Beziehungen und vieles mehr. Im schlimmsten Fall bleibt auch mir noch Südamerika."

„Könnte sogar sein, dass wir uns dort wiedersehen?", brummte Emilio ergeben. „Also gut, machen wir's so."

„Na also", lobte Estbano und übergab den Umschlag nun doch noch. „Die Wohnung wird dir gefallen. Bleib dort und geh' möglichst wenig unter die Leute. Am besten, du veränderst dein Aussehen, andere Kleidung, eine neue Frisur. Ein Bart könnte dir gut stehen. Du bekommst eine neue Identität und entsprechende Papiere. Mach dir keine Sorgen, im nächsten Jahr hast du alles hinter dir."

Für Emilio ging das alles etwas schnell, aber er hatte keine Wahl. Tatsächlich hatte er das Problem der Flucht und der Ausreise von vornherein gefürchtet, aber immer wieder verdrängt. Die Idee, dass es dann mit sehr viel Geld einfacher wäre, war wirklich wenig realistisch, denn ihm fehlten jegliche Kontakte und Helfer. Mit Estbanos versprochener Hilfe, würde er seinen Teil bekommen, einfach nicht sofort, sondern in Raten. Der Umschlag in seiner Tasche war dünn, aber doch beruhigend. Er würde sich vorerst in dieser Wohnung einnisten und konnte dann in aller Ruhe seine Lage überdenken. – Ja, vielleicht könnte er sogar die blonde Schwedin zu sich holen, um sich mit ihr die Zeit zu vertreiben. Das war eine hervorragende Idee und würde mehrere Vorteile bringen. Sie könnte problemlos ein Auto mieten, und er würde dadurch wieder mobil, ohne dass jemand davon wusste. Sie könnte telefonieren, einkaufen und alles Weitere erledigen, ohne dass er in Erscheinung trat. Sie wäre sein Schatten von dem niemand ahnte. Auch Estbano brauchte davon nichts zu wissen.

„Manuel", begann er kumpelhaft. „Wir sind vielleicht ein Gespann. Ich denke, alles kann problemlos so geschehen, wie du meinst. Da ist aber noch das Auto meiner Frau. Es steht auf dem Parkplatz vom Hotel Antonio. Ich sollte es wohl besser nicht mehr fahren."

Estbano, irritiert über die Anrede, sagte schroff: „Lass es dort stehen! Wir holen es morgen früh ab. Gib mir die Schlüssel!"

Emilio tat wie geheißen. „Es ist ein weißer Honda…"

„Ja ja, mach schon!", knurrte Estbano und stand auf. „Komm, wir sitzen hier schon viel zu lange."

Inzwischen waren Wolken vor den aufgehenden Mond gezogen und verwandelten die Bucht in dunkle undurchdringliche Schatten. Weit draußen war das Meer nur noch zu erahnen. Vorne, von der Hauptstraße, leuchteten vereinzelt schwache Lichtkegel von vorbeifahrenden Autos herüber und verwandelten die Fitnessgeräte in bizarre gespenstische Monster.

Die beiden ungleichen Männer gingen der Promenade entlang und bemühten sich um ein möglichst unauffälliges Gehen. Um diese Nachtzeit wären wohl ein schlenderndes Spazieren, wie auch ein zielbewusstes Eilen, völlig fehl am Platz. Man würde auffallen wie fremde Diebe. Sie erreichten aber unerkannt die Stelle, wo Estbano seine schwarze Limousine stehen gelassen hatte und fuhren in Richtung Arrecife davon.

Zwei Tage später war, an der Calle la Christina in Arrecife, in der Wohnung über einer Garage, der Teufel los.

Lilja schrie wütend: „Nicht einmal die verdammte Brause funktioniert!"

Sie kam, ein Badetuch um den Körper, aus der Dusche und rammte die Türe krachend zu. „Das Wasser ist kalt, und ich wollte mir die Haare waschen!"

Es tropfte achtlos auf den Boden, als sie bebend vor ihm stand. Er lag träge auf dem zerwühlten Bett und grinste ihr entgegen, aber schwieg. Tatsächlich ärgerte es auch ihn, wenn etwas nicht richtig funktionierte, und das geschah hier leider oft. Die wütende Frau vor ihm war aber eine Augenweide, und die funkelnden Augen sprachen von viel Leidenschaft. Der wenig bedeckte Körper schimmerte verführerisch, und er war spontan bereit, ihr das Badetuch zu entwinden und sie auf das Bett zu ziehen. Doch diesmal war wirklich Feuer im Dach.

„Ich habe es satt!", schrie sie. „Dieses Loch ist eine Zumutung. Ich will zurück in die Villa."

Das war aber unmöglich. Wie sollte er ihr das erklären? Als er sie bat, zu ihm nach Arrecife zu kommen, zögerte sie nicht, und anfangs war es herrlich. Es war wie ein geheimes Liebesnest, nur für sie zwei, ohne die ganze belanglose Welt dort draußen. Sie verbrachten die meiste Zeit im Bett, liebten sich stürmisch und freuten sich an den trägen Momenten danach. Die täglichen Notwendigkeiten erledigten sie nur so nebenbei und achteten auch nicht auf die auftauchenden Mängel und Unvollkommenheiten der Wohnung.

Erst jetzt wurde Lilja bewusst, wohin es sie verschlagen hatte, und dass diese Bleibe ein schäbiges Loch in einer schmutzigen Straße war. Wenn sie durch das trübe Fenster blickte, starrte sie an kahle Fassaden gegenüber und auf eine von Schlaglöchern übersäte enge Gasse hinunter. Verglichen mit der traumhaften Villa in Puerto del Carmen, war diese Wohnung wirklich eine Zumutung.

„Manu, ich will wieder zurück in das Haus", verlangte sie nochmals. „Dort war es so schön, der Garten, die Aussicht auf das Meer und die Ruhe. Hier ist alles verlottert, schäbig, laut und schmutzig. Ich will hier weg!"

Emilio setzte sich auf und seufzte. „Es ist doch nur vorübergehend. Das habe ich dir doch erklärt. – Und das mit dem Wasser, warte einfach eine Weile, dann kommt schon wieder warm."

„Ach, hör' doch auf mit deinen Ausreden. Ich versteh' einfach nicht, warum wir hier bleiben, wenn wir doch so eine schöne Villa haben."

„Lilja, die Villa gehört uns nicht", antwortete Emilio genervt. „Der Besitzer braucht sie jetzt selber, also können wir nicht dorthin zurück. Das musst du doch verstehen."

Sie setzte sich auf den Bettrand. „Ich verstehe überhaupt nichts mehr", klagte sie bebend. „Warum verstecken wir uns hier in dieser schäbigen Wohnung? Hast du etwas verbrochen, wovon ich nichts weiß. – Überhaupt, ich weiß eigentlich gar nichts über dich. – Gib mir die Bluse dort, ich muss hier raus."

Er tat wie verlangt, schob sich dabei aber hinter sie und legte seinen Arm um ihre Schultern. Dabei rutschte das Badetuch hinunter und gab den Blick auf die weißen herrlichen Brüste frei. Er küsste ihren Nacken und liebkoste sachte die rosa Nippel.

Plötzlich riss sie sich los und sprang auf. Wie eine göttliche Furie stand sie nackt vor ihm und bellte: „Hör' endlich auf! Alles dreht sich bei dir nur um Sex. Ich will wissen, wann wir hier wieder herauskommen und was wir in Zukunft machen. – Emanuel! Ist das überhaupt dein richtiger Name? Und wie noch? Ich will jetzt endlich alles wissen! Vielleicht hast du Frau und Kinder, und für dich ist das alles nur ein Spiel."

Während Lilja umständlich tanzend in die Jeans schlüpfte, blieb Emilio nachdenklich auf dem Bett sitzen und schaute zu. Sie war nahe am Zusammenbruch, das spürte er. Trotzdem begehrte er sie umso mehr. Eine Frau wie Lilja war ein Glücksfall, aber konnte er sie wirklich mit in seine ungewisse Zukunft nehmen. Er musste sich an die Pläne für Argentinien halten, und wenn er sie mitnehmen wollte, musste er ihr alles offenlegen. Konnte er das riskieren?

Er kam zu einem Entschluss, biss die Zähne zusammen und knurrte: „Aha, die Dame will jetzt plötzlich mehr. Wenn ich nicht mehr gut genug bin, dann halte ich dich nicht auf. Am besten, du verschwindest. Wie dich gibt es überall Weiber, wie Sand am Meer."

Beinahe wäre sie wütend auf in losgegangen. Mit funkelnden Augen starrte sie ihm entgegen und sagte: „Mein Gott, was war ich für eine Närrin. Ich dachte tatsächlich, dass es Liebe sei. Aber Männer wie du sind nur Abschaum und Lügner. Sie nehmen sich gnadenlos was sich bietet, benutzen es zu ihrem Vergnügen, und wenn der Spaß vorbei ist, wird die Dumme bedenkenlos abserviert."

„Lilja! So habe ich das nicht gemeint", wehrte er sich. „Du bist eine wunderbare Frau, aber ich kann dich nicht mitnehmen. Es geht einfach nicht."

„Oh je, jetzt kommt's", entgegnete sie beißend. „Es warten Frau und Kinder auf den lieben Ehemann."

Emilio sprang auf und kam auf sie zu. „So ist es nicht“, flehte er. „Ja, ich war einmal verheiratet, aber die ist schon lange weg. Wir passten einfach nicht zueinander. Du bist ganz anders.“

Er versuchte sie in die Arme zu nehmen, aber sie wich zurück und sagte: „Die alte Leier! Ich glaube eher, auch wir passen nicht zusammen. Es wird Zeit, dass ich gehe.“

Mit diesen Worten packte sie ihre Tasche, schlüpfte in die Schuhe und ging. Noch als der Knall der Türe verhallt war, stand Emilio reglos da und fluchte leise vor sich hin.

Kapitel 24

Es war unmöglich, die Bitte des Comisarios abzulehnen und den Besuch bei dem deutschen Geschäftsmann zu verweigern. Der Geologe William Bennett fuhr, als er hörte, dass der Unglückliche von Famara auf dem Wege zur Besserung sei, unverzüglich nach Arrecife zum Hospital 'Doctor José Molina Orosa'.

Auch Olivia hatte ihn bestärkt, es zu tun. Sie hatten stundenlang über die Ereignisse geredet und waren zu keinem wirklichen Ergebnis gekommen. Eindeutig fest stand nur, dass der Mann sich unmöglich selber in die missliche Lage gebracht haben könnte. Er war in die 'Galería' eingeschlossen und dem Schicksal überlassen worden. Wäre er nicht von William und durch den glücklichen Zufall gefunden worden, wäre er jetzt wohl längst tot. Olivia haderte etwas mit dem Umstand, dass ihr Mann leichtsinnig und ohne jemandem Bescheid zu sagen, eine solche Wanderung unternommen hatte. Er hätte eine Verantwortung für seine Liebsten, meinte sie vorwurfsvoll. Was, wenn ihm dort in dem wilden Barranco etwas zugestoßen wäre? – Was in der Welt kümmerte ihn überhaupt die Wasserversorgung der Bevölkerung dieser Insel. Er war doch Geologe und hatte seine eigene wichtige Aufgabe zu erfüllen.

William lächelte still vor sich hin, als er durch die langgezogene Ortschaft Tahiche fuhr und den Kreisel bei der Fundación César Manrique mit Schwung nahm. Mitten im riesigen Rondell stand ein filigranes, mehrere Meter hohes Windspiel des außergewöhnlichen lokalen Künstlers. Drei große, aus Draht geflochtene, sich sachte drehende Kugeln standen übereinander und waren umgeben von kleineren, welche wie kreisende Monde wirkten. Entgegen vieler seiner meist bunten Werke, war diese Installation in feinem silbrigem Grau gehalten.

Während er weiter Arrecife zustrebte, überlegte William, was der Künstler mit diesem Werk eigentlich sagen wollte. Drei Welten übereinander, das war wirklich utopisch, aber die vielen kleinen Kugeln könnten durchaus die Vielfalt des Lebens darstellen. Sie kreisten im nie endenden Umlauf und in alle möglichen Richtungen um die Erde. Sie waren ohne Rast und wurden immer mehr. Ja doch, die drei Welten könnten die rasend rotierende Schnelligkeit sichtbar machen, bei der die Menschheit bald mit einer Erde nicht mehr klar kommen könnte. War es nicht tatsächlich so, dass die Ressourcen bald nicht mehr reichten, und suchte man nicht bereits nach neuen Welten?

Die utopischen Fantasien kamen aber zu einem abrupten Ende, als William das Ziel erreichte und nach einem Parkplatz beim Spital suchte. Ganz konkret, hier gingen nicht die Ressourcen aus, sondern die Parkplätze.

Im zweiten Stock empfing ihn eine Schwester und führte ihn zum Zimmer. „Der Patient wurde in die allgemeine Abteilung verlegt", sagte sie. „Es geht im deutlich besser. Der Herr Comisario ist bei ihm."

Vor der Tür empfing ihn ein Beamter und meldete den Angekommenen im Zimmer. Ob dieser massiven Präsenz der Polizei reichlich eingeschüchtert, betrat William den Raum.

„Schön, dass Sie kommen konnten", empfing ihn Fernando freundlich und stellte ihn vor: „Señor Forsberg, das ist William Bennett, ihr Retter."

„Nicht doch!", wehrte der Angekommene ab. „William, bitte nennen Sie mich doch ganz einfach William. Ich habe Sie nur gefunden, und von Rettung kann keine Rede sein, Herr Forsberg. Es freut mich aber sehr, dass es Ihnen besser geht."

Der Patient suchte sichtlich nach Worten. „Ich habe wirklich zu danken. Ich heiße Andreas für meine Freunde. Es ist mir ein besonderes Anliegen, dich kennenzulernen. Durch deine Hilfe durfte ich überleben."

„Tatsächlich, das war knapp", brummte Fernando. „Viel länger hätten Sie es nicht geschafft. Sie hatten Glück. Wir werden die Verantwortlichen zur Rechenschaft ziehen, das verspreche ich. Alles deutet darauf hin, dass es sich um ein Komplott um die Pläne zur Erneuerung der Trinkwasserversorgung geht."

William suchte sich eine Sitzgelegenheit und holte den Stuhl vom kleinen Tisch in der Ecke. Dort standen die Resten eines Frühstückes und eine halbvolle Karaffe mit Wasser. Wie fast jedes Spitalzimmer, war hier alles in sterilem Weiß gehalten. Der Boden war mit grauem Belag ausgestattet, und die heruntergelassenen Rouleaus verbreiteten ein diffuses Licht, schützten die großen schmucklosen Fenster aber vor der Sonne. Ein gemütlicher Raum sah anders aus.

„Du bist mit der Wasserversorgung beschäftigt?" erkundigte sich William und setzte sich. „Das ist interessant, denn dieses Thema beschäftigt hier seit einiger Zeit die ganze Insel. – Ach, und deshalb lagst du auch in der 'Galería' von Famara, diesem scheußlichen Wassertunnel.

„Ich glaube nicht", erwiderte Andreas. „Es muss ein Zufall sein, denn mit den historischen Wasserfassungen haben wir nun wirklich nichts zu tun. Wir erstellen Meerwasserentsalzungsanlagen und wollten hier auf Lanzarote die Möglichkeiten ausloten und ein Angebot unterbreiten."

Fernando brummte zustimmend: „Das ist offensichtlich auch der Grund der fatalen Vorkommnisse. Ein Gerangel um die ergiebigsten Pfründe und das mit allen Mitteln. Wir haben eben erfahren, dass die Firma 'Vattec' bereits aus dem Rennen ist. Ihr Partner, Torsten Schmidt, hat sich zurückgezogen."

„Er ist abgereist – und meine Freundin mit ihm", sagte Andreas bitter.

Fernando erinnerte sich gut an die schöne Paula. Frauen, dachte er, da verstehe einer einmal was in deren Kopf umgeht. Zuerst spielt man die trauernde Dame, und dann haut man einfach ab, mit dem Kollegen auch noch. Der arme Kerl da in den Kissen, blickte bleich und geschlagen. Aber konnte er nicht froh sein, dass sich die Lage geklärt hatte. Mit Verräterinnen ließ sich schlecht eine Zukunft aufbauen. Forsberg würde sich bald erholen, die unglückliche Beziehung abhaken und wieder auf die Beine kommen. Jetzt stellte sich vorerst aber die Frage, wohin mit dem Mann.

„Herr Forsberg, der Arzt meinte, ihr Zustand würde eine baldige Entlassung erlauben", begann der Comisario. „Was für Pläne haben Sie?"

„Ich werde wohl einfach nach Hause fliegen", antwortete Andreas bedrückt.

„Damit wird leider vorerst nichts", wandte Fernando ein. „Wir müssen Sie bitten, noch ein paar Tage auf Lanzarote zu bleiben, denn die Ermittlungen sind nicht abgeschlossen und erfordern Ihre Mithilfe. Die Täter dieser Verbrechen sollen nicht ungeschoren davonkommen."

Andreas zögerte. „Ja, ich denke, dass meiner morgigen Entlassung nichts mehr im Wege steht, aber wohin soll ich? – Zurück ins Hotel möchte ich nun wirklich nicht. – Ich hab' sogar den Namen vergessen..."

„Es heißt 'AguaCave' bei Matagorda", entgegnete Fernando. „Ich verstehe, dort sind keine schönen Erinnerungen. Wir müssten eine andere Möglichkeit finden, wo wir Sie auch umfassend beschützen können. Noch wissen wir nicht, ob die Täter nach Ihnen suchen. Die Verbrecher könnten befürchten, dass Sie sie identifizieren könnten."

„Wie denn?", entgegnete Andreas. „Ich habe Ihnen doch schon erklärt, dass die beiden Kerle schwarze Sturmmasken trugen. Selbst wenn ich die anderen Männer, diejenigen, die mich mit der Limousine abholten, erkennen könnte, so würden sich diese doch herausreden, dass sie selber Opfer waren, im Auftrag handelten und nichts ahnten."

Fernando nickte betrübt. „Wobei wir unverhofft wieder einmal in die Kreise der Regierung gelangen und damit auf Granit stoßen", brummte er.

„Unser Termin war beim Ministerium für den Ausbau und den Erhalt der Infrastruktur, wahrscheinlich das Innenministerium", erklärte Andreas. „Wenn ich mich richtig erinnere, heißt der Minister Allmerz oder ähnlich."

„Álmarzo", korrigierte Fernando. „Der Minister heißt José María Álmarzo, und der zuständige Verantwortliche der Wasserwerke auf Lanzarote, der Firma 'Aguaisla', ist deren Präsident mit dem Namen Estbano."

„Vom Letzteren habe ich nie etwas gehört", sagte Andreas.

„Möglich", antwortete Fernando, „aber der Mann ist genau derjenige, dem Ihre Pläne wahrscheinlich nicht gefallen. Die alten Anlagen zur Meerwasserentsalzung stammen aus Italien, und diese guten Beziehungen will ein Estbano sicherlich nicht gefährden."

„Aber diese Anlagen sind doch völlig veraltet", ereiferte sich Andreas. „Sie verbrauchen Unmengen an Energie, was wir mit unserer Solartechnik vermeiden wollen."

„Lieber Herr Forsberg", bremste ihn Fernando grinsend. „Sie müssen mich nicht überzeugen. Davon verstehe ich nichts."

„Ach, lassen Sie doch dieses Herr...", bat Andreas. „Wir sollten nicht so förmlich bleiben. Schließlich streiten wir auf der gleichen Seite."

„Gerne", antwortete Fernando. „Es bleibt aber jetzt schlussendlich immer noch die Frage, was machen wir mit dir? Wohin bringen wir dich in Sicherheit?"

William hatte dem Disput schweigend zugehört. Der bedauernswerte Mann beeindruckte ihn, und seine Ideen schienen, geradezu für eine kleine Insel wie Lanzarote, genau das Richtige zu sein. Der Wissenschaftler in ihm verlangte nachdrücklich nach einer Vertiefung der Materie und nach weiteren ausführlichen Erläuterungen und Gesprächen. Es formte sich der Gedanke, ob er Andreas vielleicht in sein Haus einladen könnte. – Das durfte er aber nicht, ohne vorher mit Olivia gesprochen zu haben.

Fernando fuhr aber fort: „Ich denke, wir suchen ein anderes Hotel, wo wir dich sicher unterbringen können…"

„Ich habe da eine andere Idee", unterbrach ihn William. „Wie wäre es, wenn Andreas zu uns käme. Ein besseres Versteck finden wir nicht, als unser abgelegenes Haus in Tabayesco. – Aber ich muss natürlich zuerst mit meiner Frau sprechen. Wobei ich nicht glaube, dass sie etwas einzuwenden hätte."

Verwirrt entgegnete Andreas: „Lieber William, das ist sehr gütig von dir, aber ich möchte auf keinen Fall das Leben deiner Familie belasten. Ein einfaches Hotel genügt durchaus."

„Wir sind nur zu Dritt", erklärte William, „unser Sohn Roni ist acht Jahre alt. Er ist sehr aufgeweckt und mag Besuch. Im Haus ist genügend Platz für alle. – Ich rufe gleich meine Frau an. Sie wird sich freuen."

Fernando nickte zustimmend. Seine ersten Bedenken verflogen. Obwohl der Retter und das Opfer in den Medien erwähnt wurden, war William Bennetts Identität nie preisgegeben worden. Der Wanderer, der per Zufall zur 'Galería' kam, konnte jeder gewesen sein. Außerdem, die Beiden am gleichen Ort unterzubringen erleichterte die Überwachung enorm, und der doch noch etwas angeschlagene Patient bekam seine benötigte Pflege.

Während William für sein Gespräch hinaus auf den Korridor verschwand, bat Fernando den Betreffenden: „Andreas, du solltest das Angebot annehmen. Dort im Valle de Temisa, bei den Bennetts, bist du gut aufgehoben, und wir brauchen nur ein Minimum an Bewachung. Eine hervorragende Lösung. Es dürfte auch nicht zu lange dauern, in ein paar Tagen wissen wir bestimmt mehr."

Der Optimismus des Comisarios in Ehren, dachte Andreas, aber war das nicht etwas übertrieben? Wie sollte die Polizei feststellen, wer hinter diesem Anschlag steckte, wenn er, der direkt Betroffene, selber keine Ahnung hatte? – Natürlich deutete einiges darauf hin, dass ihr Angebot zur Trinkwasseraufbereitung damit zu tun hatte, aber jegliche Hinweise auf Personen oder Beweise fehlten. Da kam ihm ein Gedanke.

„Comisario Fernando", begann er. „Was ist eigentlich aus meinen Unterlagen und der Aktentasche geworden. Die hatte ich doch an der Rezeption des Hotels deponiert?"

„Die haben wir natürlich in Verwahrung genommen", antwortete Fernando. „Ich denke, wir können sie getrost wieder dem rechtmäßigen Eigentümer, also dir, überlassen. Es sind ja eigentlich alles technische Unterlagen ohne weiteren Wert für unsere weiteren Untersuchungen."

Andreas nickte. „Na ja, ein paar private Sachen sind darin auch enthalten. Ich hätte die Mappe gerne wieder."

„Versprochen!", beteuerte Fernando und blickte zur Tür, wo William zurück ins Zimmer kam.

Der Eintretende grinste übers ganze Gesicht. „Perfekt!", rief er. „Wusste ich es doch, meine Olivia ist gerne dabei und richtet bereits das Gästebett."

Aufkommende Einwände des Patienten übergehend, sagte Fernando rasch: „Ausgezeichnet! Es bleibt uns also nur noch die Fahrt zu organisieren. – Es sollte ja nicht gerade jeder mitbekommen, wohin unser Freund hier in die Ferien fährt."

„Ich kann Andreas morgens natürlich abholen", versprach William. „Überhaupt kein Problem."

Fernando hielt kurz inne, sagte dann aber bestimmt: „Das organisiere ich. Wir nehmen ein neutrales Auto mit einem unserer Beamten. Der bringt die erwähnte Mappe mit und bleibt dann als erster Bewacher. Er wird sich unauffällig im Haus oder Garten aufhalten und wird routinemäßig abgelöst."

Die beiden Anderen nickten ergeben, und somit wurde als Termin auf elf Uhr am nächsten Tag festgelegt. Eine große Entlassung mit Arztvisite und Verabschiedung sollte nach Möglichkeit vermieden werden. Andreas Forsberg würde still und leise aus dem Hospital verschwinden.

Kapitel 25

Das kleine Dorf Tabayesco lag an diesem Tag, wie fast immer, verschlafen im unteren Teil des Barrancos del Chafarís. Die Straße führt in einer großen Schleife durch die Ortschaft. Erst nach den letzten Häusern steigt sie in engen Kurven steil hinauf in die wilde Schlucht und endet fünfhundert Meter weiter oben auf der Höhenstraße nach Haría.

Die Bewohner hatten sich längst an die eindrucksvolle Szenerie des Barrancos über ihnen gewöhnt und blickten normalerweise viel lieber hinunter in Richtung Arrieta und auf das weite Meer. Alles ruhte, und wie die spanische Siesta gebot, lag an diesem frühen Nachmittag der Ort träge in der Sonne. Die weißen Häuser wirkten verlassen und verschlossen. Keine Menschenseele weit und breit.

Sie nahmen gleich am Dorfeingang die kleine Nebenstraße rechts und erreichten am oberen Ende den Schotterweg, der zu den letzten Anwesen außerhalb des Dorfes führte. Bennetts Zuhause lag hundert Meter abseits und war durch einen palmengesäumten Fahrweg erreichbar. Ein selbstgebasteltes Schild verriet, dass die Bewohner ihr Haus ‘Finca Querida‘ getauft hatten.

Der Fahrer, ein Sargento in Zivil, der offensichtlich aus Nordafrika stammte, nickte anerkennend und stellte das Auto im Schutze großer Büsche gut verborgen ab.

William und Andreas kletterten aus dem Fond und streckten die Beine. Der Sargento blickte prüfend um sich und schien zufrieden.

Der Ort war wie geschaffen für ein Versteck. Hibiskus und andere Büsche verdeckten die Sicht von vorne, und hinten, gegen braches steiniges Feld, befand sich eine massive Mauer.

William bat seinen Gast ins Haus, doch bevor sie die Tür erreichten, erschien Olivia und begrüßte sie mit einem freundlichen Lächeln. Roni, der Sohn, stand schüchtern im Eingang. Vermutlich hatte man ihn ermahnt, die Ankömmlinge nicht gleich mit wildem Geschrei zu überfallen. Sein Vater ging aber vor ihm in die Hocke und hob ihn hoch.

„Roni, das ist unser Gast Señor Forsberg aus Deutschland", stellte er vor. „Das ist unser Sohn."

„Guten Tag!", sagte der Junge höflich.

„Guten Tag Roni", antwortete Andreas. „Darf ich denn bei dir wohnen, für ein paar Tage?"

„Klar, wenn Mami das erlaubt", entgegnete der Kleine.

William grinste und stellte seinen Sprössling wieder auf die Füße. „Womit klar wäre, wer in diesem Haus das Sagen hat. – Aber bitte, komm doch herein."

„Danke!"

„Ach, Sargento, sehen Sie sich ruhig um. Unser Haus verbirgt keine Geheimnisse, und die Toilette ist im Obergeschoss."

„Danke!", sagte der Beamte. „Bitte lassen Sie sich nicht stören, ich werde mich ganz unauffällig auf der Terrasse aufhalten."

Drinnen im Haus fragte Olivia verunsichert: „Ein Bewacher? Ist das wirklich notwendig?"

„Wahrscheinlich", entgegnete Williams. „Unser Gast ist nur mit viel Glück einem Anschlag entgangen. Comisario Fernando meinte jedenfalls, eine Bewachung wäre zur Sicherheit ratsam."

Olivia schüttelte den Kopf. „Du bist dir hoffentlich bewusst, dass du damit unsere Familie in Gefahr bringst?"

„Meine Liebe, natürlich weiß ich das", entgegnete William leicht genervt. „Aber überleg doch mal, Andreas ist in einer fürchterlichen Situation. Er ist nur knapp dem Tode entkommen, das geplante Geschäft ist bachab gegangen, und seine Freundin ist mit einem Anderen abgehauen. Ich konnte einfach nicht anders, da müssen wir helfen. – Außerdem, niemand weiß etwas von uns, und unseren Wohnort kennt sowieso keiner. Der Beamte dort draußen ist wirklich nur eine doppelte Sicherung."

„Ich geh' in die Küche und richte eine Kleinigkeit für alle", entgegnete Olivia und verschwand.

Am Abend, es war seit zwei Stunden bereits dunkel, und die gemeinsame Mahlzeit war eben beendet, wurde der Sargento abgelöst. Ein hagerer junger Mann saß jetzt draußen im Schatten der Terrasse und rauchte seine Zigarette.

Die Mutter brachte ihren Sohn zu Bett, und so blieben die beiden Männer allein am Tisch zurück. Während dem Essen war wenig geredet worden, das kräftige Beef-Stew schmeckte aber allen vorzüglich. Andreas lobte die Kochkünste der Hausfrau, aß mit gutem Appetit und bedankte sich höflich.

„Du scheinst dich wieder gut erholt zu haben", folgerte William und holte eine Flasche aus dem Schrank. „103er Negra, ein billiger Weinbrand, aber nicht schlecht. – Auch einen?"

Sie tranken sich zu und begannen mit einer allgemeinen Diskussion über Lanzarote und was diese Insel so einzigartig erscheinen lässt. Die bizarre Landschaft und das milde Klima machen sie zur beliebten Ferieninsel im Atlantik.

„Ich habe eigentlich noch kaum etwas gesehen", meinte Andreas. „War ja nur wegen dem Geschäft hier und habe die ganze Zeit im Hotel vertrödelt." – „Nein, eigentlich in einem scheußlichen dunklen Wasserstollen", fügte er bitter hinzu.

„Das ist jetzt gottlob hinter dir", beruhigte ihn Williams. „Es stellt sich aber die Frage, wie es weitergehen soll. Willst du das Projekt zur Wasserversorgung einfach kampflos aufgeben?"

Andreas seufzte. Er befand sich in einer unmöglichen Situation, verkroch sich hier in der hintersten Ecke der Insel und leckte seine Wunden. Es war geradezu absurd, das gemütliche Heim seines Retters vermittelte so viel Wärme und Sicherheit. Die einfache Lampe über dem Tisch verbreitete ein sanftes Licht, und die Stille des Hauses erzeugte ein Wohlbefinden, etwas was er seit langem nicht mehr verspürt hatte. Eine glückliche Familie lebte hier in Abgeschiedenheit und Frieden. Was für ein herrliches Leben.

Nur zögernd kam die Antwort über seine Lippen: „Lieber William, wenn ich deine Familie, dein Haus und den Frieden hier sehe und fühle, so frage ich mich unwillkürlich, ob kämpfen wirklich Sinn macht. Ich bin knapp dem Tode entronnen und muss erst einmal wieder zurück ins Leben finden. Ja, in was für eines will ich nach allem überhaupt?"

„Ich verstehe", sagte William leise. „Solche Fragen sind auch mir nicht fremd, und es ist wahr, wir führen hier ein sehr beschauliches Leben. – Aber trotzdem, ich bin Wissenschaftler und hänge mit Leib und Seele an meiner Aufgabe. Es sind Geologie und Hydrologie, die mich antreiben. Das hat einen enormen Einfluss auf die Menschheit, und es macht mich stolz, einen Beitrag dazu leisten zu können. – Du magst mich jetzt einen hoffnungslosen Weltverbesserer nennen, aber einen Sinn müssen wir doch alle unserem Dasein geben."

Andreas nickte nachdenklich. „Natürlich, auch ich hatte solche Visionen und dachte bei der Trinkwasserversorgung der Menschen, meinen Teil beitragen zu können. Die Meerwasserentsalzung ist mit Sicherheit die erfolgreichste Art dazu. Unser Destillationsverfahren, in Kombination mit Solarstrom, verspricht eine dezentrale Trinkwasserversorgung zu annehmbaren Kosten."

„Na also!", freute sich William. „Deine Lebensgeister sind zurück. – Und deine Firma? Ich habe gehört, dass dein Partner verschwunden ist. Besteht das Unternehmen jetzt eigentlich noch?"

„Ha, er ist abgehauen, als er dachte ich sei endgültig weg, und meine Freundin hat er gleich mitgenommen. Schöne Freunde das…"

„Tut mir leid!"

„Schon gut", fuhr Andreas fort. „Torsten war eigentlich nur der Geldgeber. Die Projekte stammen alle von mir, ich bin der Technische Leiter des Unternehmens und damit auch der Ausführende. Nur gibt es jetzt hier nichts mehr auszuführen. Das Projekt Lanzarote ist gestorben."

Nach kurzem Zögern sagte William: „Ich verstehe das nicht. Dein Finanzchef kann doch nicht einfach alles stornieren und verschwinden. Das geht doch nicht. Die Firma hat doch nicht aufgehört zu existieren, da sind doch Werkstätten, Lagerhallen, Büros und du als technischer Direktor bist auch noch da."

„Ja, ich bin wieder da“, grinste Andreas zynisch. „Es wird wohl meine nächste Aufgabe sein, in Hannover Ordnung zu schaffen und zu entscheiden, wie es weitergehen soll. Ich habe auch schon vom Spital aus angerufen und mich erkundigt, was da läuft. Die Sekretärin wollte erst nicht so richtig, erzählte dann aber, Torsten und Paula seien nach Dubai geflogen. Weiß der Teufel, was sie da vorhaben, Flitterwochen womöglich.“

Sein neuer Freund war wirklich nicht zu beneiden. William stellte sich vor, wenn ihm selber solches passieren würde. Was, wenn seine Olivia ihn verlassen würde. Einfach so, auf und davon. Natürlich war eine Frau kein Besitztum, aber etwas Rücksicht könnte man doch erwarten. Auch ein Mann hatte Gefühle, und dass diese Paula ihren Freund in der schlimmsten Lage seines Lebens einfach im Stich ließ, das war schon himmelschreiend. Eigentlich sollte Andreas froh sein…

Seine Gedanken unterdrückend sagte William: „Lieber Andreas, wir sollten in die Zukunft blicken, und wenn ich dir irgendwie helfen kann, dann zögere nicht. Ich bin für dich da.“

„Ach, du meine Güte, du hast schon viel für mich getan“, entgegnete Andreas. „Aber komm, gib mir noch einen Schluck von diesem Teufelswasser. Es hilft.“

William schenkte ein, und danach noch einen. Die Stimmung wurde gelöster, und bald referierten sie lautstark über Gott und die Welt. Im Großen und Ganzen drehte es sich natürlich um Lanzarote und die Probleme, die eine so kleine Insel mit sich brachte. Und dennoch, sie faszinierte immer wieder, und wer ihr einmal verfallen war, der liebte sie wie ein wertvolles Kleinod. Von den sieben kanarischen Inseln, war Lanzarote ohne Zweifel die unscheinbarste. Während auf Teneriffa der Vulkan Teide schneebedeckt bis in den Himmel reicht, auf La Palma die Pflanzen und Wälder üppig blühen und auf Gran Canaria kilometerweit blendend weiße Strände locken, war dieses Lanzarote wie eine unscheinbare kleine Schwester. Die Vulkane hier waren verhältnismäßig klein und kahl, einen Wald suchte man vergeblich, und die Strände waren meist mit schwarzem Picón bedeckt. Die letzten Eruptionen hatten weite Teile von Lanzarote mit bizarren schwarzen Lavafeldern bedeckt. Die Natur kämpfte sich hier über die Jahrhunderte mühsam ihr Recht zurück.

Ja, was war es denn, was die Besucher und auch ihn selber auf diesem kleinen Eiland festhielt und faszinierte? William war sich nicht sicher, aber vielleicht war es genau diese Einfachheit und diese schlichte Urgewalt, was beeindruckte. Hier fühlte man förmlich die dramatischen Vorgänge bei der Geburt einer Insel, ja der ganzen Erde. Glühendes Magma quoll aus zerrissenen Kratern, schoss in den Himmel und ergoss sich über das gequälte Land. Übrig blieben hier die wenigen Ureinwohner, die Guanchen, welche um jeden fruchtbaren Flecken Boden zu kämpfen hatten, um dann später auch noch von den Konquistadoren überfallen zu werden. Außer in der Geschichte und in ein paar Museen, war wenig von den ehemals stolzen Bewohnern übrig geblieben. Mittlerweile herrschte auf Lanzarote ein Völkergemisch aus vielen Ländern, von den vielen Touristen aus aller Welt ganz zu schweigen.

Mitten in diese Diskussion hinein platzte Olivia, die offensichtlich den schlafenden Sohn sich selber überlassen hatte. Sie blieb unter der Tür stehen, bemerkte die Situation der Männer und machte kehrt. Die beiden debattierten mit einem Eifer, was sie nicht stören wollte. Unbemerkt schloss sie die Tür wieder und verschwand zum Schlafzimmer.

„Lanzarote hat natürlich schon noch seine Vorteile", argumentierte William und verteidigte damit sein gewähltes Leben auf der Insel. „Vor allem das Klima, die übers ganze Jahr angenehme Wärme und der Sonnenschein, das ist einfach herrlich. Man fühlt sich frei von Kälte, Schnee und Regen und trägt das ganze Jahr leichte bequeme Kleidung. Die Freiheit empfinde ich ganz besonders, wenn ich oben auf dem Risco stehe und fast rundum über den Atlantik blicke. Es ist ein Gefühl, wie wenn man staunend vom Himmel auf die weite Welt schaute. An manchen Tagen flimmert das Meer wie glänzendes Silber, erstreckt sich weit in die Ferne und verbindet sich nahtlos mit dem leuchtenden Firmament."

„Wau!", rief Andreas und hob das Glas. „Da ist aber einer ganz schön in seine Insel verknallt. – Gibt es bei dir denn keinen Alltag und Pflichten wie Arbeit und Geld verdienen?"

William rülpste grinsend. „Doch, natürlich. Aber die Arbeit macht mir durchaus Spaß, und mein Platz dort oben beim Observatorium ist einmalig. Du solltest einmal mitkommen, so ein Büro hat sonst keiner."

„Na ja", meinte Andreas ernüchtert. „Ich jedenfalls nicht. Meine Arbeit ist definitiv dem Untergang geweiht."

Irgendwo zwischen den Gläsern, waren es nun drei oder schon vier, regte sich bei William ein Gedanke, welcher schon seit einiger Zeit in seinem Kopf herumspukte. Man hatte einfach angenommen, wenn Andreas Forsberg weg war, so wäre auch sein Projekt gestorben. – Aber er war noch hier und lebte, warum sollte seine Aufgabe nicht weiter verfolgt werden? Das Problem der Wasserversorgung auf der Insel war mit Gewissheit nicht vom Tisch. Sollte Andreas Projektvorschlag nicht doch noch eingereicht werden?

„Du bist doch nicht arbeitslos", platzte er los. „Reiche dein Angebot für das Projekt nach. Du hast gute Chancen."

„Spinnst du jetzt!", rief Andreas erschrocken. „Die verfluchte Schnapsidee ist doch gestorben. Ohne meinen Partner geht sowieso nichts mehr. – Hör' auf mit der Sauferei!"

William fuhr hoch: „Also, wenn wir schon am Fluchen sind, verdamme erst einmal diese hinterhältigen Schweine und die Art und Weise, wie sie dich aus dem Weg räumen wollten! Als nächsten verfluche auch deinen sauberen Kumpel, der dich postwendend fallen ließ und die Gelegenheit packte, um dir deine Freundin auszuspannen. Zum Teufel mit all diesen scheiß Halunken! – Da, nimm noch einen kräftigen Schluck!"

Andreas würgte, nickte aber ergeben. „Du hast ja recht. Ja, warum sollte ich die Halunken auf der ganzen Linie gewinnen lassen. Die Meerwasserentsalzungsanlage ist mein Kind und ist eine gute Sache. – Fragt sich nur, ob die hiesigen Verantwortlichen das auch so sehen." Er leerte das Glas, rülpste und fuhr mit blitzenden Augen fort: „Das wäre wirklich der Hammer, wenn wir deren verbrecherischen und korrupten Pläne vereiteln könnten." Hick… „Ich hätte große Lust…"

„Na also!", stimmte William zu und trank genüsslich. „Du hast doch die ganzen Unterlagen hier? Was hindert dich, diese zu benutzen?"

„Richtig! Die Akten sind noch alle da. Gleich morgens werde ich…"

„Langsam, mein Freund!“, bremste William. „Wir müssen uns absichern. Erst einmal muss alles kopiert werden, und dann sollte der Comisario von unserem Vorhaben wissen. Wir...“

„Wir, wir... wir?“, unterbrach ihn Andreas.

William grunzte. „Claro, wir werden die Sache jetzt zur Hand nehmen, und der Fernando muss uns helfen. Pass auf, du wirst noch Ehrenbürger dieser vermaledeiten Insel. Rettest die alle vor dem Verdursten. – Prost!“

„Was soll... die Polizei... jetzt damit zu schaffen haben?“, stotterte Andreas verwirrt.

„Der, Comisario hat die Connections zum Minister!“, wusste William grossmundig. „Fragt sich nur, ob deine Fabrik überhaupt noch besteht und liefern kann. Wir würden schön blöd... dastehen, ohne Meerwasserent...“

„...Entsalzungsanlage“, ergänzte Andreas. „Keine Angst, die Werkstatt und die Lagerräume in Hannover verschwinden nicht einfach, nur weil der tolle Torsten die Fliege macht. – Die sind noch mit dem Projekt in Marokko beschäftigt. Muss da aber unbedingt zum Rechten sehen.“

„Funktioniert das Dingsda dort in Afrika überhaupt?“

„Was glaubst du denn?“, fuhr Andreas auf. „Das solarbetriebene Verdunsten liefert hervorragendes Trinkwasser zu vernünftigem Preis.“

William spähte ins Innere des Glases, wie wenn er dort die Bestätigung finden könnte. „Für mich tönt das wie das Destillieren von gutem Schnaps. Trauben, Kräuter oder Früchte gefällig?“

Andreas gluckste. „Der hier ist aus Trauben.“

„Wo stellen wir denn diese Brennerei... entschuldige, diese Anlage hin?“

„Haben wir uns natürlich auch schon überlegt“, antwortete Andreas. „Die Ostküste in der Nähe von Arrieta wäre ideal.“

„Super! Dann hätten wir sie direkt vor der Tür... und jede Menge günstiges Destillat garantiert“, grinste William fröhlich.

„Hör‘ endlich auf, mit dieser Blödelei!“, brummte Andreas und riss sich zusammen. „Und mit der Sauferei auch gleich. – Wir müssen überlegen, wie wir das Angebot an die richtige Stelle bringen.

Dein Freund, der Comisario, wird nicht begeistert sein, den Briefträger zu spielen. – Ja, und wohin denn überhaupt?

William grinste weiter. „Der wird schon den richtigen Draht finden. Das ist ein alter Fuchs. Außerdem, du wolltest doch zum Ministerium. Also, vermutlich dorthin."

„Richtig", bestätigte Andreas. „Aber vorher sollten wir alles kopieren. Wer weiß, ob nicht plötzlich doch noch alles verschwindet."

William schob die Flasche endlich zur Seite. Der Inhalt stand kurz vor der Neige und sowieso, sie hatten genug. Wollten sie am Morgen ihr Vorhaben tatsächlich umsetzen, dann brauchten sie klare Köpfe. Die Kopien konnten sie hier im Haus nicht machen, aber dafür stand ein Apparat oben in seinem Büro, auf dem Risco. Am besten, sie fuhren dort hinauf und kontaktierten auch Comisario Fernando. Andreas Bewacher sollte kein Problem darstellen, der konnte einfach mitkommen.

Kapitel 26

Auf der anderen Straßenseite, gegenüber dem Hafengelände von Puerto Naos, liegt eine kleine namenlose Bar. Der Besitzer hatte nie eine Lizenz beantragt und schien eine solche auch nicht zu benötigen. Seine Kundschaft waren vor allem Hafenarbeiter, die einen billigen Wein wollten und sich an der verlotterten Einrichtung nicht störten.

Der Wirt, mit dem Namen Carlos, war ein drahtiger Mittvierziger mit derben Gesichtszügen und schütterem Haar. Sein etwas breitbeiniger Gang verriet, dass er wohl einmal zur See gefahren war. Er sprach nur das Notwendigste und machte immer eine unnahbare, abweisende Miene. Er war immer allein, bediente, kassierte und polierte die Gläser. Nie sah jemand eine Aushilfe, eine Putzkraft oder sogar eine Frau. Der Mann war Eigner auf seinem Schiff, dieser Bar, sein eigener Kapitän und zugleich auch der Schiffsjunge. Die Kunden tranken schweigend, keiner stellte Fragen, und wenn einem der Wein nicht gefiel, brauchte er auch nicht mehr zu kommen.

Es war deshalb äußerst ungewöhnlich, als an diesem Abend ein gut gekleideter Herr das Lokal betrat und barsch wünschte den Besitzer zu sprechen. Die drei Gäste an der Bar starrten weiterhin in ihr Glas und wollten von der ungewohnten Situation nichts wissen. Carlos trat hinter der Theke hervor und ging dem fremden Gast gruß- und wortlos voran zur Hintertür. Er schloss diese auf und stieg die Treppe hoch. Der Herr folgte ihm unaufgefordert in das einzige Zimmer, welches gleich über der Schankstube lag. Es war stockdunkel, bis Carlos endlich den Schalter drehte. Im diffusen Licht der nackten, von der Decke hängenden Lampe, waren ein Tisch und Stühle zu erkennen. An der Wand befand sich ein großer Schrank, daneben ein ungemachtes Bett.

Carlos drehte sich um und knurrte böse: „Was fällt dir ein? Es war ausgemacht, dass du nie hierher kommst.“

„Für dich bin ich immer noch der Señor Estbano“, blaffte der Angekommene. Wie haben noch nie zusammen ein Deck geschrubbt, also bleibt es dabei.“

„Was will der edle Señor Estbano denn?“, brummte Carlos abschätzig. „Oder bringt er mir vielleicht einen Bonus für weiteres Schweigen?“

„Lass das!“, bellte Estbano. „Eure verfluchte Pfuscharbeit werde ich sicher nicht noch belohnen. Aber, ich habe eine weitere Aufgabe für euch. – Wo ist dein Bruder?“

„Er ist wie gewohnt im Einsatz“, antwortete Carlos unwirsch. „Dein Kerl ist aus dem Spital nach dem gottverlassenen Kaff Tabayesco gebracht worden und wird jetzt dort rund um die Uhr bewacht.“

„Und die Dokumente?“, begehrte Estbano auf, und redete sich in aufkommende Rage. „Die habe ich bis heute nicht, obwohl ihr den Auftrag hattet, sie zu beschaffen. Ihr wollt immer nur das Geld, aber liefern…“

„Halt‘ die Klappe!“, knurrte der Mann und missachtete absichtlich erneut, wen er vor sich hatte. „Die Papiere waren doch bei der Polizei. Wie zum Teufel sollten wir die dort abholen?“

„Und jetzt?“

„Vermutlich in diesem Haus in Tabayesco.“

Estbano grunzte. „Dann sollte es jetzt doch problemlos möglich sein, sie zu beschaffen. Bringt sie mir, und über einen Zuschuss werde ich nachdenken.“

„Du bist wirklich bescheuert“, höhnte Carlos. „Nachdenken willst du! Ich sag‘ dir was, es kostet dich vierzigtausend, jetzt, im Voraus und in bar.“

„Unsinn! Vergiss es!", blaffte Estbano. „Ihr habt schon viel zu viel bekommen. – Und wenn ihr euch querlegt, lass ich euch auffliegen. Ihr, zwei elenden Stümper, habt die Entführung gemacht, nicht ich. Das gibt lange Jahre Knast für euch. Ich selber weiß von nichts."

„Schau mal an", spottete Carlos. „Der Herr Saubermann denkt, ihm könne nichts geschehen. Wenn wir auffliegen, dann bist auch du mit dran, das schwör ich dir. Deine scheiß Karriere und das schöne Geschäft sind dann beide im Eimer. – Aber seien wir vernünftig, die Hälfte jetzt und den Rest bei der Übergabe der Dokumente."

„Ihr wollt alle immer nur Geld, aber eure Arbeit ist stümperhaft", reklamierte Estbano. „Es reicht, ich habe hier eine Anzahlung, den Rest bekommt ihr, wenn alles zu meiner Zufriedenheit erledigt ist. – Da, es sind zehntausend."

Damit zog er einen Umschlag aus der Jacke und warf ihn auf den Tisch in der Mitte des Raumes.

Carlos schnappte sich das Hingeworfene, warf einen kurzen Blick hinein und steckte es in seine Hosentasche. „Verdammte Knauserei", knurrte er. „Aber gut, wir machen's."

Estbano verließ den Raum grußlos, und eilte zufrieden zu seinem Wagen. Wenn er die Unterlagen dieser deutschen Firma hatte, war die Sache gelaufen. Niemand konnte ihm dann bis zum Abschluss seines Vorhabens mehr in die Quere kommen. Seine Anlagen würden von den Italienern erneuert und ausgebaut, und die Mittel würden reichlich fließen. – Diese neuartigen Ideen konnten sich die Kerle aus Deutschland an den Hut stecken, sie würden bei ihm im Shredder landen.

Was Estbano aber nicht bedacht hatte, und Carlos grinsend feststellte, war dass der Geschäftsmann sich mit seinem Besuch in diesem Café eine unverzeihliche Blöße gegeben hatte. Er war unten im Lokal nicht nur aufgefallen wie ein bunter Hund, sondern er wusste auch nicht, dass sein Gegenüber das Smartphone auf Aufnahme geschaltet und jetzt alles gespeichert hatte. Der Kerl war komplett in seiner Hand, und wehe, er spurte nicht.

Als Carlos wieder zurück an die Bar kam, fand er gerade noch einen Gast vor. Der lehnte an der Theke und schien mit offenen

Augen zu schlafen. Rücksichtslos schupste ihn Carlos an und beförderte ihn, noch bevor der Mann realisierte wie ihm geschah, vor die Tür. Er schloss sorgfältig ab und stieg wieder nach oben.

Er öffnete den Schrank und schob den Umschlag unter einen Stapel Wäsche. Dann zog er die Tischschublade auf und brachte einen modernen Laptop zum Vorschein. Geübt kopierte er die Handyaufnahmen auf seinen Rechner und hörte alles nochmals ab. Zufrieden fuhr er den Computer herunter und schloss den Deckel. Soll der Dummkopf doch groß auftrumpfen, er Carlos Casado hatte alles in der Hand und würde seinen Teil bald bekommen. Dann war es vorbei mit dem dunklen Loch hier am Hafen, und seine Träume würden war werden, ein heller Strand, Palmen, flotte Musik und Mädchen. Egal wo, einfach weg von hier, mit viel Kohle.

Der nächste Schritt war, Paco, seinen Bruder anzurufen, aber das musste warten. Es war lange nach Mitternacht, und die Nachtruhe durfte dort auf keinen Fall gestört werden. So schwer es ihm fiel, er musste warten.

In Tabayesco begann der Morgen schleppend. Die beiden Zecher der vorangegangenen Nacht erschienen erst gegen zehn Uhr und nippten unlustig am heißen Kaffee. Draußen auf der Terrasse hörte man den Beamten telefonieren. Olivia war bereits weg. Sie brachte Roni zur Schule in Arrieta und wollte dann gleich ein paar notwendige Einkäufe tätigen.

„Ich schreib' ihr auf einen Zettel, dass wir oben im meinem Büro sind", sagte William zu Andreas. „Geh, hol' jetzt die Tasche! Wir müssen los."

Andreas tat wie geheißen, fragte dann aber: „Was ist mit dem Aufpasser? Soll der jetzt tatsächlich mit?"

„Ja, es ist am besten so. Comisario Javier, ich habe ihn vorhin kurz angerufen, stimmte zu, wir sollten ihn einfach mitnehmen", entgegnete William. „Der Polizist findet unsere Pläne gut, mahnt aber zur Vorsicht."

Paco war längst von seinem Bruder angerufen worden und wusste deshalb Bescheid. Noch wollte er aber seine Tarnung nicht aufgeben, weshalb er bereitwillig mitging. Allerdings bestand er darauf, sein eigenes Auto zu fahren, was bei William ein verständnisloses Kopfschütteln auslöste.

„Ein komischer Typ, dieser Sargento", meinte er dann auch zu seinem Mitfahrer, als er die steilen Kurven hinauf zum Risco nahm.

Andreas saß steif neben ihm und hielt seine Mappe auf dem Schoss. Er starrte auf die schmale Fahrbahn und fragte sich, wie hier überhaupt ein Gegenverkehr möglich war. Links entlang der Böschung befanden sich durchwegs bröckelnde Steinmauern und rechts tat sich, ohne sichernde Leitplanken, der Abgrund auf. William nahm aber die engen Kurven gekonnt und demonstrierte damit, dass er den Weg im Schlafe kannte. Es war ja sein täglicher Arbeitsweg.

Oben angekommen, atmete Andreas auf. Auf der Krete vor ihnen erschienen jetzt die Kuppeln des Observatoriums. Die beiden Kugeln, eine größere und eine kleinere, ragten wie zwei verlorene Bälle in den Himmel.

„Was zum Teufel ist denn das?", rief Andreas erstaunt. „Erwartet ihr hier, auf dieser gottverlassenen Insel, etwa Außerirdische?"

„Unsinn!", lachte William. „Das ist eine Radaranlage zur Luftraumüberwachung. Die EVA22 oder 'Escuadrón de Vigilancia Aérea' entstand in Zusammenarbeit mit den Vereinigten Staaten und dient der militärischen, wie auch zivilen Flugüberwachung. Seit einigen Jahren ist hier aber, soviel ich weiß, eine italienische Anlage in Betrieb."

„Schon wieder diese Italiener!", entfuhr es Andreas. „Die sind auch unsere Konkurrenten. Und du arbeitest hier?"

Erneut lachte William. „Nein, natürlich nicht. Damit habe ich nichts zu tun. Die hatten hier, wahrscheinlich von früher her, einige leer stehende Büroräume. Da bin ich stationiert. Ich arbeite als Geologe für die Umwelt, bleibe also sicher am Boden und nicht in der Luft. – Wir sind gleich da."

Als sie etwas unterhalb, bei den langgezogenen Gebäuden, aus dem Wagen kletterten, konnte Andreas einen erstaunten Ausruf nicht unterdrücken: „Was für eine herrliche Aussicht!"

„Tatsächlich", sagte William. „Manchmal frage ich mich, wie ich zu so einem Arbeitsplatz komme. Aber er gibt mir auch die notwendige Weitsicht und Hoffnung, die wir uns für die Zukunft wünschen sollten. Der Blick auf das unendliche Meer gibt uns eine Ahnung über die Größe der Schöpfung unseres Herrn."

Inzwischen hatte der Sargento sein Auto staubaufwirbelnd nebenan zum Stillstand gebracht.

„Muss das sein…?“, brummte Andreas ärgerlich.

Der Beamte schlug die Wagentür zu, trat heran und griff fordernd nach der Mappe. „Ich habe Order, diese Dokumente sicherzustellen. Sie sollen nach Arrecife gebracht werden.“

„Wie das?“, protestierte Andreas, trat erschrocken zurück und drückte die Mappe an sich. „Die gehören mir. Sie haben kein Recht…“

„Order von oben“, blaffte der Mann. „Gib schon her!“

„Nein!“

William war unsicher, trat aber dazwischen. „Jetzt mal langsam! Lass uns erst einmal hineingehen. Wir wollen das natürlich erst bestätigt haben.“

Er öffnete, schob Andreas rasch ins Büro und schlug die Türe blitzartig zu. Während Paco überrumpelt draußen stehen blieb, drehte William sofort den Schlüssel.

„Der hat sie doch nicht alle!“, rief Andreas aufgeregt und ließ die Mappe auf Williams Schreibtisch sinken. „Ich geb‘ meine Dokumente nicht mehr her. Wir wollten doch… Wer ist dieser Kerl da draußen überhaupt?“

William ging zum Fenster und spähte durch die Lamellen. Der Mann rüttelte fluchend an der Klinke, machte aber keine Anstalten einzubrechen. Die wenig stabile Tür und das Fenster würden ihn kaum aufhalten, und wenn er wirklich Gewalt anwenden würde, hätten sie keine Chance. – Aber ja, wer war das überhaupt? Ein Polizist würde sich doch nie so verhalten. Hatten die heutzutage solche Typen unter ihnen?

Bei diesen Gedanken war William bereits am Telefon und scheuchte Comisario Javier im Revier von Haría auf: „Comisario! Hier ist Bennett von Tabayesco. Wer ist das, dieser Aufpasser, der uns geschickt wurde. Er will Andreas Dokumente. Wir sind oben in meinem Büro und haben uns eingeschlossen und…“

„Langsam“, bremste Javier den Wortschwall. „Schön der Reihe nach. Sie befinden sich im Office oben bei dem Observatorium. Wer ist bei ihnen und warum?“

„Andreas Forsberg ist bei mir, aber das sagte ich doch schon“, antwortete William nervös. „Die Frage ist, wer ist dieser Polizist, den Sie uns vor die Türe setzten. Der bedroht uns.“

„Sie meinen den Mann, der für Forsbergs Sicherheit abgestellt wurde. Ein Sargento, was ist mit dem? – Der bedroht Sie?“

„Sage ich doch die ganze Zeit!“

Javier grunzte in Unglauben. „Da muss ein Missverständnis vorliegen. Haben Sie denn etwas getan, was ihn aufgebracht hat?“

„Comisario!“, rief William entsetzt. „Das glaube ich jetzt nicht, Sie wollen uns unterstellen, wir hätten den Mann dazu veranlasst, uns zu bedrohen. Unerhört!“

Paco versuchte noch einmal die Türe zu öffnen, aber sie hatten sich tatsächlich eingeschlossen. Natürlich könnte er Gewalt anwenden, um an die Dokumente zu kommen, aber dann müsste er zwei Männer überwältigen und beseitigen. Das war definitiv nicht vorgesehen. Besser, er verschwand, bevor seine Tarnung aufflog. Er sprang kurzerhand in sein Auto und fuhr davon.

Im Inneren bemerkten sie seinen Abgang sofort, und William seufzte erleichtert. „Der Comisario hat versprochen, dass sie kommen. Es könnte aber eine Weile dauern. – Nun wird er uns noch weniger glauben, dass sein Polizist uns bedroht hat.“

„Hauptsache, wir sind ihn jetzt los“, argumentierte Andreas. „Machen wir uns an die Arbeit, kopieren wir das Ganze und stellen wir das Angebot zusammen. Ich bin gespannt, wie das ankommt.“

Kaum hatten sie das Gerät in Betrieb und die ersten Seiten fielen in den Auffangkorb, brauste das Polizeiauto auf den Platz. Javier und Fernando sprangen heraus und kamen zur Tür. William beeilte sich aufzuschließen.

„Wo ist Sargento Casado?“, bellte Javier grußlos.

Fernando blickte sich um und grüßte: „Guten Tag die Herren. Wie ich sehe, ist unser Mann weg. – Schöne Aussicht hier oben.“

„Sargento Paco Casado wird jetzt überprüft“, erklärte Javier. „Das ist die Aufgabe der Zentrale in Arrecife. Bis jetzt haben wir keine Auffälligkeiten, aber warten wir ab.“

Fernando beobachtete das Kopiergerät und sagte: „Erzählen Sie doch bitte, was Sie hier machen. Sie sollten doch unten in Tabayesco sein.“

Während Andreas weiter Papiere einlegte und Kopien ordnete, erklärte William ihre Idee, das Angebot doch noch nachzureichen. Die Firma Vattec bestand ja nach wie vor, und Andreas wäre durchaus in der Lage, sie weiterzuführen. Die Pläne lagen vor, und warum sollten sie es nicht versuchen.

Fernando nickte und meinte: „Durchaus, warum nicht. Es freut mich, dass es doch noch weiter geht. Das letzte Mal sah ich Andreas im Spitalbett, ohne viel Hoffnung, dass sein Vorhaben noch gelingen könnte. Dann hast du dich bereit erklärt, ihn bei euch aufzunehmen, und jetzt macht er trotz allem weiter.“

„Tatsächlich scheint er sich wieder gut erholt zu haben“, sagte William. „Er hat auch wieder große Pläne.“

„Das gefällt mir“, entgegnete Fernando. „Wenn ich irgendwie helfen kann, dann…“

Er wurde von Williams Handy unterbrochen. „Geh‘ nur dran! Ich kann warten.“

„Meine Frau“, murmelte William und trat zur Seite.

„Wer ist da?“, kam zögernd die Frage, während ein verwirrter Ausdruck auf seinem Gesicht erschien. Dann wurde er bleich und knurrte: „Wie kommen Sie an das Handy meiner Frau?“

Während er weiter zuhörte, erfassten ihn sichtbar Schrecken und dann Zorn. „Ich bringe dich eigenhändig um!“, schrie er. „Wenn Olivia nur das Kleinste geschieht, du…“

Alarmiert blickten alle auf, und Fernando winkte fordernd nach dem Handy. William drehte sich aber weg und hörte mit versteinertem Ausdruck schweigend zu. Dann ließ er den Arm sinken.

„Er hat Olivia“, stöhnte er. Sie ist in seiner Gewalt. – Wenn er ihr etwas antut, dann…“

„Wo ist er?“, bellte Fernando. „Bei dir zu Hause? Was will er?“

William nickte. „Er will die Dokumente.“

Javier war bereits am Telefonieren, als Andreas sich einmischte und gefasst sagte: „Gebt ihm die Papiere. Sie sind nicht so wichtig. Er soll sie haben. Hauptsache Olivia passiert nichts.“

Javier tigerte mit dem Handy durch den Raum. „Also doch! Da ist ein stinkendes faules Ei in unseren Reihen. Arrecife schickt sofort das Sonder-Einsatz-Team her. Wir sollen vorerst nichts unternehmen.“

Fernando sagte: „Ich schlage vor, wir geben ihm das Verlangte. Andreas hat recht, die Sicherheit der Geisel geht vor. – William, wie will er die Mappe bekommen?"

„Ich soll sie zum Haus bringen und vor die Tür stellen", sagte William. „Ich muss sofort hin, bevor Roni aus der Schule kommt. Nicht auszudenken, wenn auch er noch in Gefahr gerät. Los, komm schon Andreas, sammle alles zusammen, steck die verfluchten Papiere in die Mappe und gib sie her!"

Javier zögerte. „Es wäre besser, die Spezialisten machen zu lassen. Wir wissen nicht wie der Mann reagiert und was er mit der Geisel vor hat. Er hat seine Dienstwaffe, ist also gefährlich und offensichtlich unberechenbar.

„Vielleicht ist sie schon tot", keuchte William. „Ich muss sofort hin. Ich geb' ihm alles was er will, aber ich will meine Frau unversehrt."

Fernando nickte. „Das sehe ich auch so. Wir geben ihm die Dokumente im Tausch gegen Olivia. Ich fahr mit dir zum Haus. Du machst die Übergabe, und ich bleibe zur Sicherheit im Hintergrund. Du Javier, du hältst die Sondereinheit zurück und fährst zu Ronis Schule. Er darf auf keinen Fall zu Hause auftauchen. Wenn wir alle in Sicherheit haben, erst dann überlassen wir den Kerl der Spezialtruppe."

Für Paco schien bis dahin alles nach Plan zu laufen. Dass die Frau gar nicht in seiner Gewalt war, konnte ja keiner wissen. Die Idee war im auf der Fahrt hinunter zur Küste gekommen. Wenn er sich im Haus dieses Geologen verbarrikadierte, würde er das Gewünschte ohne weitere Gewalt bekommen. Wie erwartet, war das Haus verlassen, und dann hatte er auch noch Glück. Das Smartphone der Dame lag auf der Anrichte. Damit war seiner Forderung unverhofft Nachdruck verliehen worden. Der Anruf hatte den Mann derart eingeschüchtert, dass der Erfolg so gut wir garantiert war. Hoffentlich beeilten sie sich.

Kurze Zeit später, gegen Mittag, fuhr plötzlich ein Auto auf den Vorplatz, die Wagentüre wurde zugeschlagen, und durch den Eingang erschien Olivia. Verdutzt blieb sie stehen und blickte um sich. Der Mann dort. Er saß zurückgelehnt auf dem Sofa und grinste ihr frech entgegen.

„Was machen Sie hier?", entschlüpfte es ihr. Dann sah sie die Pistole auf dem Tischchen und erbleichte.

„Gut, dass du da bist", feixte Paco und griff nach der Waffe. „Du kannst jetzt mitspielen oder willst du es lieber grob?"

Olivia fasste sich und schrie: „Machen Sie, dass Sie aus meinem Haus kommen! Sie haben hier nichts verloren. Raus!"

„Du willst es also lieber grob", grunzte Paco. „Ich schieß dir ins Knie und verschnüre dich wie eine Mumie. Deinem Alten wird es zwar nicht gefallen, aber du lässt mir keine Wahl."

Eingeschüchtert verlegte sie sich aufs Bitten: „Bitte hören Sie auf. Ich verstehe nicht. Was soll das?"

„Dein Mann wird schon verstehen, was ich will. Am besten, du verhältst dich ruhig. Marsch, ab ins Bad und mach keinen Stress!"

Er sperrte sie ein und steckte den Schlüssel in seine Tasche. Damit hatte er nicht gerechnet, aber es könnte zusätzlich überzeugend wirken, wenn er die Frau in seiner Gewalt hatte. – Hoffentlich tauchte nicht auch noch der Kleine auf. Komplikationen waren gar nicht sein Fall.

Die Sonne stand hoch am Himmel und brannte erbarmungslos in das baumlose Tal. Die, für die Insel übliche kühlende Briese fehlte an diesem Tag gänzlich, als sie von oben kommend durch die engen, staubigen Gassen des Dorfes fuhren. Tabayesco war um die Mittagszeit völlig ausgestorben, so wie wenn sich die wenigen Einwohner in ihren dunklen Räumen zurückgezogen und eingeschlossen hätten.

An der Zufahrt zum Haus standen die Palmen lahm und staubig, wenig Schatten spendend. William hielt und ließ Fernando, auf dessen Bitte, gleich bei der Einfahrt aussteigen.

„Ich bin gleich hinter dir", sagte der Comisario. „Sei vorsichtig! Geh' auf keinen Fall ins Haus! Stell die Mappe hin und komm zurück. Keine Konfrontation bitte!"

„Ich will einfach meine Frau", brummte der Angesprochene und fuhr weiter.

Als William vor der Haustür hielt, ertönte plötzlich sein Handy. Er stieg aus und nahm den Anruf an. „¡Dígame!"

„Stell die Mappe neben die Tür und verschwinde!", ertönte es.

„Ich will zuerst meine Frau", keuchte William.

Paco knurrte: „Mach' was ich dir sage! Wenn du ins Haus kommst, ist sie tot."

„Du Schwein!", brüllte William, besann sich dann aber. „Du bekommst die Dokumente, aber lass Olivia in Ruhe."

„Was soll ich mit deiner Alten?", brummte Paco. „Wenn ich die Papiere habe, bin ich weg. Stell sie hin und verschwinde! – Komm mir aber nicht in die Quere, noch habe ich sie, und ich zögere nicht."

„So läuft das nicht", entgegnete William. „Du bekommst die Papiere und ich meine Frau. Das ist der Deal. Jetzt sofort, und dann verschwindest du. Nimm dein Auto, und ich werde dich nicht aufhalten. Ich stell die Mappe sogar in deinen Wagen, um es leichter zu machen. Olivia soll aber vorher ans Fenster kommen."

Es dauerte und dauerte. Verdammt, was hatte der Kerl im Sinn? William war wie auf Nadeln und hoffte, dass Fernando nicht plötzlich aus dem Gebüsch auftauchte und alles zunichtemachte. Roni könnte heimkommen oder die Spezialeinheit der Polizei auffahren. Jede Minute zählte. Was zögerte der Kerl?

Da erschien Olivias angstvolles Gesicht hinter der Fensterscheibe. Sein Herz raste, aber wild entschlossen eilte er zum Auto und warf die Mappe auf den Hintersitz. Kaum hatte er die Türe zugeschlagen, rannte Paco, seine Waffe schwenkend heran, sprang hinein und raste mit durchdrehenden Rädern davon.

Fernando erschien aus dem Gebüsch, steckte seine Pistole zurück und blickte dem fliehenden Wagen nach. William war aber bereits durch die Tür im Wohnzimmer und fing seine Liebste auf.

„Es ist alles gut", versuchte er sie zu beruhigen, wobei er selber wie unter Schock stand und zitterte. „Er ist weg."

Fernando war bereits am telefonieren. Er musste die Spezialeinheit zurückrufen, Javier informieren und eine Fahndung einleiten. Der Flüchtige würde nicht weit kommen.

Kapitel 27

In seinem modern eingerichteten Büro des Verwaltungsgebäudes der 'Aguaisla', östlich von Arrecife, freute sich Manuel Estbano an seinem Erfolg. Durch das große Fenster blickte er direkt auf die Bucht und auf das dort gestrandete, verrostete Wrack eines griechischen Frachtschiffes. Böse Zungen behaupteten, das Netz der Wasseraufbereitung und -versorgung von Lanzarote sei in einem ähnlichen, dem Untergang geweihten Zustand, wie das kaputte Schiff dort draußen.

Das Wrack liegt nun schon über vierzig Jahre dort und ist inzwischen so etwas wie eine Touristenattraktion geworden. Die Kritiker meinten aber, das Schandmal müsse endlich beseitigt werden, denn es symbolisiere den Zustand der Infrastruktur der Insel ganz allgemein. Der Vergleich hinkte natürlich bedenklich, denn die Anstrengungen der 'Aguaisla' waren enorm. Natürlich waren die Anlagen des italienischen Unternehmens längst veraltet und glichen dem Wrack dort draußen, aber jetzt hatte er ja die Möglichkeiten, diese Situation zu ändern, zum Wohle der Menschen und natürlich auch für ihn selber. Keiner würde ihm in die Quere kommen, auch dieser Deutsche nicht.

Manuel Estbano war früh aus seiner Villa in Güime, einem luxuriösen Ort unterhalb der beiden weithin sichtbaren Vulkane Montaña Blanca und Guatisea, aufgebrochen. Vorher war er noch ein paar Längen geschwommen. Der Pool war sein ganzer Stolz, denn über den nahtlosen Rand lag die ganze weite Aussicht über die Hauptstadt Arrecife und das endlose Meer vor ihm. Seit der Scheidung vor vier Jahren lebte er allein in dem großen Haus, was ihn aber nicht störte. So konnte er tun und lassen was er wollte, und die Arbeiten wurden von einer Wirtschafterin und einem Gärtner erledigt. Froh, dem ewigen Gezänke der Frau, Kinder hatten sie gottlob keine, entkommen zu sein, genoss er seine Freiheit und konnte sich ganz seiner Karriere und dem Erfolg widmen.

Der Erfolg lag nun endlich in greifbarer Nähe. Die gestrige Meldung, dass die unliebsamen Dokumente endlich zur Hand wären, hatte ihn in eine euphorische Stimmung versetzt. Gleich nach dem morgendlichen Schwimmen holte er das Geld aus dem Safe und machte sich auf den Weg zum Treffpunkt. Carlos war schon da und ließ ihn durch die Hintertür ein. Oben, im Zimmer über der Bar, stand die Mappe mitten auf dem Tisch.

„Na endlich!", rief Estbano aufgeregt und griff danach.

„Moment!", knurrte Carlos. „Erst das Geld!"

„Daran soll es nicht liegen", sagte Estbano friedfertig. „Ich möchte nur sicher gehen, dass alles da ist."

Carlos schnaubte. „Es ist alles da. Mein Bruder hat es tatsächlich geschafft. – Leider ist seine Tarnung aufgeflogen. – War ja auch eine blöde Idee, Polizist, so ein Unsinn. Aber es hat funktioniert, und deshalb wollen wir jetzt das Geld."

Estbano warf einen Blick in die Mappe. Es schien, soweit er das jetzt flüchtig beurteilen konnte, wirklich nichts zu fehlen. Er übergab den Umschlag.

„Es sind zwanzigtausend, das Doppelte wie ausgemacht. Ich denke, dein Bruder sollte, nachdem er seine Position verloren hat, eine Weile untertauchen."

„Lass das einfach unsere Sorge sein", brummte sein Gegenüber und steckte das Geld ein. „Es ist besser, du kommst nie mehr hierher. Nimm deine Ware und geh! Ab jetzt kennen wir uns nicht."

Das war ganz in Estbanos Sinn. Er ergriff die Tasche, verließ den Raum wortlos, ging zu seinem Auto und fuhr zurück zu seinem Büro.

Die Mappe stand nun offen neben seinem Pult und die Dokumente verstreut vor ihm. Was diese 'Vattec' da vorschlug war nichts als utopische Spielerei und gehörte postwendend in den Papierkorb. Er nahm sich nicht die Mühe, die Dokumente genauer zu studieren, schaltete den Shredder ein und begann die Blätter zu vernichten. Zufrieden beobachtete er, wie die Schnitzelstreifen in den Container fielen.

Während er weiter Blatt um Blatt in den Shredder führte, überlegte er, dass der Abbruch aller Verbindungen mit dem Brüderpaar eine sehr gute Lösung darstellte. Es war absolut wichtig, dass er mit den Vorfällen um die alternativen Projekte 'Meerwasserentsalzung' nicht in Verbindung gebracht werden konnte.

In seinem Hinterkopf meldeten sich aber immer wieder schleichende Gedanken, wie es denn mit ihm selber weitergehen sollte. Dass er das Geschäft mit den Italienern durchziehen musste, war schon klar. Es konnte ihm eine Menge Geld einbringen. Ein Problem nagte aber immer wieder beharrlich an seinem Geist, war er seine Mitwisser tatsächlich für immer los? Was, wenn die beiden Brüder Carlos und Paco auf die Idee kamen, ihn weiter auszunehmen und ihm erneut horrende Forderungen stellten. Was, wenn der, als Mörder gesuchte Emilio Rodríguez geschnappt wurde und um sich selber zu entlasten, zu reden begann? – Dieser saß zurzeit in seiner Wohnung in Arrecife. Entgegen seiner voreiligen Aussage, man sollte genügend Zeit verstreichen lassen, kam Estbano nun zur Einsicht, dass das Problem nicht auf die lange Bank geschoben werden sollte. Er musste dafür sorgen, dass dieser Bauer so schnell wie möglich von der Bildfläche verschwand. Der Kerl brauchte neue Papiere und eine gefahrlose Möglichkeit zur Flucht in Richtung Südamerika.

Südamerika, Argentinien, war das nicht vielleicht die einfachste Lösung, auch für ihn? Was hielt ihn eigentlich auf dieser gottverlassenen Insel Lanzarote? Verrotten konnte man hier. Das war doch kein Leben. Alles hier war eng, grau und kahl, so wie auch die Leute unnahbar und engstirnig. Er hatte kaum Freunde und ein Familienleben überhaupt nicht. – Argentinien könnte ganz anders sein. Eine Hazienda mit riesigem Garten und kilometerweiten Weiden oder vielleicht eine schöne Villa am Meer mit weißen Stränden so weit das Auge reicht. Davon konnte man nur träumen.

Ja, auch seine Arbeit befriedigte ihn hier nicht. Die verfluchte Wasserversorgung der Bevölkerung war ein unmögliches Unterfangen und ein Fass ohne Boden. Jeder schaute für sich selber, zapfte illegal ab, umging den Zähler oder manipulierte die Daten. Dann behauptete man einfach die Leitungen seien marode und die Hälfte des Wassers versickere im Boden. Schoss irgendwo eine Fontäne aus einem Leck, dann war er schuld, und die Reparaturarbeiten wurden sowieso unprofessionell gemacht. Um den Touristen das kostbare Nass ja nicht vorzuenthalten, hatten viele Hotels ihre eigenen Anlagen. Sie entsalzten Meerwasser, pumpten das benötigte Wasser aus Leitungen und Boden. Es war ein totales Chaos, alles überaltert und unkontrollierbar. Aktuelle wirklichkeitsgetreue Pläne waren nicht vorhanden, und die alten vergilbten Blaupausen stimmten überhaupt nicht mehr. Jetzt lagen die Leitungen kreuz und quer, ohne System und von jedem geändert, überholt und umgeleitet. Was gab es da für ihn, den Präsidenten der staatlichen 'Aguaisla', dabei noch zu hoffen, außer dass er sich seinen Teil holte und damit verschwand.

Als die letzten Papierschnitzel in den Container fielen, war seine Meinung gemacht. Er würde Schritt für Schritt vorgehen und am Schluss zu einem glücklichen geruhsamen Leben, weit ab von diesem Schlamassel, finden. Als erstes musste Emilio Rodríguez von der Bildfläche verschwinden. Er musste sich um seine Papiere kümmern und die Reise organisieren.

Gegen Mittag verließ Estbano sein Büro und fuhr in die Stadt. Der Mann war tatsächlich, wie befohlen, zu Hause und saß mürrisch auf dem Sofa vor dem Fernseher.

„Na endlich!", grunzte Emilio ohne aufzustehen. „Ich dachte schon, der feine Herr hätte mich vergessen. – Wie lange soll ich noch in diesem Loch gefangen bleiben? Ich habe es satt…"

Estbano schloss die Tür, trat näher und überging die Beleidigungen. „Schon gut", sagte er. „Deshalb bin ich ja hier. Wir bringen dich, schneller als gedacht, weg. Dafür brauche ich aber deinen Reisepass."

„Den habe ich nicht hier", antwortete Emilio und rappelte sich hoch. „Der liegt zu Hause."

Auch er merkte, dass die Finca Rodríguez nun kaum mehr sein 'Zuhause' darstellte. Deshalb schwächte er ab und fügte hinzu: „Ich meine die Finca bei Arrieta. Ich muss die Dokumente erst holen. Ich fahre gleich hin."

„Ha, und wie das?", brummte Estbano. „Du hast kein Auto und wirst gesucht. Kannst ja gleich zum Polizeirevier fahren."

„Blödsinn!", schnaubte Emilio. „Ich kann das problemlos. Keiner wird mich erkennen, hab' mich ja seit Tagen nicht mehr rasiert, und mit einer Mütze erkennt mich nicht einmal meine Mutter mehr."

„Deine Mutter?", entfuhr es Estbano.

Emilio grinste. „Die ist vor fünfzehn Jahren verstorben. Keine Bange, ich habe keine unbekannten Probleme. Ich kann los, sobald das Flugzeug geht. Möchte aber allerdings ein paar persönliche Sachen mitnehmen, weshalb ich sowieso nochmals zur Finca muss."

Estbano zögerte. „Also gut, aber ich fahre dich hin. Du holst dir was du brauchst, gibst mir den Pass und wartest dann hier, bis es soweit ist."

„Ich will aber nicht mehr eine Ewigkeit hier warten", drängte Emilio. „Hab' es satt in diesem Loch zu sitzen."

„Ein paar Tage wird's schon dauern", sagte Estbano. „Ein neues Foto wird man auch benötigen. Etwas Geduld wirst du schon brauchen, aber auch ich bin froh, wenn es soweit ist."

„Vergiss dann aber auch die Kohle nicht, wie versprochen. Der Neuanfang wird herrlich werden, aber teuer."

Plötzlich durchfuhr ihn ein Gedanke wie heiße Kohlen. Auf der Finca würde er unweigerlich auf María, seine Frau treffen. Das war nun wirklich das Letzte, was er wollte, außerdem dann auch noch im Beisein von Estbano.

„Mierda!", entfuhr es ihm. „Meine Frau. Die wird wahrscheinlich dort sein. – Es geht nicht, wir können nicht einfach ins Haus und meine Sachen holen. Sie wird sofort merken, dass etwas nicht stimmt. Und dich wird sie erkennen, du bist viel zu bekannt."

Estbano überlegte. „Ein anderer Fahrer kommt nicht in Frage, denn es darf nicht noch mehr Mitwisser geben. – Ganz einfach, ich warte unentdeckt etwas abseits, du holst alles Notwendige und schon sind wir wieder weg. Das Problem mit deiner Alten musst du schon selber lösen."

„Das wird ein Riesentheater geben", grollte Emilio.

„Lass sie zetern, sperr sie ein oder mach was du willst!", sagte Estbano. „Aber hol' einfach deinen Reisepass!"

„Also gut, versuchen wir's", lenkte Emilio ein. „Fahren wir! Bleib du aber schön außer Sichtweite!"

Estbano brummte etwas über die großsprecherische Art dieses Bauern, ging aber voran die Treppe hinunter und zu seinem Wagen.

„Bleib du schön unten und stell dich schlafend!", befahl er. „So fallen wir am wenigsten auf."

Die Fahrt dauerte knapp eine halbe Stunde. Ein paar hundert Meter nach dem Kreisel bei Arrieta, dirigierte Emilio seinen Fahrer auf einen staubigen freien Platz rechts der Fahrbahn. Auf der anderen Straßenseite, etwas entfernt, waren die versteckten Umrisse der Finca Rodríguez auszumachen. Niemand würde das haltende Auto beachten.

Estbano grunzte: „Na also dann, los, beeil dich!"

Emilio überquerte die Straße, nahm aber nicht die normale Zufahrt, sonder stapfte, entlang einer Trockensteinmauer, über ein struppiges unbewirtschaftetes Feld. Mögliche Anwesende sollten ihn nicht gleich auf das Haus zukommen sehen und sich fragen, was zum Teufel er hier ohne Auto machte. Die zweihundert Meter schaffte er problemlos. Alles war ruhig, aber die Felder links und rechts sahen ungepflegt und vertrocknet aus. Kein Wunder, hierzulande ging das schnell, und verlassene Güter verwandelten sich nach kurzer Zeit in Gestrüpp- und Steinwüsten. Vielerorts war das heutzutage der Fall, denn die Landwirtschaft lohnte sich einfach nicht mehr.

Er überstieg eine kleine Mauer und umrundete den Ziegenpferch. Die Tiere waren alle weg. María schien ihre Lieblinge irgendwo anders untergebracht zu haben. Als er um das Haus ging, wehte ihm leichter Brandgeruch entgegen. Die Erinnerung an das Feuer und seine Flucht krochen in im hoch wie aufkochender zähflüssiger Brei. Die Idee, er könnte dadurch die belastenden Beweise los werden, war eine bodenlose Dummheit gewesen. Aber vielleicht war ihm damit auch die Entscheidung abgenommen worden. Es blieb ihm nichts anderes übrig, als zu verschwinden, und der María würde er auch nicht nachtrauern. Ob sie wohl hier war?

Dann stand er vor dem Eingang. Er hatte den Schlüssel in der Tasche, zögerte aber.

„Hallo! Ist da jemand?"

Nichts regte sich. Emilio fühlte sich total blöde. Sein eigenes Haus, und er benahm sich wie ein unangemeldeter Gast. Kurzerhand schloss er auf und betrat das Innere. Dunkelheit und Leere empfingen ihn. Ein schwacher Lichtstrahl verirrte sich durch die geschlossenen Läden und verfing sich im Staube auf dem Tisch. Hier hatte sich lange niemand aufgehalten, das war Emilio sofort klar. Rasch durchquerte er die Räume. Die Schlafzimmer waren aufgeräumt und die Betten unbenützt. María musste schon seit Tagen weg sein.

Verunsichert betrat er das Hinterzimmer, wo er seinen Schreibtisch stehen hatte. Auch hier war alles in Ordnung. Wenn er befürchtet hatte, dass sie seine Sachen durchwühlte, so musste er feststellen, dass das nicht der Fall war. Auch der Safe im Fußteil des Schrankes schien unberührt. Er schloss auf und legte den Inhalt vor sich auf den Schreibtisch.

Plötzlich vernahm er ein Geräusch. Er drehte sich um, aber es war zu spät. Der Schlag traf ihn am Kopf und ließ ihn zu Boden gehen. Der Schatten der Gestalt verschwamm und schwarze Nacht überrollte ihn unaufhaltsam.

Kapitel 28

Kalter Brandgeruch lag noch immer über dem Hof, und die schwarzen Ruinen des Schuppens starrten düster neben dem Haus aus dem Boden. Die Reste des verbrannten Autos waren verschwunden, offensichtlich von der Polizei weggeschafft.

Als Ilona den Motor abschaltete und ausstieg, empfing sie eine bleierne Stille. Die Finca Rodríguez lag verlassen in der Nachmittagssonne. Nach gut einer Woche sahen auch die naheliegenden Felder ungepflegt, struppig und verlassen aus. Die paar Palmen standen mit hängenden, vom Staub grauen Wedeln bewegungslos neben dem Haus.

Auch María kletterte aus dem Wagen. Sie fühlte sich wie ein fremder Eindringling, der hier eigentlich nichts zu suchen hatte. Die Brandruine erinnerte sie unheilvoll an die Ereignisse und daran, wie ihr Leben plötzlich unausweichbar eine neue Richtung bekommen hatte. Emilio war weg. Nicht dass der Verlust sie besonders getroffen hätte. Sie wusste schon seit langem, dass ihre Ehe gescheitert war. Aber die Art und Weise, wie alles zu einem Ende kam, das war wie ein gewaltiger Stein, der ihr auf der Seele lag. Die Jahre auf der Finca konnte sie nicht einfach zur Seite schieben. Diese hatten auch sie geprägt, und nicht alles war nur schlecht gewesen. Dieses Haus war lange Zeit ihre Heimat gewesen, sie hatte mitgeholfen es zu gestalten und den Betrieb zu bewirtschaften. Dass es je länger je mehr schwieriger wurde, war nicht ihre Schuld, auch nicht Emilios, gewesen. Der Gemüsebau war immer schwieriger geworden. Die Abnehmer hatten dauernd die Preise gedrückt und hatten nicht mehr auf die lokalen Produkte gesetzt, sondern sich von billigem Import blenden lassen. Den größten Bedarf verzeichnete die Hotelerie und Gastronomie. Die rechneten immer gewinnsüchtiger, und Qualität war bei Massentourismus nicht mehr wirklich gefragt. Die meisten Gäste waren mit wenig zufrieden, Hauptsache es war billig.

Mit dem ungebremsten Wachstum des Tourismus, wurden immer mehr die Probleme der Wasserversorgung ersichtlich. Es genügte einfach hinten und vorne nicht mehr, und da man den zahlenden Gästen unmöglich den Hahn zudrehen konnte, mussten die Bevölkerung und die Landwirte mit immer weniger auskommen. Man versuchte eine Zeit lang mit aufbereitetem Abwasser die Pflanzungen zu retten, aber rasch wurde klar, dass unkontrollierte Verunreinigungen eine inakzeptable Gefahr für die Gesundheit der Konsumenten darstellten könnte. Die Bewässerung mit Abwasser wurde inzwischen gesetzlich verboten. Die Insel gab einfach nicht so viel Wasser her. Die Anlagen zur Meerwasserentsalzung und das ganze Netzwerk waren veraltet und marode. Diese Entwicklung führte zum Sterben vieler Betriebe, und die Finca Rodríguez folgte dem Schicksal, wenn auch etwas verspätet. In ein paar Jahren würden hier vertrocknete Flächen brach liegen und das verlassene Haus langsam zur Ruine verkommen.

Diese Gedanken stimmten María nicht nur traurig, sondern auch wütend. Warum hatte man, obwohl man diese Entwicklung seit Jahren beobachten konnte, nichts dagegen unternommen? Die 'heilige Kuh', das Wirtschaftswachstum und der Tourismusboom, versprachen schnellen Profit und viel Geld in pralle Taschen. Die Bevölkerung und die Landwirte hatten das Nachsehen.

„María, was ist mit dir?", verlangte Ilona zu wissen. „Wir müssen da nicht hinein, wenn es dich zu sehr aufwühlt."

„Tut mir leid", sagte die Angesprochene. „Die Erinnerungen… Aber es geht schon."

Erstaunt stellte sie fest, dass die Türe nicht abgeschlossen war. Hatte sie das vergessen, als sie an dem fatalen Tag die Finca fast fluchtartig verlassen hatte. Sie war sich nicht sicher und trat ein. Ilona blickte sich um und folgte ihr zögernd.

Sie kannte die Finca Rodríguez noch nicht, und war überrascht von der Größe des Betriebes. Mehrere Gebäude, Schuppen, Silos und Koppeln lagen auf dem Gelände verstreut. Alles schien zweckmäßig angeordnet und in gutem Zustand zu sein, so dass die Brandruine gegenüber dem Eingang nur wie eine unbedeutende schwarze Narbe erschien. Wenn sie eine heruntergewirtschaftete Farm erwartet hatte, dann hatte sie sich gründlich getäuscht. Die Finca schien in tadellosem Zustand, ein Jammer, dass kein erfolgreiches Fortbestehen zu erwarten war. Marías Erzählungen ergaben ein anderes Bild. Das Unternehmen war einfach nicht mehr zu retten, und jetzt war sowieso alles aus und vorbei.

Am Abend zuvor hatten sie im 'La Tegala' lange diskutiert. Javier war nach Feierabend dazugestoßen, hatte seine Liebste innig geküsst und gefragt, was denn so Wichtiges zu besprechen sei.

„Wir fragen uns, wie es mit Marías Finca weitergehen soll", erklärte Ilona. „Man kann sie doch nicht einfach dem Schicksal überlassen."

María protestierte: „Es ist nicht meine Finca. Sie gehört immer noch Emilio."

„Aber du hast doch mitgeholfen, sie aufzubauen und zu bewirtschaften", erwiderte Ilona. „Da gehört dir doch ein großer Anteil."

„Um die Besitzverhältnisse zu verstehen, müsste man das 'Registro de la Propiedad' einsehen und über mögliche Hypotheken Bescheid wissen", sagte Javier. „Vielleich ist der Hof hoch verschuldet."

„Darüber weiß ich wenig", sagte María. „Emilio sagte immer, dass wir keine hohen Schulden hätten, aber die Papiere hat immer er verwaltet, sie müssten im Safe in seinem Büro liegen. – Außerdem, ich habe überhaupt kein Interesse an seinem Besitz. Ich will nichts von ihm."

Javier fasste nach ihrem Arm. „Ich verstehe, meine Liebe. Soll er seine Finca doch behalten. Von mir aus kann er sie gleich ganz abfackeln. Wir brauchen nichts von ihm."

„Wo ist der Kerl überhaupt?", ereiferte sich Ilona. „Lässt alles stehen und liegen."

„Er wird gesucht", sagte Javier. „Er steht unter Mordverdacht und ist geflohen. Bis jetzt haben wir keine Spur von ihm. Er könnte überall sein. Wenn er gefasst wird, wandert er zuerst einmal ins Gefängnis. – In U-Haft, solange bis ihm der Prozess gemacht wird."

María blickte vor sich auf den Tisch und flüsterte: „Ein scheußlicher Gedanke, die Frau eines Mörders zu sein."

„Liebling!", fuhr Javier auf. „Du bist jetzt meine Frau. Vergiss das nicht und lass das Vergangene ruhen. Wir bauen uns ein neues Leben auf. Ich bin zwar nur ein einfacher Polizist, aber darben werden wir bestimmt nicht."

„Na ja", grinste Ilona. „Aber in deine Polizisten-Bleibe dort draußen an der Straße wirst du deine Braut hoffentlich nicht führen. Ihr braucht ein anständiges Zuhause."

María nickte. „Es ist schon so, ich fühle mich im Moment richtig heimatlos. Ich kann doch nicht ewig hier im Zimmer über dem Lokal bleiben."

Ilona zögerte. „Ich wollte das eigentlich Fernando überlassen, aber ich glaube er hat etwas für euch gefunden. In Máguez, nur ein paar Kilometer von hier, ein Haus mit einem schönen Garten, einer Zufahrt und Garage. Der Besitzer ist kürzlich verstorben, und jetzt steht es zum Verkauf."

„Warum sagt er mir das nicht, der Heimlichtuer?", maulte Javier. „Typisch Fernando, er will alles selber machen. Wieviel wollen die denn dafür?"

„Wenn ich richtig verstanden habe, so um die vierhundert…"

„Tausend!", rief Javier und schlug sich gegen die Stirn. „Sind die denn totalmente loco! Ich heiß' doch nicht Gates oder Zuckerberg."

„Nun beruhige dich schon!", schwächte Ilona ab. „Da kann man sicher noch handeln. Ich weiß ja, die Immobilienpreise sind in den letzten Jahren unerhört gestiegen. Viele Ausländer bezahlen für ihr Traumhaus auf der Insel problemlos solche überrissene Forderungen."

„Ich bin aber kein reicher Ausländer!", schimpfte Javier weiter. „Ich bin ein gewöhnlicher Polizist und Einwohner dieser Insel hier. Ich denke, mehr als die Hälfte darf es nicht werden."

Ilona lachte. „Du brauchst nicht hier und jetzt zu verhandeln. Außerdem Fernando wird dir sicher helfen."

María hatte schweigend zugehört. Jetzt griff sie nach Javiers Hand und hielt sie fest. „Liebster", flüsterte sie. „Wir brauchen das alles doch nicht. Ich bin mit dir auch in einer kleinen Wohnung glücklich. Alles andere ist unbedeutend."

„Natürlich meine Liebe", entgegnete Javier mit leuchtenden Augen. „Du bist das Einzige, das zählt. Ich liebe dich und will mit dir leben..." Beinahe hätte er die Hochzeitsformel, '...bis dass der Tod uns scheidet', vollendet. Er hielt sich aber zurück, denn noch war sie verheiratet und niemand wusste, was mit ihrem katastrophalen Ehemann einmal werden könnte.

„Es war ja nur so eine Idee", sagte Ilona. „Fernando und ich haben natürlich darüber unsere Gedanken gemacht, aber schlussendlich müsst ihr wissen, was ihr wollt."

Javier nickte und meinte: „Auch ich denke oft darüber nach. Es ist nicht so, dass ich völlig mittellos bin. Ich brauchte als Junggeselle ja nicht viel, und habe so einiges angespart. Mit einer vernünftigen Hypothek könnten wir uns durchaus ein schönes Heim erstehen und einrichten."

Damit war der Fantasie Tür und Tor geöffnet. Die Drei saßen bis spät in die Nacht hinein am Tisch und diskutierten, planten und schwärmten von einem Häuschen, einem Heim und von Etwas, was einem echten Liebesnest sehr nahe kam. Ilona hatte eine Flasche Rotwein geöffnet, und je vorgerückter die Stunden wurden, umso fröhlicher wurde die Diskussion, und die Wangen glühten vor Eifer.

Irgendwann, sie hatten nicht bemerkt, dass die Türe ging, stand Fernando hinter dem Stuhl von Ilona und grinste in die Runde.

María entdeckte ihn als Erste. „Fernando!", schrie sie. „Nun wird alles gut."

Das Hallo war überwältigend. Ilona sprang auf und warf sich ihrem Liebsten an den Hals, während Javier seinen Freund lautstark zum Sitzen nötigte. Das Lokal 'La Tegala' war um diese Zeit fast leer, und die wenigen Gäste blickten wohlwollend zu der fröhlichen Runde. Man sollte Feste feiern wie sie fallen. Eine weitere Flasche wurde geöffnet, und der neu Dazugekommene musste alle die Fragen, Pläne und Fantasien über sich ergehen lassen.

Fernando, der vorher nach einer einsamen Mahlzeit vor dem Fernseher und nach langweiligen Abendnachrichten sich fragte, wo denn seine Frau blieb, war in seine Jacke geschlüpft und hatte sich auf den Weg gemacht. Vermutlich war sie wieder einmal im 'La Tegala' hängen geblieben, was sich ja jetzt auch bestätigte.

Als, nach langem Lamento, die Sprache wieder auf die horrenden Preise für ein Haus kam, war die Stimmung schon sehr aufgeheizt und vom Wein geschwängert.

„Man sollte… diese unverschämten… enteignen!", lamentierte Ilona. „Fernando… tu doch etwas!"

„Ilona, meine Liebe", sagte er lachend. „Das Einzige was ich kann, ist die Flasche wegstellen."

María war in Gedanken. Sie schien etwas anbringen zu wollen. „Ich… ich kann aber helfen", stammelte sie. „Ich hole... meinen Schmuck. Der müsste noch…"

Javier unterbrach sie: „Liebes, alles was dir lieb und wertvoll ist, gehört dir allein. Ich will das nicht…"

„Aber ich muss ihn holen!", bekräftigte sie ihre Gedanken. „Er müsste noch dort im Safe liegen."

Fernando nickte zustimmend. „Tatsächlich keine schlechte Idee. Im gleichen Zuge könnte man nach Unterlagen über die Besitzverhältnisse der Finca suchen."

Als sich die Runde auflöste und Fernando sich mit Ilona auf den Heimweg machte, war es bereits gegen Mitternacht. Sie hatten vereinbart, dass die beiden Frauen am nächsten Tag zur Finca fahren würden, während die Männer ihren Pflichten nachgingen.

Es war, nach der abendlichen Zecherei, nicht verwunderlich, dass es lange nach Mittag war, bis die beiden Frauen endlich talwärts fuhren und jetzt durch den Eingang ins Innere der Finca Rodríguez traten.

María durchquerte schnell den Wohnraum und betrat das Hinterzimmer, welches Emilio als Büro benützte. Erschrocken blieb sie abrupt stehen, so dass Ilona beinahe in sie geprallt wäre.

„Oh Gott!", rief sie. „Da war jemand."

Auch Ilona konnte nun sehen, was sie meinte. Papiere und Dokumente lagen verstreut auf dem Schreibtisch, und dahinter im offenen Schrank war der Safe, weit geöffnet.

„Emilio, dein Mann?", entfuhr es Ilona.

Ein unterdrücktes Stöhnen war die Antwort.

María ging vor dem Safe auf die Knie und zog einen einfachen Kasten heraus. Sekundenlang drückte sie den Behälter an sich, dann klappte sie den Deckel hoch und stieß die Luft aus.

„Es ist noch da", keuchte sie. „Es scheint alles komplett."

„Also war hier definitiv kein Dieb am Werk", folgerte Ilona. „Oder fehlt sonst etwas?"

María durchsuchte das Innere des Safes, erhob sich und legte alles auf den Tisch.

„Es scheint nichts zu fehlen", sagte sie. „Sogar das Bargeld ist unangetastet. Emilio hatte immer ein paar Tausender in diesem Umschlag. Schmuck und Geld sind also noch da."

„Das nehmen wir alles mit", folgerte Ilona.

„Darf ich das denn?", zweifelte María. „Der Schmuck gehört mir, aber das Geld – und die Papiere?"

„Du kannst doch nicht einfach alles hier liegen lassen", sagte Ilona. „Offensichtlich war dein Mann hier. Aber was wollte er?"

„Die Dokumente vom Haus sind hier, auch die Versicherungs-Policen und die Geschäftsunterlagen. Sogar sein Reisepass liegt noch da", fuhr María fort. „Es scheint nichts zu fehlen."

Ilona blickte verunsichert um sich. Was zum Teufel sollte das? Der Mann war auf der Flucht und ließ hier alles stehen und liegen, sogar das Geld und seinen Reisepass. Es war, wie wenn er sich in Luft aufgelöst hätte. – Ja, aber das war es doch genau, wenn er verschwinden wollte löst er sich einfach in Luft auf. Arme María, sie würde viele Probleme bekommen, bis sie diesen unsichtbaren Geist wirklich los werden konnte.

Die beiden Frauen durchsuchten das ganze Haus. Alles schien unangetastet, so wie es verlassen wurde. María füllte sich eine Tasche mit dem Notwendigsten, legte Geld, Schmuck und Papiere oben drauf und warf einen letzten Blick in die Räume, welche sie viele Jahre lang ihr Zuhause genannt hatte. Es war definitiv ein Abschied für immer. Natürlich würde die Finca weiter bestehen, die Felder und Pferche. Vielleicht würde ein Anderer das Risiko eingehen und versuchen, den Betrieb weiter zu führen. Für sie würde es in Zukunft einfach ein großes Haus sein, an dem man manchmal vorbeifahren musste. Es würde unvermeidlich sein, denn auf dieser kleinen Insel begegnete man sich auf Schritt und Tritt. Sie hoffte einfach, dass dann die Erinnerungen verblassten und sie unbelastet mit Javier ein neues Leben führen durfte.

Sie verließen das Haus und María schloss ab. Mit einem prüfenden Blick in die Runde, folgte sie Ilona zum Auto. Alles lag ruhig in der Sonne. Es war wie wenn das Leben aus dieser Heimstätte endgültig gewichen wäre. Selbst die Büsche erschienen kahl und leblos, und weiter drüben hing ein Gatter schräg an einem Pfahl. Der Ziegenstall war verlassen, die Futtertröge lehr und die Pumpe über dem Brunnen hing schief. – Aber der Deckel…

„Moment Ilona!", sagte María. „Das Verdeck auf dem 'Pozo' liegt daneben. Der Tiefbrunnen muss abgedeckt sein, das ist gefährlich."

Sie eilte hin und versuchte das schwere Holzverdeck zu bewegen. Ilona ging hinzu um zu helfen, dabei beugte sie sich neugierig über den Rand und blickte in die Tiefe. Schwarz blickte ihr der Abgrund entgegen, aber da war doch etwas, da lag doch…

„María, nein!", schrie sie. „Bleib weg!"

Ungläubig blickte diese auf ihre Freundin, beugte sich vor und entdeckte die Gestalt weit unten. Sie lag bewegungslos dort in der Tiefe.

„Emilio", krächzte María und taumelte zurück.

„Er ist ertrunken", sagte Ilona fassungslos. „Wir müssen die Polizei anrufen."

Kapitel 29

Es dauerte eine Ewigkeit. Dann endlich ertönte das Martinshorn weit in der Ferne. Zwei Polizeiautos hielten kurze Zeit darauf, Staub aufwirbelnd im Hof der Finca. Javier, der Fahrer des ersten Wagens stieg aus und kam auf die beiden Frauen zu. Ihm folgte Comisario Fernando auf den Fersen.

„Wo ist der Tote?", bellte Javier.

María saß zusammengesunken auf der Stufe der Terrasse und blickte ihm stumm entgegen. Ilona deutete zum 'Pozo', dem Tiefbrunnen. In diesem Moment vergaß Javier seine polizeilichen Pflichten und kniete vor seiner Geliebten nieder.

„María", krächzte er „Ich bin bei dir. Es wird alles gut."

Sie klammerte sich an ihn wie eine Ertrinkende und wurde von quälendem Schluchzen geschüttelt.

„Warum?"

Das Wort schwebte zwischen ihnen, wie eine Frage um Leben und Tod, um das Vergangene, die schrecklichen Ereignisse hier und die unbekannte Zukunft. Noch wusste Javier nichts über das Geschehene, aber es war offensichtlich, dass María am Rande eines Abgrundes stand und in die Tiefe hinunter blickte. Sie dachte, ihr Mann habe den letzten Ausweg gesucht und auch gefunden. Wie nur sollte sie begreifen, dass ihre Ehe eine solch dramatische Wendung nehmen würde. Er lag tot im Brunnen dort drüben. Ja, er hatte sie betrogen, hatte sie hintergangen und war zum Mörder geworden, aber sie musste sich fühlen wie eine Verräterin, die ihn im Stich gelassen hatte. Trug sie nicht eine Mitschuld an dem Unfassbaren? Hatte sie ihn nicht einfach verlassen, um ihren eigenen Interessen und Bedürfnissen nachzugehen? Hätte sie ihn nicht aufhalten müssen um des Versprechens willen, das sie einander vor vielen Jahren vor dem Altar gegeben hatten? Warum hatte sie nicht um ihre Ehe, das Heim, die Finca und um das Leben mit Emilio Rodríguez gekämpft? – Warum?

„Ich möchte nach Hause", flüsterte sie und löste sich aus seiner Umarmung.

„Natürlich", antwortete Javier. „Ich bringe dich hin."

„Nicht du", sagte sie. „Frag Ilona. Ich muss jetzt alleine sein."

Javier nickte verstehend.

Er blickte ihr nach, wie sie von Ilona zum Wagen geführt wurde und dort, ohne einen Blick zurück, einstieg. Schmerzhaft zog sich sein Herz, in Gedanken an die anmutige, jetzt aber verstörte Person, die er über alles liebte, zusammen. Wie konnte das Schicksal nur so grausam sein? María, diese feinfühlige zierliche Frau hatte anderes verdient, als diese schrecklichen Ereignisse. Während das Auto vom Hof rollte, hoffte er von ganzer Seele, dass dies nicht der Abschied, die Kluft war, welche ihnen für den Rest ihres Lebens im Wege stehen würde. Heiße Wut kroch in ihm hoch. Hatte dieser abscheuliche Ehemann es tatsächlich geschafft, sie im letzten Atemzug seines verkorksten Lebens, noch einmal grausam zu quälen und ihre Zukunft brutal zu zerstören?

Wie geschlagen torkelte Javier zu der Stelle, wo Fernando mit viel Autorität und Erfahrung alles in die Wege leitete. Die Beamten aus dem zweiten Auto waren dabei, das Gelände mit blauweißen Bändern abzusperren. Die Feuerwehr sei unterwegs, und Arrecife schicke umgehend die Spurensicherung mit ihren Experten. Fernando war natürlich nicht entgangen, wie geschlagen sein Freund von der Entwicklung der Ereignisse war. Aber jetzt waren die Frauen weg, und es galt professionell und sachlich zu handeln. Die Leiche, es war offensichtlich Emilio Rodríguez, musste von der Feuerwehr geborgen werden. Es war eine Unmöglichkeit, in den Schacht zu steigen. Er war viel zu eng und zu tief. Diese 'Pozos' waren tatsächlich nicht ungefährlich und sollten immer mit einem soliden Verdeck gesichert werden. Meist wurden sie, nachdem sie ausgetrocknet und unbrauchbar geworden waren, zugeschüttet oder zugemauert. Hier war aber noch Wasser vorhanden, und wenn der Brunnen auch kaum viel hergab, ließ man sich die Möglichkeit doch offen, manchmal ein paar Eimer von dem kostbaren Nass hochzuziehen. Jetzt war aber nichts dergleichen zu erkennen, denn Seil und Eimer fehlten gänzlich. War Emilio bei einer Kontrolle zu weit vorgelehnt und unglücklich in den Brunnen gestürzt? Dem Besitzer des Hofes musste die Gefahr doch durchaus bewusst gewesen sein. Auch das schwere Verdeck sprach nicht von einem Versehen, denn wer es mit viel Mühe zur Seite schob, wusste was er tat. – Gab es dann aber die Möglichkeit, dass er, als der Deckel weg war, gestoßen wurde oder dass er schon tot war, als er im Brunnen entsorgt wurde?

Solche Gedanken gingen Fernando durch den Kopf, als Javier herankam. „Tatsächlich", sagte er, „es ist Emilio Rodríguez, der da unten liegt. Kein schöner Tod in diesem engen Loch."

Dann bemerkte er, in was für einem elenden Zustand Javier war. Sein Freund sah aus, wie wenn er zum ersten Mal eine Leiche gesehen hätte. Er stand mit hängenden Schultern und bleichem Gesicht vor ihm.

„Javier", knurrte Fernando. „Reiß dich zusammen! Wir haben keine Zeit für Sentimentalitäten. Wir müssen die Leiche bergen."

Javier nickte willenlos. „Hast ja recht." Dann stieg die Wut wieder empor. „Warum lassen wir dieses Scheusal nicht einfach dort unten verfaulen? – Deckel drauf und fertig!"

„Du spinnst wohl", blaffte Fernando. „Der Kerl ist natürlich kein Freund von uns, aber wir haben unsere Pflichten."

„Dieser gottverdammte Schuft und Mörder hat María tatsächlich noch ein letztes Mal gequält, so dass sie jetzt an ihrer, unserer Zukunft verzweifelt. Sie ist weg."

Fernando hatte gesehen, wie die beiden Frauen weggefahren waren und meinte: „Sie braucht einfach Ruhe und etwas Zeit. Es wird sich alles ergeben."

„Ja, aber es ist geschehen, und es wird sie das ganze Leben lang verfolgen", konterte Javier. „Ich hätte große Lust, Steine hinterher zu werfen und das verfluchte Loch zuzuschütten."

„Damit erreichst du nichts, mein Freund", sagte Fernando erschüttert. „Wir müssen unsere Pflicht tun."

Inzwischen waren immer mehr Fahrzeuge angekommen. Die Feuerwehr hatte die Sirenen längst ausgeschaltet, denn zu retten gab es hier nichts mehr. Der Arzt hatte einen Blick in die Tiefe geworfen und den Kopf geschüttelt. Emsiges Treiben begann.

Der Kommandant der Feuerwehr fluchte: „Normalerweise brauchen wir Schläuche und Leitern. Wir sind doch keine Höhlenforscher und Taucher. Da muss einer hinunter mit einem Seil."

Der Kleinste der Truppe war endlich gezwungenermaßen freiwillig bereit, die Aufgabe zu übernehmen. Gesichert und begleitet mit lautstarken gutgemeinten Befehlen, wagte er sich in die Tiefe. Dunkelheit, Nässe und Kälte empfingen ihn, und die Angst vor möglichen Gasen, vor Schwäche und Grauen begleiteten den Helden. Er schaffte es, das Seil um den Toten zu legen, und auf seine Rufe zogen sie ihn mit vereinten Kräften in die Höhe. Mehrmals verkeilte sich die Last und musste rücksichtslos befreit und weitergestoßen werden.

Es dauerte über eine Stunde, bis der geschundene Leichnam endlich auf dem Boden vor ihnen lag und rasch mit einer Plane bedeckt wurde. Der junge Held kletterte erschöpft über den Rand aus dem 'Pozo' und grinste seinen Kameraden erleichtert entgegen. Beinahe wäre Jubel ausgebrochen, sie merkten aber gerade noch, dass der Anlass dazu nicht angebracht war. So klopfte man dem jungen Mann auf die Schulter, versorgte ihn mit einer Decke und führte ihn zum Einsatzwagen. Dort fand sich zwischen den Geräten gut versteckt eine Kiste Bier, wovon jetzt eifrig Gebrauch gemacht wurde.

Der Arzt machte nicht lange. Der Geborgene war tot, und zur weiteren Untersuchung musste er ins Labor des 'Hospitals General' nach Arrecife gebracht werden.

Fernando und Javier beobachteten eine Zeit lang das wirre Geschehen um den Tiefbrunnen. Es war bereits spät am Nachmittag, und in Kürze würde es dunkel werden. In diesem heillosen Durcheinander hatten sie nichts mehr verloren, und Fernando fragte sich, wie da die Spurensicherung noch etwas finden könnte. Offen war natürlich immer noch die Frage, war es jetzt ein Unfall, ein Selbstmord oder ein Verbrechen.

„Ich denke, wir sollten uns einmal im Haus umsehen", sagte Fernando.

Die Eingangstür war abgeschlossen. „Mist", knurrte er. „Die Frauen haben den Schlüssel. – Ja, waren sie denn überhaupt im Haus gewesen?"

„María wollte doch ein paar persönliche Sachen abholen", sagte Javier und griff zum Handy. „Ob sie das jetzt wirklich getan hat, das müssen wir sie fragen."

„Später!", stoppte ihn Fernando. „Den Schlüssel haben sie vermutlich mitgenommen. – Aber wir müssen da rein."

Nach kurzer Suche entdeckte er den Feuerwehrkommandanten und bat ihn um Hilfe.

„Aufbrechen?", sagte der Mann abwehrend. „Nicht nötig. Das Schloss ist so einfach, da kommt jedes Kind hinein. Wir haben da unser Werkzeug und unseren Spezialisten."

Kurze Zeit später standen sie im Eingang. Im düsteren Licht war nichts Außergewöhnliches zu entdecken, aber die Tür zum Hinterzimmer stand offen. Auf dem Schreibtisch lagen ein paar achtlos gestapelte Papiere, in den Schubladen befanden sich die üblichen Utensilien, nichts von Bedeutung. Den Safe fanden sie im Fussboden des Schrankes. Zu Fernandos Überraschung war die Tür nur angelehnt und gähnende Leere blickte ihm entgegen.

„Da wurde gründlich ausgeräumt", sagte Fernando. „Wir müssen annehmen, das waren unsere Frauen, denn der Emilio nahm nichts dergleichen mit in sein scheußliches Grab."

Javier nickte. „Wir müssen sie fragen. Vielleicht ist da etwas Wichtiges dabei."

Während er zustimmend murmelte, angelte Javier mehrere Ordner vom oberen Regal und warf sie auf den Schreibtisch. Unverhofft rutschte etwas aus den Seiten und fiel auf den Boden. Javier bückte sich und sammelte die Dokumente ein. Plötzlich stoppte er. Er hatte Glanzprospekte einer Firma, die er gut kannte, in den Händen.

Er rappelte sich hoch und sagte: „Fernando schau mal, der hatte Unterlagen der 'Aguaisla' gesammelt."

Der Hochglanzprospekt zeigte das Projekt einer Meerwasserentsalzungsanlage der italienischen Firma 'Osmosia'. Raffinierte Fotos und Diagramme stellten die unüberbietbaren Vorteile und die enorme Leistungsfähigkeit dieser Technologie ins beste Licht und lobten den Standort Lanzarote als geradezu ideal und fortschrittlich.

Als Javier sich auf den Stuhl warf und weiter durch den Ordner ging, entdeckte er ein zusammengeheftetes Angebot, mit Zahlen, Fristen und Optionen. Vorgesehener Standort war Arrieta. Es schien alles wie für die Unterschriften bereit und beinhaltete detaillierte Pläne und Termine.

„Oh Gott!", rief er. „Es ist kaum zu glauben, aber nach diesen Unterlagen stand das Projekt kurz vor dem Abschluss. Die wollen südlich von Arrieta, nahe der Playa de la Garita, eine große Anlage bauen. Das ist Estbanos Wunschprojekt, aber wie kommt der Landwirt Rodríguez da ins Bild, so dass er zu diesen ausführlichen Unterlagen kommt?"

Es dauerte nicht lange, bis er den Grund entdeckte. Diverse Blaupausen zeigten ein Verteilernetz des Wassers zur nahen Ortschaft, aber auch zur Finca Rodríguez. Jetzt verstand er. Alle herkömmlichen Systeme, die alten Quellen, die Galerías und Aljibes waren am versiegen. Selbst der Staudamm über Mala brachte nichts mehr, denn der kleine See dahinter war praktisch ausgetrocknet. Die Meerwasserentsalzung war der einzige Ausweg, und wenn man sich da gleich von Anfang an seinen Teil sicherte, war das nur von Vorteil.

„Jetzt ist es offensichtlich", sagte Javier und deutete auf die Papiere. „Emilio Rodríguez war bevorzugter Profiteur von Estbanos Projekt. Die Journalistin Elenora Lopez entdeckte diese Pläne und hätte, durch eine Veröffentlichung, alles zunichte gemacht. Da auch noch die fortschrittliche Technologie der Deutschen ins Spiel kam, musste die Lopez unbedingt zum Schweigen gebracht werden. Emilio erledigte diese Aufgabe. Wo und wie, das wissen wir inzwischen schon."

Fernando nickte. „Damit ist auch das Motiv gefunden. Bleibt aber einmal mehr der Mann im Hintergrund ungeschoren. Ein Estbano wird sich aus allem herauszureden wissen."

„Verfluchte Drahtzieher, sie sind einfach nicht zu fassen“, schimpfte Javier.

„Es hilft nichts“, sagte Fernando. „Komm, pack alles zusammen, wir sollten zu unseren Frauen fahren. Da werden wir vermutlich noch mehr erfahren.“

Als sie aus dem Haus traten, war es bereits dunkel. Feuerwehr, Polizei und Krankenwagen, alle waren sie verschwunden und hatten einen verabscheuungswürdigen leeren Platz zurückgelassen. Ihr Auto stand dunkel wartend am Rande der Einfahrt. Wortlos stiegen sie ein und fuhren weg.

Kurz vor Haría brach Fernando das Schweigen. „Was ist mit María? Sie schien völlig verstört.“

„Sie denkt, den Selbstmord ihres Mannes hätte sie verhindern müssen“, sagte Javier leise. „Ich hoffe, dass die Zeit ihr hilft.“

„Es ist noch nicht erwiesen, wie Emilio ums Leben kam“, entgegnete Fernando. „Ich denke sogar, dass es Mord war. Wer ist schon so blöd und stürzt sich in einen Tiefbrunnen. Die Obduktion wird es klären.“

„Warten wir es ab“, pflichtete Javier bei. „Wenn du recht behältst, dann haben wir schon wieder einen Mord auf dem Tisch, und die Fragen häufen sich erneut. Wer könnte es getan haben?“

„Ich bin heilfroh, dass die beiden Frauen zusammen dort waren“, überlegte Fernando. „Wäre María allein dort gewesen, wäre sie die erste Verdächtige, mit Motiv und Gelegenheit.“

„So ein bodenloser Blödsinn!“, fuhr Javier auf. „So etwas kannst nur du dir ausdenken. María könnte nie so etwas tun.“

„Beruhige dich!“, sagte Fernando. „Ich meinte es ja auch nicht so. Natürlich ist María keine Mörderin. Aber sei doch froh, nun ist der Hurensohn endlich aus dem Weg…“

„Hör’ auf!“, flehte Javier. „Das ist es ja, was María so verzweifeln lässt. Sie möchte nicht ihr Glück auf dem gewaltsamen Tod ihres Mannes aufbauen. Sie fühlt sich mitschuldig.“

Darauf hatte auch Fernando keine schnelle Antwort. Er lenkte das Auto auf den Platz vor dem Polizeirevier und meinte: „Wir sollten nicht mit dem Polizeiauto beim ‘La Tegala’ vorfahren. Lass uns den Rest zu Fuß gehen.

Sie gingen entlang der Hauptstraße. Um diese Zeit war wenig Verkehr, so dass sie ungestört vorwärts kamen. Haría liegt auf dreihundert Meter über Meer, und abends wurde es hier merklich kühler als unten an der Küste. Die frische Luft war eine Wohltat, und die kurze Wanderung schafften sie in weniger als einer Viertelstunde.

Schon im Eingang erfasste sie eine merkwürdige Stille. Es war, wie wenn das ganze Lokal den Atem anhalten würde. Die Tische im Speiseraum waren verlassen, und an der Bar lehnte auch keiner. Dann entdeckten sie Ilona, die hinter dem Tresen etwas werkelte.

Wenn sie normalerweise sofort auf ihn zukam und ihn fröhlich begrüßte, so wartete Fernando jetzt vergeblich.

Javier drängte sich vor. „Wo ist María?", fragte er direkt.

Ein Achselzucken war die Antwort.

„Ilona, wo ist sie?", verlangte Fernando energisch.

„Weg. – Fernando, ich muss mit dir reden", sagte sie und kam hinter dem Tresen hervor.

Bevor sein Freund aufbrausen konnte, nahm ihn Fernando zur Seite und sagte: „Javier, lass mich zuerst mit Ilona reden. Deine María wird sich bald wieder finden. Wir werden euch helfen, das versprech ich dir. – Setz dich hin und trink einen Kaffee. Wir sind gleich wieder bei dir."

Sofort machte sich Ilona an der Kaffeemaschine zu schaffen, und während das Gebräu zischend in die Tasse strömte, winkte sie Fernando, im Raum nebenan auf sie zu warten. Er folgte der Aufforderung, während Javier sich murrend fügte und setzte.

„Was soll das?", begehrte Fernando unwirsch zu wissen, als sie allein waren.

„María war völlig am Ende", erklärte Ilona. „Sie weinte pausenlos und meinte, der Selbstmord ihres Mannes werde sie das ganze Leben lang verfolgen. Es sei ihre Schuld, sie hätte ihm helfen müssen."

Fernando schüttelte den Kopf. „Von einer Schuld kann keine Rede sein. Ja, der Tote im Brunnen ist Emilio, aber wir gehen nicht von einem Selbstmord aus. Entweder ist er unglücklich gefallen oder er wurde gestoßen. María verrennt sich da in etwas, das sie nie verschuldet hat. Der Mann war ein Taugenichts, ein Betrüger und ein Mörder. – Also, wo ist sie?"

„María hat ihre Sachen gepackt und ist in ihr Heimatdorf gefahren", erklärte Ilona. „Sie meinte, eine der Ordensschwestern, die ihr früher sehr nahestand, würde sie sicher aufnehmen und ihr eine Weile Ruhe verschaffen. Die Nonne lebt in El Mojón, einem kleinen Dorf im unteren Teil des Barrancos Los Valles de Santa Catalina."

„Da verkriecht sie sich?", fragte Fernando. „Javier wird sofort hinfahren. Er ist außer sich vor Sorge."

„Das ist genau das, war sie nicht will. Sie will alleine sein und mit sich ins Reine kommen. Diese katholische Schwester könnte ihr dabei helfen. – Nein, Javier sollte ihr jetzt nicht nachfahren."

„Unmöglich!", entfuhr es Fernando. „Javier wird nicht aufzuhalten sein, in sein Auto springen und…"

„Das musst du verhindern", unterbrach ihn Ilona. „Er darf ihren Aufenthaltsort nicht erfahren."

„Super! Wir lügen und verheimlichen wo sie ist. – Javier ist mein Freund. Ich kann das nicht."

Ilona wusste genau, wie sich das anfühlen musste. Javier musste am Boden zerstört sein und an ihrer gegenseitigen Liebe zweifeln. Sie selbst hatte solche Phasen durchgemacht und wünschte eine solche Tortur niemandem. Aber María würde, in ihrer jetzigen Verfassung, den Weg zurück in die Arme ihres Liebsten nicht finden. Sie brauchte einfach Zeit.

„Wir müssen ihr die Zeit geben", sagte Ilona traurig, aber bestimmt. „Sag Javier, ich kenne ihren Aufenthaltsort nicht, aber sie werde sich irgendwann dann selber melden. – Ich habe dir den Ort nicht verschwiegen, weil ich keine Geheimnisse vor dir haben möchte, aber jetzt bitte ich dich, hilf uns."

Fernando nahm die verstörte Gestalt in die Arme und sagte: „Meine Liebe, ich verstehe doch deine Not und werde dir helfen. Ich werde versuchen, Javier zu beruhigen. – Außerdem werde ich darauf hinweisen, dass er jetzt intensiv an den Ermittlungen zu arbeiten hat. Das wird ihn ablenken."

„Danke."

„Er wird nichts von mir erfahren", bestätigte Fernando. „Was ich mir aber nicht nehmen lasse ist, dass ich selber nach diesem Mojón fahren werde, um mit der Frau zu reden."

Zurück im Schankraum fanden sie Javier nervös wartend vor der Tasse kalten Kaffees.

Er hörte mit starrer Miene seines Freundes Ausflüchte und schnaubte böse: „Super Kumpels seid ihr allesamt. Ich glaube kein Wort, aber das schwöre ich euch, ich werde sie finden, und wenn ich die ganze verfluchte Polizeimacht dieser Insel in Bewegung setzen muss."

Eine weitere Diskussion war zwecklos. Es war spät geworden, und beim Aufbruch ließ Javier verlauten, dass er wohl besser zum Revier zurück gehe, um alles in die Wege zu leiten. Er würde die kurze Nacht dann sowieso dort verbringen.

Der nächste Morgen war grau und nass. Fernando hatte schlecht geschlafen, und der Morgenkaffee schmeckte ihm auch nicht. Ilona schlief noch. Er schlüpfte in eine wärmere Jacke und verließ das Haus eilig.

Im Auto blieb er einen Moment sitzen und überlegte, wie er vorgehen wollte. Er kannte El Mojón als ein unscheinbares Kaff, dort wo sich zwei Barrancos im unteren Teil vereinen. Es liegt etwa vier Kilometer nördlich der alten Hauptstadt Teguise. Fernando erinnerte sich an eine kleine Kirche und ein paar weiße Häuser. Die Gärten und Felder erschienen durchaus gepflegt. Das verdankte der Ort den beiden Tälern, welche das wenige Wasser sammelten. Vor ein paar Jahren hatten Nachforschungen sogar zu Tage gebracht, dass dort einmal Reis angebaut wurde. Leider sah die Zukunft, wie überall in der Landwirtschaft von Lanzarote, auch für El Mojón nicht gut aus.

Eine große Skulptur, mit der Bezeichnung 'La Pareja', stand im oberen Teil des Dorfes, und Fernando fand sie damals reichlich obszön, denn es zeigte alle Geschlechtsteile des 'Paares' übergroß. Später erfuhr er, dass es sich um die Nachbildung der berühmten Tonfigur 'Fruchtbarkeit' aus dem Zeitalter und der Kultur der alten Guanchen handelte und durchaus eine historische Berechtigung hatte. Solche Tonfiguren stehen heute in den Museen und werden sehr bewundert. Eine gewisse Attraktivität war dem Ort also nicht abzusprechen.

Was aber suchte María in diesem abgelegenen Dorf? Ilona sagte etwas über eine Nonne. Ein Kloster war mit Sicherheit dort nicht zu finden. Vielleicht war eine Ordensschwester die Hüterin der Kapelle. Er würde fragen müssen. Gleich gegenüber der Kirche wusste er von einem Gemeindelokal, wie sie in vielen Ortschaften zu finden waren.

Er brauchte weniger als eine halbe Stunde, bis er auf dem Platz vor der Sociedad ankam. Der Regen war, wie auf der Insel üblich, nach kurzer Zeit versiegt, und die Sonne wagte sich zwischen den Wolken hervor. Es war kurz vor zehn Uhr, reichlich früh für spanische Verhältnisse, aber die Tür des Lokals stand offen, und hinter der Theke saß ein älterer Mann.

„Bon dia!", grüßte Fernando mit dem oft verwendeten katalanischen Ausdruck.

„Què tal, Cafè?", kam auch sofort die Frage.

Schon zischte die Kaffeemaschine. Löffelchen und Zuckerbeutelchen kamen hinzu.

„Darf ich Sie etwas fragen?", begann Fernando.

„Hm…"

„Wohnt hier im Ort eine Nonne?"

„Una Monja?"

„Ja, eine katholische Ordensfrau", erklärte Fernando.

„Ah, Sie meinen Schwester Elena. Ja, sie wohnt hier."

„Hier? In der Sociedad?"

Der Mann lachte. „Ich bin Juan, der Pächter, und ja, die Schwester Elena wohnt bei uns. Sie hat einen privaten Raum und betreut den Kinderspielplatz hinten im Hof. Außerdem ist sie zuständig für die Ermita de San Sebastián, gleich gegenüber."

„Bitte entschuldigen Sie", sagte Fernando. „Ich bin Fernando Romero. Es wurde gesagt, die Nonne hätte einen Gast, eine Frau aufgenommen. Ich möchte sie sprechen."

„Natürlich, gestern Abend kam die Frau mit dem Bus. Die beiden sind jetzt aber nicht zu Hause. Ich habe gesehen, wie sie heute früh weggingen. Schwester Elena trug einen Korb mit sich. Vermutlich sind sie auf Kräutersuche. – Das kann dauern."

Fernando ließ sich die Enttäuschung nicht anmerken. „Wer ist denn diese Schwester Elena? Lebt sie schon lange hier?"

„Seit ich denken kann", sagte Juan grinsend. „Die ist sicher über achtzig und gehört zu El Mojón wie die staubigen Straßen. Früher

waren sie zu dritt und lebten im Haus weiter oben bei der Bushalte-
stelle. Aber seit sie allein ist, die beiden anderen sind vor Jahren
gestorben, hat sie ein Zimmer bei uns. Ein wenig göttlicher Segen
für unser Haus schadet ja nicht.“

„Das glaube ich gern“, sagte Fernando belustigt und fasste einen
Entschluss. „Ist vielleicht für einen gewöhnlichen Mann noch ein
Zimmer frei. Ich würde gerne eine Nacht bleiben, wenn ich auch
nicht mit Segen, aber mit Geld bezahle.“

„Aber sicher“, bestätigte Juan. „Bei uns sind immer Zimmer
frei. Was denkst du, die Touristen verirren sich kaum in unser Kaff.
Es ist auch gut so, damit haben wir unsere Ruhe. Wenn ich an die
Strände von Puerto del Carmen, Costa Teguise und Playa Blanca
denke, kommt mir das nackte Grausen.“

„Dafür machen die aber echt Profit“, widersprach Fernando,
ergänzte aber: „Ja, du hast recht, Ruhe ist unbezahlbar. Was willst
du denn für das Zimmer?“

Juan nannte den Preis und verkündete: „Das Almuerzo gibt es
um zwei Uhr. Kannst ruhig hier warten.“

„Danke“, sagte Fernando. „Ich denke, ich sehe mich im Dorf
etwas um. Ein einsamer verirrter Tourist so zu sagen.“

„Viel Spaß!“, wünschte Juan. „Nicht vergessen, zum zwei Uhr,
Mittagessen.“

Fernando ging um die kleine Kirche, vorbei an der Bushaltestel-
le und weiter hinauf bis zur Verzweigung der Straße. Erstaunt stellte er fest, dass dort auf dem kleinen Platz die freizügige Skulptur
fehlte. – War sie nun den Einwohnern doch zu anstößig geworden,
so dass sie weg musste?

Die enge, von massiven Trockensteinmauern gesäumte Straße
führte ihn nun in die Nähe des Barrancos. Im steilen Bett floss kein
Rinnsal Wasser. Es war völlig ausgetrocknet, mit Steinen übersät
und dürrem Gestrüpp überwuchert. Die Felder gegenüber waren mit
schwarzem Picón bedeckt, ohne jegliche Bepflanzung. Sie glichen
großen matten asphaltieren Flächen, und eine Bewirtschaftung
schien fraglich, sogar unmöglich.

Zwischen blendend weiß getünchten Häusern fand Fernando
den Weg zurück hinunter zur Kirche. Es war inzwischen richtig
warm geworden. Er war längere Fußmärsche nicht gewohnt und

fragte sich, ob er die Zeit bis zum Mittagessen nicht besser im Zimmer bei einem Nickerchen verbringen wollte. Er umrundete die Kapelle und war schon auf dem Weg über den Platz zur Sociedad, als er plötzlich stutzte. Vorhin war die schwere Kirchentür doch zu und verschlossen gewesen, jetzt aber stand sie einen Spalt breit offen.

Neugierig trat er hinzu, stieß den Flügel weiter auf und schritt über die Schwelle. Eine einfache Kassettendecke schwebte über den Reihen dunkler Bänke. Den weißen Wänden entlang befanden sich die üblichen Bilder der vierzehn Kreuzwegstationen. Vorne im Chor brannte das ewige rote Licht.

Sofort entdeckte er die beiden Frauengestalten, die weiter vorne in einer Bank saßen und beteten. Die Nonne war an ihrem Habit klar erkennbar, und daneben saß María. Sie schienen den Eindringling nicht bemerkt zu haben, weshalb sich Fernando leise in eine der hinteren Bänke drückte.

Die Minuten verstrichen träge, während Fernando wirre Überlegungen anstellte, wie um alles er dieser Frau beibringen sollte, dass sie keine Schuld am Tode ihres Mannes traf, und dass zu Hause jemand verlassen und verzweifelt um seine Liebe rang. Es war durchaus nachvollziehbar, dass sie in ihrem Glauben Hilfe suchte, und auch, dass dieser Gott sich ihrer erbarmen würde. Fernando war in seiner Kindheit im katholischen Glauben erzogen worden. Seine Mutter, Tía Amara, ging auch heute noch regelmäßig zur Messe und betete dauernd mit ihrem Rosenkranz. Während seiner beruflichen Laufbahn hatte er selber oft an diesem Gott gezweifelt, denn als Polizist war er immer wieder mit den schlimmsten Auswüchsen der Menschen konfrontiert worden, so dass er sich fragte, wie der Allmächtige damit nur zurecht kommen konnte. – Irgendwie schien, gerade in diesem Moment, in dieser kleinen Kapelle, die Antwort gegenwärtig. War es nicht die Vergebung, die alles reinigte? Auch Menschen konnten vergeben und wieviel mehr der allmächtige Gott mit seiner Güte und Gnade. Er wollte nun keine religiöse Predigt vom Stapel lassen, aber war es nicht genau das, was die María, die dort vorne vorübergebeugt und geschlagen in der Bank saß, brauchte?

Als sich die beiden Frauen erhoben, schreckte Fernando aus seinen Gedanken hoch. Wie lange saß er schon hier?

„Fernando!", flüsterte María, als sie näher kam und ihn entdeckte, mit krächzender Stimme. „Du…"

Fernando erhob sich steif, trat aus der sperrigen Bank und begann: „María…"

Die Nonne drängte sich vor, musterte ihn eindringlich und fragte direkt: „Bist du der Mann…?"

„Señora, es tut mir leid", entschuldigte er sich. „Ich wollte ihre Andacht nicht stören. – Nein, ich bin nicht derjenige, den Sie meinen. Ich bin nur ein Freund von Javier, aber ich möchte mit María sprechen."

Die Schwester war älter, als er erwartet hatte. Ihr Gesicht verriet die vielen opferbereiten, mühsamen Jahre, aber sprach auch von Güte und Wärme. Sie musste weit über achtzig sein, war hager, stand aber aufrecht vor ihm.

„Du bist hier in Gottes Haus", sagte sie trocken. „Streit gehört hier nicht hin."

„Ich weiß, verehrte Schwester", sagte Fernando lächelnd. Er hatte die vertraute Anrede der Nonne durchaus bemerkt. „Ich bin nur hier um zu helfen."

„Dann lasse ich Euch jetzt allein", sagte Schwester Elena nach kurzem Besinnen, machte kehrt und lies die schwere Tür hinter sich ins Schloss fallen.

„Eine resolute Dame", stellte Fernando fest. „Aber ich bin froh, dich gefunden zu haben."

„Ilona hat wohl nicht dicht gehalten", sagte María. „Dann war die Suche wahrscheinlich nicht besonders schwierig. – Aber was willst du jetzt?"

„Komm, setzen wir uns wieder!", bat Fernando. „Ich denke, du brauchst mehr Informationen, um deine Sichtweise zu überdenken. Ich werde dich nicht zurück zu Javier schleppen, das verspreche ich dir, aber ich denke er hat es verdient, dass du den wirklichen Tatsachen ins Auge blickst."

Während der folgenden halben Stunde erklärte Fernando mit leiser Stimme, was die Ereignisse um Emilio Rodríguez, seine Finca, bis hin zu seinem gewaltsamen Tod, bedeuteten.

Emilio selber, er ganz allein, hatte diesen kriminellen Weg beschritten und war am Schluss ermordet worden. Nach dem Gesetz der Menschen mussten die Verbrechen verfolgt und geahndet werden. Aber als Christen lag es nicht an uns, ihn zu verdammen oder uns selber mit Vorwürfen zu quälen und uns in eine Mitschuld hinein zu reden. Nur vor Gott würden wir alle treten müssen, und es war allein seine Strafe oder Gnade, die uns erwartete.

Da saßen zwei völlig verschiedene Menschen in diesem kleinen Gotteshaus, an einem unbekannten Ort, in einer unbequemen Bank und mussten sich der großen Frage um das ganze Dasein stellen. Die enge Sitzordnung ließ keinen Blickkontakt zu, sie starrten beide geradeaus und waren jeder mit sich selber beschäftigt. Fernando mit der Frage, ob es ihm gelingen würde, diese Frau vom großen göttlichen Geschenk des Lebens und der Liebe zu überzeugen. María rang mit dem Gedanken um Vergebung, Hinnahme des Schicksals und um das Wichtigste im Leben, um ihre Liebe.

María richtete sich auf und sagte: „Fernando, ich habe verstanden, und ich weiß, dass meine Liebe für Javier etwas sehr kostbares ist. Bitte sage ihm das. – Aber im Moment fühle ich mich wie eine Person, welche aus schwerer Krankheit zurück zu finden versucht. Gebt mir die Zeit zu genesen, um dann wieder mit Gottes Hilfe ins Leben zurück zu finden.“

Kapitel 30

Fernando hatte den Besuch zwei Tage hinausgezögert, aber irgendwann mussten sie auch bei der Familie Bennett zu einem Abschluss kommen. Javier hatte sich bereit erklärt, mitzukommen.

Für die beiden Freunde war in diesen Tagen eine unbesiegbar geglaubte Festung eingestürzt. Die Polizei, die Institution für Ruhe, Recht und Sicherheit, auf die sich der Bürger vertrauensvoll verlassen konnte, war selber nicht mehr integer. – Ja, jedermann wusste, dass Begünstigungen, Augenzudrücken, und geringfügige Korruptionen auch an diesen Stellen vorkamen, aber dass wirklich das Verbrechen, ein Krimineller, in die Organisation der Hüter für Recht und Ordnung eindringen konnte, das war neu und erschreckend. Wer sollte da den Einzelnen, den Schwachen und Gefährdeten noch schützen? – Anarchie, Selbstjustiz und noch schlimmer, Gewaltherrschaft wären die Folge. Ja, war man nun auf dem direkten Weg zurück ins rechtlose und gewaltbereite Mittelalter?

Sie hatten, während der ganzen Berufslaufbahn, immer gewissenhaft versucht, dem Recht Geltung zu verschaffen, die Bedrohten zu schützen und den Opfern beizustehen. Auch bei der Polizei gab es einen Amtseid, bei dem geschworen wurde, dass diese Werte eingehalten werden, ähnlich dem hippokratischen Eid der Ärzte. Wie konnte da ein Individuum wie Paco Casado in diese Organisation eindringen? Es fühlte sich an wie ein gefährlicher Parasit, der einen bis anhin heilen Körper befällt.

Auch Fernando beschäftigte sich an diesem Samstagvormittag immer noch mit der Frage, wie so ein Subjekt in das Polizeikorps gelangen konnte. Und war das wirklich ein Einzelfall? Dieser Eine, dieser Paco war entdeckt. Er würde entfernt und bestraft werden. Allerdings hatte man ihn bis jetzt noch nicht gefasst, aber im Hauptquartier in Arrecife herrschte eine Hektik, wie in einem aufgescheuchten Wespennest. Neben der gerechten Empörung und laut verkündeten Protesten, schlich sich aber auch eine leise Selbstkritik ein. War man einfach zu sorglos und träge gewesen und hatte den Balken im eigenen Auge nicht bemerkt?

Der Vorfall musste natürlich Wellen bis nach Madrid schlagen, und es war vorauszusehen, dass das nicht ohne Folgen bleiben würde. Ein paar Chefsessel waren durchaus in Gefahr, und Fernando hoffte nur inständig, dass es nicht seinen Freund Alberto Suarez traf. Er fragte sich auch, ob nicht einfach die weit von der Hauptstadt entfernte Situation von Lanzarote dazu beitrug, dass man sich in einer behüteten problemlosen Blase wähnte. Und dabei einfach nachlässig wurde, ganz nach dem Motto, was sollte auf dieser kleinen Insel schon Schlimmes geschehen?

Fernando hatte sich vorgenommen, am heutigen Tag nach Tabayesco zu fahren. Die Menschen hatten ein Recht darauf, über den Stand der Ermittlungen informiert zu werden. Außerdem wollte er erfahren, was aus Andreas Forsberg geworden war. Er hatte den Eindruck, dass der Deutsche bei den Bennetts nicht mehr besonders gerne gesehen war. Obwohl er keine Schuld trug, so wurde er doch als der Auslöser der dramatischen Gegebenheiten angesehen. Das sah besonders Olivia so, die Frau des Geologen. Sie hatte einen spontanen Hass gezeigt und sogar ihren Mann beschuldigt, diese Gefährdung ihrer Familie verursacht zu haben. Eigentlich hatte Fernando Olivia Bennett nicht so nachtragend eingeschätzt, aber wer konnte schon ahnen, wie eine Frau und Mutter in so einer Situation reagieren würde. – Hatten sie nun Andreas Forsberg einfach aus dem Haus gewiesen und auf die Straße gestellt, war er bereits abgereist und hatte die Insel verlassen?

Als sie das riesige Tal des Barrancos del Chafarís hinunter fuhren und er die engen Kurven der Straße gemächlich nahm, war Fernando einmal mehr von der urtümlichen Schönheit der Insel, seiner

Heimat, überwältigt. Weit unten lag der Atlantik ausgebreitet und schimmerte wie gehämmertes Silber. Der Himmel darüber war wolkenlos und verstärkte den Eindruck einer herrlichen Unendlichkeit zusätzlich. Obwohl die Seitenwände des Barrancos recht kahl waren, vermittelten sie keineswegs eine Schroffheit, wie sie oft von kahlen Felsen ausging. Sie wirkten sanft und ungefährlich, ragten aber hoch hinauf in den weichen Farben von Ocker und Hellgrün. Tausende kleine Terrassen lagen an den Hängen und muteten an wie sanfte Wellen, verursacht durch eine leichte Brise.

Links oben, hinter ihnen, befand sich die unheilvolle Quelle, welche vor vier Wochen den Anfang einer Tragödie ausgelöst hatte. War sie inzwischen wieder in Stand gestellt? Fernando vermutete so, denn die Bauern des Tales waren auf jeden Tropfen Wasser angewiesen.

Schon von weitem konnte Fernando die weißen Häuser des Dörfchens Tabayesco ausmachen, und ganz unten, an der Küste, schmiegte sich der Ort Arrieta ans Wasser. Kein einziges Hochhaus war zu sehen. Die Gebäude vermittelten eher den Eindruck von einer Gruppe weißer Margeriten, welche wie zufällig dort wuchsen.

Sie erreichten das Ziel in wenigen Minuten. Sie durchquerten das Dorf, holperten über die kurze Piste und bogen in die von Palmen flankierte Einfahrt ein. Als Fernando den Motor ausschaltete, empfing sie bleierne Stille. Auch das war typisch hier, außer es wurden auf dem Gelände Hunde gehalten. Lanzarote hatte praktisch keine weidenden Viehherden, vielleicht einmal eine Koppel voll Ziegen. Auch Wildtiere fehlten, wenn man von kleinen Kreaturen, wie Echsen und Heuschrecken oder von ein paar Vögeln wie Möwen oder Tauben absah. Einzig der Mensch war hier der Störenfried und verursachte Lärm und entsprechende scheinbar unvermeidbare Umweltsünden.

Als sie auf das Haus zugingen, entdeckte er neben der Tür an die Wand gelehnt ein beachtliches Solarpanel. Es glänzte in der Sonne wie neu, was es vermutlich auch war. Nun ja, eigentlich eine gute Idee, dachte Fernando. Die Bewohner wollten ihren Anteil an eine umweltfreundliche Energieversorgung beisteuern.

Noch bevor er klopfen konnte, öffnete Olivia die Tür. Natürlich, hier wurde ein Ankömmling sofort entdeckt.

„Comisario Fernando, Javier!", begrüßte sie beide. „Willkommen. Wir freuen uns, dass Sie uns besuchen. Hoffentlich mit guten Nachrichten."

„Señora Olivia, ich darf Sie doch so nennen?", antwortete Fernando. „Ich hoffe sehr, dass wir nicht nur die Überbringer schlechter Nachrichten sind. Nein, heute wollten wir uns einfach erkundigen, wie Sie zurechtkommen."

„Danke, uns geht es wieder bestens", sagte Olivia. „Bitte treten Sie ein. Und ja, bitte, Olivia ist schon ok."

Javier entschuldigte sich ebenfalls für das unangemeldete Eindringen und fragte: „Ist ihr Mann zu Hause?"

„Sie sind oben beim Observatorium", antwortete Olivia. „Eigentlich sollten sie schon zurück sein, denn ich erwarte sie zum Mittagessen. Sie können gleich mithalten."

Fernando fühlte sich überrumpelt. Er hatte wieder einmal übersehen, dass nur die Spanier ihr 'Almuerzo' spät um zwei Uhr einnahmen. Hier, kurz vor zwölf, war das Mittagessen bereit und sie platzten einfach so hinein.

Olivia bemerkte sein Unbehagen und sagte: „Seien Sie unbesorgt, es ist für alle genug da, wenn Sie Bratkartoffeln mögen."

„Ich muss mich wirklich entschuldigen, einfach so herein zu platzen. Aber vielen Dank für die Einladung."

„Kommen Sie, die Männer werden jeden Augenblick da sein", sagte sie. „Roni ist noch in der Schule."

Drinnen sah es aufgeräumt und wohnlich aus. Der Tisch war gedeckt, und es roch herrlich nach Geröstetem. Olivia legte zwei zusätzliche Gedecke hinzu.

Etwas verloren standen die Besucher da, als draußen ein Wagen vorfuhr und gleich darauf die Türe aufschlug. Natürlich hatten sie das Auto entdeckt, weshalb William fröhlich auf sie zukam und begrüßte.

„Fernando, Javier!", rief er. „Schön, dass Sie uns besuchen. Sie essen doch mit uns? Ich nehme an es ist genug da."

Andreas Forsberg kam hintennach und begrüßte die Gäste ebenfalls. Er setzte sich unaufgefordert an den Tisch und schien hier ganz zu Hause zu sein. Er begrüßte auch Olivia freundlich lächelnd und nahm den Teller dankend entgegen.

Olivia hängte die Schürze an einen Haken und gesellte sich zu den Männern am Tisch. Eine Weile herrschte Schweigen, und jeder war mit seinem Teller beschäftigt. Nebst Bratkartoffeln hatte Olivia auch Schnitzel und Gemüse angerichtet. Die Vier aßen mit gutem Appetit.

Fernando brach als Erster das Schweigen: „Köstlich!", lobte er. „Vielen herzlichen Dank. Wir werden verwöhnt und freuen uns, euch alle guten Mutes wiederzusehen."

William blickte auf und sagte: „Ja, es ist vorbei, aber es war schrecklich, und beinahe hätten die Ereignisse unsere Freundschaft zerstört. Aber Sie beide haben uns geholfen, und dafür sind wir Ihnen sehr dankbar…"

Olivia unterbrach ihn: „Mein Mann meint, dass wir tatsächlich Andreas voreilig beschuldigten. Ja, vor allem ich war sehr zornig, bereit mit bösen Anklagen. Inzwischen haben wir natürlich bemerkt, dass er ja selber auch ein Opfer war. Seine Projekte scheinen jemandem gewaltig gegen den Strich zu gehen, jemandem, der auch vor brutaler Gewalt nicht zurückschreckt. Dort ist der Schuldige zu suchen und nicht hier."

„Liebe Olivia", meinte Fernando. „Wie recht Sie haben. Es ist unerhört, wie gewisse Geschäftsleute sich Vorteile, sogar mit Gewalt, erzwingen. Aber leider sind die immer wieder in fast unangreifbaren Positionen zu finden, dort wo selbst die Polizei auf Granit beißt. Mafiaähnliche Zustände gibt es offensichtlich selbst auf unserer kleinen Insel. Dass selbst unsere Polizei unterwandert ist, beweist der Fall dieses Paco Casado. Er wurde mit Sicherheit von höherer Stelle gesteuert, aber er ist flüchtig, und ich denke wir werden ihn nie finden oder dann tot."

Andreas hatte lange schweigend zugehört, aber jetzt sagte er: „Unser Projekt für Meerwasserentsalzung ist da in so eine unangenehme Situation geraten. Wir waren immer bereit, mit fairen Mitteln den Kampf gegen unsere Konkurrenten aufzunehmen. Wir sind auch von unserem System überzeugt und glauben, finanziell gut aufgestellt zu sein…"

„Aber jetzt ist es vorbei", entgegnete Javier und bediente sich nochmals von den Kartoffeln. „Die Pläne sind Geschichte und endgültig verloren."

„Nein!“, rief Olivia dazwischen. „So ist es nicht.“

Keiner dachte ans Weiteressen. Andreas grinste quer herüber, Olivia strahlte übers ganze Gesicht, und William schlug mit der flachen Hand auf den Tisch und sagte: „Tatsächlich, die Unterlagen sind vorhanden.“

Er blickte in Fernandos ungläubiges Gesicht und fuhr fort: „Erinnerst du dich, als du an dem Tag bei uns oben im Büro eintrafst? Was machten wir da?“

„Äh, kopieren…“ Dann fiel der Groschen. „Ihr habt Kopien!“

William grinste übers ganze Gesicht. „Noch besser! Wir haben die Originale, die Kopien hat der Gangster…“

Unglaublich! Fernando stellte sich vor, wie die Kopien in einem Shredder landeten und brach in schallendes Gelächter aus.

Alle stimmten ein, und lange Zeit herrschten wilde Vermutungen und groteske Vorstellungen, wie die unglückseligen Papiere als wertlose Schnitzel im Abfall landeten.

William holte seinen besonderen Branntwein aus dem Schrank, und bei Kaffee und Schnaps wurde dieser unverhoffte Sieg fröhlich gefeiert.

Noch während die Gruppe lautstark zechte, fuhr draußen der Schulbus vor, und Roni kam durch die Tür gestürmt. Er landete direkt in den Armen seiner Mutter.

„Ein Polizeiauto!“ grölte der Junge. „Ich bin Polizist! Darf ich nochmals mitfahren?“

„Klar“, sagte Javier. „Wir brauchen dringend neue Ordnungshüter. „Wir fahren zusammen Streife durch das Dorf.“

Olivia drückte ihren Sohn an sich und kämpfte lächelnd und ohne Worte mit den Tränen.

Fernando merkte sofort, dass die Erinnerungen wie böse Geister über sie herfielen. Sie hatte schreckliche Momente erlebt.

Sie hatte William die Schuld gegeben, hatte ihn angeschrien wie eine Furie: „Willy! Ich sagte doch, bring mir keine Gefahren ins Haus.“

William wusste, wenn sie mit diesem Namen kam, dann war Feuer im Dach. Aber es war doch vorbei. Er versuchte sie zu beruhigen. „Olivia, Liebling, beruhige dich doch. Es ist ja nichts Schlimmes geschehen.“

„Nichts Schlimmes!", kreischte sie. „Ich wurde mit einer Pistole bedroht! Und du nennst das nicht schlimm? Was, wenn Roni da hineingeraten wäre? Ich hätte den Kerl ohne Zögern umgebracht."

„Ich meinte das doch nicht so", verteidigte sich William. „Aber er ist weg, und wir sind alle mit dem Schrecken davongekommen und in Sicherheit. Sei doch froh!"

Schwer keuchend wandte Olivia sich an Fernando: „Comisario, können Sie das verantworten, dass Sie uns diese Leute ins Haus gebracht haben? Diesen Deutschen Andreas Forsberg und den falschen Bullen. – Wie heißt der überhaupt?"

„Paco Casado", antwortete Fernando. „Ein Sargento der Policía Nacional in Arrecife."

„Wie kommt denn ein Verbrecher zur Polizei? – Schrecklich, wenn man sich nicht einmal mehr auf den Schutz derjenigen verlassen kann, die dafür eigentlich zuständig sind."

Fernando nickte. „Da stimme ich ihnen zu. Es ist tatsächlich unverständlich, wie so jemand Polizist werden konnte. Das wird sehr lange, unangenehme interne Untersuchungen zur Folge haben, und ich hoffe, dass sich so etwas nie mehr wiederholt."

Die Ermittlungen der Ereignisse waren natürlich noch längst nicht abgeschlossen, und Fernando konnte den Groll dieser Frau gut nachvollziehen.

„Ich möchte mich nochmals in aller Form entschuldigen", sagte er deshalb. Ich und meine Kollegen, wir sind alle sehr erschüttert und besorgt."

„Tut mir leid", sagte Olivia an diesem Tag ruhig lächelnd. „Es war ja nicht ihre Schuld, Comisario. Ich muss mich entschuldigen"

Kapitel 31

Vier Wochen später, am Samstag den neunten April, trafen sich die beiden Freunde wie gewohnt, kurz nach sechs Uhr in der Sociedad 'La Tegala' in Haría, zu einem Glas Wein, um dann später am Abend eine ausgiebige 'Cena' zu genießen.

Von der nahe gelegenen Kirche tönten Glockenklänge und verkündeten die Wandlung von Brot und Wein während der Eucharistie. Es würde also noch eine Weile dauern, bis die Gläubigen aus der Kirche kämen. Bald würde auch die Sonne untergehen, und der Platz unter den alten Bäumen würde in ein ruhiges Dämmerlicht versinken.

Die verwinkelten Räume des Lokals waren bereits in sanftes Lampenlicht getaucht. Noch waren sie leer, aber das würde sich ändern, wenn die Kirchgänger entlassen wurden. Fernando hatte ein Abteil gewählt, wo sie ungestört sitzen und reden konnten. Javier saß dabei, war aber eher wortkarg und stierte in sein Glas. Ilona hatte hinter der Theke zu tun.

Plötzlich erschienen zwei Gestalten im Durchgang, sahen sich suchend um und kamen auf die Anwesenden zu. Sofort war klar, es waren die beiden Wissenschaftler William Bennett und Andreas Forsberg.

Fernando begrüßte sie erfreut: „Willkommen! Setzt euch zu uns, wir haben eben an euch gedacht und uns gefragt, was ihr denn in der Zwischenzeit so treibt."

Wenn das auch nicht ganz stimmte, so war dieser Zuwachs doch sehr willkommen, und das Gespräch nahm sofort Fahrt auf.

„Wir hatten keine Ahnung, dass du, Andreas, noch auf Lanzarote bist", stellte Fernando fest. „Es gefällt dir hier offensichtlich."

„Klar", antwortete der Angesprochene. „So schnell lasse ich mich nicht vertreiben."

„Na, an der Aussage ist etwas dran", sagte Fernando schmunzelnd. „Ein Glas Wein zur Feier! – William, wie geht's deiner Familie, deiner Frau Gemahlin?"

„Gut, danke", antwortete der Geologe. „Sie hat mir heute frei gegeben."

„Also dann, stoßen wir an, auf die Männerrunde."

Auch Javier brummte ein Salut.

„Nun erzählt schon!", forderte Fernando. „Was macht ihr? Was ist mit den Bergen, der Sonne, dem Wasser und dem Meer?"

William grinste. „Nun, das Wasser bleibt bis auf weiteres im Meer. Die Entsalzungsanlagen rosten vor sich hin. Andreas hat sein Projekt doch noch nachgereicht, aber das Interesse scheint gering. Das Unternehmen 'Aguaisla' ist mit sich selber beschäftigt und lässt den Italienern praktisch freie Hand. Der Präsident, dieser Manuel Estbano, ist verschwunden, es wird gemunkelt, er habe sich nach Südamerika abgesetzt."

Andreas erklärte weiter: „Mit anderen Worten, unsere Meerwasserentsalzung wird nicht gebraucht. Ich denke, dass sich in dieser Angelegenheit für viele Jahre nichts ändern wird. Die Landwirtschaft ist tot, es lebe der Tourismus! Nur, wie lange überlebt der Vergnügungsrummel ohne Wasser?"

Javier grummelte: „Nicht so pessimistisch! Noch haben wir Wasser – und wenn's nicht reicht, trinken wir einfach Wein."

Darauf wurde angestoßen, und die Diskussion wurde lauter. Ilona erschien im Eingang und beobachtete die fröhliche Runde. Sie nickte vor sich hin. Es war schön, die Männer zufrieden zu sehen. Einzig Javier war bedrückt und unnahbar geworden. Der Verlust seiner María hatte er bis jetzt nicht verkraftet, und Ilona fragte sich, ob er je wieder zu seiner alten, spröden Fröhlichkeit zurückfinden konnte, und ob er vielleicht irgendwann doch noch die richtige Frau finden würde. Sie wünschte es ihm von ganzem Herzen.

Sie trat zum Tisch und wurde mit lautem Hallo begrüßt. Sie schenkte nach, ganz die zuvorkommende Gastwirtin.

„Ich bringe noch eine Flasche", sagte sie lächelnd.

„Komm, setz dich doch zu uns!", befand Fernando, der es nicht so gerne sah, wenn seine Frau die Kellnerin spielte.

„Später", sagte sie und drückte ihm einen Kuss auf das Haupt. „Ich muss in die Küche. Ich denke heute Abend wäre eine schöne Paella genau das Richtige, mit Muscheln und Garnelen."

Auf freudige Zustimmung brauchte sie nicht zu warten. Das sah sie deutlich in den erwartungsvollen strahlenden, schon leicht geröteten Gesichtern. Sie würde ihnen eine Paella servieren, wie sie noch nie gesehen hatten.

„Andreas", nahm Fernando das Thema wieder auf. „Was machst du denn jetzt, wo deine Pläne nun doch gescheitert sind."

Der Angesprochene grinste. „Kein Problem, ich habe einfach das Programm gekürzt. Ich lasse die Entsalzung weg und konzentriere mich auf Solarenergie.

„Aha, das Panel, das ich gesehen habe", bemerkte Fernando.

„Genau!", bestätigte Andreas. „Solaranlagen sind für Lanzarote genau das Richtige. Und das Wichtigste ist, es ist ein Geschäft mit Privaten und nicht mit Regierungsstellen. Interessenten gibt es sehr viele. Unser Betrieb in Hannover verwendet ja jetzt schon Solarelemente. Wir sind also sofort lieferfähig."

„Das hört sich vielversprechend an", sagte Fernando. „Hast du denn das alleinige Bestimmungsrecht über euren Betrieb? Da war doch dieser Geschäftspartner..."

„und meine ehemalige Freundin", beendete Andreas den Satz mit düster werdender Miene. „Sie haben sich beide in Dubai niedergelassen und sind jetzt wohl ein Paar. Torsten überlässt mir die Firma, bleibt aber vorerst Investor, bis ich eine andere Lösung gefunden habe."

„Du bleibst also auf Lanzarote", stellte Fernando fest. „Bist du immer noch bei den Bennetts?"

„Er kann bleiben solange er will", wandte William ein.

„Dafür bin ich sehr dankbar", sagte Andreas. „Besonders auch deiner Frau, lieber William. Das ist nicht selbstverständlich, nachdem was sie durchmachen musste. – Aber ich habe bereits ein Haus besichtigt, das mir auch sehr gut gefällt. Ja, ich will auf Lanzarote bleiben."

„Na dann, willkommen in unserer kleinen Welt!", sagte Fernando und hob das Glas.

Nach einer gedehnten Pause sagte Fernando, mit einem raschen Blick auf Javier: „Ja, auch wir haben ein Haus besichtigt, das uns sehr gut gefällt. In Máguez..."

„Hör' auf damit!", knurrte Javier.

„Ja, es war für einen lieben Freund gedacht...", fuhr Fernando trotzdem fort.

„Ich will, verdammt noch mal, nichts davon hören", schrie Javier und sprang auf.

Der Stuhl kippte krachend um. Die Stimmung war gekippt.

Fernando stand abrupt auf und fischte nach dem Stuhl. „Javier!", bellte er bestimmend. „Reiß dich zusammen! Alle hier verstehen dein Problem, aber Liebe lässt sich nun einmal nicht erzwingen. María ist die Leidende, nicht du."

Javier sank zurück und stöhnte: „Tut mir leid. Ich versau euch den Abend, und ja, das mit dem Haus war gut gemeint, aber ich brauch es jetzt wirklich nicht mehr."

Ob dieser Endgültigkeit war selbst Fernando schockiert. Sein Freund hatte aufgegeben. Wo war die Hoffnung geblieben? Ja durfte man sie in diesem Fall überhaupt noch hegen? Sein Eindruck bei dem Besuch in Mojón war ein anderer gewesen. Er hätte nochmals hinfahren sollen, hätte für seinen Freund kämpfen müssen, aber er hatte feige einfach abgewartet, und jetzt war es zu spät.

Eine neue Runde wurde eingeschenkt, und sie tranken alle schweigend und fühlten sich irgendwie schuldig.

Nicht lange darauf drang erneut Glockengeläut von draußen ins Lokal, und plötzlich strömten Gäste herein. Die Messe war vorbei, und während die alten Mütterchen dem Hause zustrebten, erlaubten sich einige der Männer ein schnelles Bier. Sie standen im Vorraum an der Bar, und der Lärmpegel stieg. Ilona war am Zapfhahn und versuchte, die drängenden Männer in Schach zu halten. Die Paella musste warten.

Unbemerkt drückte sich eine kleine Gestalt durch die wogende Menge und kam schließlich durch den Eingang nach hinten. Dort verweilte sie und nahm sich den Schal vom Kopf. Das schwarze Haar hatte sie kurz geschnitten, und ihr Gesicht sah bleich und madonnenhaft aus.

„María", entfuhr es Fernando. Er hatte sie als Erster entdeckt.

Alle sprangen auf, nur Javier saß wie versteinert da. „María", flüsterte er kaum hörbar. „Ist die Messe aus?"

„Natürlich", antwortete William, der sich zuerst fasste. „Bitte María, komm zu uns und setz dich."

Alle bemühten sich um einen zusätzlichen Stuhl und drängten die zögernde Frau zum Tisch. Sie aber sank neben Javier auf die Knie und legte wie ein kleines Kind den Kopf auf seinen Schoss. Aufsteigendes Schluchzen ertönte.

„Javier", flüsterte sie. „Bitte verzeih mir."

Für einen Moment war es wie wenn die Welt stehen geblieben wäre. Es wäre tatsächlich mäuschenstill geworden, wenn nicht von der Bar her unentwegt Lärm herüber gebrandet wäre.

„María", keuchte Javier ungläubig. „Steh auf... du bist tatsächlich da."

Er zog sie mit sich hoch, schloss sie in die Arme und blickte in ihre Augen. Sie schimmerten dunkel, wie reife Kirschen und ihre ganze Liebe strahlte aus ihnen.

„Javier, ich war dumm und egoistisch und brauchte lange, bis ich endlich begriff."

Sachte berührte er ihre Lippen und flüsterte: „Ganz ruhig, meine Liebe. Jetzt bist du da, und alles ist gut."

Dann küsste er diese wundervolle Frau und schwor sich in seinem Herzen, dass er sie nie mehr alleine lassen würde. Sie klammerten sich aneinander und vergaßen völlig wo sie waren, und dass die Personen, die ihnen am nächsten standen, staunend zusahen, innehielten und mit der eigenen Rührung zu kämpfen hatten.

Mitten hinein platzte Ilona und blieb abrupt stehen. „Ein Wunder!", rief sie. „María, woher kommst du denn?"

Das Paar löste sich scheu voneinander, wie zwei ertappte Teenager, und María eilte auf Ilona zu. Sie wurde aufgefangen und drehte sich im Kreis. Plötzlich brach Jubel und lautes Glückwünschen los. Man freute sich wie über einen unverdienten Sieg. Stühle wurden gerückt, ein zweiter Tisch wurde hinzu geschoben, es musste gefeiert werden. Ilona eilte in die Küche, denn mit einer Paella war es heute nicht getan. Es wurden zwei Pfannen notwendig und zusätzliche Garnelen.

Im hinteren Raum war wieder etwas Ruhe eingekehrt. Die beiden Liebenden saßen beisammen und nahmen ihre Umgebung kaum mehr wahr. Wortlos hielten sie sich an den Händen und blickten sich in die Augen. Selbst für die vermeintlich hartgesottenen Männer in der Runde am Tisch, war es schwierig, die Fassung zu bewahren. Die Liebe war allgegenwärtig.

Fernando räusperte sich als erster und sagte mit belegter Stimme: „Na dann, herzlichen Glückwunsch!"

Sie hoben die Gläser und ließen das Paar hochleben. Andreas wagte die Frage: „Liebe María, wir haben dich alle sehr vermisst. Wo warst du denn die ganze Zeit?"

Fernando übernahm die Beantwortung: „Sie war bei einer Freundin in Mojón. Ich war dort. Sie war in guter Obhut einer Schwester Elena, und sie brauchte einfach ihre Zeit."

Javier blickte fragend hoch und krächzte: „Du hast es die ganze Zeit gewusst und hast mir nichts gesagt?"

Nun war es María, die hochsah und sagte: „Liebster, ich habe ihn gebeten, mich nicht zu verraten. Ich wollte allein sein, bei der Nonne, einer alten Bekannten und bei Gott. Sei nicht böse, ich bin jetzt ja bei dir."

Javier schluckte leer und kämpfte sichtlich mit sich. „Ich will dich nicht verlieren. Ich hatte solch große Angst."

„Es ist vorbei", bekräftigte María. „Wir haben viel gebetet und haben die Vergangenheit Gott überlassen. Die Finca Rodríguez und sein Besitzer sind in seinen Händen, ich bin frei für dich, mein Lieber."

„Schön", meinte Andreas neugierig. „Was wird jetzt aus der Finca? Das ist doch ein beachtliches Gut."

„Tatsächlich!", entgegnete Fernando, dem plötzlich eine Idee im Kopf herum geisterte. „Die Finca steht völlig verlassen und leer da. Eigentlich schade."

William schnaubte und sagte: „Ein Betrieb mehr, der aufgegeben wird und verkommt. Das Schicksal so vieler Bauernhöfe auf dieser Insel. Solange das Problem mit der Wasserversorgung nicht gelöst ist, werden wir noch viele sterben sehen."

„Zum Teufel mit der alten Leier", schimpfte Fernando. „Für die Finca Rodríguez gibt es aber eine Lösung. – Andreas, du suchst doch eine Bleibe und einen Standort für deine Geschäfte?"

„Die Finca Rodríguez!", rief Andreas. „Was für eine Idee. Tatsächlich eine ausgezeichnete. – Nur, was meint María dazu? Sie ist jetzt wahrscheinlich die rechtmäßige Eigentümerin."

„Ich will nichts mehr mit diesem Ort zu schaffen haben. Da sind zuviele schmerzhafte Erinnerungen. Du kannst die Finca gerne übernehmen."

„Wir handeln natürlich einen fairen Preis aus", versicherte Andreas. „Und das verfluchte Loch, diesen Tiefbrunnen lasse ich als erstes zuschütten. Aber was soll ich mit dem vielen Land, das dazugehört?"

„Vielleicht findet sich ein Pächter, der die Felder bewirtschaften möchte", schlug William vor. „Nur will das wirklich jemand, bei dem Wassermangel?"

„Lass es regnen!", sagte Fernando grinsend. „Die Menschen scheinen nicht fähig für das notwendige Nass zu sorgen. Also, vielleicht ist Gott gnädig und spendet uns Regen.

Der Tag, und auch die darauf folgenden, blieben trocken und Lanzarote blieb weiter auf Gottes Gnade angewiesen.